호남, 언어와 문학의 지역성

이 책은 2013년 교육부 및 한국연구재단 BK21 플러스 사업(미래기반창의
인재양성형)의 지원을 받아 발간되었음

지역어와 문화가치 학술총서 4

호남,
언어와 문학의 지역성

전남대학교 BK21+ 지역어 기반
문화가치 창출 인재 양성 사업단

보고사

　　전남대학교 BK21플러스 지역어 기반 문화가치 창출 인재 양성 사업
단은 지식기반 사회의 다양한 요구를 반영하고 대처하기 위하여 지난
2013년 9월에 출범하였다. 사업단의 지향점은 문화 원천으로서 지역어
의 위상 제고, 미래 지향형 문화가치의 창출, 융복합 문화 인재의 양성
이다. 이는 우리 인간의 생활과 유리되지 않은 진정한 가치를 발현하
고, 인간의 삶에 정신적 풍요를 가져다주기를 기대하는 것이다.

　　사업단은 그간 다양한 논의의 장에서 펼친 성과물들을 매 학기마다
학술총서를 발간하고 있다. 지속적인 학술총서의 발간은 지역어를 기
반으로 한 문화 가치를 확인하고 이를 바탕으로 학문적 관심 및 교육적
관심을 불러일으키기 위한 것이다. 나아가 주류문화에 비해 상대적으
로 가치를 인정받지 못했던 지역문화 자료에 대한 새로운 시선과 접근
방법을 제시하고자 함이다. 언어학, 시학, 수사학의 경계를 탈피하여
문화매개어인 지역어의 위상과 역할을 탐색함으로써 다양한 미래형
문화담론을 생산하는데 중점을 두고 있다.

　　이번 학술총서는 네 번째 발간한 것이다. "호남, 언어와 문학의 지역
성"이라는 주제를 반영한 결과물이다. 사업단이 위치한 '호남'이라는
지역을 중심으로 지역 정체성을 확인하기 위해 언어와 문학을 통해
접근한 것이다. 지역은 주로 공적인 영역에서 그동안 부차적인 것으로

남아서 중앙을 보조하는 역할을 수행해 왔다. 그러나 지방화, 지역화라는 시대적 요구에 부응하여 지역의 독자적 가치를 확인하기 위해 이론을 모색하고 방법을 정립하고자 하는 연구들이 제기되고 있다. 이에 부응할 수 있는 방안의 하나가 지역어와 지역문화를 통한 다른 위상과 가치, 그로 인해 발현된 효과를 연구에 담아내는 것이다.

이 총서는 언어적 측면에서는 지역어를 대상으로 하였다. 지역어는 지역 문학과 깊은 연계가 있기 때문에, 연구는 지역의 공간이 갖는 특징을 통해 지역 문학을 살피는 데까지 그 영역을 확장하였다. 이를 통해 호남 지역이 갖는 개성과 독특성을 확인하였고 나아가 지역어, 지역 문학의 정체성을 미학적 측면에서 접근하였다.

구성은 총 2장으로 되어 있다. 1장 "호남, 언어와 지역성"은 광주를 비롯한 전라권역의 지역어에 대한 연구이다. 또한 한국어 교육에서 지역어 교육의 필요성과 전략 등의 문제를 다루고 있다. 이 연구들은 지역어에 대한 근본적 이해와 지역어 교육의 필요성을 확인하는데 소중한 연구 자료가 될 것으로 기대한다. 2장 "호남, 문학과 지역성"은 호남을 배경으로 한 작품과 호남 출신 작가의 문학작품에 대한 연구이다. 또한 지역인과 지역 장소를 통해 이루어진 공연예술에까지 그 영역을 확대하였다. 이 연구들에서는 지역이라는 한정된 공간을 통해 형성된 장소감이 창작의 영역에서 어떠한 요소로 작용하였는지, 또한 작가의 의식에서 지역성이 활용되는 사례를 확인할 수 있었다. 이는 지역의 독특성을 통해 호남의 정체성을 이해하려는 시도에 있어 중요한 역할을 할 것으로 기대한다.

지난 총서에서는 사업단의 비전을 공유한 국내외 석학들과 사업단의 신진연구 인력들의 연구 결과가 반영된 결과물이었다. 이에 반해 이번 학술총서는 사업단 구성원과 참여대학원생들의 연구 성과들로만 구성하였다. 다시 말하자면, 미래 가치를 주도하고 횡단형 인재를 양성하고자 하는 사업단의 목표가 일련의 결실로 구현된 점을 반영하고 있다. 특히 참여대학원생들의 연구 성과는 그동안 사업단에서 운영하였던 인문형 랩, 서당식 멘토링, 콜로키움과 같은 프로그램을 통해 이루어진 성과물이라는 점에서 고무적이다. 이 자리를 통해 연구에 매진해온 참여대학원생들과 연구 결과를 공유할 수 있도록 옥고를 제출해준 사업단 구성원들에게 감사의 말을 전한다. 아울러 사업단의 연구 성과를 학술총서로 간행해주신 보고사 출판사 가족들에게도 고마움을 표한다.

2016년 6월 15일
전남대학교 BK21+ 지역어 기반 문화가치 창출 인재 양성 사업단
단장 신해진

차례

제2장
호남, 문학과 지역성

제1장

호남,
언어와 지역성

흑산도지역어의 모음과 관련된 음운현상

1. 서론

본고는 흑산도지역어에 존재하는 음소목록을 제시하고 활용에서 모음과 관련된 음운 현상을 고찰하여 흑산도지역어의 모음과 관련된 음운론적 특징을 밝히는 데 목적이 있다. 이기갑(1989)에서는 전남 신안지역의 언어지리적 성격에 대해서 독자적인 언어상황을 보인다고 하기에는 미흡하다고 보고 있으나 서남해 일부 지역에 옛 어형이 독점적으로 분포되어 있는 경우도 있다고 한다.[1] 흑산도지역어는 신안 방언의 하위 지역어로 신안 방언의 음운론적 특징과 비슷한 모습을 보일 것으로 생각되므로 본고에서는 먼저 모음과 관련된 음운현상에서 나타나는 흑산도지역어의 특징을 밝히고 주변 지역인 신안지역어와 진도지역어와는 어떤 차이가 있는지를 살필 것이다.[2]

---

[1] 이기갑(1989)에서는 곡용의 자료를 사용하여 위와 같은 결론을 내리고 있다. 활용 양상을 조사한 후 음운론적 특징을 살피는 본고와는 차이가 있다.

[2] 고대에 중국에 갈 때는 영암이나 영산포에서 출발하여 흑산도를 경유하여 갔으며 흑산

흑산도에 대한 연구는 대부분 방언 자료 연구가 많은데 김웅배(1988)에서 흑산도 어휘 자료를 제시하고 있고 홍순탁(1963)은 자산어보(玆山魚譜)에서 차자 어명(魚名)과 방언 어휘를 대조하고 있다. 흑산도에 대한 전반적인 연구는 목포대 도서문화연구소에서 진행되었는데, 이해준(1988)은 흑산도문화의 배경과 성격을, 조경만(1988)은 흑산 사람들의 삶과 민간신앙을, 허경회(1988)은 흑산면의 구비문학 자료를 조사하였다. 음운론적 연구로는 김광헌(2003), 김경표(2013)이 있다. 김광헌(2003)은 신안군 지도지역어의 음소체계, 음운현상을 공시적으로 고찰하되 이 지역어의 특징을 보여 주는 통시적 변화의 결과도 함께 다루고 있다. 김경표(2013)에서는 도서 방언인 신안, 진도, 완도 방언의 음운론적 대비를 하고 있는데 신안군에서 흑산도에 대한 조사는 빠져 있다. 이상에서 흑산도에 대한 연구는 어휘에 치중되어 있고 음운에 대한 연구는 거의 없는 실정이다.

흑산도는 목포에서 서남방으로 해상 92.7km 떨어져 있는 섬이다. 목포와 흑산도를 오가는 쾌속선이 하루에 4번 있는데 2시간 정도 걸린다. 흑산도의 면적은 19.7km이고 해안선 길이는 41.8km에 달하는 제법 큰 섬이다. 산지가 대부분을 차지하기 때문에 논농사보다는 밭농사를 주로 하고 있고 수산업과 관광산업에 크게 의존하고 있다.

본고는 흑산도지역어를 조사하기 위해 2013년 12월 5일부터 7일까지 현지 조사를 실시하였다. 현지조사에 사용된 조사항목은 국립국어

도는 중국과 한국, 일본의 문화를 연결하는 곳이었다. 흑산도지역어는 지속적인 교류가 있었던 영암 구림지역어나 나주 영산포지역어와 언어적 공통점이나 차이점도 있을 것으로 생각된다. 다른 지역과의 대비 연구는 후일을 기약한다.

원(2006)의 지역어 조사 질문지를 참고하였다. 또한 기존의 어휘자료도 보조 자료로 사용하였다.[3] 제보자 선정에 있어서는 이 지역에 3대 이상 거주한 토박이 화자로서 노년층을 대상으로 하였다.[4]

모음과 관련된 음운현상은 모음축약, 모음탈락, 모음의 완전순행동화, 활음화, 활음첨가, 움라우트, 전설모음화, 원순모음화가 있다. 이 중에서 흑산도지역어의 음운론적 특징을 잘 보여줄 수 있는 모음의 완전순행동화, 활음화, 전설모음화를 살펴볼 것이다.

2. 음소목록

흑산도지역어는 장애음 16개(ㅂ, ㅃ, ㅍ, ㄷ, ㄸ, ㅌ, ㄱ, ㄲ, ㅋ, ㅈ, ㅉ, ㅊ, ㅅ, ㅆ, ㅎ, ㆆ[5]), 공명음은 4개(ㅁ, ㄴ, ㅇ, ㄹ)가 존재한다. 그리고 9개

---

3 보조 자료로 이돈주(1978)의 『전남방언』, 한국정신문화연구원(1991)의 『한국방언자료집 Ⅵ 전라남도편』, 김웅배(1988)의 흑산도 방언의 어휘자료, 허경회(1988)의 흑산면의 구비문학 자료를 이용하였다.

4 조사지점과 제보자는 다음과 같다.

조사지점	제보자	직업
예리	박계예(여, 78) 보조 김석권(남, 76)	무직 무직
진리	윤일순(남, 75)	무직
읍동	박인순(여, 79)	무직

5 'ㆆ'을 하나의 음운으로 설정한 이유는 '실꼬, 시러서, 시릉께(싣-, 載)'와 같은 음성형을 설명하기 위해서이다. 잠정 기저형을 '싫-(載)'로 설정하면 '실꼬'는 자음 축약에 의해 경음화 되었다고 설명할 수 있고 '시릉께, 시러서'는 'ㆆ' 탈락으로 설명할 수 있으므로 '싫-(載)'을 기저형으로 설정할 수 있다.

(이, 에(E), 위, 외, 으, 어, 아, 우, 오)의 단모음이 존재한다. 전남 서부 방언에 속하는 흑산도지역어에 '비:게(枕) : 가게(店)'를 통해 비어두에서 '애'와 '에'가 구별되지 않는 것을 알 수 있다.[6] '위, 외'의 경우에 '귀(耳), 쉬/세(파리), 뒤(後), 귀신(鬼), 쥐:다(握), 외:국(外國), 외:상, 되:다(硬)'에서 보듯이 대부분 단모음으로 실현되는 것을 알 수 있다. 그런데 '끼:고(귀:-, 屁), 쎄(쇠, 鐵), 세:고(쇠-, 설을), 쎄:고(쐬-, 바람을)'에서는 '위, 외'가 '에, 이'로 실현되는 경우도 있다.

이 지역어에는 활음 'y'와 활음 'w'가 있다.[7] 활음 'y, w'와 결합하여 만들어진 'y'계 이중모음은 '여, 야, 유, 요, 예(yE)'가 있고 'w'계 이중모음은 '워, 와, 웨(wE)'가 있는데 이들 모두 활음이 단모음보다 선행하는 상향이중모음이다. 'y'계 이중모음의 예로 '여럿(多), 미역, 별~벨, 야달(八), 야차서(淺), 유리(琉璃), 규칙(規則), 종류(種類), 요(褥), 교실(教室), 예:이(禮儀), 예물(禮物)'이 있고 'w'계 이중모음의 예로 '원망(怨望), 정월(正月), 꿩(雉), 왕(王), 지와(瓦), 확독'이 있다. 이 지역어의 이중모음 중에서 'y'계 이중모음의 숫자가 'w'계 이중모음의 숫자보다 더 많다. 현대 국어의 이중모음 '의'는 이 지역어에서 '으논(의논, 議論), 으심(의심, 疑心)'처럼 단모음 '으'로 실현되고 있다. 그리고 이 지역어에서는 '일(一)-일:(事), 눈(眼)-눈:(雪)'처럼 장단으로 단어를 변별하는 음장이 존재한다.

---

6 김광헌(2002:6)에서는 신안 지도지역어에서, 김경표(2013:23)에서는 신안지역어에서, 이진숙(2013:27)에서는 진도지역어에서 '애'와 '에'가 구분되지 않는다고 한다.

7 'y, w'는 일반적으로 '반모음(semi-vowel)'이라는 용어를 사용하는데 본고에서는 활음이라는 용어를 쓰고자 한다.

3. 모음과 관련된 음운현상

1) 모음의 완전순행동화

모음의 완전순행동화는 '이, 애' 말음 어간이나 'ㅎ, ㆆ' 말음 어간이 어미[8]와 결합할 때 후행하는 어미의 모음이 어간말음절의 모음과 같아 지는 것을 말한다. 어간말음절의 종류와 어간의 음절 수로 나누어 살펴 보고자 한다.

(1) ㄱ. /기-+어서/→/기이서/→/기:서/→[기:서](기-, 匍匐)
　　　　/끼-+어서/→/끼이서/→/끼:서/→[끼:서](끼-, 挾)
　　　　/끼:-+었다/→/끼있다/→/낀:따/→[낀:따](끼:-, 屁)
　　　　/디:-+어서/→/디이서/→/디:서/→[디:서](디:-, 燙)
　　　　/띠:-+어라/→/띠이라/→/띠:라/→[띠:라](띠:-, 分離)
　　　　/비-+어라/→/비이라/→/비:라/→[비:라](비-, 除草)
　　　　/씨:-+어서/→/씨이서/→/씨:서/→[씨:서](씨:-, 强)
　　　　/키-+어서/→/키이서/→/키:서/→[키:서](키-, 點燈)
　　　　/피-+어서/→/피이서/→/피:서/→[피:서](피-, 伸)
　　　ㄴ. /끼-+어서/→/끼어서/→[끼어서](끼-, 霧)
　　　　/피-+어서/→/피어서/→[피어서](피-, 吸煙)

(1ㄱ)은 어간말음절의 모음이 '이'인 1음절 어간으로 어미초 두음 '어' 가 어간말음절의 모음 '이'에 완전순행동화된 후에 동일모음 축약이 되고 이에 대한 보상적 장모음화 결과 장모음이 나타난다. 그런데 (1ㄴ)

---

8 본고에서는 어미 '어'나 '아'가 어휘부에 존재하며 어간의 모음에 따라 선택적으로 사용 된다고 본다.

은 (1ㄱ)의 자료들과 동일한 환경임에도 불구하고 모음의 완전순행동화가 일어나지 않았다. 정확한 이유를 알 수 없으나 단어의 의미적인 부분이 영향을 준 것으로 추정된다.

(2) ㄱ. /모이-+어라/→/모이이라/→[모이라](모이-, 集)
     /이기-+었다/→/이기있다/→/이깄다/→[이긷따](이기-, 勝)
  ㄴ. /이기-어서/→/이겨서/→/이게서/→[이게서](이기-, 勝)
  ㄷ. /땡기-+어라/→/땡기어라/→/땡겨라/→[땡겨라](땡기-, 引)

(2ㄱ)은 어간말음절의 모음이 '이'인 2음절 어간으로 완전순행동화 이후에 동일 모음이 축약된 후 실현된 것이다. (2ㄴ)은 활음화 이후에 '여→에' 축약이 일어났는데 전남방언에서 일반적인 모습이다. (2ㄷ)은 활음화 과정을 거쳐 실현된 것이다. 현대 국어에서 어간말음절의 모음이 '이'인 어간과 모음으로 시작하는 어미가 결합할 때 활음화 이후에 실현되는 '이+어→여'형, '여→에' 축약 이후에 실현되는 '이+어→에'형, 모음의 완전순행동화 이후에 실현된 '이+어→이'형이 있는데 흑산도지역어에서는 세 가지 형태가 모두 나타나고 있다. 전남 방언에서는 어간말음절의 모음이 '이'인 2음절 어간의 경우에 (2ㄴ)과 같은 활용형이 일반적으로 나타나고 (2ㄷ)과 같은 활용형도 나타난다. 그런데 (2ㄱ)과 같은 활용형은 경남 방언에서 주로 나타나는 형태로 특이하다고 할 수 있다.[9]

9 이진숙(2014:120~125)에서는 담양 지역어의 경우에 모음의 완전순행동화 이후에 실현된 '이+어→이'형이 나타나며 경남 방언의 영향을 받은 것이라고 했는데 흑산도지역어의 경우에는 경남 지역과 멀리 떨어져 있어서 '이+어→이'형이 실현되는 이유를 담양

(3) /깨:-+아서/→/깨애서/→/깨:서/→[깨:서](깨:-, 破)

   /때:-+아서/→/때애서/→/때:서/→[때:서](때:-, 炊)

   /매-+아라/→/매애라/→/매:라/→[매:라](매:-, 係)

   /배-+아서/→/배애서/→/배:서/→[배:서](배:-, 胚)

   /빼-+아서/→/빼애서/→/빼:서/→[빼:서](빼-, 拔)

   /새:-+아서/→/새애서/→/새:서/→[새:서](새:-, 漏)

(3)은 어간말음절의 모음이 '애'인 어간으로 어미초 두음 '어'가 어간
말음절의 모음 '애'에 완전순행동화된 후에 동일모음 축약이 되고 이에
대한 보상적 장모음화 결과 장모음이 나타난다. 어간말음절의 모음이
'애'인 어간은 어간말음절이 '이'인 1음절 어간 중 (1ㄱ´)과 같은 활용형
이 나타나지 않고 모두 완전순행동화가 적용되었다.

(4) /땋:-+응께/→/따응께/→/따앙께/→/땅:께/→[땅:께](땋:-, 辮)
     cf〉 따코

(4)는 어간말음절의 자음이 'ㅎ'인 어간으로, 이 어간이 '으'로 시작하
는 어미와 결합할 때 후음 'ㅎ'이 탈락하고 어미초 두음 '으'가 어간말음

지역어처럼 설명하기 어렵다. 또한 완전순행동화 현상이 흑산도까지 전파되었다고 보
기 어려운 이유는 영암이나 신안, 진도 지역어에서는 이러한 활용형이 나타나지 않기
때문이다. 한 가지 가능성은 신안지역어에서 '빌(星), 빙(病)'과 같은 자료들이 나타나
는데 이런 단어들이 활용형에 영향을 미쳤다고 볼 수 있다. 그리고 흑산도에 오는 관광
객이나 60년대 파시가 형성될 때 왔던 선원들의 영향을 받았을 것으로 추정할 수 있다.
그런데 흑산도에 오는 관광객은 대부분 홍도를 보고 흑산도에 와서 숙박을 하지 않고
전세버스를 타고 2시간 정도 관광하고 식사한 후에 가는 경우가 대부분이기 때문에
흑산도지역어에 어떤 영향을 미쳤다고 보기에는 힘들 것 같다.

절의 모음 '아'에 완전순행동화된 후에 동일모음 축약이 되며 이에 대한 보상적 장모음화 결과 장모음이 나타난다. 어미 '으'는 국어에서 약모음으로 선행하는 모음에 의해 동화된다.

흑산도지역어에서 어간말음절의 모음이 '이'인 1음절 어간이나 2음절 어간의 경우에 특이한 모습을 보였는데 흑산도 주변지역과 어떤 차이가 있는지 살펴보자.

(5) ㄱ. 기어서, 쪄서
     ㄴ. 기어서, 피어서
     ㄷ. 기어서~겨:서, 비어서~벼:서, 시어서~셔:서

(5)는 어간말음절의 모음이 '이'인 1음절 어간으로 (5ㄱ)은 신안 지도 지역어(김광헌, 2002:38), (5ㄴ)은 신안지역어(김경표, 2013:93), (5ㄷ)은 진도 지역어(이진숙, 2013:120) 자료이다. 신안 지역어의 경우에는 모음의 완전순행동화가 일어나지 않았는데 흑산도지역어에서는 어간과 어미가 결합할 때 모음의 완전순행동화가 일어나는 것이 일반적인 현상이고 어떤 음운 규칙도 적용되지 않은 활용형도 일부 나타나고 있다. 진도 지역어에서는 음운 규칙이 적용되지 않은 활용형과 활음화된 활용형이 나타나고 있어서 흑산도지역어와 차이가 있다.

(6) ㄱ. 비베서, 땡게서, 다체서, 옹게서
     ㄴ. 댕겨서, 모지레서
     ㄷ. 마세서, 데께서, 니페

(6)은 어간말음절의 모음이 '이'인 2음절 어간으로 (6ㄱ)은 신안 지도

지역어(김광헌, 2002:38), (6ㄴ)은 신안 지역어(김경표, 2013:93), (6ㄷ)은 진도 지역어(이진숙, 2013:120) 자료이다. 신안 지역어에서는 '여→에' 축약 이후에 실현되는 '이+어→에'형이 일반적으로 나타나고 활음화 이후에 실현되는 '이+어→여'형도 일부 나타난다. 흑산도지역어에서도 비슷한 양상을 보이지만 모음의 완전순행동화 이후에 실현된 '이+어→이' 형이 나타나고 있어서 차이가 있다. 그리고 진도지역어에서는 '여→에' 축약 이후에 실현되는 '이+어→에'형만 나타나고 있어서 흑산도지역어와 차이가 있다.

2) 활음화

활음화는 어간말음절의 모음 '오, 우'나 '이'인 어간이 '아'나 '어'로 시작하는 어미와 결합할 때 모음충돌을 피하기 위해서 '오, 우'는 활음 'w'로, '이'는 활음 'y'로 바뀌는 현상을 말한다. 먼저 'w-활음화'를 살핀 후에 'y-활음화'도 살펴보기로 한다.

(1) w-활음화

'w-활음화'는 어간말음절의 모음 '오, 우'가 어미초 '아'나 '어'와 결합할 때 활음 'w'로 바뀌는데 활용에서만 나타난다. 어간말음절의 종류와 어간의 음절 수로 나누어 살펴보자.

(7) ㄱ. /오-+아/→/와/→[와](오-, 來)
　　 ㄴ. /보-+아서/→/봐서/→/바ː서/→[바ː서](보-, 看)
　　　　 /쏘-+아/→/쏴/→[쏴](쏘-, 射)

(7ㄱ)은 어간말음절의 모음이 '오'이고 초성이 없는 1음절 어간으로 어간말음절 '오'가 어미초 '아'와 결합할 때 활음 'w'로 바뀌었다. (7ㄴ)은 어간말음절의 모음이 '오'이고 초성이 있는 1음절 어간으로 (7ㄱ)과 다른 양상을 보인다. '보-(看)'어간의 경우에 활음화 후 활음 'w'의 탈락이 일어나 (7ㄱ)과 차이가 있다.

(8) ㄱ. /놓-+아라/→/노아라/→/놔라/→[놔라](놓-, 放)
    ㄴ. /좋-+아서/→/조아서/→[조아서](좋-, 好)

(8ㄱ)은 어간말음절이 'ㅎ'이고 1음절 어간인 경우로 후음 'ㅎ'이 탈락한 후에 활음화가 일어났다. 그런데 (8ㄴ)은 동일한 환경이지만 후음 'ㅎ'이 탈락한 후에 활음화가 일어나지 않았다.

(9) /꾸-+었어/→/꿔써/→[꿔써](꾸-, 夢)
    /주-+어서/→/줘서/→[줘서](주-, 與)
    /누-+어서/→/눠서/→[눠서](누-, 尿)[10]

(9)는 어간말음절의 모음이 '우'이고 초성이 있는 1음절 어간으로 어간말음절 '우'가 어미초 '어'와 결합할 때 활음 'w'로 바뀌었다.

(10) ㄱ. /배우-+아서/→/배와서/→[배와서](배우-, 學)
    /키우-+어서/→/키워서/→[키워서](키우-, 飼育)
    /야우-+어서/→/야워서/→[야워서](야우-, 瘦)

---

[10] 영암 지역어(이상신, 2008:93)에서는 활음화 이후에 '워→오' 축약이 일어난 '노:도'가 나타난다.

　　ㄴ. /가두-+아/→/가돠/→[가돠](가두-, 囚)

　　　　/메꾸-+어라/→/메꿔라/→[메꿔라](메꾸-, 塡)

　　　　/꼬누-+아서/→/꼬놔서/→/꼬나서/→[꼬나서](꼬누-, 照準)

　　　　/나누-+아서/→/나놔서/→/나나서/→[나나서](나누-, 分)

　　　　/바꾸-+아서/→/바꽈서/→/바까서/→[바까서](바꾸-, 換)

　　(10ㄱ)은 어간말음절의 모음이 '우'이고 초성이 없는 2음절 어간으로 활음화가 일어났다. 그리고 2음절 어간의 첫음절이 '애'인 경우에는 부사형어미 '-아X'와 결합하고 첫음절이 '이'인 경우에는 '-어X'와 결합한다. 그리고 첫음절이 '야'인 경우에는 '-어X'로 교체되었다. (10ㄴ)은 어간말음절의 모음이 '우'이고 초성이 있는 2음절 어간으로 (10ㄱ)처럼 활음화가 일어난 경우도 있지만 활음화 후 활음 'w'의 탈락이 일어난 경우도 있다. 2음절 어간의 첫음절이 '아, 오'인 경우에 부사형어미 '-아X'와 결합하고 첫음절이 '에'인 경우에는 '-어X'와 결합한다. (7ㄴ)과 (10ㄴ)처럼 어간말음절이 모음이고 초성이 있는 어간의 경우에 활음화 후 활음 'w'의 탈락이 일어나는 것을 알 수 있다.

　　(11)　/누:-+어서/→/눠서/→[눠서](눕:-∼누:-, 臥)[11]

　　(11)은 ㅂ-불규칙 용언으로 복수기저형 중 어간말이 모음으로 끝나는 기저형을 기준으로 했을 때 1음절 어간으로 복수 기저형 중 모음으로 시작하는 어미와 결합할 때 어간의 모음 '우'가 어미초 '어'와 결합한 후 활음 'w'로 바뀌었다.

---

11 '눕:-'은 자음어미 앞의 어간 기저형이고 '누:-'는 매개모음 어미와 모음어미 앞의 어간 기저형이다. 아래의 자료도 복수 기저형과 그 출현 환경을 제시한 것이다.

(12) /고우-+아서/→/고와서/→[고와서](곱-~고우-, 麗)

　　　/도우-+아/→/도와/→[도와](돕-~도우-, 助)

　　　/매우-+아서/→/매와서/→[매와서](맵-~매우-, 辛)

　　　/추우-+아서/→/추와서/→[추와서](춥-~추우-, 寒)

　　　/애로우-+아서/→/애로와서/→/애로와서](애롭-~애로우-, 孤)

　　　/무서우-+어서/→/무서워서/→[무서워서](무섭-~무서우-, 恐)

　　　/어두우-+어서/→/어두워서/→[어두워서](어둡-~어두우-, 暗)

　(12)는 ㅂ-불규칙 용언으로 복수기저형 중 어간말이 모음으로 끝나
는 기저형을 기준으로 했을 때 2음절 이상인 어간으로 어간말음절의
모음 '우'가 어미초 '아'나 '어'와 결합할 때 활음 'w'로 바뀌었다. 2음절
어간의 첫음절이 '오, 애'인 경우에 부사형어미 '-아X'와 결합하고 첫
음절이 '우'인 경우에는 '-아X'로 교체되었다. 3음절 어간의 둘째 음절
이 '오'인 경우에 부사형어미 '-아X'와 결합하고 둘째 음절이 '어, 우'인
경우에는 '-어X'와 결합한다.

　흑산도 주변지역과는 어떤 차이가 있는지 살펴보자.

　(13) ㄱ. 와서, 돌바서, 바:라, 싸:서, 까:서

　　　ㄴ. 와서, 바:서, 과:서~고아서

　　　ㄴ'. 노아서, 조아서

　　　ㄷ. 와서/아서, 봐라/바서, 쏘아~쏴

　(13ㄱ)은 신안 지도지역어(김광헌, 2002:36~37), (13ㄴ, ㄴ')은 신안 지
역어(김경표, 2013:62~63, 97~99), (13ㄷ)은 진도 지역어(이진숙, 2013:134
~136) 자료이다. (13)은 어간말음절의 모음이 '오'인 어간으로 (13ㄱ)은
흑산도지역어에 비해서 활음화 후 활음 'w'의 탈락이 일어나는 경향이

높게 나타난다. (13ㄴ)은 대체적으로 흑산도지역어와 비슷한 모습을
보인다. (13ㄴ')은 어간말음절이 'ㅎ'이고 1음절 어간인 경우로 활음화
가 일어나지 않고 있다. (13ㄷ)은 흑산도지역어와 다르게 활음화가 일
어난 경우와 활음화가 일어나지 않은 경우가 함께 나타난다.

> (14) ㄱ. 처라, 써라, 바까라, 나나, 가다라
> ㄴ. 눠:서, 꿔서, 줘서/주어서, 배워서/배와서, 키워서/키어서, 가다
> 서/가둬서, 바까서, 나나서
> ㄷ. 구어~귀:, 꾸어~꿔, 누어~눠, 쑤어~쒀:, 줘서, 나나서, 바까서,
> 잡싸

(14ㄱ)은 신안 지도지역어(김광헌, 2002), (14ㄴ)은 신안 지역어(김경
표, 2013), (14ㄷ)은 진도 지역어(이진숙, 2013) 자료이다. (14)는 어간말음
절의 모음이 '우'인 어간으로 (14ㄱ)은 초성이 있는 경우에 활음화 후
활음 'w'의 탈락이 일어나는 경우만 나타난다. (14ㄴ)은 1음절이나 초
성이 없는 경우에 활음화가 일어나는 경향이 높고 초성이 있는 경우에
는 활음화 후 활음 'w'가 탈락하는 경향이 높은데 흑산도지역어와 비슷
하다. (14ㄷ)은 초성이 있는 경우로 1음절 어간의 경우에 활음화가 일어
나지 않은 경우가 함께 나타나 흑산도 지역어와 차이가 있다.

> (15) ㄱ. 더와서, 누워서, 부러와서, 도아라, 게로아
> ㄴ. 구워서, 고와서, 도와서, 주워서, 매와서, 추와서, 어두와서~어
> 더서, 가까워서~가차서, 까다로와서
> ㄷ. 도와/도아, 고와, 미워/미어~며:, 추와~추워, 아솨~아사

(15ㄱ)은 신안 지도지역어(김광헌, 2002), (15ㄴ)은 신안 지역어(김경표, 2013), (15ㄷ)은 진도 지역어(이진숙, 2013) 자료이다. (15)는 ㅂ-불규칙 용언으로 (15ㄱ)은 활음화가 일어난 경우와 활음화 후 활음 'w'의 탈락이 일어나는 경우가 공존하고 있다. (15ㄴ)은 흑산도지역어와 비슷하다. (15ㄷ)은 활음화가 일어난 경우와 활음화 후 활음 'w'의 탈락이 일어나는 경우가 공존하고 있다.

이상에서 흑산도지역어는 어간말음절의 모음이 '오'이고 1음절인 경우에 다른 지역어에 비해서 활음화가 잘 일어나고 어간말음절의 모음이 '우'인 경우나 ㅂ-불규칙 용언의 경우에는 비슷한 모습을 보임을 확인할 수 있었다.

(2) y-활음화

'y-활음화'는 어간말음절의 모음 '이'가 어미초 '아'나 '어'와 결합할 때 활음 'y'로 바뀌는 현상이다. 어간말음절의 종류와 어간 음절 수로 나누어 살펴보자.

(16) ㄱ. /이-+어라/→/여라/→[여라](이-, 載)

(16)는 어간말음절의 초성이 없는 1음절 어간으로 어간말음절의 모음 '이'가 어미초 '어'와 결합할 때 활음 'y'로 바뀌었다. 활음화 이후에 실현되는 '이+어→여'형이다. 그런데 (2ㄱ)의 '모이라'처럼 어간말음절의 초성이 없는 2음절 어간의 경우에는 활음화가 일어나지 않고 모음의 완전순행동화가 일어난 경우도 있다. 어간말음절의 초성이 있는 1음절 어간의 경우에는 (1ㄱ)처럼 모음의 완전순행동화가 일어나는 경향이

높으며 (1ㄴ)처럼 어떤 음운현상도 일어나지 않는 경우도 공존한다.

(17) /전디-+어라/→/전뎌라/→[전뎌라](전디-, 忍)

/기리-+어서/→/기려서/→[기려서](기리-, 畵)

/끼리-+어/→/끼려/→[끼려](끼리-, 湯)

/누비-+어서/→/누벼서/→[누벼서](누비-, 縫)

/댕기-+어서/→/댕겨서/→[댕겨서](댕기-, 行)

/데리-+어/→/데려/→[데려](데리-, 熨)

/땡기-+어라/→/땡겨라/→[땡겨라](땡기-, 引)

/부시-+어서/→/부셔서/→[부셔서](부시-, 照)

/식히-+어/→/시키어/→/시켜/→[시켜](식히-, 使冷)

/애리-+어/→/애려/→[애려](애리-, 痛)

/이기-+어서/→/이겨서/→/이게서/→[이게서](이기-, 勝)

/제리-+어/→/제려/→[제려](제리-, 痲)

/데끼-+어라/→/데껴라/→[데껴라](데끼-, 搞)

(17)은 어간말음절의 초성이 있는 2음절 어간으로 어간말음절의 모음 '이'가 어미초 '어'와 결합할 때 활음 'y'로 바뀌었다. 활음화 이후에 실현되는 '이+어→여'형이 대부분이다. 그런데 '이게서'의 경우에는 '여 →에' 축약 이후에 실현되는 '이+어→에'형으로 조사한 자료 중에서는 하나만 있다.

(18) /일으키-+어서/→/이르켜서/→[이르켜서](일으키-, 使起)

/지달리-+었다/→/지달렸다/→/지달럳따/→[지달럳따](지달리-, 待)

/뚜드리-+어서/→/뚜드려서/→[뚜드려서](두드리-, 敲)

/자뻐뜨리-+어라/→/자뻐뜨려라/→[자뻐뜨려라](자뻐뜨리-, 搐)

(18)은 어간말음절의 초성이 있는 2음절 이상의 어간으로 활음화가 일어났다.

(19) ㄱ. /지-+어/→/져/→/저/→[저](지-, 負)
/찌-+어/→/쪄/→/쩌/→[쩌](찌-, 蒸)
ㄴ. /고치-+어서/→/고쳐서/→/고처서/→[고처서](고치-, 改)
/맨치-+어라/→/맨쳐라/→/맨처라/→[맨처라](맨치-, 挲)
/히치-+어서/→/히쳐서/→/히처서/→[히처서](히치-, 洗)
ㄷ. /자빠지-+어서/→/자빠져서/→[자빠저서](자빠지-, 到)
/뿌러지-+어서/→/뿌러져서/→[뿌러저서](뿌러지-, 折)
/오그러지-+어서/→/오그러져서/→[오그러저서](오그러지-, 蹙)

(19ㄱ~ㄷ)은 '경구개음+이'의 구조로 된 어간으로 어간말음절의 모음 '이'가 어미초 '어'와 결합할 때 활음 'y'로 바뀌었다. 그리고 예외 없이 활음화 후에 활음 'y'가 탈락하였다.[12] 이상신(2008:101)에서 논의한 것처럼 어간말음이 경구개음이 아닌 '여라'(이-, 載)의 경우에 어간말 '이'가 탈락한 것이라면 '어라'가 나타나게 되므로 문제가 된다. 그리고 '던제라'나 '쩌라'를 합리적으로 설명하기 위해서는 활음화 후에 활음 'y'가 탈락했다고 봐야 한다.

흑산도 주변지역과 어떤 차이가 있는지 살펴보자.

12 한성우(1996:62~63)에서는 당진지역어에서 음장의 변화가 없는 것을 잘 설명할 수 있어서 어간말 '이'가 삭제된 것으로 보고 있는데 본고에서는 활음화 이후 활음 'y'가 탈락한 것으로 본다.

(20) ㄱ. 기어서

ㄴ. 펴서/피어서~피:서, 켜:서~키어서, 껴:서~끼어서, 기어서

ㄷ. 기어서~겨서, 비어서~벼서, 이어서~여서

(20ㄱ)은 신안 지도지역어(김광헌, 2002:38, 54), (20ㄴ)은 신안 지역어 (김경표, 2013:99~101), (20ㄷ)은 진도 지역어(이진숙, 2013:131~133) 자료 이다. (20)은 1음절 어간으로 (20ㄱ)은 활음화가 일어나지 않았다. (20 ㄴ, ㄷ)은 활음화가 일어난 경우와 어떤 음운 규칙도 적용되지 않은 경 우가 공존하고 있어서 흑산도지역어와 차이가 있다.

(21) ㄱ. 숭게라, 비베서, 뗑게서, 다체서, 옹게서, 겡게따, 빌레제페서,

시케서, 끼레라, 에레서, 앙체라, 걸레, 추레서, 풀레서, 이게서,

ㄴ. 뎅겨서, 시켜서, 데려서, 마셔서, 비벼서, 이겨서~이게서, 네려서

ㄷ. 고여, 모여, 이겨~이게, 댕겨~댕게, 매껴~매께, 니베, 비벼서~

비베서, 전데서, 차려

(21ㄱ)은 신안 지도지역어(김광헌, 2002), (21ㄴ)은 신안 지역어(김경 표, 2013), (21ㄷ)은 진도 지역어(이진숙, 2013) 자료이다. (21)은 2음절 어간으로 (21ㄱ)은 모두 활음화가 적용된 후 '여→에' 축약이 일어난 형태만 나타나 흑산도지역어와 차이가 있다. (21ㄴ)은 활음화가 일어 난 경우가 대부분이어서 흑산도지역어와 차이가 없다. (21ㄷ)은 활음 화가 적용된 경우와 활음화 후에 '여→에' 축약이 일어난 경우가 공존하 고 있어서 흑산도지역어와 차이가 있다.

(22) ㄱ. 쩌서, 칟따

ㄴ. 저서, 처서, 쩌서, 갈처서, 뿌러저서

ㄷ. 쩌서, 갈처서

(22ㄱ)은 신안 지도지역어(김광헌, 2002), (22ㄴ)은 신안 지역어(김경표, 2013), (22ㄷ)은 진도 지역어(이진숙, 2013) 자료이다. (22)는 '경구개음+이'의 구조로 된 어간으로 (22ㄱ~ㄷ)은 활음화 후에 활음 'y'의 탈락이 일어나 흑산도지역어와 차이가 없다.

이상에서 흑산도지역어에서는 1음절 어간의 경우에 활음화가 잘 일어나지 않는다. 2음절 이상인 어간의 경우에 다른 지역어에서는 활음화가 적용된 후 '여→에' 축약이 일어난 형태가 잘 나타나는데 흑산도지역어는 y-활음화가 주로 일어나고 있어서 차이가 있다.

3) 전설모음화

전설모음화는 치조음 'ㅅ, ㅆ'과 경구개음 'ㅈ, ㅊ, ㅉ'아래에서 모음 '으'가 '이'로 바뀌는 음운현상이다.[13] 형태소 경계에서 어떤 모습을 보이는지 살펴보자.[14]

---

13 정인호(1995:65)에서는 화순지역어에서 전설모음화의 동화주로 'ㅈ, ㅉ, ㅊ, ㅅ, ㅆ, ㄴ, ㅀ, ㄶ'를 제시하고 있다. 강희숙(2002)에서도 전설모음화의 동화주로 'ㄹ'를 추가하고 있는데 흑산도지역어에서도 형태소 내부에서 '가리(가루), 자리(자루)'가 나타나므로 전설모음화의 동화주로 'ㄹ'을 설정할 수 있다.

14 형태소 내부에서 전설모음화가 일어나는 예를 제시하면 '가실(秋), 마실/마슬(村), 베실(벼슬), 씨리다/쓰리다(痛), 거실로(거슬로)'가 있다. 그런데 '가스나이(가시나), 머스마(머시마), 소스랑(소시랑), 측(칡), 자슥(자식), 오증어(오징어)'처럼 전설모음화가 일어나지 않은 경우도 공존하고 있다.

(23) ㄱ. /낫+으로/→/나스로/→[나시로][나스로](낫)

　　ㄴ. /늦-+응께/→/느증께/→/느징께/→[느징께](늦-, 遲)

　　　　/쫓-+응께/→/쪼충께/→/쪼칭께/→[쪼칭께](쫓-, 追)

　　ㄷ. /있-+으문/→/이쓰문/→/이씨문/→[이씨문][이쓰문](있-, 有)

　　ㄷ'. /긋:-응께/→/그승께/→[그승께](긋:-, 劃),

　　　　/낫:-+응께/→/나승께/→[나승께](낫:-, 癒)

　　　　/짓-+응께/→/지승께/→[지승께](짓-, 吠)

　(23ㄱ)은 'ㅅ'아래에서 '으로'가 '이로'로 바뀌었다. 그런데 이상신 (2008:82~83)에서는 '이로'가 전설모음화가 된 것이 아니라 곡용어미로 '으로'의 자유변이로 파악하고 있다.[15] '나시로'와 '나스로'가 같이 나타나므로 '이로'는 '으로'의 자유변이로 보는 것이 타당할 것 같다. 그렇다면 (23ㄱ)은 전설모음화의 예가 아니다. (23ㄴ)은 어간말음절의 자음이 'ㅈ, ㅊ'일 때 전설모음화가 일어난 경우이다. (23ㄷ)은 어간말음절의 자음이 'ㅆ'인 경우로 '있-'어간은 전설모음화가 일어난 형태와 일어나지 않은 형태가 공존하고 있다.[16] (23ㄷ')은 어간말음절의 자음이 'ㅅ'인 경우로 전설모음화가 일어나지 않고 있다.

　흑산도 주변지역과 어떤 차이가 있는지 살펴보자.

　(24) ㄱ. 소시로, 바티로, 미티로, 포시로, 꼬시로, 나지로, 저시로

　　　ㄴ. 나시로~나스로, 오시로~오스로, 저시로, 밤나시로

---

15 이진숙(2013)도 같은 입장을 취하고 있다. 그런데 김옥화(2001:151)에서는 부안지역어에서, 정인호(2004:80)에서는 화순지역어에서 '이로'는 전설모음화가 일어난 것으로 보고 있다.

16 영암지역어(이상신, 2008:84)에서는 과거시제 선어말어미 '-았-'의 'ㅆ' 아래에서는 'ㅅ'이나 'ㅈ'에 비해 전설모음화가 잘 일어난다고 한다.

(24ㄱ)은 신안 지도지역어(김광헌, 2002:14, 29), (24ㄴ)은 진도 지역어(이진숙, 2013:128~131) 자료이다. (24)는 곡용의 예로 (24ㄱ)은 'ㅅ, ㅌ, ㅈ' 아래에서 '이로'로 나타나고 있으므로 '으로'의 자유변이로 볼 수 있다.[17] (24ㄴ)도 'ㅅ' 아래에서 '이로'와 '으로'가 같이 나타나므로 '이로'를 '으로'의 자유변이로 볼 수 있다.

(25) ㄱ. 꼬징께, 쪼칭께, 안징께

    ㄴ. 느징께, 이징께, 쪼칭께, 앙징께

(25ㄱ)은 신안 지역어(김경표, 2013:96~97), (25ㄴ)은 진도 지역어(이진숙, 2013) 자료이다. (25)는 경구개음 아래에서 일어나는 전설모음화이다.

(26) ㄱ. 지승께, 이승께, 저승께, 끄승께, 부승께

    ㄴ. 이씽께~이쓩께, 그승께, 없쓩께

    ㄷ. 이씽께~이쓩께, 해:쓩께~해:씽께, 업:쓩께~업:씽께, 그승께, 이승께, 지승께

(26ㄱ)은 신안 지도지역어(김광헌, 2002), (26ㄴ)은 신안 지역어(김경표, 2013), (26ㄷ)은 진도 지역어(이진숙, 2013) 자료이다. (26)은 치조음 아래에서 전설모음화가 일어나는지를 살피는 것으로 (26ㄱ)은 전설모음화가 일어나지 않았다. (26ㄴ)은 '있-' 어간은 전설모음화가 일어난 경우와 일어나지 않은 경우가 공존하고 있고 다른 예는 전설모음화가

---

[17] 김광헌(2002:45)에서는 곡용에서 전설모음화의 동화주로 'ㄹ'과 'ㅅ'을 제시하고 있다.

일어나지 않았다. (26ㄷ)은 '있-, 했:-, 없-' 어간의 경우에는 전설모음화가 일어난 경우와 일어나지 않은 경우가 공존하고 있고 다른 예는 전설모음화가 일어나지 않아서 흑산도지역어와 비슷하다.

이상에서 흑산도지역어에서는 치조음 'ㅆ' 아래에서는 전설모음화가 수의적으로 일어나고 경구개음 'ㅈ, ㅊ, ㅉ' 아래에서는 필수적으로 일어나는데 다른 지역어와 비슷한 모습을 보인다.

4. 결론

본고에서는 흑산도지역어에 존재하는 음소목록을 제시하고 활용에서 모음과 관련된 음운 현상을 살펴보았다. 이 장에서는 위에서 논의한 내용을 요약함으로써 이 지역어의 모음과 관련된 음운 특징을 제시하고자 한다.

흑산도지역어는 20개(ㅂ, ㅃ, ㅍ, ㄷ, ㄸ, ㅌ, ㄱ, ㄲ, ㅋ, ㅈ, ㅉ, ㅊ, ㅅ, ㅆ, ㅎ, ㆆ, ㅁ, ㄴ, ㅇ, ㄹ)의 자음이 존재한다. 그리고 9개(이, 에(E), 위, 외, 으, 어, 아, 우, 오)의 단모음이 존재한다. 이 지역어에는 활음 'y'와 활음 'w'가 있는데 'y'계 이중모음은 '여, 야, 유, 요, 예(yE)'가 있고 'w'계 이중모음은 '워, 와, 웨(wE)'가 있다. '의'의 경우 '으논(의논, 議論), 으심(의심, 疑心)'처럼 '으'로 실현되고 있다.

흑산도지역어에서 모음과 관련된 음운 현상 중 모음의 완전순행동화, 활음화, 전설모음화를 살펴보았다. 모음의 완전순행동화는 흑산도지역어에서 어간말음절의 모음이 '이'인 1음절 어간이나 2음절 어간의 경우에 특이한 모습을 보이는데 1음절 어간의 경우에 흑산두지역어에서는 모음의 완전순행동화가 일어나는 것이 일반적인 현상이고 어떤 음운 규칙도 적용되지 않는 경우도 일부 나타나고 있다. 신안 지역어의 경우에는 모음의 완전순행동화가 일어나지 않았고 진도 지역어에서는 음운 규칙이 적용되지 않은 활용형과 활음화된 활용형이 나타나고 있어서 차이가 있다. 2음절 어간의 경우에 흑산도지역어에서는 모음의 완전순행동화 이후에 실현된 '이+어→이'형이 나타나고 있는데 신안 지역어에서는 '여→에' 축약 이후에 실현되는 '이+어→에'형이 일반적으로 나타나고 활음화 이후에 실현되는 '이+어→여'형도 일부 나타나 차이가 있다. 그리고 진도지역어에서는 '여→에' 축약 이후에 실현되는 '이+어→에'형만 나타나고 있어서 차이가 있다.

흑산도지역어에서는 'w-활음화'와 'y-활음화'가 있는데 'w-활음화'의 경우에 흑산도지역어는 어간말음절의 모음이 '오'이고 1음절인 경우에 다른 지역어에 비해서 활음화가 잘 일어나고 어간말음절의 모음이 '우'인 경우에 활음화가 일어난 경우도 있지만 활음화 후 활음 'w'의 탈락이 일어난 경우도 있다. ㅂ-불규칙 용언의 경우에는 활음화가 일어난 경우가 있지만 동일모음이 탈락한 경우가 더 많은데 다른 지역과 비슷하다. 'y-활음화'의 경우에 흑산도지역어에서는 1음절 어간의 경우에 활음화가 잘 일어나지 않고 2음절 이상인 어간의 경우에 y-활음화가 주로 일어나지만 다른 지역어에서는 활음화가 적용된 후 '여→에' 축약이 일어난 형태가 잘 나타나 차이가 있다.

형태소 경계에서 일어나는 전설모음화를 살펴보았는데 흑산도지역어에서는 치조음 'ㅆ' 아래에서는 전설모음화가 수의적으로 일어나고 경구개음 'ㅈ, ㅊ, ㅉ' 아래에서는 필수적으로 일어나는데 다른 지역어와 비슷한 모습을 보인다. 'ㅅ' 아래에서 전설모음화가 일어나지 않고 있다. 그리고 형태소 내부에서는 유음 'ㄹ' 아래에서 전설모음화가 일어나는 경우도 존재한다.

본고에서는 흑산도지역어의 모음과 관련된 몇 가지 음운현상만을 다루었다. 미처 다루지 못한 모음과 관련된 음운현상과 자음과 관련된 음운 현상, 어간과 어미의 기저형에 대한 연구, 그리고 통시적인 연구가 진행된다면 흑산도지역어의 음운론적 특징이 보다 명확하게 드러날 것이다.

이 글은 지난 2014년 한국방언학회에서 발간한
『방언학』 제19호에 게재된 것이다.

참고문헌

〈논저〉

강희숙, 「전설모음화의 발달과 방언 분화」, 『한국언어문학』 44, 2002, 52~541쪽.

국립국어원, 『지역어 조사 질문지』, 태학사, 2006.

김경표, 「전남 도서지역과 해안지역의 부사형어미 '-아/어'의 교체」, 『방언학』 16, 한국방언학회, 2012, 187~215쪽.

_____, 「전남 도서 방언의 음운론적 대비 연구」, 전남대 박사학위논문, 2013.

김광헌, 「신안 지도지역어의 음운론적 연구」, 목포대 석사학위논문, 2003.

김옥화, 「부안지역어의 음운론적 연구」, 서울대 박사학위논문, 2001.

_____, 「무주지역어 '어간+아X'의 음운과정」, 『국어교육』 113, 한국어교육학회, 2004, 499~524쪽.

김웅배, 「흑산도 방언의 어휘자료」, 『도서문화』 6, 목포대 도서문화연구소, 1988,

315~340쪽.

김정태, 「충남방언 활용에서의 음성모음화」, 『어문연구』 51, 어문연구학회, 2006, 279~299쪽.

배주채, 「고흥방언의 음운론적 연구」, 서울대 박사학위논문, 1994.

위 진, 「전설모음화의 발생과 적용 조건」, 『한국언어문학』 73, 한국언어문학회, 2010, 69~86쪽.

이기갑, 「전남 신안지역의 언어지리적 성격」, 『도서문화』 7, 목포대 도서문화연구소, 1989, 127~135쪽.

이돈주, 『전남방언』, 형설출판사, 1978.

이상신, 「전남 영암지역어의 공시 음운론」, 서울대 박사학위논문, 2008.

이승재, 「구례지역어의 음운체계」, 『국어연구』 45, 국어연구회, 1980.

이진숙, 「고흥 지역어와 진도 지역어의 음운론적 대비 연구」, 전남대 박사학위논문, 2013.

_____, 「담양 지역어의 특징적인 음운현상」, 『국어학』 69, 국어학회, 2014, 105~133쪽.

이진호, 「국어 ㅎ-말음 어간의 음운론」, 『국어국문학』 133, 국어국문학회, 2003, 168~191쪽.

_____, 『국어 음운론 강의』, 삼경문화사, 2005.

_____, 『한국어의 표준 발음과 현실 발음』, 아카넷, 2012.

이해준, 「黑山島文化의 背景과 性格」, 『도서문화』 6, 목포대 도서문화연구소, 1988, 9~42쪽.

임석규, 「음운탈락과 관련된 몇 문제」, 『국어학』 40, 국어학회, 2002, 113~138쪽.

정인호, 「화순지역어의 음운론적 연구」, 『국어연구』 134, 국어연구회, 1995.

_____, 「원평북방언과 전남방언의 음운론적 대조 연구」, 서울대 박사학위논문, 2004.

조경만, 「흑산 사람들의 삶과 民間信仰」, 『도서문화』 6, 목포대 도서문화연구소, 1988, 133~185쪽.

최계원·주인탁·서인석·김행미, 「黑山島의 産業技術」, 『도서문화』 6, 목포대 도서문화연구소, 1988, 187~232쪽.

최전승, 『한국어 방언의 공시적 구조와 통시적 변화』, 역락, 1986.

_____, 「용언 활용의 비생성적 성격과 부사형어미 : '-아/어'의 교체 현상」, 『국어

　　　문학』133, 국어문학회, 1998, 115~162쪽.

최전승, 『국어사와 국어방언사와의 만남』, 역락, 2009.

한국정신문화연구원, 『한국방언자료집』 VI 전라남도편, 한국정신문화연구원, 1991.

한성우, 「당진 지역어의 음운론적 연구」, 『국어연구』141, 국어연구회, 1996.

허경회, 「黑山面의 口碑文學 資料」, 『도서문화』6, 목포대 도서문화연구소, 1988,
　　　281~313쪽.

홍순탁, 「慈山魚譜와 黑山島方言」, 『호남문화연구』1, 전남대 호남문화연구소,
　　　1963, 75~104쪽.

광주 지역학 연구를 위한 어학적 고찰

선한빛

1. 머리말

최근 지역학[1] 연구가 활발하게 논의되고 있는 가운데 광주광역시를 중심으로 하는 '광주(光州) 지역학' 또는 '광주학'에 대한 논의는 부족한 실정이다. 대한민국의 수도인 서울특별시와 6대 광역시인 부산광역시, 인천광역시, 대구광역시, 대전광역시, 광주광역시, 울산광역시 중 지역학 연구기관이 설립되지 않은 곳은 광주광역시(이하 광주)와 대구광역시(이하 대구)뿐이다.[2] 두 지역에는 지역학을 포괄적으로 연구하는 기관

---

1 지역학연구회(2000:14)는 '지역학'의 정의를 "한 지역 또는 국가의 언어·문학·역사·사회·정치·경제·국제관계 등을 종합적으로 연구하는 학문"으로 내렸으며 그 목표를 "종합적인 연구를 통해 대상 지역을 시공간의 틀 속에서 총체적으로 파악하는 것"이라고 밝히고 있다.

2 서울특별시를 비롯한 6대 광역시의 지역학 연구기관의 명칭과 소재지를 제시하면 아래와 같다.
    ① 서울특별시 : 서울학연구소(서울시립대학교 소재)
    ② 부산광역시 : 부산학 연구센터(부산발전연구원과 신라대학교 소재)
    ③ 인천광역시 : 인천학연구원(인천대학교 소재)

은 없지만 그 지역의 현안 및 정책, 도시 발전에 대한 연구 및 과제 수행을 진행하는 광주발전연구원과 대구경북연구원이 있다. 또한 광주에는 전남대학교 안에 호남학연구원이 있지만 '호남'이라는 넓은 범위를 담당하다보니 광주에 집중된 연구 성과가 드물다. 이러한 가운데 광주문화재단에서는 지역학으로서 '광주학' 정립의 필요성을 확립하기 위하여 역사·지명·문화·지리 등 여러 방면에 걸쳐 광주학 총서 발간 작업 중에 있다.[3] '광주학'에 대한 관심과 연구의 흐름이 미약하게나마 유지되고 있고 그 성과를 바탕으로 광주의 정체성 확립 및 지역 발전을 위한 방안 마련으로 연결하려고 하는 시도도 이루어지고 있다.

본고는 연구 목적을 세 가지로 제시하고 논의를 진행하려 한다. 첫째, 지역학으로서 '광주학'이 정립되기 위한 밑바탕을 다듬는 것이다. 둘째, 광주 지역어만을 대상으로 한 연구 성과들의 현황을 파악하고 그 의의를 분석하는 것이다. 셋째, 지역어 연구가 앞으로 나아가야 할 방향에 대한 고민의 필요성을 전달하는 것이다.[4]

---

④ 대구광역시 : 없음
⑤ 대전광역시 : 대전학연구회(대전광역시 소재)
⑥ 광주광역시 : 없음
⑦ 울산광역시 : 울산학연구센터(울산발전연구원 소재)

3 광주문화재단에서 발간한 광주학 총서로는 『광주일백년 Ⅰ』(박선홍, 2012), 『광주일백년 Ⅱ』(박선홍, 개정증보판, 2014), 『광주일백년 Ⅲ』(박선홍, 개정증보판, 2015 예정), 『무등산』(박선홍, 개정증보판, 2013), 『광주산책 (上)』(김정호, 2014)까지 총 다섯 권이다. 앞으로 『광주산책 (下)』(김정호, 2015 예정)가 광주학 총서 6권으로 발간될 예정이다.

4 이상봉(2009:53~54)은 로컬리티 연구가 지향해야 할 연구 방향을 세 가지로 나누어 살폈는데 기존에 진행되던 지역 연구가 주로 외부의 시선에 의해 이루어진 경향이 크기 때문에 이 점에 대해서는 비판적으로 검토해야 할 여지가 있다고 언급하였다. 이는 지역 연구가 지역의 '특수성'과 '형성과정', '의미' 등의 문제와 밀접한 관련이 있어 해당 지역의 연구자들에 의해 이루어져야 할 필요성을 언급한 것으로 판단된다.

위의 논의를 위하여 먼저 본고에서 바라보는 '지역어'의 개념을 정의하고 지역어와 지역학의 관계를 살펴보고자 한다. 2장에서의 정의를 토대로 광주 지역어 연구 현황을 분석하고 그 의의 및 가치를 파악하여 발전 방향을 모색하고자 한다. 본 논의와 같은 개별 분야에 대한 검토가 모여 '광주학'이라는 큰 범주가 성립된다면 광주 지역어를 여러 관점에서 바라본 논의들도 기대할 수 있을 것이다.

2. 지역어의 개념과 지역어학 정립의 필요성

지역학 연구가 확립되기 위해서는 개별 범주, 즉 지역학의 하위 분야의 연구들이 모여야 한다. 이 단계가 이루어져야 지역학이라는 큰 범주로 작은 범주들을 묶을 수 있다. 지역학에서 다룰 수 있는 연구 분야[5]가 다양하겠지만 본고에서는 인간이 삶을 살아가는 데 있어 기본적인 수단이라 할 수 있는 '언어'에 주목하고 광주 지역의 언어 즉, 광주 지역어와 관련된 연구 성과들을 살펴보고자 한다.

한 지역의 언어는 흔히 '지역어', '지역방언', '방언', '사투리' 등으로 불리기도 한다. 지역학 안에서 지역어를 다루기 위해서는 여러 개념이 혼용되는 것을 정리해야 할 필요가 있다. 사전에서는 이들 개념을 아래와 같이 정의한다.[6]

---

5 지역학 연구에서 많이 다루어지는 분야로는 역사, 문학, 문화 등이 있다. 이외에도 여러 분야가 있지만 지역학연구회(2000:21)는 지역학 연구의 대상으로 국제관계, 경제학, 언어학, 생태학, 동물학 등도 제시하고 있다.
6 본고에서는 각각의 개념에 대하여 《표준국어대사전》에서 내린 정의를 참고하였다.

(1) a. 지역어 : 어떤 한 지역의 말. 주로 방언 구획과는 관계없이 부분적
　　　　인 어떤 지역의 말을 조사할 때에 그 지역의 말을 이른다.
　　b. 지역방언 : 한 언어에서, 지역적으로 분화되어 지역에 따라 다르
　　　　게 쓰는 말.
　　c. 방언 : 한 언어에서, 사용 지역 또는 사회 계층에 따라 분화된 말의
　　　　체계.
　　d. 사투리 : 어느 한 지방에서만 쓰는, 표준어가 아닌 말.

(1a~d)의 개념들은 혼용되지만 실제로는 서로 다른 의미를 가진다. 그런데 위의 개념들로만 지역어를 연구하거나 지역어 연구 성과를 살펴본다면 대상을 바라보는 관점과 연구 대상이 언어 현상 및 언어 발화, 더 나아가서는 어휘에 한정될 수 있다는 한계를 가진다. 그러므로 '지역어'를 어떠한 관점에서 볼 것인지, '지역어'가 가리키는 범위가 어느 정도인지에 대해서 그 기준을 설정할 필요가 있다.

본고는 '지역어'의 개념을 (1)과 같은 사전적 정의보다 넓게 보고자 한다. 언어가 의사소통의 기능을 가질 뿐만 아니라 하나의 문화라고 보기 때문에 '한 지역에 거주하고 있는 지역민들이 일상에서 사용하는 언어 생활 전반과 그 속에 있는 문화적 가치'로 지역어의 개념을 넓게 보고자 한다.[7] 언어에는 역사·문화·사상 등이 반영되어 있다고 보기 때문이다.

---

[7] 본고와 같이 언어를 문화와 관련지은 논의들로는 박경래(2010), 이태영(2010), 이태영(2014) 등을 들 수 있다. 특히 조경순(2014:11)은 앞서 지역어를 '지역에 살고 있는 사람들의 일상 언어 전반을 아우르는 언어로 지역 공동체의 삶의 문화적 가치의 원천이자 문화적 소통의 통로'로 정의하였다. 결국 본고에서 바라보는 '지역어'는 의사소통 및 문화와의 관련지어 지역어의 정의를 제시한 조경순(2014)의 개념과 같은 선상에 있다고 할 수 있다.

이처럼 지역어의 개념을 확장하면 지역어 연구의 범위는 언어 현상에서부터 언어학 자료 전반으로까지 넓혀진다. 문법, 말뭉치 자료, 방언, 어휘, 언어학 관련 문헌, 언어학자 등을 예로 들 수 있다. 그런데 실제 지역어 연구는 사전적 개념을 따르기 때문에 좁은 범위 안에서 이루어지고 자체적인 담론의 장으로 확장되지는 않는다. 본고에서는 이것이 지역어의 좁은 개념뿐만 아니라 지역어 연구 분야를 일컫는 큰 장의 존재 유무와도 관련이 있다는 견해를 제시하고자 한다.

지역어와 관련된 연구 성과들은 언어학의 개별적인 하위 분야로 볼 수도 있지만 '지역성'을 더한다면 '지역어학'이라는 큰 틀에서의 논의도 가능할 것이다. '지역어학'이라는 개념은 어문학을 '언어학'과 '문학'으로 분류하는 방식을 바탕으로 설정한 것이다. 이를 지역학에 적용하면 '지역어학'과 '지역문학'[8]으로 나눌 수 있는데 이때의 넓은 의미의 지역어 연구 분야를 '지역어학'으로 지칭하고자 하는 것이다. '지역어'를 넓은 의미에서 바라본다면 연구 대상의 다양화와 인접 학문과의 연계, 사유와 담론의 장으로의 확대 등도 기대할 수 있다.

지금까지의 내용을 정리하면 지역어는 언어면서도 생활사적·문화적 가치를 가지므로 그 자체로도 하나의 역사가 될 수 있다. 지역문학, 지역문화 등과 같은 개별 범주들도 하나의 단위가 되어 지역사의 범주에 포함된다. 같은 과정으로 여러 역사들이 모이면 지역에 대한 연구의

---

8 '지역문학'이라는 개념은 보편적으로 쓰이는데 연구 대상을 문학 작품에만 한정하지 않고 작가, 작품, 문체, 사상, 시기적 배경 등 문학을 이루는 요소 전반으로 한다. 그러므로 다양한 연구 성과들이 나올 수 있고 해당 작품과 관련된 것들을 지역성과도 결부지어 논의를 이끌어내기도 한다. 이는 담론으로도 발전되어 인접 학문과의 발전 및 지역 행정·정책 등으로도 연결된다. 지역문학의 논의의 장으로는 한국지역문학회, 경남부산지역문학회 등을 들 수 있다.

장이 형성될 것이다. '지역학'이라는 틀 안에서 이들의 관계를 살펴보면 아래의 〈그림 1〉과 같다.

〈그림 1〉 지역어학과 지역학의 관계

3. 광주 지역어 연구의 자취와 현재

본 장에서는 2장에서 밝힌 바와 같이 지역어를 '한 지역에 거주하고 있는 지역민들이 일상에서 사용하는 언어 생활 전반과 그 속에 있는 문화적 가치'로 보고 광주 지역어에 대한 연구 성과들을 검토하고자 한다.[9] 지금까지의 지역어 연구 성과를 분석한 결과 이들 연구 성과들의 성격을 '언어', '어휘', '기록물'에 대한 것으로 대별할 수 있었다. 이들 분류를 구체화하면 방언 연구, 지명 연구, 한글 문헌·자료 연구로

---

9 본 논의를 진행하기 위하여 '광주 지역어', '광주 방언', '광주 지역', '광주 지명' 등의 주제로 연구 성과들을 조사·수집하였다. 지역어 연구 성과들이 본 논의의 대상이므로 언어학적 관점에서 이루어진 지역어 연구 성과들만으로 그 범위를 한정하였다. 그런데 본 논의에서 언급하지 않은 연구 성과가 있다면 이것은 필자의 한계라고 하겠다.

나눌 수 있다. 따라서 본고에서는 광주 지역어 연구 성과를 방언 연구, 지명 연구, 한글 문헌·자료 연구로 세분화하여 그 가치와 의의를 살피고자 한다.

1) 방언 연구

본고에서 말하는 '방언 연구'는 광주 지역어의 언어적 특징에 집중한 성과들을 일컫는데 '방언'의 사전적 개념과 관련이 있다. 광주는 지리적으로 전남과 인접하지만 행정구역상으로 분리되어 있고 도시의 규모 면에서도 다른 전남 지역에 비해 크기 때문에 '광역시'로 선정되었다. 그런데 방언 연구에 있어서는 대부분 전남 방언 연구에서 그 흔적을 찾을 수 있다.

광주 방언 연구는 주로 전남 방언의 일부로 언급되거나 비교 자료로 제시되는 식으로 이루어져 왔다. 전남 안에서도 각각의 지역은 언어적 특성을 달리하고 있기 때문에 개별 방언 연구가 이루어진다. 반면에 광주 방언은 개별 연구보다는 전남 방언 연구에서 언급되는 것이 대부분이다. 이러한 상황 속에서 미약하게나마 광주 방언에 대한 연구 성과를 확인할 수 있는데 강희숙, 기세관, 김차균, 이승현, 최학근 등의 논의가 여기에 해당한다. 이들 연구 성과는 방언에 대한 접근 방식에 따라 일반언어학적 접근, 응용언어학적 접근으로 유형화할 수 있는데 목록화하면 아래의 (2)와 같다.[10]

---

10 연구 성과는 두 가지 기준에 의하여 정리하였다. 첫째는 저자명을 가나다순으로 하는 것이고, 둘째는 동일 저자의 경우 연도순으로 제시하는 것이다. 두 번째 기준을 세운 것은 논의를 전개할 때에 이전 논의를 확장하여 발전시킨 연구 성과를 효율적으로 기술

(2) 광주 방언에 대한 일반언어학적 접근

  a. 기세관, 「全南方言의 音韻論的硏究 −母音의 變異를 中心으로−」, 전남대학교 석사학위논문, 1981.

  b. 기세관, 「光山地域語의 音韻體系 : 30代와 40代 以上의 母音體系를 中心으로」, 『어문논총』 9, 전남대학교 한국어문학연구소, 1986.

  c. 김차균, 「전남 방언의 성조」, 『한글』 144, 한글학회, 1969.

  d. 김차균, 「서부 전남·광주 방언의 운소 체계와 그 변천 방향 : 1960년대 말기 자료에 바탕을 두고」, 『한밭한글』 4, 한글학회, 1999.

  e. 이승현, 「한국어 방언의 문말 억양 연구 : 대구 방언과 광주 방언의 문말 억양 비교」, 경북대학교 석사학위논문, 2000.

  f. 최학근, 「전라도방언 연구 : 음운편 〈모음〉」, 『국어국문학』 70, 국어국문학회, 1976.

  g. 최학근, 『한국방언학』, 태학사, 1982.

(3) 광주 방언에 대한 응용언어학적 접근

강희숙, 「언어의 변화와 보존에 관한 사회언어학적 연구」, 『한국언어문학』 47, 한국언어문학회, 2001.

먼저 광주 방언을 일반언어학적으로 접근한 성과들이다. 기세관(1981)은 이돈주(1979)가 전남 방언을 세 가지 핵방언권으로 분류한 방식을 바탕으로 전남방언의 모음 변이를 살펴보았다.[11] 그는 지금의 광산구를 전남방언의 한 구역으로 포함하여 전남방언의 전체적인 특징을 기

하기 위함이다. 이 기준은 한글 문헌·자료 연구 성과를 소개하는 데까지 동일하게 적용됨을 밝힌다.

11 세 가지 핵방언권의 A지역에는 '광산군'이 포함되어 있는데, 1981년 당시에는 전라남도 광산군이었지만 지금은 광주의 광산구로 편입된 상황이기 때문에 기세관(1981)도 논문도 광주 방언 연구 성과로 보고자 한다.

술하는 방식을 취하였다. 이는 이후 기세관(1986)으로 발전되어 광산구 방언[12]만을 대상으로 삼고 30~40대 이상의 화자들의 발화를 통해 모음 체계를 살펴보고자 하였다.

기세관(1986)은 광산구 본량동과 삼도동에 거주하는 30대부터 70대까지의 제보자 20명의 발화 자료를 수집(1986년 5월 4일~5일)하여 연구를 진행하였다. 방언 제보자들의 연령대를 다양하게 구분한 것은 연령 차에 따른 음소 체계의 차를 조사하기 위함(기세관, 1986:4)인데, 연구 결과 30대 화자들과 40대 이상의 화자들의 발화에서 그 차이를 발견할 수 있었다. 두 화자군의 특징은 단모음 체계에 있는데 (2b)에서 제시한 이들 화자군의 단모음 체계는 아래와 같다.

⟨자료 1⟩ 광산구의 40대 이상 화자들과 30대 화자들의 단모음 체계(기세관, 1986 : 17)

또한 두 화자군은 반모음 /j/와 /w/를 공통으로 가지고 있어 이중모음 체계를 /jʌ, ja, ju, jo; wʌ, wa/의 6개로 설정할 수 있었다. 이외에도 30대~70대 화자들에서는 세대에 관계없이 자음 음소 체계가 19개로 설정되며 초분절 음소로 월가락(/↗↘→/), 길이(/:/), 이음새(/+/)가 존재함을 확인하였는데 이러한 특징들은 표준어의 것과 동일하였다.

---

12 기세관(1986:2)은 '광산지역어'라고 지칭하였지만 논의 통일을 위하여 본고에서는 '광산구 방언'이라고 기술하기로 한다.

기세관(1986)이 발표되기 전에는 광산구 방언에 대한 연구가 드물었지만 기세관(1986)이 발표되면서 광산구 방언에 대한 논의의 발판이 마련되었다는 의의를 가진다.

김차균(1969)은 무안 방언을 통해 전남 방언이 성조 언어라는 것을 증명하고 목포·광주·경남 창원 방언과 비교하여 전남 방언의 성조 체계의 변천 및 변천 방향을 밝히고자 하였다. 목포와 광주의 중·고등학생 중에서 부모와 출생지가 같고 그곳에서 성장하며 타지방의 출입이 적은 학생들을 조사 대상자로 선정하였다. 이 논의는 광주 방언의 운소 체계를 서부 전남 방언과 비교하여 성조 변천 과정을 통시적으로 서술하고자 한 김차균(1999)으로 이어졌다.

김차균(1999)은 광주 방언의 어두 자음과 운소의 관계를 분석하고 광주 방언이 준성조 방언임을 확인하고자 하였다. 그는 이 논의에서 광주 방언의 음조를 음성학적 차원의 표상과 음운론적 차원인 성조의 차원에서 각각 3단계와 2단계로 분류하였다. 음조 자료들을 분석하여 광주 방언의 음조형을 상성형과 비상성형으로 구분할 수 있으며 상성형은 전통적으로 내려오는 상성형과 일치하고 평측형과 거성형은 어절의 첫 소리에 따라 상보적 분포 관계를 이룬다는 결론에 이르렀다. 더불어 광주 방언을 관점에서 따라서 성조 방언과 길이 방언으로도 볼 수 있다는 견해를 제시하였다. 김차균(1999)은 어느 한 쪽의 관점에 한정하여 광주 방언을 정의내리지 않았다. 두 가지 관점을 통해 광주 방언이 장단과 성조가 비긴 상태에서 길이 방언으로 넘어가려는 전화기에 있다고 보고 '준성조 방언'이라 지칭하였다. 김차균(1999)은 경상 방언이 성조 방언이라는 것 외에도 전라 방언도 성조 방언이라는 것을 입증시켜주는 계기가 되었는데 이는 이승현(2000)에도 영향을 주어 광주 방언의 성조 연구의 발판을 마련했다는 의의를 가진다.

이승현(2000)은 운율 연구가 경남 방언을 중심으로 이루어져 상대적으로 경북 방언과 전남 방언이 소외되는 것에 주목하였다. 성조 연구의 균형을 위하여 대구 방언과 광주 방언을 대상으로 삼아 이들 방언의 억양이 문말에서 각각 어떻게 실현되는지를 실험 음성학적 방법론을 바탕으로 살펴보고 비교·대조하여 두 방언의 억양에 나타나는 특징을 밝히고자 하였다. 그는 광주 방언의 억양을 분석하기 위하여 광주 방언의 특징적인 어휘를 사용하여 화자들이 발화하도록 하였다. 광주 방언의 억양을 대구 방언과 비교하기 위하여 화자는 20대 남자를 피실험자로 설정하였다. 그리고 서법을 기준으로 서술문 4개, 의문문 10개, 감탄문 4개, 명령문 4개, 청유문 2개를 CSL 프로그램을 이용하여 분석한 후 두 방언의 문말 억양을 유형화하였다. 실험을 통해 도출해 낸 두 방언의 억양구말 경계 음조와 퍼센트 수치를 측정하여 그래프로 나타내고 억양 곡선의 기울기를 비교하였다. 그리하여 문말 억양이 상승조일 경우 광주 방언이 대구 방언보다 급격하게 상승하고 하강조일 경우에는 대구 방언이 광주 방언보다 급격하게 하강하는 결과를 얻었다. 광주 방언에 대한 기존의 연구는 음운 체계 설정 또는 특정 음운 현상에 주목하는 경향을 보였는데 음성학적 방법론으로 광주 방언에 접근하여 대구 방언과의 억양 비교를 시도했다는 점을 이 논의의 의의라고 할 수 있다.

최학근(1976)은 전라도 방언의 모음의 음운적 특질을 논의하였는데 최학근(1982)에서 자음의 특질을 보충하여 전라도 방언의 음운론적인 논의로 확대·발전시켰다. 그는 전라도 방언에 나타나는 자음과 모음의 특질들을 기술할 때 각 특질들이 나타나는 지역과 예들을 함께 제시하였다. 특히 최학근(1982)은 광주 방언에서 실현되는 예들이 함께 제시

되어 전라도 내의 다른 지역의 방언과의 차이를 비교할 수 있다는 가치
가 있다.

다음으로 (3)은 응용언어학적으로 광주 방언에 대한 접근을 시도한
강희숙(2001)이다. 강희숙(2001)은 광주 방언 화자들의 차용에 따른 언
어 변이[13]를 관찰하여 방언에 나타나는 언어 변화와 보존 양상을 사회
언어학적인 관점에서 기술하고자 하였다. 또한 화자가 광주 방언과 표
준어에 대해 갖는 태도를 언어사용 양상과 비교하여 그 상관관계를
밝히려고 하였다. 이를 위하여 제보자의 조건을 광주에서 출생·성장
한 사람으로 정하고 세대, 성별, 사회 계층 등을 고려한 후 표본을 추출
하였다.[14] 강희숙(2001:543)은 여러 음운 현상 중 /k, h/ 구개음화와 어
두 경음화 현상을 다루고자 하였는데 그 이유를 두 현상 모두 남부방언
에 기원을 두고 있지만 표준어와의 접촉에 의해 발생한 언어 변이에
대한 화자들의 평가가 상반됨으로써 두 현상의 변화와 보존의 양상에
차이가 있음을 발견하였기 때문이라고 밝혔다. 광주 방언 속 /k, h/
구개음화와 어두 경음화 현상을 관찰한 결과 /k, h/ 구개음화는 표준
변이형으로 급격하게 전환되는 과정에 있으며 어두 경음화 현상은 /k,
h/ 구개음화와는 달리 여전히 생산성을 가지고 보존·유지되고 있음을
확인하였다. 이 연구 성과는 광주 방언의 음운 현상의 특징을 확인하는
것에 머무르지 않고 발화자의 세대, 성별, 사회 계층 등을 고려하여

---

13 강희숙(2001:538)은 차용에 따른 변이를 두 가지로 분류하였는데, 첫 번째는 공시적으
　로 생산성이 없는 통시적 언어 변화의 잔존형과 차용 형태의 공존으로 인한 언어 변이이
　고, 두 번째는 언어 접촉에 의한 차용으로 인하여 언어 개신이 제약을 받음으로써 나타
　나는 언어 변이이다
14 강희숙(2001)이 제시한 각 표본의 구분 기준은 강희숙(2001:541~542)을 참조하기 바
　란다.

결론을 도출해냈다는 데에 그 의의가 있다.

지금까지의 논의를 정리하면 광주 방언 연구는 전남 방언의 하나가 아니라 개별 방언의 위치에서 음운론적 성과를 이루어 가고 있다. 그런데 음운적 특징에 그 성과가 집중되어 있고 문법 체계나 광주 방언만의 독특한 어휘 등에 대한 구체적인 연구가 이루어지지 않았다. 본고에서 살펴본 광주 방언 연구 성과를 수치로 제시하면 아래의 〈표 1〉과 같다.

〈표 1〉 광주 방언 연구 성과 현황

기준	순수언어학적 접근						응용언어학적 접근						
	음성	음운	형태	통사	의미	어휘	교육	정책	문체	심리	사회	임상	전산
계	1	6	0	0	0	0	0	0	0	0	1	0	0
총	7						1						

〈표 1〉에서 확인할 수 있듯이 광주 방언 연구는 특정 영역에 집중되어 있다. 그 이유에 대해서는 여러 가지로 추측해볼 수 있겠지만 지역 연구자들의 광주 방언에 대한 관심도, 광주의 산업화로 인한 급격한 도시 발전, 타 지역 인구 유입에 따른 광주 토박이말 유지의 현실적 가능성 등을 고려할 수 있다. 방언 연구는 해당 지역 출신 연구자들 중심으로 이루어지는 것이 일반적이다.[15] 방언에는 지역의 문화·역사·사상 등이 반영되어 있기 때문에 그 지역 출신 연구자들이 방언을 연구하는 데에 유리한 지점이 있다.[16] 그러므로 지역 연구자들이 광주 지역어에 대한

---

15 그렇지만 출신 지역 연구자들에 의해 방언 연구가 이루어지는 것만은 아니다. 지금까지 이루어진 방언 연구 성과들 중 타 지역 출신 연구자에 이루어진 업적들도 상당한 비중을 차지한다.

16 이것은 방언 연구에만 한정된 것은 아니다. 고석규(2005:123)는 본고에서 말하는 지역

관심을 가지고 지속적으로 연구한다면 하나의 문화유산으로서 광주 지역어가 유지·보존되고 우리나라 지역어 연구에도 도움이 될 것으로 보인다.

2) 지명 연구

광주 지명 연구는 방언 연구와 한글 문헌·자료 연구보다 활발하게 진행되었다. 이는 몇몇 연구자들 중심으로 지명 연구가 꾸준히 이루어진 것에 의한 것으로 보인다. 손희하(2014:222)에 따르면 광주 지역 지명 연구가 본격적으로 이루어진 것은 1970년대부터이다. 지금까지의 성과는 김정호, 박선홍, 손희하, 송하진, 윤여정, 이종일, 조강봉, 차행선, 한글학회 등을 들 수 있다. 이들은 접근 방식에 따라 광주 지명에 대한 학술적 접근과 자료적 접근으로 이원화[17]할 수 있는데 이들의 목록을 제시하면 아래의 (4~5)와 같다.

학을 '지방학'이라는 개념으로 보았는데, 지방학 연구 연구를 해당 지방에 소속된 연구자들이 할 경우 접근성과 편의성의 측면에서 강점을 지닌다고 언급한 바 있다.

[17] 광주 지역어 연구 성과를 지역어학의 관점에서 검토하는 것이 본고의 목적이기 때문에 비언어학적 논의들은 제외하였다. 백과사전, 조사보고서 등은 자료적 가치가 있다고 보고 자료적 접근의 논의에 포함하였다. 다만 다른 연구 성과들과는 달리 자료들의 성격 분류 및 성과 수치를 비교하는 등 간략히 제시하고자 한다. 손희하(2014)도 이와 비슷한 방식을 취하였는데 호남, 광주, 전남, 전북의 지명 연구 성과를 시대별, 지역별, 학문 분야별로 나누어 살펴보고 이들의 성과 현황을 수치화, 목록화하였다. 자료를 제시할 때에는 '자료조사'와 '연구'로 나누고 '연구'는 분야별로 '국어학, 지리학, 기타'로 세분화하였다. 광주뿐만 아니라 전라도와 호남의 지명 연구 성과에 대해서는 손희하(2014:218~236)를 참고하기 바란다.

(4) 광주 지명에 대한 학술적 접근

a. 손희하, 「호남 지역 지명 연구 성과와 동향－1900년대 이후를 대상으로－」, 『지명학』 21, 한국지명학회, 2014.

b. 조강봉, 「광주지역 지명의 유래 연구」, 『새국어교육』 62, 한국국어교육학회, 2001.

c. 조강봉, 「광주지역 지명의 유래 연구」, 『문화금당』 1, 광주광역시남구문화원, 2001.

d. 조강봉, 「광주지역 지명의 유래 연구(2)」, 『우리말 글』 24, 우리말글학회, 2002.

e. 조강봉, 「江·河川의 合流와 分岐處의 地名研究」, 전남대학교 박사학위논문, 2002.

f. 조강봉, 「광주 어등산 주변지역 지명 연구(1)」, 『우리말 글』 32, 우리말글학회, 2004.

g. 조강봉, 「광주광역시 박호동 지역 지명 연구」, 『지명학』 10, 한국지명학회, 2004.

h. 조강봉, 「광주 운수동·서봉동 지역 지명 연구」, 『동강대학 논문집』 27, 동강대학교, 2005.

i. 조강봉, 「광주광역시 등림동(내등) 지역 지명 연구」, 『지명학』 11, 한국지명학회, 2005.

j. 조강봉, 「광주광역시 등림동(외등)지역 지명 연구」, 『동강대학 논문집』 28, 동강대학교, 2006.

k. 조강봉, 「광주광역시 소촌동·산막동·고룡동·산정동 지명 연구」, 『동강대학 논문집』 29, 동강대학교, 2007.

(5) 광주 지명에 대한 자료적 접근

a. 김정호, 『광주동연혁지』, 향토문화진흥원, 1991.

b. 김정호, 『광주산책 (上)』, 재단법인 광주광역시 광주문화재단, 2014.

c. 박선홍, 『무등산 : 유래, 전설, 경관』, 전남매일출판국, 1976.

d. 손희하, 「지리적 환경(지명)」, 『지역 발전에 관한 기초 연구』, 광주
　　직할시 북구, 1992.

e. 손희하, 「(서구 마을) 지명」, 『서구 마을사』, 광주광역시 서구문화
　　원, 2004.

f. 송하진, 「광주 평동·풍암 지역의 지명」, 『광주 평동·풍암 공단지역
　　의 문화유적 지표조사』, 광주직할시·전남대학교 박물관, 1992.

g. 윤여정 엮, 『대한민국 행정지명 1 광주·전남편』, 향지사, 2009.

h. 이종일, 지명, 『문흥동(문화유적지표조사보고)』(향토문화총서 8),
　　광주직할시·향토문화개발협의회, 1991.

i. 이종일, 지명, 『광주첨단기지(문화유적지표조사)』(광주향토문화총
　　서 9), 광주직할시, 1992.

j. 이종일, 지명, 『일곡동(문화유적지표조사보고)』(향토문화총서 11),
　　광주직할시·향토문화개발협의회, 1993.

k. 이종일, 지명, 『제11(용봉동) 토지구획정리사업지구 문화유적지표
　　조사보고』(향토문화개발협의회 학술총서 14), 광주광역시·향토문화
　　개발협의회, 1996.

l. 이종일, 지명, 『신가동 문화유적지표조사보고』, 광주민속박물관,
　　1997.

m. 이종일, 지명, 『제12(양산) 토지구획정리사업지구 문화유적지표조
　　사보고』, 광주민속박물관, 2000.

n. 이종일, 「광주의 옛 지명 변천」, 『향토사랑 문화사랑』 Ⅱ, 라이프,
　　2007.

o. 조강봉, 『광주·전라남도 지명 유래 자료』, 무등일보, 2001.

p. 차행선, 「황룡강 유역의 마을 형성과 지명 유래 -광산구 관내-」,
　　『향토문화』 11, 향토문화개발협의회, 1991.

q. 한글학회, 『한국지명총람, 13, 전남편(Ⅰ)』, 한글학회, 1982.

먼저 (4)는 지명을 학술적으로 접근한 연구 성과들이다. 먼저 손희하 (2014)는 1900년대 이후부터 2014년 8월까지 이루어진 호남 지역의 지명 연구의 성과와 그 동향을 살펴보았다. 논의의 체계화를 위하여 분류 기준을 시대별·지역별·학문 분야별로 세우고 연구 성과들을 분류하여 기술하였다. 손희하(2014)에 따르면 시대별 광주 지명 연구의 첫 성과는 1970년대에 나오는데 학술적 성격을 띤 것보다는 자료 조사를 통한 업적이나 기타 간행물 등에 의한 것이 대부분이다. 광주 지명에 대한 학술적 성과는 2000년대에 접어들면서 국어학 분야에서 연구되고 2010년대에 지리학 분야에서의 결실이 맺어졌음을 알 수 있다. 손희하(2014)를 통해 광주 지명의 연구 현황이 정리되어 차후의 지명 연구의 지표가 되었다는 의의를 지닌다.

조강봉은 2001년부터 2007년까지 광주의 지명을 연구해왔는데 지명을 단순하게 목록만 제시하거나 사전식 기술에 그치지 않고 음운론적·어휘적·어원론적으로 접근하였다.[18] (4b~d)의 2001년도 논문은 2001년 1월부터 8월까지 무등일보에 연재해온 글을 수정·보완한 것이

---

18 조강봉(2002ㄴ:1)은 지명 연구의 필요성에 대하여 "지명에 대한 연구는 음운·형태·어원·정책 등 다양한 분야가 있지만 이제까지의 지명에 대한 연구는 대체로 음운과 형태에 대한 연구가 주종을 이루어 왔다. 그러나 지명 연구는 무엇보다도 어원을 탐구하는 것이 매우 중시되어야 한다고 생각한다. 그러나 이런 연구를 가능케 할 수 있는 고대국어에 대한 자료는 별로 없다. 현재 우리에게 고대국어를 파악할 수 있는 가장 좋은 자료는 지명자료가 될 수 있다. 비록 고유어로 지어진 옛 지명을 한자의 음과 훈을 빌어 표기되었다 하더라도 이런 고지명 자료는 보수성이 매우 강하므로 고대국어의 말소리는 이미 사라졌지만 그 말소리에 가장 근접한 모습이 지명에 화석화되어 전해 올 가능성이 있기 때문이다"라고 기술하였다. 이 내용으로 비추어 볼 때 조강봉은 지명을 지명 자체로만 보지 않고 그 속에 스며들어 있는 언어의 역사까지도 파악하고자 한 것으로 보인다.

다. 여기에서는 광주 지명을 소재에 따라 돌, 동물, 식물, 우물, 물줄기, 성(城), 건물 등으로 나누어 지명의 연혁, 의미, 어원, 표기 등에 대하여 고찰하였다.

조강봉(2002ㄴ)은 강과 하천의 합류와 분기처의 지명을 '아울'계, '얼'계, '올'계, '가르(kVrV)'계, '가지(枝)'계, '날(nVrV)'계로 나누어 지명들을 살펴보았다. 이중에서 광주 지명에 해당하는 것으로는 '회징개(회진개), 어랑굴, 어등산, 가릿굴, 올미실, 가로재' 등이다. 전국의 강과 하천의 합류·분기처의 지명을 조사하다보니 광주에 속하는 지명만을 분리하여 제시하지는 않았지만 각 계에 해당하는 지명의 예시로 여러 광주 지명을 확인할 수 있다.

(4f~k)는 광주에 소재한 어등산 주변 지역인 박호동, 등림동, 운수동, 서봉동, 소촌동, 산막동, 고룡동, 산정동의 지명의 유래와 어원을 분석하였다. 또한 해당 지역의 주민들의 기억 속에 존재하던 지명을 현장을 방문하여 등고선지도에 그 위치를 정확히 표시하여 실제 이름과 위치를 확인하는 등의 연구 성과를 이루었다.

다음으로 자료적 접근 방식을 취한 논의들이다. 이들은 (5)에서 제시한 것과 같이 김정호, 박선홍, 손희하, 송하진, 윤여정, 이종일, 조강봉, 차행선, 한글학회 등이 있다. 이들의 공통점은 광주 지명에 대한 현장 조사를 통해 조사 결과를 기술했다는 것으로 각각 지표 조사 보고서·향토사학자료·총람 등의 형식을 취한다. 여기에서는 앞에서 언급하였던 것과 같이 구체적인 기술보다는 자료의 성격을 분류하고 각 성과의 수치를 비교하고자 한다. (5)의 논의들을 성격에 따라 분류하기 위한 기준을 제시하면 ① 각 구의 문화원 자료, ② 향토 사학 자료, ③ 조사 보고서, ④ 기타를 들 수 있다. 이 기준에 따라 (5)를 재분류하면 아래의

(6~9)와 같다.

(6) 구(區)의 문화원 자료

손희하, 「(서구 마을) 지명」, 『서구 마을사』, 광주광역시 서구문화원, 2004.

(7) 향토 사학 자료

a. 김정호, 『광주동연혁지』, 향토문화진흥원, 1991.

b. 김정호, 『광주산책 (上)』, 재단법인 광주광역시 광주문화재단, 2014.

c. 박선홍, 『무등산 : 유래, 전설, 경관』, 전남매일출판국, 1976.

d. 윤여정 엮, 『대한민국 행정지명 1 광주·전남편』, 향지사, 2009.

e. 이종일, 「광주의 옛 지명 변천」, 『향토사랑 문화사랑』 Ⅱ, 라이프, 2007.

f. 차행선, 「황룡강 유역의 마을 형성과 지명 유래 -광산구 관내-」, 『향토문화』 11, 향토문화개발협의회, 1991.

(8) 조사 보고서

a. 손희하, 「지리적 환경(지명)」, 『지역 발전에 관한 기초 연구』, 광주직할시 북구, 1992.

b. 송하진, 「광주 평동·풍암 지역의 지명」, 『광주 평동·풍암 공단지역의 문화유적 지표조사』, 광주직할시·전남대학교 박물관, 1992.

c. 이종일, 지명, 『문흥동(문화유적지표조사보고)』(향토문화총서 8), 광주직할시·향토문화개발협의회, 1991.

d. 이종일, 지명, 『광주첨단기지(문화유적지표조사)』(광주향토문화총서 9), 광주직할시, 1992.

e. 이종일, 지명, 『일곡동(문화유적지표조사보고)』(향토문화총서 11), 광주직할시·향토문화개발협의회, 1993.

f. 이종일, 지명, 『제11(용봉동) 토지구획정리사업지구 문화유적지표조
　사보고』(향토문화개발협의회 학술총서 14), 광주광역시·향토문화
　개발협의회, 1996.

g. 이종일, 지명, 『신가동 문화유적지표조사보고』, 광주민속박물관,
　1997.

h. 이종일, 지명, 『제12(양산) 토지구획정리사업지구 문화유적지표조
　사보고』, 광주민속박물관, 2000.

(9) 기타

a. 조강봉, 『광주·전라남도 지명 유래 자료』, 무등일보, 2001.

b. 한글학회, 『한국지명총람』 13, 전남편(Ⅰ)』, 한글학회, 1982.

　(6)은 구(區)의 문화원에서 발간한 동지에서 마을의 지명을 정리한
것이다. 『한국지명총람』과 같은 사전식 기술 방법을 취하여 일반인들
이 이해하기 쉽게 쓰였다는 장점이 있다.

　(7)은 향토 사학자들에 의해 이루어진 업적으로 5편의 성과가 있다.
이들 업적은 광주의 전반적인 지명의 변화를 연혁식으로 기술하거나
특정 지역의 마을의 형성과 지명유래를 설화를 바탕으로 기술하거나
무등산을 중심으로 기술하는 방식 등을 취한다.

　(8)은 지표 조사 혹은 문화재 조사를 위한 보고서에서 지명을 조사한
성과들이다. (8a)는 광주 북구의 유적 조사를 위한 기초 연구로 북구의
일부 동 이름과 마을 이름을 조사, 수록하였다. (8b)는 지명의 명칭 및
개념 제시에 그치지 않고 지명에 대한 학술적 해석을 뒷받침하였다.[19]

---

19 송하진(1992:182)도 이 점을 언급하였는데 "이 지역에 대한 지명의 조사는 1970년대
　말 한글학회에 의해 단 한 번 이루어진 바 있다. 그 후 『광산군 향리지』가 발간되기도

다른 지명 보고서들과는 달리 방언학적·음운론적 관점 등으로도 지명을 분석하여 추후 방언 보고서의 학술적 논의로의 발전에 대한 가능성을 보여주었다는 의의를 지닌다. (8c~h)도 문화유적 지표조사 보고서에서 지명을 다룬 것인데 이종일의 논의에서도 다른 논의들과 마찬가지로 사전식 기술 방식을 택하였다. 다만 이종일의 논의만의 특징이라고 할 수 있는 것은 기존에 나온 『한국지명총람』의 정보만을 취한 것이 아니라 직접 각 동의 제보자를 적게는 한 명에서 많게는 여덟 명까지 선정하여 주민들에게서 지명을 조사하고 정리했다는 점이다.

(9)는 기타 범주에 속하는 것으로 (9a)는 조강봉이 2001년 1월부터 12월까지 무등일보에 연재한 기사를 엮은 자료다. (9b)는 한글학회에서 발간한 『한국지명총람』으로 행정구역을 기준으로 지명을 분류하여 그 뜻을 밝혔다. 한글학회의 백과사전식 기술 방식은 이후의 지명 연구에 기초 자료로서의 역할을 하였다.

지금까지의 광주 지명 연구 성과를 종합하면 광주 지명에 논의가 이루어진 시점은 얼마 되지 않았지만 다른 연구 성과들에 비해 이룩된 업적들이 많음을 확인하였다. 특히 각각 다른 성격의 성과들이 이루어진 만큼 다양한 분야에서 활용할 수 있을 것으로 보인다. 이들 성과를 수치로 정리하면 아래의 〈표 2〉와 같다.

했으나 정작 중요한 고유어 소지명에 대한 작업은 전혀 이루어지지 못했다. 한글학회의 조사는 비교적 본격적인 작업이었던 바 자료의 신빙성이 높은 편이나 수집에 그치고 있고, 해석이 따르지 않았던 아쉬움이 있다. 본 보고서는 이런 점에 착안, 해석에도 관심을 갖는다."라고 밝히기도 하였다.

〈표 2〉 광주 지명 연구 성과 현황

기준	학술적 접근		자료적 접근			
	학위 논문	연구 논문	구(區) 문화원	향토 사학	조사 보고서	기타
계	1	10	1	6	8	2
총	11		17			

〈표 2〉에서 확인할 수 있듯이 광주 지명 연구는 주로 자료적 성격의 성과들 중심으로 이루어졌다. 도시 개발을 위한 문화 유적 지표 조사에 따른 자료와 『한국지명총람』을 비롯한 여러 자료들을 기초로 2차 연구가 이루어지고 있는데 단순한 지명 제시를 넘어서 지명의 형성 과정 및 원인을 언어학적으로 심도 있게 풀어낸다면 지리학·조경학·역사학·민속학 등의 인접 학문 분야에서도 다양하게 활용할 수 있을 것으로 보인다.

3) 한글 문헌·자료 연구

본고에서 살피고자 하는 한글 문헌·자료[20] 연구는 '광주에서 간행되

---

20 홍윤표(2014:1)는 한글로 쓰인 생활사 자료를 '한글 문헌·자료'라고 지칭하였는데 '선조들이 일상적인 삶 속에서 사용한 한글 자료' 전반을 가리키는 개념이다. 그런데 본고에서 한글 생활사 자료의 개념 대신 한글 문헌·자료의 개념을 사용한 것은 그동안 광주의 한글 문헌 및 자료에 대한 연구 성과들이 고문헌에 한정되어 있기 때문이다. 홍윤표(2014)가 말하는 한글 생활사 자료는 일반적인 일상생활을 말하는 것이기 때문에 필자는 '문헌' 중심의 연구 성과를 지칭하는 개념으로 사용하기에는 여러 한계가 있다고 판단하였다. 앞으로 광주의 한글 자료들이 다양하게 발굴되고 연구된다면 본고에서 말하는 한글 문헌·자료 연구를 한글 생활사 자료라는 넓은 개념으로 정리할 수 있을 것이다. 그렇게 된다면 한글 문헌·자료 혹은 한글 생활사 자료는 국어학뿐만 아니라 민속학, 문화학 등의 학문에서도 접근할 수 있으며 인접 학문과의 공동 연구도 기대할

거나 광주에서 거주한 인물에 의해 작성된 한글 고문헌 연구 성과 전반'
을 지칭한다. 광주에서 간행된 문헌 중 가장 널리 알려진 것은 광주판
《천자문》으로 연구 성과 또한 여기에 집중되어 있다. 이외에도 고지도
속 차자 표기, 한글 제문에 관한 연구 성과를 비롯하여 잘 알려지지
않은 문헌 자료를 소개한 성과도 있다. 이들 논의로는 손희하, 이기문,
이종일, 이진호, 정승혜, 최범훈, 최지훈 등을 들 수 있다. 한글 문헌·
자료 연구는 앞서 살펴본 두 분야의 연구와는 달리 특정 문헌에 대한
연구의 비율이 높기 때문에 그 비율을 중심으로 분류하고자 한다. 광주
에서 간행된 문헌에 대한 연구 성과의 목록을 제시하면 아래의 (10~11)
과 같다.

(10) 광주판 《천자문》
  a. 손희하, 「〈千字文〉字釋 硏究 -難解語의 語義 究明을 中心으로-」,
    전남대학교 석사학위논문, 1984.
  b. 손희하, 「새김 어휘 연구」, 전남대학교 박사학위논문, 1991.
  c. 이기문, 「千字文 硏究 (1)」, 『한국문화』 2, 서울대학교 한국문화연구
    소, 1981.
  d. 이진호, 「중세국어 한자 학습서의 來母 初聲 표기 양상」, 『한국문화』
    23, 서울대학교 한국문화연구소, 1999.
  e. 최범훈, 「'千字文'의 字釋攷」, 『국어국문학 논문집』 9·10, 동국대학
    교 국어국문학부, 1975.
  f. 최지훈, 「《천자문》 새김 어휘 연구 : 16세기 간행 《천자문》의 명사류
    를 중심으로」, 『한국어 의미학』 9, 한국어의미학회, 2001.

수 있을 것이다.

(11) 기타 자료

a. 손희하, 「고지도와 차자 표기 −무등산 일대 표기를 중심으로−」, 『구결학회』 33, 구결학회, 2014.

b. 이종일, 『향토사랑 문화사랑』, 라이프기획, 1999.

c. 정승혜, 「儒學 奇泰東이 죽은 누이를 위해 쓴 한글제문에 대하여」, 『국어사연구』 17, 국어사학회, 2013.

먼저 (10)에서 제시한 광주판《천자문》에 관한 연구들의 성과를 살펴보기로 한다. (10a)는《천자문》의 판본 10종의 자석 중 난해어와 국어사적 가치가 있는 어휘 71개를 비교하였고 각 어휘의 음·훈의 표기를 통해 국어학적·방언적 특징 분석을 시도한 논의이다.《천자문》의 난해어 해석 연구를 바탕으로 (10b)로 논의를 확장하였는데《천자문》을 비롯한 여러 한자 학습서들의 새김을 비교·대조한 후 난해어를 해석하고 국어학적 특징을 살피고자 하였다. 후에 이루어진 (10f)는 손희하(1984)가《천자문》의 판본별 훈음 비교표를 제시한 것에 자료적 의의가 있다고 보았다(최지훈, 2001:154).

(10c)는《천자문》의 판본 중 내사본《석봉천자문》, 大東急記念文庫 소장《천자문》을 중심으로 두 계통의 천자문을 간략하게 살펴본 것이다. 두 판본의 검토를 위하여 광주판《천자문》과의 연관성 및 광주판《천자문》의 의의에 대해서 기술하였다. 이기문(1981)은 앞서 소개한 손희하(1984)보다 앞선 것이라는 점에서 광주판《천자문》에 대한 가장 기초적인 연구로 보인다.

(10d)는 중세국어시기에 간행된 한자 학습서인《훈몽자회》, 광주판《천자문》,《신증유합》,《석봉천자문》에 나타난 來母 초성 표기 양상을 살펴보고 종합적 검토를 통해 來母 초성 표기의 다양성에 대한 원인

분석을 시도하였다. 이진호(1999)는 한어의 來母 초성이 한국 한자음에서 대부분 ㄹ에 대응하고 있는데 종종 ㄴ으로 표기되는 현상에 주목하였다. 또한 중세국어 한자 학습서 속 來母 한자의 초성 표기에 대한 선행 업적들에 대한 검토를 통해 기존 논의의 두 가지 문제점을 제기하고[21] 이를 재검토하고자 하였다. 그리하여《훈몽자회》와는 달리 문헌에 따라 來母 초성 표기가 문란한 양상을 보인다는 것을 확인할 수 있었다. 특히 광주판《천자문》은 來母 초성 한자 중 12개에서 ㄹ 이외의 자음으로 표기되었으며 광주판부터는 순행적 유음화가 來母 초성 표기에 큰 영향을 주었기 때문에 초성이 ㄴ인 한자의 초성까지 ㄹ로 표기하는 모습을 보이는 것으로 해석하였다. 그리고《훈몽자회》와 다른 세 가지 학습서들의 간행 시기의 차이를 유음과 관련된 음운 현상의 확산 정도와 관련된 것으로 보았으며 來母 초성 표기의 다양성의 직접적인 원인으로 판단하였다.

(10e)는 광주판《천자문》과《석봉천자문》의 여러 판본에 대한 기초 검토 후 두《천자문》속 한자를 내용·오각·음운·한자음·자석의 측면에서 분석하는 시도가 이루어졌다. 각각의 사항에서 특징적으로 나타나는 현상들의 예를 제시하는데《석봉천자문》과의 비교를 통한 기술 방식도 취하고 있다.

그동안의《천자문》연구들이 음운·표기·형태적 측면에 집중되어 있는 것과는 달리 (10f)에서는《천자문》속 명사류 어휘들의 새김에 대한 의미론적 분석이 시도되었다. 최지훈(2001)은 새김의 변화 양상을

---

[21] 이진호(1999:36~37)가 제시한 기존 성과들의 두 가지 문제점은 한자음의 ㄹ의 어두 회피 제약 적용 문제와 한자의 훈과 음 사이에 적용된 자음 동화의 구체적인 고찰이 결여된 것이다.

의미 영역, 품사 변화, 희귀한 새김의 세 가지로 나누어 살펴보았다. 의미 영역의 변화는 광주판《천자문》과《석봉천자문》의 새김을 비교하여 새김의 의미 범위가 확대된 것, 축소된 것, 구체화된 것과 기존 의미를 가지면서 어휘가 달라지는 경우로 나누어 살펴보았다. 특히 후자는 고유어가 한자어로 바뀌거나 한자어가 고유어로 바뀌거나 고유어가 또 다른 고유어로 바뀌는 경우 등에 해당한다. 이러한 검토를 통해 '虞 나라 우/ 헤아릴 우', '殷 은국 은/ 만흘 은'은 의미적 관련성을 찾기 어려운 교체를 보여준다는 것을 확인하였다. 최지훈(2001:160)은 이러한 현상이 통시적인 변화가 아닌 비슷한 시기의 문헌에서 나타나는 것이므로 광주판《천자문》에 반영된 고대 어휘의 흔적 또는 방언의 영향으로 보고자 하였다.

다음은 광주판《천자문》을 제외한 기타 자료에 대한 연구 성과들이다. (11a)은 고지도에 나타난 무등산의 차자 표기를 검토하였다. 무등산 일대의 차자 표기 중 '無等山, 星山, 城峙, 尺峙, 板峙'을 중심으로 표기자를 분석하였는데 'ㅊ(等)'를 훈차자로 본 기존의 논의들과는 달리 'ㅊ(等)'가 음차자라는 점을 최초로 밝혔다. '星山'은 '별뫼'로 각각 훈가자, 훈차자로 보았다. '城峙'과 '尺峙'는 '잣고개'의 표기로 '城峙'은 훈차자, '尺峙'는 각각 훈가자와 훈차자로 분석하였다. '板峙'은 '너르고 마치 늘어진 재'라는 데에서 '너릿재'가 기인된 것으로 보고 훈차자로 해석하였다. 이러한 검토를 통해 고지도에 나오는 '無ㅊ山' 표기의 가치를 확인하였으며 고지도의 차자표기 연구 자료로서의 가치를 언급하였다.

(11b)은 광주지역의 사회사자료를 소개하는 이종일의 논의다. (11b)에 소개된 자료 중 한글 표기 자료로는《광주부감결(光州府甘結)》(1896)이 있는데 국한문 혼용체로 기록되어 있다. 이종일에 따르면《광주부

감결》이 작성되던 시기는 갑오경장이후로 사회변화로 인해 혼란스러웠다. 이러한 상황에서 내부(內部)에서 행정 관리와 백성들을 관리하기 위한 사항을 기록하여 광주부로 전달한 문서가 《광주부감결》이다(이종일, 1999:102~103). 광주에서 간행되거나 기록된 한글 문헌 자료를 종합·정리한 성과가 없는 상황[22]에서 이종일(1999)은 문헌 자료의 범위에 대한 시야를 넓힐 수 있는 가치를 지닌다.

(11c)는 국립광주박물관에 소장되어 있는 유학 기태동(儒學 奇泰東)의 한글 제문을 해독하고 제문에서 확인되는 어휘를 분석한 것이다. 제문이 안동 지역에 집중되어 있는 가운데 광주 지역에서 쓰인 한글 제문의 존재를 확인하였다는 것이 정승혜(2013)의 가장 큰 의의로 여겨진다. 특히 현전하는 한글제문은 대부분 여성들에 의해 작성된 것인 반면에 기태동의 한글 제문은 사대부가 쓴 것이므로 여타의 한글제문과는 차별화된 가치를 지닌다고 할 수 있다.

지금까지의 논의를 정리하면 광주 한글 문헌·자료 연구는 광주판 《천자문》 중심으로 이루어졌다는 것을 알 수 있다. 이 외에도 고문서 차자 표기, 사회사 자료, 한글 제문에 대한 논의가 있었다. 이들 연구 성과들의 현황을 정리하면 아래의 〈표 3〉과 같다.

---

22 전남대학교 호남한문고전연구실에서는 2010년부터 '호남기록문화유산 발굴·집대성·콘텐츠화' 연구를 진행하고 있는데 2014년에 그 성과로 『호남문집 기초목록』과 『호남지방지 기초목록』을 출간하였다. 호남한문고전연구실의 노력으로 호남 지역의 한문문집과 지방지 목록이 정리될 뿐만 아니라 간략한 해제가 이루어졌다. 따라서 한문고전 연구자들은 지역문학 연구 자료로 이 업적을 활용할 수 있게 되었다. 반면 광주의 한글 문헌 및 자료로는 아직까지 무엇이 있는지 목록조차 확보되지 못하였기 때문에 광주 지역 어학 연구자들이 연구하는데 활용할 수 있는 자료가 매우 한정적이다. 이 목록이 정리가 된다면 광주 지역 연구자들이 접근할 수 있는 자료들의 종류와 범위가 넓어질 것으로 보인다.

〈표 3〉광주 한글 문헌 연구 성과 현황

기준	광주판《천자문》				기타 한글 문헌·자료	
	표기	의미	해제	종합	표기	해제
계	3	1	1	1	1	2
총	6				3	

먼저 광주판《천자문》연구는 〈표 3〉을 통해 알 수 있듯이《천자문》의 한자 음·훈 표기에 대한 성과가 가장 많고 의미, 해제, 종합적 논의들이 각각 이루어졌다. 그런데 대부분의 논의들은《천자문》의 여러 판본들을 비교하는 방식이었다. 이는 중앙에서 간행된《천자문》과 비교했을 때 크게 차이가 없고 지역어의 특징을 반영한 몇몇 표기를 통해 일부 언어적 특징을 파악할 수 있기 때문인 것으로 보인다. 기타 한글 문헌·자료 연구 성과로는 고지도 속 무등산의 차자 표기 연구와 기태동의 한글 제문과 광주 사회사 자료에 대한 해제를 들 수 있다. 이들 연구는 학계에서 활발하게 논의되지 않았던 새로운 자료를 소개한다는 것이 가장 큰 성과로 보인다. 그렇지만 여전히 광주에서 간행되었거나 광주에서 거주·출생했던 인물들에 의한 문헌 자료들에 대한 현황이 파악이 되지 않았다는 점은 아쉬움으로 남는다.

4. 맺음말

본 연구는 지역학으로서 '광주학'의 발전 가능성에 대한 관심에서 비롯되었다. 지역학 연구가 확립되기 위한 개별 범주 중 인간의 삶과 밀접한 관련이 있는 '언어'에 주목하여 광주의 지역어 연구 흐름을 살펴보고자 하였다. 이를 위해서는 지역어의 개념을 어디까지 볼 것인지 그 범주를 정확하게 설정해야 하였다. 따라서 '지역어학'이라는 범주를 설정하여 지역어 논의를 넓은 범위에서 진행하고자 하였다. 그리하여 '지역어'의 개념을 '지역민들의 일상 언어 전반에 걸친 개념이자 문화적 가치'로 설정하였다.

광주 지역어 관련 연구 성과들을 조사하여 각 연구들에서 다루는 대상별로 분류하니 방언 연구, 지명 연구, 한글 문헌·자료 연구의 범주를 설정하게 되었다. 각 분야의 성과들을 살펴본 결과 광주 방언만의 특징적인 어휘 및 문법 체계에 대한 논의가 뒷받침되어야 광주 방언에 대한 전반적인 기술이 가능할 것이라는 결론에 이르렀다. 이러한 논의가 이루어진다면 전남의 다른 지역 방언과 대별되는 광주 방언만의 특징을 파악할 수 있을 것이고 지역어를 통한 광주의 정체성 확립도 기대할 수 있을 것이다. 광주 지명 연구의 발전을 위해서는 지명을 제시하고 사전식으로 기술하는 방식을 넘어서 지명에 대한 구체적인 분석이 중심이 되어 인접 학문과의 연계성을 고려해야 할 것이다. 또한 광주에서 간행된 한글 문헌·자료 목록 조사 작업이 앞으로 이루어진다면 다양한 논의들이 이루어지고 자료사적 측면에서도 연구 가치를 지닐 것이다.

지금까지 광주 지역어 연구의 현황을 파악하고 각 논의들에서 다루고 있는 점들과 그 성과들을 밝히고자 하였다. 더불어 광주 지역 연구자들의 지역어 연구의 관심을 이끌어내고 연구 흐름이 이어질 수 있는 토대를 마련하고자 하였다. 그럼에도 언급되지 못한 연구 성과가 있을 것으로 보인다. 이는 본 연구의 한계라 하겠다. 앞으로 '지역어학'이라는 틀 안에서 다양한 연구 성과가 나오기를 기대한다.

이 글은 지난 2015년 부산대학교 한국민족문화연구소에서 발간한
『로컬리티 인문학』 제13호에 게재된 것이다.

참고문헌

강희숙, 「언어의 변화와 보존에 관한 사회언어학적 연구」, 『한국언어문학』 47, 한국언어문학회, 2001.

구모룡, 「지역문학의 지평」, 『2014년도 제4회 전문가초청강연회 발표집』, 전남대학교 BK21+ 지역어 기반 문화가치 창출 인재 양성 사업단, 2014.

기세관, 「全南方言의 音韻論的 硏究 −母音의 變異를 中心으로−」, 전남대학교 석사학위논문, 1981.

_____, 「光山地域語의 音韻體系 : 30代와 40代 以上의 母音體系를 中心으로」, 『어문논총』 9, 전남대학교 한국어문학연구소, 1986.

김광철, 「지역사 연구의 경향과 과제」, 『석당논총』 15, 2005, 247~273쪽.

김정호, 『광주동연혁지』, 향토문화진흥원, 1991.

_____, 『광주산책 (上)』, 재단법인 광주광역시 광주문화재단, 2014.

김차균, 「전남 방언의 성조」, 『한글』 144, 1969, 437~468쪽.

_____, 「서부 전남·광주 방언의 운소 체계와 그 변천 방향 : 1960년대 말기 자료에 바탕을 두고」, 『한밭한글』 4, 한글학회, 1999.

박경래, 「지역어 조사·보존의 방법론」, 『새국어생활』 20, 2010, 23~41쪽.

박선홍, 『무등산 : 그 유래·전설과 경관』, 전남매일출판국, 1976.

손희하, 「〈千字文〉 字釋 硏究 −難解語의 語義 究明을 中心으로−」, 전남대학교 석사학위논문, 1984.

_____, 「새김 어휘 연구」, 전남대학교 박사학위논문, 1991.

_____, 「지리적 환경(지명)」, 『지역 발전에 관한 기초 연구』, 광주직할시 북구, 1992.

_____, 「(서구 마을) 지명」, 『서구 마을사』, 광주광역시 서구문화원, 2004.

손희하, 「고지도와 차자 표기 −무등산 일대 표기를 중심으로−」, 『구결학회』 33, 구결학회, 2014, 285∼309쪽.

＿＿＿, 「호남 지역 지명 연구 성과와 동향 −1900년대 이후를 대상으로−」, 『지명학』 21, 2014, 214∼268쪽.

송하진, 「광주 평동·풍암 지역의 지명」, 『광주 평동·풍암 공단지역의 문화유적 지표조사』, 광주직할시·전남대학교 박물관, 1992.

윤여정 엮, 『대한민국 행정지명 1 광주·전남편』, 향지사, 2009.

이돈주, 『전남방언』, 형설출판사 1979.

이상봉, 「인문학의 새로운 지평으로서 '로컬리티 인문학' 연구의 전망」, 『로컬리티 인문학』 1, 2009, 41∼73쪽.

이승현, 「한국어 방언의 문말 억양 연구 : 대구 방언과 광주 방언의 문말 억양 비교」, 경북대학교 석사학위논문, 2000.

이종일, 지명, 『문흥동(문화유적지표조사보고)』(향토문화총서 8), 광주직할시·향 토문화개발협의회, 1991.

＿＿＿, 지명, 『광주첨단기지(문화유적지표조사)』(광주향토문화총서 9), 광주직할 시, 1992.

＿＿＿, 지명, 『일곡동(문화유적지표조사보고)』(향토문화총서 11), 광주직할시·향 토문화개발협의회, 1993.

＿＿＿, 지명, 『제11(용봉동) 토지구획정리사업지구 문화유적지표조사보고』(향토 문화개발협의회 학술총서 14), 광주광역시·향토문화개발협의회, 1996.

＿＿＿, 지명, 『신가동 문화유적지표조사보고』, 광주민속박물관, 1997.

＿＿＿, 『鄕土사랑 文化사랑』, 라이프기획 1999.

＿＿＿, 지명, 『제12(양산) 토지구획정리사업지구 문화유적지표조사보고』, 광주민 속박물관, 2000.

이종일, 「광주의 옛 지명 변천」, 『향토사랑 문화사랑』 Ⅱ, 라이프, 2007.

이진호, 「중세국어 한자 학습서의 來母 初聲 표기 양상」, 『한국문화』 23, 1999, 33∼62쪽.

이태영, 「지역어의 문화적 가치」, 『새국어생활』 20, 2010, 87∼99쪽.

＿＿＿, 「지역어의 역사와 문화」, 『2014년도 제2회 전문가초청강연회 발표집』, 전 남대학교 BK21+ 지역어 기반 문화가치 창출 인재 양성 사업단 2014.

정승혜, 「儒學 奇泰東이 죽은 누이를 위해 쓴 한글제문에 대하여」, 『국어사연구』

17, 국어사학회, 2013.

조강봉, 「광주지역 지명의 유래 연구」, 『새국어교육』 62, 한국국어교육학회, 2001,
117~134쪽.

_____, 「광주지역 지명의 유래 연구」, 『문화금당』 1, 광주광역시남구문화원, 2001,
125~148쪽.

_____, 『광주·전라남도 지명 유래 자료』, 무등일보, 2001.

_____, 「광주지역 지명의 유래 연구(2)」, 『우리말 글』 24, 우리말글학회, 2002,
41~64쪽.

_____, 「江·河川의 合流와 分岐處의 地名研究」, 전남대학교 박사학위논문, 2002.

_____, 「광주 어등산 주변지역 지명 연구(1)」, 『우리말 글』 32, 우리말글학회,
2004, 147~168쪽.

_____, 「광주광역시 박호동 지역 지명 연구」, 『지명학』 10, 한국지명학회, 2004,
137~174쪽.

_____, 「광주 운수동·서봉동 지역 지명 연구」, 『동강대학 논문집』 27, 동강대학교,
2005, 33~45쪽.

_____, 「광주광역시 등림동(내등) 지역 지명 연구」, 『지명학』 11, 한국지명학회,
2005, 135~164쪽.

_____, 「광주광역시 등림동(외등)지역 지명 연구」, 『동강대학 논문집』 28, 동강대
학교, 2006, 185~199쪽.

_____, 「광주광역시 소촌동·산막동·고룡동·산정동 지명 연구」, 『동강대학 논문
집』 29, 동강대학교, 2007, 105~123쪽.

조경순, 「지역어의 가치와 접목에 대한 고찰」, 『지역어와 한국어 연구』, 전남대학
교 BK21+ 지역어 기반 문화가치 창출 인재 양성 사업단, 2014.

지역학연구회, 『지역학 연구의 과제와 방법』, 책갈피, 2000.

차윤정, 「지역어의 위상 정립을 위한 시론 : 1930년대 표준어 제정을 중심으로」,
『우리말연구』 25, 2009, 387~412쪽.

차행선, 「황룡강 유역의 마을 형성과 지명 유래 -광산구 관내-」, 『향토문화』 11,
향토문화개발협의회, 1991, 85~95쪽.

최범훈, 「'千字文'의 字釋攷」, 『국어국문학 논문집』 9·10, 1975, 197~221쪽.

최지훈, 「《천자문》 새김 어휘 연구 : 16세기 간행《천자문》의 명사류를 중심으로」,
『한국어 의미학』 9, 2001, 153~177쪽.

최학근, 「전라도방언 연구 : 음운편 〈모음〉」, 『국어국문학』 70, 1976, 1~25쪽.
_____, 『한국방언학』, 태학사, 1982.
한글학회, 『한국지명총람 13(전남편(Ⅰ))』, 한글학회, 1982.
한림대학교 한국학연구소, 『21세기 한국학, 어떻게 할 것인가?』, 푸른역사, 2005.
홍윤표, 「한글 생활사 자료의 효용가치와 연구방법」, 『2014년도 제5회 전문가초청
    강연회 발표집』, 전남대학교 BK21+ 지역어 기반 문화가치 창출 인재 양
    성 사업단, 2014.

영광 해안 지명어의 특징 분석

이수진

1. 서론

이 논문은 영광 해안 지역의 지명어를 후부 요소와 전부 요소로 나누어 분석하고 영광 해안 지명어의 특징을 검토하는 연구이다.[1] 전남을 방언구획으로 크게 나누면 서부와 동부로 나눌 수 있는데 같은 서부라 하더라도 방언의 개신은 해안에서 먼저 이루어진다고 할 때, 내륙과 해안은 방언적 차이가 존재하는 것으로 이해할 수 있다. 보수성을 가진 지명어이지만 해안 지역의 지명어는 이러한 방언적 특색에 따라 내륙보다 더 변화한 모습을 가진다고 생각된다. 또한 섬 지명어는 그 고립성으로 인해 내륙과 분명한 차이가 난다.

내륙지명어와 해안지명어가 가지는 차이에 대해서는 내륙지명어와

---

[1] 분석 대상은 직접 조사한 지명어와 한글학회(1983)의 『한국지명총람』-전남편을 중심으로 삼았다. 분석 지명어는 1151개였다. 영광 지명어를 대상으로 한 자료로는 《영광지명지》(영광향교 향토문화연구회, 1985)가 있으나 『한국지명총람』의 영광군 내용과 동일하여 『한국지명총람』-전남편만을 제시하였다.

해안지명어의 대비를 목적으로 한 위평량(2002)와 성희제(2014) 등의 연구에서도 확인할 수 있다. 위평량(2002)는 경남 남해와 충북 영동의 마을 지명어를 중심으로 대비 고찰하였다. 특히 성희제(2014)에서는 같은 충청방언권에 속하는 충북 영동군과 충남 태안군의 지명어를 대비하여 한국 지명어의 일반적인 속성을 추출하고자 하였다. 하지만 한국 지명어의 일반적인 속성을 추출하고자 할 때에는 더 다양한 지역의 지명어 자료 분석이 뒷받침 되어야 한다. 이에 기존 선행연구에서 다루어지지 않았던 전남 영광의 해안 지명어를 분석하고자 한다.

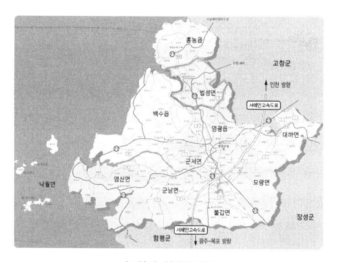

〈그림 1〉 영광군 지도

이 논문에서 분석의 대상으로 삼은 영광 해안 지명어는 홍농읍, 백수읍, 염산면, 법성면과 섬으로 이루어진 낙월면의 지명어이다. 영광 해안 지역은 해안을 따라 험한 바위산들이 늘어서 있기도 하며(홍농읍, 백수읍), 해안사구가 발달하여(염산읍) 지명어에서도 이러한 지형적 특색이 반영되어 있는 듯하다. 백수해안도로로 잘 알려진 백수읍의 경우 해안도로를 따라 해발 351m의 바위산인 구수산이 넓게 펼쳐져 있으면서 상사리와 하사리의 넓은 경작지를 가지고 있어서 같은 해안임에도 다양한 지형을 보여준다. 이러한 지형적 특색에 의해 다양한 후부 요소를 확인할 수 있다고 할 수 있다.

이 논문에서는 해안 지명어를 대상으로 하되 위에서 언급한 5개면의 모든 지명어를 대상으로 하지는 않는다. 공원이나 비, 뚝 등 인공적으로 만들어진 지명어는 분석 대상에서 제외하며 자연물인 바위, 마을, 고개, 골, 섬 등을 대상으로 삼는다. 지명어는 전부 요소와 후부 요소로 나누고 각각 어떤 형태를 띠고 있는지, 어떤 방언적 특색을 보이는지 등을 검토하고자 한다. 2장에서는 영광 해안 지명어의 후부 요소를 다루고 3장에서는 영광 해안 지명어의 전부 요소의 방언적 특색에 대해 분석한다. 마지막으로 4장에서 결론으로 내용을 정리한다.

2. 영광 해안 지명어의 후부 요소 분석

지명어는 대개 전부 요소와 후부 요소로 구성되어 있다. 이 중 후부 요소는 지명형태소로서 중요한 가치를 지니고 있다. 대부분의 지명어는 어떤 후부 요소와 결합하느냐에 따라 명명되는 대상이 무엇인지 알 수 있다. 즉 '할미바우'라면 '바위'라는 것을, '조방골'이라면 '골'이라는 것을 알 수 있는 것이다. 전부 일치하는 것은 아니지만 대부분의 후부 요소가 지시하는 실체는 지명형태소와 일치한다고 볼 수 있다. 대상이 되는 지명이 마을인지, 골짜기인지, 바위나 어떠한 건물인지 등도 확인할 수 있다. 대상의 유형은 대체로 일치하지만 대표되는 지명의 영향을 받아 동일한 지명의 다른 지시 대상이 존재하는 것을 쉽게 찾을 수 있다. '소새미'(영광군 백수읍 논산리)는 마을과 우물 이름으로 쓰이는데 마을 앞에 위치한 논에 있는 샘이 '소새미'이다. 마을 이름은 이 우물의 영향으로 '소새미'가 되어 의미 확장을 이루었다고 할 수 있다.

하지만 후부 요소의 대응이 늘 같지는 않다. '-치'를 후부 요소로 가지는 것들은 보통 고개인 경우가 많은데 '다랑치'(영광군 낙월면 신기리)는 밭을 지칭하는 것이다. 지명의 후부 요소는 일차적으로 해당 대상을 가리키고 이것의 의미역이 넓어져 주변의 것도 함께 지칭하게 되는 등의 경우가 있는 것이다. 본 장에서는 영광 해안 지역의 지명 후부 요소를 지칭 대상별로 분류하여 각각의 형태를 밝히고, 그 분포는 어떠한지도 제시하기로 한다.

1) '바위'의 후부 요소

(1) [백수읍] 시리떡바우(구수리), 궁굴바우(대신리), 도채비바우(백암리)

[홍농읍] 가매바우(계마리), 매바우(계마리), 얼근바우(계마리)

[법성면] 둥구바우(대덕리), 호랭이바우(법성리)

[염산면] 선바우(송암리), 선바구(송암리), 여시바우(두우리), 너벙바우(야월리)

[낙월면] 농애바우(각이리), 꼬치까래바우(상낙월리), 나박바(석만리), 넙바(석만리), 팽남바(신기리), 팽남바우(신기리), 구멍바/구멍바우(월촌리), 검정바(죽도리), 딴바구(하낙월리)

'바구'의 분포는 전남과 경남의 접경지 즉 구례, 여수, 광양, 산청, 하동 등에서만 나타나는 방언형인데(위평량, 2000:79), 전남 서부에서

'바우', 경남 동부에서 '방구' 등이 분포하고 있다고 한다.[2] 이러한 점을 미루어 보았을 때 '바우', '방구', '바구'와 같은 방언형들의 기원에 대해 생각해 보아야 한다.

(2) ㄱ. 巖ᄋᆞᆫ 바회라〈釋詳 6:44ㄱ〉

ㄴ. 나모 것굼과 바회 믈어듐과〈永嘉 下:140ㄱ〉

ㄷ. 巖 바회 암〈光千 28ㄱ〉

중세국어 시기 형태는 (2)에서 보듯이 '바회'였다. 이 형태는 18세기까지 지속되다가 19세기에 들어서면 모음 간 'ㅎ'의 약화로 'ㅎ'이 탈락된 형태인 '바우', '바위'로 나타난다. 김형규(1974)는 '바회'의 기원을 '*바구'로 보고 'pagu(바구)〉pahø(바회)〉pa-u(바우)'로 변천해 왔다고 보았다. 즉 '바회'의 'ㅎ'을 'g'가 약화되어 탈락하는 중간적 과정으로 본 것이다.[3] '바회'와 '바구'의 관계에 대해서는 김정태·성희제(2001:9)에서는 음운변화의 관점에서 설명할 수 있음을 지적하였다.[4]

---

2 김정태·성희제(2001)에서는 고흥 지역의 모든 지명형이 '바구'로만 실현되고 있다고 하였으며 고흥 지명어의 '바구'는 '巖'만을 지칭한다고 하였다.

3 '바구'를 '바회'의 기원으로 본다면 '바구'의 출현의 시기는 《三國史記》 이전으로 올라가야 한다. 《三國史記》에서 확인할 수 있는 고구려 지명어에 '孔巖縣 本高句麗 濟次巴衣縣'〈권35〉, '文峴縣 云 斤尸波兮'〈권37〉 등으로 나타나 이미 '바회'의 형태는 《三國史記》에서도 살펴볼 수 있기 때문이다.

4 즉 '바회'에서 '바구'로의 변화로 볼 때, ㅎ과 ㄱ사이의 대응을 음운론적으로 설명할 수 있다는 것이다. 김정태·성희제(2001)에서는 ㅎ과 ㄱ은 간극도에 있어 1도와 0도로써 그 차이가 그다지 크다고 할 수 없으며, 또한 울림도도 1.5도와 1도로써 차이가 미세하다고 하였다. 그러므로 간극을 더 좁히면 ㅎ은 ㄱ으로 변할 수 있는 조건을 지니고 있는 것이라 설명하였다. 이러한 양상은 '혀다(引)〉켜다'의 변화, 또는 '불휘(〉뿌리, 根)'에 대한 경상도지역에서의 ㄱ음 유지 방언형들인 '뿔개이, 뿔거지, 뿔게이, 뿔기'

그러나 '바구〉바회〉바우'의 변화를 상정할 때 '바구'의 'ㄱ'이 'ㅎ'으로 약화되었다가 탈락하는 과정이 인정되더라도 그 과정에서 반모음 'y'가 삽입되었다가 다시 사라지는 불합리한 과정이 생기는지는 설명하기 어려운 문제가 남아있다. 또한 기원 형태로 보는 '바구'와 변화형인 '바우', '바'까지 이 지역 지명어(혹은 방언)에 나타나는데 유독 '바회' 형태만이 나타나지 않는 것은 중세국어 시기의 '바회'의 기원이 '바구'라고 상정한다 하더라도 '바구〉바회〉바우'의 변화 과정이 모든 방언에서 동일하게 겪었다고 보기 어려울 것이다.

영광 해안지역 대부분에서 '-바우(岩)'로 나타난다.[5] '바위'의 고형이 '바구'라고 한다면 가장 고형인 '-바구'와 대표적 형태인 '-바우', 개신의 영향을 가장 많이 받은 '-바'가 섬인 낙월면에서 공존하고 있음은 그리 이상하지 않다.[6] 낙월면에서 확인할 수 있는 '-바' 형태는 '-바우'의 '우'가 탈락되었기 때문으로 보인다. 이렇게 볼 때 '바위'의 형태는 '바구〉바우〉바' 임을 확인할 수 있다.[7]

등도 예로 들어 그 가능성에 대해 제시하였으며, 후부 요소 '바구'에서의 'ㄱ'음의 유지는 고형의 잔재라고 보았다.

5 바위를 가리키지만 후부 요소로 '-바우', '-바구', '-바'처럼 '바위'의 형태와 관련이 있지 않은 예들도 확인할 수 있었다. 이들의 후부 요소는 '-꾸뎅이', '-독', '-돌', '-여', '-암', '-치' 등이다. 이러한 후부 요소를 가진 지명어 자체도 '-여'를 제외하면 한 두 예로 매우 드물었다. '-독', '-돌', '-암'은 '돌'과 관련되어 있는 것을 쉽게 알 수 있으며 '-암'은 단순한 '바위'의 한자어로 보아도 무리가 없을 것이다. 후부 요소 '-여'를 가지는 예로는 '줄여, 밧장애여, 딴여, 할미여' 등인데 대체로 낙월면에서 찾을 수 있었고 염산이나 홍농에서 한 두 예를 찾을 수 있었다.

6 대체로 언어의 개신은 해안지역에서부터 내륙으로 진행된다. 전남의 경우는 서부에 개신의 핵이 중심하고 있다고 할 때 가장 개신의 영향을 늦게 받았을 것으로 생각되는 동부 지역(광양 여천, 고흥 등) 지명어에서는 '바우'보다는 '바구' 형태가 주로 쓰인다는 점을 지적할 수 있다.

2) '마을'의 후부 요소

  (3) [백수읍] 구수미(구수리), 모래미(구수리), 대미(대신리), 대치미(대신
       리), 동쪽몰(하사리), 큰몰(백암리)
       [홍농읍] 가마미/가매미/개매미(계마리), 계동(계마리)
       [법성면] 성재동(대덕리), 법성리(법성리)
       [염산면] 염소마을(야월리)
       [낙월면] 큰마을/큰몰(상낙월리), 아랫마을/아랫몰(석만리), 작은마
       을/작은몰(송이리), 등니네몰(신기리), 곰몰(월촌리)

  '마을' 형태는 염산면과 낙월면에서만 나타나며 백수읍 구수리와 대
신리, 홍농읍의 계마리에서는 '미'가 나타나는 것이 특기할 만하다. '-
미'는 '山'에서 유래한 것과 '川, 水'에서 유래한 것으로 나눌 수 있다.[8]
'山'의 훈인 '뫼'에서 유래한 것으로 '산'을 배경으로 한 지명어에서 찾
아볼 수 있다. 염산면 야월리의 '굴미'는 '산'이다. 백수읍 대신리의 '대
미'는 산자락에 위치하고 있어 '대미'의 '-미'는 '뫼'에서부터 유래한

---

7 '-바' 형태가 개신의 영향을 가장 많이 받았다고 할 수 있음은, 전남 신안군의 지명에서
   는 '-바구, -바우, -바, -배'의 형태가 출현함에서 근거를 삼았다. 가장 고형으로 여겨
   지는 '-바구'에서 '-배'를 설명하기 위해서는 '-바우', '-바'의 변화 단계를 거쳐야만
   가능하다. 박정호(2005)는 '-배' 형태에 대해서 '바위'에서 'ㅜ'가 탈락되어 '바+ㅣ=배'
   형태로 굳어졌다고 하는데 '-바위' 형태가 나타나지 않은 상태에서 '바위〉배'를 설정하
   는 것은 설득력이 떨어진다고 할 수 있다. 이 지역에서는 '-바위'가 존재한 사실이 없기
   때문에 오히려 '-바구〉-바우〉-바〉-배'의 단계를 거쳤으며 이들의 형태가 고형과 신형
   이 공존하고 있다고 설명하는 것이 더욱 설득력이 있다.
8 이돈주(1965a:109)에서는 《三國史記》 지리지의 예를 통해 '-미'와 '川, 水'의 관련성을
   지적하고 있다. '水谷城縣一云南知買', '南川縣一云南買' 등의 예에서 /mV/를 재구할
   수 있다고 하였다. 다만, 위 논문에서 제시하였던 전남 지명들 중 '가매미(가마미)'의
   경우는 본고에서 지적한 바와 같이 '가매미(금정산)'라는 산과의 관련성을 생각할 때
   '水'의 의미로서 사용된 '-미'라고 속단하기는 어려운 부분이 있다.

것으로 이해된다. 홍농읍 계마면의 '가매미'[9]는 근처의 '금정산'의 다른 이름이기도 하여 '산'과 관련된 '-미'임을 확인할 수 있다. 일차적으로 '산'의 지명어에 쓰이던 '-미'가 산자락이나 산골짜기의 마을 이름까지 영역이 확대된 것이라고 할 수 있다.

백수읍의 '구시미', '모래미', '대치미' 또한 위치 상 산 아랫자락이라는 점에서 '산'과의 관련성을 부인할 수는 없지만 '川, 水'와의 관련성도 완전히 배제하기는 힘들어 보인다. '구시미'는 구수산 밑, '모래미'는 구시미 서쪽에 위치하고 있는데 이곳은 해수욕장이나 모래사장을 끼고 있는 바다와 인접해 있다. '山', '川, 水'에서 각각 유래한 '-미'가 동시에 지명어에 사용된 이유를 동음이의어로 병용되다가 후세에 원의미를 벗어나 하나의 지명 접미사로서 발전한 것으로 볼 때(이돈주, 1965a: 109), 또한 영광 전체의 마을 지명을 살펴보았을 때에도 이들 해안지역의 마을 지명이 내륙지역보다 '-미'의 출현 빈도가 높았다.[10] 이렇게 본다면 해안지역 지명에서 '-미'계 마을명이 더 자주 나타나는 것도 설명이 가능할 것이다.

해당 지역의 마을 후부 요소로 '-마을', '-몰', '-미'를 갖지 않는 곳들도 있다. 이들은 주로 '洞', '里', '村'과 같은 한자어 후부 요소를 가진 곳도 다수 있었으며(덕룡동, 백두리, 상촌 등), '가자굴', '송산', '신개'와 같이 근처 지명어가 마을 이름으로 확장된 곳도 있었다.

---

9 『한국지명총람』에서는 '가매미'로 형태를 확인할 수 있으나 현재는 '가마미'로 불리는 지역이다.

10 본고에서 다루고 있는 5개 읍면(낙월면, 백수읍, 법성면, 염산면, 홍농읍)을 제외한 영광 지역에서 '-미' 후부 요소를 가지고 있는 마을 지명은 '된지미(군서면 가사리)', '구미(대마면 송죽리)' 두 곳이었다.

3) '논'의 후부 요소

   (4) [백수읍] 빙아리배미(상사리), 베락배미(하사리)

        [홍농읍] 장구배미(계마리), 지와집배미(계마리)

        [법성면] 갈모배미(대덕리), 쒸에기배미(대덕리)

        [염산면] (없음)

        [낙월면] (없음)

  논을 나타내는 대표적인 후부 요소인 '-배미'는 염산면과 낙월면에서는 나타나지 않았다. 이는 낙월면은 섬이기 때문에 논농사를 지을 마땅한 지리적 요건이 갖추어지지 못하였을 수 있다. 염산면은 분석 대상이었던 두우리, 봉남리, 야월리에 논이 분포하지 않았기 때문으로 보인다.[11]

  위에 제시된 논들은 전통적으로 경작하던 논들로 작은 규모의 논들이 많았다. 불갑천 하구의 간척사업으로 인해 생겨난 농지는 이와 같은 전통적인 지명 명명법과는 많은 차이가 있다. 백수읍 구수리의 '한시랑뜰'은 간척사업으로 생겨난 대표적인 농경지인데 이곳의 논 지명은 '1지선, 2지선, 3지선, 4지선' 등으로 특별한 이름을 갖고 있지 않다. 간척사업 이후 대규모로 경지정리를 한 이후 편하게 구분하기 위해 '1, 2'와 같은 숫자에 '지선'을 붙였다. 또한 논이 생겨난 곳 근처의 지명어를 논 이름으로 붙이기도 하였는데 '하부', '법성앞', '진가상(밭)' 등

---

11 '염산'이라는 지명처럼 이곳은 염전이 있는 곳이다. 이들 염전은 '흥국염전', '동일염전' 등으로 염전 이름이 있으며 이곳은 불갑천 하구로 1930년대부터 간척사업이 진행되어 대규모의 염전단지로 사용하고 있는 곳이어서 다른 지명처럼 오랫동안 이어진 지명이 아니며, 그 명명법에도 차이가 있는 것으로 봐야한다. 좀 더 내륙 쪽에 위치한 축동리에는 '샘배미', '장구배미' 등의 지명어를 확인할 수 있다.

으로 명명하여 전통적 지명과 차이를 보이고 있다.[12]

4) '후미'의 후부 요소

(5) [백수읍] (없음)

[홍농읍] (없음)

[법성면] (없음)

[염산면] 흰들개미(두우리)

[낙월면] 갈맛꿈(상낙월리), 멍금(상낙월리), 고래구미/고래미(신기
리), 지픈개미(영외리), 앳끼미(오도리), 노릇기미(월촌리)

후미를 나타내는 후부 요소로 '-개미, -기미, -구미, -꿈, -미'가
있다. 이것은 도서 및 해안지대에 주로 분포하는 지명어이다.[13] '-기미'
는 '기(域)+미(水)'로 분석할 수 있는데(이돈주, 1965a:111), 이 '기미'가 도
서 지방에 분포하고 있다는 점에서 설명력을 얻을 수 있다. 이 외에
내륙지방에서 '기미'가 발견된다면 '기(域)+미(山)'도 분석이 가능할 것
으로 보인다(김정태·성희제, 2001:13).

천자문에 나타나는 '阿'의 새김을 '씀'으로 간주하고 '언덕, 모롱이,
등성이' 등의 의미로 이해할 수 있다. 이에 '-금, -끔, -끼미, -구미'

---

12 제보자에 따르면 '진가상'은 원래 '진가성(城)'이라고 한다. 한시랑 지역에 지금은 사라졌
지만 '성(城)'이 존재했었고 실제로 지명에 '성너메'라는 지명어도 남아 있어 설득력이
있다. 다만 성이 사라지고 입말이 전해지는 과정에서 '진가상'이라고 불러 지금까지 전해
진다고 한다. 이 근처에 '산'이 있어 '진가산'이라고 하기도 한다. 이렇게 본래 지명어가
명명되었던 지형지물이 변화하면서 본래 어원을 찾기 힘들어지면 지명어는 사용자들에
의해 근처의 지형으로 해당 지명어를 유추하게 되어 지명어의 변화를 초래하게 된다.
13 '후미'는 하천이나 해안이 U자형으로 오목하게 들어간 지형을 가리킨다.

등을 '끔'의 변이형태로 보기도 하였다(손희하, 1991:146~147). '-구미(-금이), -기미'가 붙은 지명은 '-개'와 마찬가지로 대체로 바다에 연하여 있거나, 또는 하천이나 바다 곁에 위치하여 움푹 들어간 곳이나 후미진 곳을 가리킨다(위평량, 2000:75). 상대적으로 육지와 접하는 면적이 많은 마을이름에서는 '-구미, -금이' 등의 후부 요소가 나타나지 않는다고 할 수 있다. 백수읍이나 홍농읍, 법성면 모두 연안을 접한 지역을 선정하였지만 이곳은 낙월면에 비해 상대적으로 '후미'를 가리키는 지명어가 없었다.[14]

5) '고개'의 후부 요소

    (6) [백수읍] 부묵재(구수리), 마봉치(대신리), 매봉재(대신리), 앙그람재
          (백암리)
        [홍농읍] 곰닝잇재(계마리), 질마재/질마지(계마리)
        [법성면] 몰무듬재(대덕리), 동깃재(법성리), 천고치(법성리)
        [염산면] 지앙재(두우리), 대홧재/대하치(송암리), 쉬악재/금약치(야
          월리), 우준치/쇠전머릿재(야월리)
        [낙월면] 땅재(상낙월리), 허릿재(송이리), 된재(신기리), 서방박재(죽
          도리)

고개를 뜻하는 후부 요소로 대부분 '재'가 쓰인다. 다음으로 '치'형태

---

14 이는 간척지 외 자료의 대상으로 한 한글학회의 『한국지명총람』에서 조사되지 않은 부분일 수 있어서 정확한 판단은 보류해야 할 것으로 보인다. 서해안은 많은 지역이 간척사업이 진행되었기 때문에 새로이 지명조사를 하여 보완할 필요성이 있다. 아쉽게도 이 논문에는 전 간척지에 대한 지명어 조사는 아직 완성되지 않아, 한정적인 접근만이 가능했다.

가 많이 쓰인다. '峙'가 쓰인 지명이 '재'로 훈독되어 교체되기도 한다. '치'와 중부지역의 '티'를 고려해 볼 필요성을 제시된다(김정태·성희제, 2001:14). '치'의 또 다른 발달형으로 볼 수 있기 때문이다. 즉 '고개'를 주의미로 하는 '티'의 구개음화형으로서의 '치'의 실현인 것이다. 그렇다면 후부 요소로서의 '치'는 '지'의 발달형과 '티'의 발달형을 별개의 것으로 보아 고구되어야 할 것으로 본다. 그러나 영광 지역에서는 '티'형은 나타나지 않고 있다.

6) '골'의 후부 요소

(7) [백수읍] 독종골(구수리), 뒷고랑(구수리), 갯굴(대신리), 귀신골(백암리), 더텃굴(대신리), 새구렁(하사리)

[홍농읍] 돼아지밧골(계마리), 샘고랑(계마리), 호랭이굴(계마리)

[법성면] 쉬파람골(대덕리)

[염산면] 딱딱골(두우리), 양회밭굴(두우리), 돈복고랑(야월리), 부묵굴(야월리), 절탯고랑(야월리)

[낙월면] 상목골(각이리), 용돗골(상낙월리), 큰애깃골/큰애기고랑(상낙월리), 싱갯고랑(송이리), 안찐네꼬랑(송이리), 강닥굴(신기리), 등니네골(신기리), 웅박골(영외리), 된나무밭고랑(월촌리)

후부 요소 중 빈도가 대체적으로 높은 '골'은 오늘날 지명에서 동음어를 형성하고 있다. 즉 '洞'으로서의 '골'과 '谷'으로서의 '골'이다. '谷'의 또 다른 고형인 '실'형도 있다.[15] 영광 해안 지역은 '谷'의 의미로

---

15 이돈주(1971:291)에서는 전남지방의 경우 '谷'의 의미로서 '골'은 도서 내륙지방에 두루 깔려 있으나, '실'은 내륙산간지방에서 우세한 것으로 보고 있다. 김정태·성희제(2001)

'골'이 대체로 쓰였으나 '洞'으로의 '골'도 쓰였다. '골'의 '고랑'도 나타나는 것을 확인할 수 있다.

그런데 '골(谷)'을 나타내는 후부 요소인 '-골'을 거의 갖지 않은 지역이 있다. 낙월면 오도리인데 이곳은 해안에서도 가장 멀리 떨어진 섬 지역이라는 점이 특기할 만하다. 다음 (8)을 살펴보기로 한다.

> (8) 낙월면 오도리 : 개터, 날근몰, 노바시, 다라추/다리추, 달빠, 돛끄터리, 산떨어진밑, 수루바, 큰골, 텃빠, 패아모실

(8)은 낙월면 오도리의 '골'계의 지명어이다. 다양한 후부 요소가 결합되어 있는 것을 볼 수 있는데 '날근몰', '패아모실'은 '洞'으로 보아야 할 것 같다.[16] '달빠', '수루바'는 '바위'를 나타내는 '-바'형의 후부 요소로 봄이 바람직하다.

7) '여'의 후부 요소

> (9) [백수읍] 딴여(대신리), 거멍바우(백암리), 신바우/백암(백암리)
> [홍농읍] (없음)
> [법성면] (없음)
> [염산면] (없음)
> [낙월면] 너벙여(각이리), 딴여(상낙월리), 가막여(석만리), 주려여(석

에서는 고흥 나로도 지명에서 '실'이 보이지 않는 것을 이야기 하였는데 영광 해안에 위치한 백수읍 약수리에 '범실'이 나타나는 것으로 보아 정밀한 분석이 필요할 것으로 생각된다.

16 그러나 '마을'을 나타내는 '골' 또한 낙월면 오도리에서는 전혀 나타나지 않는 것이 독특하다.

만리), 밧장애여(송이리), 속녀(송이리), 소바위(송이리), 작은시
릿여(오도리), 쌀썩은여(월촌리), 지녀(하낙월리), 방구바(죽도
리), 근여(죽도리)

'여'의 사전적인 의미는 '암초'이다. 즉 물속에 숨어 있는 바위이다.
'여'가 바다에만 있으므로 해안선을 낀 지역에서만 발견되는 후부 요소
이다. '여'의 변이형태는 '영, 녕, 령'을 경상도 남해에서 찾을 수 있으
며, 영광 지역에서는 '여, 녀' 형태가 보인다.[17] 간헐적으로 '바위, 바우,
바'도 나타난다. 지리적 특색에 의해 낙월면에서 대다수의 지명을 찾을
수 있었다. 낙월면 오도리에서 '돛끄티'라는 지명어도 확인할 수 있었
는데 이것은 '돛여'와 같다.

8) '개'의 후부 요소

(10 [백수읍] 터진개(상사리), 한선구미(백암), 꼽쟁이, 모래개(하사리),
       약방구부(하사리)
     [홍농읍] (없음)
     [법성면] 법성포(법성리)
     [염산면] (없음)
     [낙월면] 구선창(상낙월리), 싱개(송이리), 생끼미(월촌리), 광섬끼미
       (하낙월리), 참사끼미(하낙월리)

'개'의 후부 요소로 '-개, -구미, -끼미, -구부'가 나타난다. 한 지역
에서 '-개, -구미, -구부'가 모두 나타나는데 낙월면에서는 '-끼미'

---

17 '녀'는 전부지명형태소의 말음이 자음일 경우 'ㄴ' 첨가에 의해 실현된 것이다.

형태가 더 우세한 것을 볼 수 있다. '생끼미', '광섬끼미'는 후부 요소 '-기미'가 비음 뒤에 경음화를 일으킨 것으로 볼 수 있으며 '참사끼미' 는 '참사'와 '-기미' 사이에 '-ㅅ-'의 개재를 생각해볼 수 있다.

'개'는 앞서 살펴본 '후미'와 비슷한 지리적인 요건을 가져 바다에 연하여 있음을 생각할 수 있다. 특히 낙월면은 섬이라는 점을 상기하였 을 때 '-끼미'라는 지명어가 다른 곳보다 많음은 자명하다고 할 수 있다.

9) '산'의 후부 요소

    (11) [백수읍] 감투봉(구수리), 깃대봉(구수리), 궁굴봉(대신리), 두리봉
        (백암리), 공동매(상사리)
       [홍농읍] 금정산(계마리), 장대미(계마리)
       [법성면] 대덕산(대덕리), 은선봉(대덕리), 누에머리(법성리)
       [염산면] 양하산(두우리), 가장개미(두우리), 굴미(야월리)
       [낙월면] 누앳머리(상낙월), 내막봉(송이리), 막잿봉대기/막재(송이
        리), 건산(신기리), 깔딱너매봉아리(신기리), 연화봉대기(신기리),
        뒷산(월촌리)

'산'을 나타내는 지명어는 1151개 중 80개이며, 후부 요소는 다양한 형태가 나타나는데, 그 중 '-봉, -봉대기, -봉아리'가 32개로 가장 많 고, '-산, -머리, -미, -개미' 등이 뒤를 잇는다. 영광 해안 지역에서는 '-미' 외에 '-매'로도 나타나는데 지역어에서 '산'을 뜻하는 '-미'는 '- 뫼, -메'로도 나타난다. '-미'는 후기중세국어 '뫼'와 연결되며 '-미, -메'는 후기중세시기 이후 음운변동을 겪어 형성된 것으로 본다. '-미' 는 충북 전역에 분포되어 있고, 의미상으로는 '산'이라는 주 의미 범주에

서 벗어나 '마을'로 집중되고 있다(강병륜, 1997:114). 영광 지역에서도 '마을'의 의미를 더 많이 가지고 있긴 하다. 이 지역에서 '산'의 의미는 '-봉, -봉아리, -봉대기'가 더 많이 가지고 있음을 알 수 있다. 이렇게 본다면 영광 해안 지역어의 '-미'는 주로 '川, 水'와 더 관련이 깊다고도 해석할 수 있지 않을까 싶다.

10) '섬'의 후부 요소

　(12) [백수읍] 소드랑섬(구수리), 돔배(대신리), 고두섬(백암리)
　　　[홍농읍] 광이섬/괴돔바(계마리), 소두랑섬(계마리)
　　　[법성면] (없음)
　　　[염산면] 비작도/비지기(두우리), 누룩섬(야월리), 묘도(야월리)
　　　[낙월면] 각거도/각거리(각이리), 낙월도/진다리섬(상낙월리), 만풍
　　　　　도/느프섬(석만리), 일곱매/칠산도(송이리), 똥섬(영외리), 문도
　　　　　(영외리), 진다리섬(하낙월리)

　'-섬' 이름을 가지고 있는 곳들은 비슷한 의미를 가진 한자어 지명어를 가지고 '-도'를 후부 요소로 가지고 있는 것들이 있다. 독특한 것은 '돔배'의 형태인데, '돔배'는 '도음도'라고도 하였다.[18] '돔'을 나타내는

18 『한국지명총람』에는 '돔배'를 '도음도'라고도 한다 하여 '도음도'에 대한 근거를 찾기 위해《호남읍지》,《해동지도》,《1872년 지방지도》,《대동여지도》,《영광속수여지승람》 등의 고지도에서 '돔배' 혹은 '도음도'를 확인하고자 하였으나 '돔배' 자체가 지도에 거의 나타나지 않았다. 지도에 섬이 표시된 경우는《1872년 지방지도》1건뿐이었으며 그 외에는 섬의 존재 자체를 확인할 수 없었다. 《1872년 지방지도》에서도 '돔배', '괴돔배', '쥐돔배' 세 개

한자가 없기 때문에 '도음'이라 이름하고 섬을 나타내는 한자어 '-도'를 결합한 것으로 보인다. 그렇다면 '-배'가 '섬'을 뜻한다고 봐야하는데 그것보다는 '바위'를 나타내고 이것이 '섬'이라고 보는 것이 옳을 듯하다.[19] 실제로 '섬'을 나타내는 지명어 중에서 '바위'와 관련성이 있는 형태로 '쥐돔바'(홍농면 계마리), '소바우'(낙월면 석만리) 등도 나타나기 때문이다.

3. 영광 해안 지명어의 전부 요소 분석

전부 요소는 지명으로 명명된 이유나 유래를 담고 있어서 해당 지명의 성격을 알 수 있다. 대체로 해당 지명의 형세, 특성 등을 나타내는 것이 많고 대표적인 지역을 중심으로 '위, 아래', '작은, 큰' 등의 수식어가 붙기도 한다. 고유어로 된 지명어는 동일한 뜻을 가진 한자어로 대체되기도 한다. 예를 들어 '대섬'을 '죽도(竹島)'라고 하는 등의 표기를 쉽게 찾아볼 수 있다. 지명의 어원 정보를 가지고 있는 전부 요소에는 고형뿐만 아니라 해당 고장의 방언도 함께 찾아볼 수 있으면서, 매우 보수성을 띤다고 할 수 있다.

의 섬은 따로 지명이 기록되어 있지 않으며 '海門'이라고만 되어 있다.

'돔배'의 '-배'가 섬을 나타내는 후부 요소가 아니고 '돔배섬'으로, 그 유래라고 생각되는 것과 관련지어 '돔배-섬'으로 분석한다고 하면 '도음도'라고 하는 지명어에 대한 해석은 더 복잡해진다. 따라서 '돔배'는 '돔-배'로 분석하는 것이 옳을 듯하다.

19 박정호(2005)의 자료를 참고하였을 때 바위의 후부 요소로 '-배'가 나타나는데, '바위'를 지칭하는 지명 중 가장 신형의 것으로 생각된다. 그러나 이것이 섬의 지명어에 쓰인 것이어서 '바위'계열의 다른 후부 요소와 같이 놓을 수 있는가 하는 문제가 생긴다.

지명어의 전부 요소는 지명어가 가리키는 지명의 유래나 지역의 정보를 후부 요소보다 더 구체적으로 가지고 있다. 따라서 지명의 전부 요소는 해당 지역의 위치, 모양, 성격 등을 함께 알 수 있으며, 지명어의 보수적인 특색에 따라 해당 방언형이 남아있다고 할 수 있다. 여기에 해당 어휘의 고형도 확인할 수 있으리라 기대된다. 전부 요소를 분석하여 영광의 방언적 특색 또한 알아볼 수 있다.

1) 음운

(1) 전설고모음화

전설고모음화는 전 방언권에서 활발히 실현되고 있다는 것을 알고 있는데, 이 지역에서도 전설고모음화가 일어난 지명어의 전부 요소를 확인할 수 있다. 전남 방언의 경우 후설성 모음 'ə, a, u' 등은 표준어에 비해 전설모음화의 경향이 짙고, 전설성 모음 'e'와 'æ'의 비변별적 특성 때문에 /e/의 /i/로의 교체가 일반적이다(이돈주, 1982:191). 다음에서 영광 해안 지역의 전설고모음화의 예를 살펴보자.

(13) ㄱ. 빙아리배미(백수읍 상사리)
　　　베락배미(백수읍 하사리)
　　ㄴ. 아릿밭둑(백수읍 상사리)
　　　니거리잔등(백수읍 백암리)
　　　고리미잔등(백수읍 하사리)
　　　삼형지바우(홍농면계마리)

전남 방언에서 순음에 후행하는 'yə'는 단모음화하여 'e/E'나 'i'로 실현된다. '벼루→[peru], [piru]', '별→[pe:l], [pi:l]', '병아리→[peŋari], [ʔpiŋari]' 등을 예로 들 수 있다. 이 변이과정에서 /yə/→/e/→/i/의 단계를 거친 것으로 보인다.[20]

그런데 (13ㄱ)은 '병아리〉빙아리', '벼락〉베락'으로 같은 '순음+ㅕ'의 환경이지만 그 변화 단계가 다르게 나타난 형태가 공존하고 있다. 자연 상태의 어휘는 항상 고형과 신형이 공존하며 언어의 변화 단계는 자로 잰 듯 깨끗하게 경계 지을 수 있는 것이 아니므로 이러한 결과가 나타났다.

(13ㄴ)은 전남 서부방언에 실제적으로 'ㅐ'와 'ㅔ'의 대립이 없이 /E/로 나타나기 때문에 /E/→/i/의 예임을 확인할 수 있다.

(2) 구개음화

구개음화는 /ㅣ/나 /y/에 선행하는 비구개음이 후행하는 /ㅣ/나 /y/의 영향을 받아 구개음으로 변화는 음운현상이다. 영광 해안 지명어에서는 ㄱ, ㄷ, ㅎ의 구개음화를 확인할 수 있다.

(14) ㄱ-구개음화
　　ㄱ. 긴등〉진등(백수읍 백암리)
　　　 기픈골〉지픈골(백수읍 대신리)
　　　 한길〉한질샘(백수읍 하사리)
　　ㄴ. 돗가비〉도깨비〉도채비바우(백수읍 백암리)

---

20 서상준(1984)에서는 이를 서남방언에서 이중모음이 단모음으로 교체되는 현상의 하나라고 하였으며 이를 규칙화 하면 다음과 같이 나타낼 수 있다.
　/yə/→/e/#[+consonantal, +labial]

일반적으로 ㄱ-구개음화는 어두 위치에서만 실현되고 비어두 위치에서는 실현되지 않는 것으로 알려져 있지만, 방언에서는 이러한 제약이 보이지 않는다. 경기 방언을 제외한 전 방언에서 이러한 예가 관찰된다(소신애, 2014:14).

(14ㄴ)은 조금 독특한 예라고 할 수 있다. '도깨비'의 15세기 형태는 '돗가비'이다. 여기에서 '돗가비〉도깨비'의 변화를 보인 다음 구개음화하여 '도깨비〉도채비'까지 변화한 것으로 파악되는데 '도째비'가 아닌 '도채비'로 구개음화 된 것은 일반적인 구개음화의 방향과는 차이가 있다. 전남지역에서 'ㅋ→ㅊ'의 구개음화가 보고되고 있다(서상준, 1984:119). 이러한 예로는 '키〉치'가 될 것인데 '도깨비〉도채비'의 변화는 단순 ㄱ-구개음화로 설명하기는 어려운 부분이 있다.

이 지역어에서 '또깨비둠벙(백수읍 백암리)'을 찾아볼 수 있는데 같은 지역 내에서도 '또깨비', '도채비' 두 형태를 확인할 수 있으며 각기 다른 음운현상이 적용된 쌍형어가 존재하는 형태로 보아야 하겠다.

(15) ㄷ-구개음화
　　저텃굴(백수읍 백암리: 더텃굴)

'저텃굴'은 '절텃굴', '더텃굴'과 함께 공존하는 지명어이며 절이 있었던 곳이다. 지명의 유래를 보면 '뎔〉졀'을 확인할 수 있다. 15세기 문헌으로 문증할 수 있는 '뎔'의 형태를 감안한다면 '뎔〉졀'의 구개음화를 경험한 후 '뎔터'와 '졀터'가 함께 공존하다가 'ㅈ'의 조음위치가 변화를 입으면서 '절터'로까지 변화를 겪었다고 할 수 있다.

(16) ㅎ-구개음화

  ㄱ. 신바우(백수읍 백암리)

    쉬파람골(법성면 대덕리)

  ㄴ. 힌들(염산면 두우리)

    힌바우(염산면 두우리)

'흰바우〉신바우', '휘파람골〉쉬파람골'은 전형적인 전남 방언의 ㅎ-구개음화를 보여준다고 하겠다. ㅎ-구개음화가 ㄱ-구개음화, ㄷ-구개음화와는 달리 수의적으로 일어난다는 것도 이 지역 지명어에서 확인할 수 있다. (16ㄱ)은 ㅎ-구개음화가 적용이 된 지명어인데 반해 (16ㄴ)은 '힌'으로 어두의 'ㅎ'이 유지되고 있음을 확인할 수 있다.

(3) ·음의 변화

(17) 작은몰(백수읍 백암리)

  새택몰(백수읍 하사리)

  아랫몰(낙월면 석만리)

  등니네몰(낙월면 신기리)

  날근몰(낙월면 오도리)곰몰(낙월면 월촌리)

중세어의 'ᄆᆞᅀᆞᆯ'이 중앙어에서 'ᄆᆞ술〉ᄆᆞ올〉ᄆᆞ을〉마을'로 변화를 겪고, 그 밖의 지역 대부분의 지명이 'ᄆᆞ을〉말'로 변화를 겪었다. 영광은 '-몰'로 'ᄆᆞ술〉ᄆᆞ올〉모을〉몰'의 과정을 짐작케 한다.

(4) ㄱ, ㅅ 음의 유지

(18) 선바구(염산면 송암리)

농애바구(낙월면 상낙월리)

노랑바구(낙월면 송이리)

딴바구(낙월면 하낙월리)

여시바우산(염산면 두우리)

고형의 잔재라고 할 수 있는 어중의 ㄱ, ㅅ은 지역방언에서 많은 어휘에 걸쳐 남아 있다. 전남 동부 방언에서는 '바위'는 대부분 '바구' 형태가 있는데 영광에서는 몇몇 예에서만 나타난다. 적어도 '바구'형태가 고형으로 존재했다면《三國史記》이전에 존재한 것으로 보아야 할 것이며, 중앙어의 '바회〉바위'의 변화와는 다른 '바구〉바회〉바우〉바'의 변화를 입은 것으로 이해해야 한다. 또한 '여우'의 고형인 '여슥'에서 'ㅅ'이 소멸하지 않고 남아있는 형태로 '여시'가 있다. 중부방언에서 '여우'로 'ᅀ'이 탈락된 형태가 나타났지만 이 지역에서는 'ᅀ'이 소멸하지 않고 'ㅅ'으로 음가가 남아있음을 알 수 있다. 18·9세기의 '여싀'나 '여수' 형태가 보이는데 영광 지역에서는 '여시'로 남아있다는 것을 확인할 수 있다.

(5) 음운 탈락, 축약

(19) 사잠(백수읍 구수리 : 사자암)

'사잠'은 '사자암'이라고도 한다. 여기에서 '-암'이 선행하는 '사자'의 2음절과 동일한 음운으로서 축약이 되었다. 축약이나 탈락된 형태는 많이 보이지는 않는다.

(6) 어두경음화

(20) 또깨비둠벙(백수읍 백암리)

전남 방언에서 어두경음화가 활발하게 일어나지만 영광 지역 지명어에서는 잘 나타나지 않는다.

2) 전부 요소의 어휘 분류

〈표 1〉 영광 해안 지명어의 어휘 분류

관련 어휘 부류	전부 요소 어휘	지명어
척도	넓다	너버리, 너벙바우, 너벙여, 넙바
	높다	높은논
	두텁다	두텁새미
	얕다	야튼섬
	깊다	지픈골, 지픈개미, 지픈개미잔등
	좁다	좁은골
	멀다	먼들
색	노랑	노랑바구, 노랑여, 노랑바터
	검정	거멍바우, 검정바
	하양	힌들, 힌바우
위치	가운데	가운데바우, 가운데샘, 가운데벌막
	앞	앞개, 앞밭
	뒤	뒷고랑, 뒷골, 뒷들, 뒷밭둑, 뒷골, 뒷불, 뒷넘, 뒷잔등, 뒷산
	안	안골, 안구석지, 안밑시기, 안수랑, 안현, 안밭
	아래	아래뜸, 아랫몰, 아릿밭둑, 아릿벌막
	위	웃뜸, 웃둠벙, 웃벌막, 웃골, 웃머리, 웃진다리
행위	물 맞다	물맞는골, 물맞은고랑
	머리얹다	머리얹은바우
	서다	선바우, 선동

	소금 받다	소금받는개천
	쉬다	쉬는밭
	쌀 썩다	쌀썩은여
	괴다	괸돌, 괸독
	돛 달다	돛단여
크기	작다	작은골, 작은재, 작은몰, 작은섬, 작은냇기, 작은봉대기, 작은당, 작은들
	크다	큰골, 큰재, 큰몰, 큰암, 큰언목, 큰골, 큰개, 큰봉, 큰매, 큰여, 큰고랑
	길다	진등, 진구렁, 진둠벙, 진골, 진밭(낙월면 죽도리)
자연물	(분류 생략)	감나뭇골, 갓골, 굴바우, 깃대봉, 꼬치까래바우, 꽃나뭇등, 누에머리, 눈썹바우, 동백구미, 멍에배미, 밤나뭇골, 베락배미, 빙아리배미, 뽕나뭇거리, 뿔럼, 상투바우, 소드랑섬, 소뿌리, 안장바우, 여시바우, 요강배미, 쟁핏골, 쥐똥배미, 큰북재, 팽풍바우
수	일, 이, 삼, 사	일지선, 이지선, 삼지선, 사지선
고유어	법성(지명)	법성앞(에 논)
	진가상	진가상(밭)
	상호 내지 지명	광백, 군유, 대신, 동일, 백수, 삼성, 서울, 신흥, 염산, 영백사, 죽도, 칠산, 태흥, 함평, 흥국,

'괴(고양이)', '배암(뱀)', '베락(벼락)', '뿔럼(뿔)', '소드랑(솥뚜껑)', '시리떡(시루떡)', '여시(여우)', '쟁핏(조피나무)', '지와집(기와집)', '퇴끼(토끼)', '팽풍(병풍)', '핵교(학교)' 등 이 지역 방언이 가지고 있는 어휘들이 지명어에도 확인할 수 있었다.

'괴(고양이)', '빙얌(뱀)〉배암', '여슥(여우)〉여시'처럼 고형의 흔적을 확인할 수 있는 어휘도 있었으며 '베락', '시리떡', '지와집', '퇴끼', '팽풍', '핵교'처럼 전남방언의 음운현상이 적용된 어휘들도 다수 찾을 수 있었다. 위 예 중에서는 '뿔럼', '소드랑'은 다른 지역에서는 찾아보기 어려운 형태로 각각 '뿔', '솥뚜껑'의 의미를 가졌다.[21]

지명어의 전부 요소는 크기, 색깔, 닮은 모양, 관련유래, 근처지형물 등 나름의 규칙성을 가지고 명명되었다. 같은 지명을 달리 지칭하는 경우, 특히 한자어와 고유어 지명어의 공존을 통해 쉽게 해석되지 않는 방언형이나 지명어를 해독할 수도 있다. 점차 한자어 지명어가 많아지고 고유어 지명어가 사라지고 있지만 오래도록 터전을 일구며 살아온 지역인들의 정서와 언어생활상이 잘 녹아 있다고 할 수 있겠다.

4. 결론

영광 해안 지명은 내륙에서 보기 힘든 '-개, -구미, -섬' 등의 지명 후부 요소를 가지고 있으며 특히 섬은 연안 지역보다 더 다양한 형태들을 보여주고 있음을 확인하였다. 후부 요소는 그 지명이 어떤 대상을 지칭하는 것인지 대체로 알려주고 있으나 마을 이름의 경우에는 근처 논, 샘, 골, 고개 등의 이름도 사용하고 있었다. 영광 낙월면은 해양과 관련된 지명 후부 요소가 매우 다양하게 나타나고 있는 것을 확인할 수 있었다.

영광 해안 지역의 지명에는 중간자음 ㄱ, ㅅ의 유지, 'ㆍ〉ㅗ'의 변화, 구개음화 등과 같은 이 지역 방언의 모습을 보여주고 있으며 또 몇몇의 색다른 어휘들도 가지고 있었다.

'바위'를 뜻하는 '바우'에서 '우'가 탈락한 '바' 형태까지 나타나는 것

---

21 '소드랑'은 전남방언에서 종종 찾을 수 있어 영광 지역에 한정하기 보다는 '지역'의 영역을 전남방언권으로 봐야할 것이다.

이 내륙지방과는 다른 점이었으며 흔히 경남서부와 전남동부에서만 나타난다는 '바구' 형태도 몇몇 예가 있어 살펴볼 수 있었다.

영광 해안 지역과 같이 간척사업이 이루어지는 등 새로이 생기는 자연 지명어들을 확인할 수 있었다. 이들의 명명법은 수나 위치, 고유어에 후부 요소를 결합하는 방식임을 확인할 수 있었다. 현대의 지명어 명명법에 대해서는 더 많은 조사와 연구도 뒤따라야 일반화할 수 있을 것이다. 이와 더불어 해안과 내륙의 지명어 연구가 전 지역을 대상으로 행해질 때 한국 지명어의 일반적인 속성과 새로운 지명어 명명의 기재들이 더 명확해 질 것이다.

이 글은 지난 2015년 한국지명학회에서 발간한
『지명학』 제22호에 게재된 것이다.

참고문헌

〈논문 및 단행본〉
강병륜, 『고유지명어 연구』, 박이정, 1977.
국토지리정보원, 『한국지명유래집』, 국토해양부 국토지리정보원, 2010.
김정태·성희제, 「전남 고흥의 나로도 지명어 고찰」, 『지명학』 5, 2001, 5~27쪽.
박정호, 『전남 신안지역의 지명 연구』, 전남대학교 교육대학원, 2005.
서상준, 「광양지역의 방언에 대하여」, 『호남문화연구』 13, 1984, 115~170쪽.
성희제, 「한국 내륙지명어와 해안지명어의 대비 연구」, 『지명학』 21, 2014, 183~
        211쪽.

소신애, 「비어두 위치의 ㄱ 구개음화에 대하여」, 『국어국문학』 167, 2014, 5~39쪽.

손희하, 「새김어휘 언구」, 전남대학교 박사학위논문, 1991.

송하진, 「삼국사기 지리지의 지명어 연구」, 전남대학교 석사학위논문, 1983.

위평량, 「전남 동부 지역의 마을 이름 연구」, 『지명학』 3, 2000, 71~91쪽.

_____, 「해안과 내륙의 마을 이름 비교 연구」, 『지명학』 8, 2002, 93~112쪽.

이기갑, 「동부전남 방언의 성격」, 『언어학』 7, 1984, 115~133쪽.

_____, 『전라남도의 언어지리』, 탑출판사, 1986.

이돈주, 「全南地方의 地名에 關한 考察」, 『국어국문학』 29, 1965, 101~128쪽.

_____, 「지명어사의 Morpheme alternants에 대하여」, 『한국언어문학』 3, 1965, 62~81쪽.

_____, 「지명어의 소재와 그 유형에 관한 비교 연구」, 『한글학회 50돌 기념논문집』, 1971, 353~387쪽.

_____, 『전남방언』, 형설문화사, 1979.

조강봉, 「영광지방의 지명에 관한 조사 연구」, 전남대학교 교육대학원 석사학위논문, 1976.

천소영, 「지명연구에 쓰이는 술어에 대하여」, 『지명학』 5, 2001, 97~118쪽.

_____, 「지명, 지명어의 의의」, 『경기어문학』 14·15, 2003, 313~330쪽.

한글학회, 『『한국지명총람』 전남편』, 정화인쇄문화사, 1983.

〈자료〉

국립국어원 한민족 언어정보화 사이트(http://www.sejong.or.kr)

서울대학교 규장각한국학연구원 지리지 종합정보(http://e-kyujanggak.snu.ac.kr/geo)

중국 연변 지역어의 청자대우법 사용 양상 연구

희극 소품, 드라마를 대상으로

이홍란

1. 머리말

이 글은 연변 지역의 소품과 드라마를 대상으로 하여 청자대우법의 등급별 실현 형식을 밝히고, 나아가 대우의 등급 실현에 영향을 주는 사회적 요인을 밝히는 데 목적을 두고 있다.[1]

연변은 중국 내에서 조선족이 가장 많이 집거해 생활하고 있는 지역으로 우리의 언어와 문화전통이 가장 잘 유지된 곳이다.[2] 동향인끼리의

---

[1] 구체적인 논의에 앞서 이 글에서 다루게 될 '연변 지역어'와 '대우법'이란 용어를 명확히 제시하고자 한다. 방언연구회(2001:22)에서는 방언구획으로 독립된 언어체계를 가지고 있음이 검증된 지역의 언어는 '방언'으로, 방언구획 또는 언어 체계를 고려하지 않은 지역의 언어는 '지역어'로 구분하고 있다. 현재 이 지역 조선족의 언어는 방언구획에서 제외되어 있으므로, '연변 지역어'로 부름이 타당하다고 본다. 기존의 연구에서 대우법은 '존대법', '공손법', '공대법', '경어법', '겸양법', '존경법', '높임법', '존비법', '대우법' 등 다양한 용어로 지칭되어 왔다. 그러나 '존대법, 공손법, 공대법, 경어법, 겸양법, 존경법, 높임법' 등은 높임의 의미만 강조하고 있다는 점에서, '존비법'은 높임과 낮춤의 의미를 나타내고 있으나 평대의 의미가 빠져 있다는 점에서 모두 만족스러운 표현이라고 할 수 없다. 따라서 이 글에서는 높임, 낮춤, 평대의 인간관계를 모두 아울러 나타낼 수 있을 뿐 아니라 사람과 사람 사이의 사회관계도 잘 드러낼 수 있는 '대우법'이란 용어를 사용하기로 한다.

정착 형식과 조선족자치주의 설립, 그리고 중국 정부에서 시행한 호적
제도와 소수민족 언어정책 등의 영향으로,[3] 이 지역의 조선족들은 오랫
동안 이주 이전의 고유 언어인 함경북도 방언을 온전하게 유지해 올
수 있었다.[4] 그러나 1977년부터 시행된 조선어 규범화와 호적제도 개
혁의 영향으로 오늘날의 이 지역어는 방언 요소에 규범어 요소가 내재
한 복합 언어로 변화하게 된다.[5]

지금까지 이 지역어 연구의 주된 관심사는 이주 전 고유 방언의 흔적
을 고찰하는 것이었다. 조선족들이 집거해 사는 농촌 마을을 단위로,
노년층 화자들의 언어를 중심으로 다루어져 왔다. 그러나 차윤정(2009:
405)에서 지적했다시피, 지역어는 지역이라는 공간을 기반으로 한, 지

---

2 2010년 중국 정부의 「제6차 인구조사자료」에 따르면 이 지역에 거주하고 있는 조선족은
   73.7만 명으로 중국 내 조선족 인구(183만 명)의 43.7%에 해당한다. 이 지역에는 조선족
   외에 한족(漢族), 만족(滿族), 회족(回族) 등 민족도 거주하고 있다(김두숙·류정균, 2013
   :122~125).

3 방언연구회(2001)에 따르면 이 지역의 조선족이 모국어 방언을 유지할 수 있는 원인에
   는 이주역사, 소수민족 언어정책, 호적제도 등 세 가지가 있다. 그러나 이 지역이 중국
   내의 다른 지역보다 민족 고유의 문화와 전통이 더 잘 유지되고 조선족 사회를 구성하는
   구심점의 역할을 할 수 있었던 것은 조선족자치주로서의 설립이 중요한 역할을 발휘하
   였기 때문이다.

4 이 지역의 조선족은 19세기 중기부터 20세기 초엽에 함경북도 북부지역에서 이주해온
   사람들이 주를 이루고, 이외 경상도, 평안도, 충청북도 등에서 이주해 온 사람도 소수가
   있다. 그러나 함경북도 이외의 출신은 극소수에 불과하므로 이 지역어는 근본적으로
   함경북도 방언에 기반을 두고 있다고 할 수 있다(전학석, 1988:153, 박경래, 2003).

5 곽충구(2000:18)에서는 이주 이후 조선어의 변화와 관련된 요인을 (1) 국가 체제 지향
   성의 변화, (2) 조선어 개별 방언의 언어 내적 변화, (3) 조선족 언어 규범의 영향,
   (4) 조선어 방언 사이의 상호 간섭 및 통합, (5) 중국어의 차용, (6) 북한어의 영향,
   (7) 한국어의 영향으로 제시하고 있다. 이상의 여러 가지 요인 중 중국어의 간섭은 어휘
   차용에만 영향을 주고 문법에 대해서는 영향을 미치지 않으므로, 청자대우법의 영향
   요인에서 제외할 수 있다.

역인들의 사유와 경험을 표상한 체계이자 지역인들이 일상적인 의사소통을 하기 위해 사용하는 언어 즉 지역의 생활 언어이다. 따라서 이 지역어에 대한 연구, 역시 기존의 논의에서 지향한 특정 공간 내의 특정 계층에서 쓰이는 언어만이 아닌, 연변의 전 지역 내에서 모든 사회 구성원에 의하여 쓰이고 인정되는 일상화된 언어를 다루어야 한다.

이 연구의 관심사인 청자대우법은 화자가 청자와의 사회적 관계를 식별하여 적절한 말씨를 골라 씀으로써 대상자를 언어적으로 알맞게 대우하는 행위이다(서정수, 1989:5). 일반적으로 종결어미, 호칭어, 지칭어, 선어말어미 '-시-', 특수어휘 등에 의하여 실현되나, 여기에서는 지역어의 특성을 잘 드러내는 종결어미를 중심으로 그 실현 양상에 대하여 살피고자 한다. 그것은 개별 방언이나 지역어는 종결어미에 의하여 대우의 등급이나 형태에서 차이가 드러나기 때문이다.[6]

한편, 대우법은 사람과 사람의 관계, 말이 쓰이는 언어 사회를 적극적으로 반영하며, 나아가 사회 변화와 화자의 전략에 따라 용법이 바뀌고 조정되는 역동적인 언어 범주이다(이정복, 2006:408). 따라서 청자대우법의 실상을 정확히 이해하고 설명하기 위해서는 사회적 요인이 고려되어야 함은 이미 널리 알려진 일이다. 그러나 2장에서 살펴보겠지만, 이 지역어의 청자대우법에 관한 연구는 형태·통사론적인 현상에 대한 설명에만 치중하였을 뿐 화자와 청자의 사회적 관계를 이루는 여러 요인에 대한 고찰은 부족한 편이다. 이러한 문제의식을 바탕으로, 이 글에서는 지역민의 일상 언어 표현과 여러 가지 발화 장면을 잘

---

6 최명옥 외(2002:120), 최화(2012:95) 등에서 언급했다시피 이 지역어는 주체대우법과 객체대우법이 발달하지 못한 언어이다.

반영하는 소품(小品)[7]과 드라마를 언어 자료로 택하였다.[8] 다양한 연령
층과 사회 계층의 인물이 등장하는, 오늘날 이 지역 조선족들의 삶을
잘 그린 작품을 선정하는 것을 원칙으로 하였다. 화자와 청자의 사회적
관계를 밝히는 것이 이 글의 취지이므로 혼잣말의 경우에는 분석의
대상에서 제외하고 종결어미가 포함된 발화만을 연구 대상으로 삼았
다. 연변 TV 방송국과 연길 TV 방송국에서 제작·방송한 소품 20편과
드라마 1편을 선정하여 총 3,815개 문장을 수집하였다. 다음은 연구에
사용된 소품과 드라마의 정보이다.

<표 1> 작품 정보

	유형	제목	방송시기	주요 인물	발화 단위
1		부조사계절	2009년	4명	133개
2		세배법 배우기	2009년	3명	46개
3		손님맞이	2009년	7명	178개
4		엄마와 아들	2009년	2명	278개
5	소품	평생소원	2009년	5명	110개
6		구촌조카	2010년	4명	242개
7		새길	2010년	4명	103개
8		아재	2010년	3명	108개
9		연분	2011년	2명	181개
10		대리회장	2012년	3명	75개

---

7 소품은 2~5명 정도의 인물이 등장하여 가장 현실적인 소재를 갖고 특정한 이야기를
   이끌어 가는, 중국에서 가장 인기 있는 무대극의 일종이다.

8 전통적인 언어 조사 방법(설문 조사, 면접 조사, 참여관찰 조사)은 다양한 발화 장면과
   인간관계가 담긴 사례를 수집하기 어려울 뿐 아니라 실제 발화가 아닌 일반화된 답변을
   수집할 가능성이 크므로 언어 조사의 방법으로 택하지 않았다. 이정복(2006:436~437)
   에서도 이러한 조사 방법의 조사 결과는 실제와 다소 거리가 있는 제보자의 의식 또는
   태도의 표출물이라고 지적하였다.

11		세배	2012년	6명	174개
12		효심	2012년	3명	110개
13		그믐날밤	2013년	4명	157개
14		어머니	2014년	2명	110개
15		우리 집 경사	2014년	4명	153개
16		충돌	2014년	4명	132개
17		토지보상금문제	2014년	6명	161개
18		때밀이	2015년	2명	182개
19		떼떼가족	2015년	3명	128개
20		아침	2015년	3명	135개
21	드라마	자전거	2013년	고등학생과 가족들	919개
합계					3,815개

2. 선행 연구

연변 지역어는 함경북도 방언에 기반을 두고 있으므로, 이 지역어 외에 동북 방언과 육진 방언의 연구사도 함께 살펴볼 필요가 있다. 그 동안 한국어(표준어)의 청자대우법은 등분 설정 및 종결어미와 관련한 연구, 사회언어학적 관점에서의 사용 양상과 영향 요인을 살피는 연구, 한국어 교육의 입장에서 학습자의 언어 사용 양상 혹은 교재를 분석한 연구 등과 같이 다양한 측면에서 체계적으로 진행되었다(박지순, 2014: 291). 반면, 이 지역어(함경북도 방언 포함)의 청자대우법에 관한 논의는 종결어미의 형식적인 특성을 고찰하는 데 치중하였을 뿐, 기타 특성에 관한 연구는 미흡한 편이다.

이 지역어의 청자대우법에 대한 연구는 20세기 80년대에 중국 내 조선족들의 언어 실태를 조사하는 연구에서 비롯되었다. 집필조(1985)와

宣德五 외(1991)는 조선족들의 주요한 집거지를 조사지점으로 선정하고 방언 특징을 조사하면서 청자대우법의 등급을 '높임', '같음', '낮춤'으로 분류하고 이에 따른 조사 지역어의 특징적인 종결어미를 제시하였다.

중국 조선어의 대우법에 대한 본격적인 논의는 리세룡(1992, 1993)에서 시작된다. 여기에서는 조선어의 대우법 전반에 대해 고찰하고 대우법 체계에서 사회적 조건(나이, 사회적 지위, 신분 관계 등)과 화자의 심리적 태도의 중요성을 언급하였다. 이 연구는 규범 조선어만 논의하고 조선어의 방언학적 요소는 논의하지 않았다. 전학석(1998)은 연변 지역어를 그 기원에 따라 육진 방언과 함북 방언으로 나누고 종결어미의 실현 형태를 살펴었으나, 구체적인 언어 조사를 거치지 않은 것이 한계점이라고 할 수 있다.

20세기 90년대 후반기부터는 현지에서의 언어 조사를 통한 연구가 활발하게 진행되었다. 곽충구(1997)는 화룡시 용문향(원함북 길주 명천 지역어)의 조선어 지역어를 조사한 자료집으로, 청자대우법의 종결어미들을 세 등급 체계('하대, 평대, 존대')로 제시하였다. 최명옥(2000), 최명옥 외(2002)에서는 용정시 용정진과 도문시 도문진, 그리고 훈춘시 훈춘진을 조사하고 청자대우법의 등급을 '해라체', '하오체', '하압쏘체'의 3등분으로 나누고 서술법, 의문법, 명령법 종결어미를 고찰하였다. 박경래(2003)는 충북 출신 주민이 집단 이주하여 정착한 정암촌의 청자대우법 사용 양상을 살펴보았는데, '응응체', '야야체', '예예체'의 3등급으로 나누고 종결어미의 형태를 소개하였다. 김선희(2013)에서는 연변에 거주하고 있는 북한 이주민 1~4세대를 대상으로 종결어미의 형태적 특성을 다루었다. 곽충구(2014)에서는 훈춘, 도문, 용정 등에 거주하고 있는 육진방언 화자를 제보자로 삼아 청자대우법의 등급 설정 및 종결어미의 표기, 의미 특성, 형성 변화 등 문제를 다루었다. 왕한석 (1996), 정향란(2008), 서향란(2013) 등은 연변의 용정 지역 화자를 대상 으로 청자대우법의 실상을 보여주었다. 왕한석(1996)에서는 종결어미 가 세대에 따라 차이가 있음을 지적하고 그 사용 환경을 언급하였고, 정향란(2008)에서는 종결어미의 형태·음운론적 양상을 기술하였으며, 서향란(2013)에서는 반말의 등급을 설정하고 세대별 청자대우법의 체 계와 그 차이 및 화자와 청자와의 관계를 기술하였다. 이외 채춘옥 (2012)에서는 드라마 대본을 중심으로 한국어와 연변 지역어의 청자대 우법 공통점과 차이점을 밝히는 데 치중하였다.

함경북도 방언 혹은 동북방언, 육진 방언의 청자대우법에 관한 연구 로는 곽충구(1998), 이기갑(1997), 남명옥(2012) 등이 있다. 곽충구(1998) 에서는 동북 방언을 육진 방언과 함경 방언으로 나누고 청자대우법을 3등급으로 분류하여 각 방언의 종결어미 형태를 밝혔다. 이기갑(1997) 에서는 동북 방언과 육진 방언의 청자대우법은 합소체와 하오체, 하라 체의 세 등분이 주를 이루고 있지만, 해요체와 해체도 함께 나타나고 있다고 지적한 바 있다. 남명옥(2012)은 북한 주민과 연변에 거주하고 있는 북한 이탈 주민을 제보자로 삼고 육진방언의 청자대우법을 3등급 체계 외에 반말 체계를 설정하고 종결어미의 형태·통사·의미적 특성 을 고찰하였다.

이상 살펴본 것처럼 이 지역어의 청자대우법에 관한 논의는 종결어 미의 형태적 특성에 대한 설명에 치중하여 있고, 사회언어학적 시도는 직관에 따른 분석에 머물러 있을 뿐이다. 다시 말하면, 청자대우법의 실현에 관여하는 영향 요인을 전반적으로 살피는 연구는 드물다고 할 수 있다.

3. 종결어미 체계

그동안의 연구에서 현대 한국어(표준어)의 청자대우법 등급 체계는 일원적 체계에서 이원적 체계로 발전하는 단계를 거치었다. 그중 일원적 체계에 관한 논의는 청자에 대한 대우 정도를 기준으로 여러 등급으로 분류한 것인데, 3등급으로부터 6등급에 이르기까지 다양한 체계로 분류되었다. 이원적 체계는 청자대우법을 격식체와 비격식체로 나눈 후, 다시 6등급 혹은 7등급 체계로 분류하는 것이다(남명옥, 2012:32). 여러 논의는 2등급 체계를 지키면서 격식체에는 합쇼체, 하오체, 하게체, 해라체, 해요체, 해체를, 비격식체에는 해요체와 해체를 포함하고 있다.

반면, 연변 지역어의 청자대우법은 일원적 체계에서 이원적 체계로 변화하는 과정을 겪지 않고 일원적 체계를 그대로 보존하고 있다. 이 지역어의 합쇼체와 해라체는 종결어미의 형태에서는 차이가 있으나, 대우의 정도에서는 한국어와 큰 차이가 없다. 하오체는 아랫사람에 하는 말이나 평대의 표현으로 인식하고 친밀한 관계의 윗사람, 특히 친부모나 친척 관계의 사람에게 사용할 수 있다는 점에서 한국어의 하오체와 거의 같은 기능을 한다고 할 수 있다. 그러나 시어머니가 사위에게 또는 며느리에게도 하오체를 쓸 수 있다는 점에서는 한국어의 하게체와 비슷한 면을 보이기도 한다(황대화, 1986:123).

대부분의 선행 연구들은 이 지역어에 해체를 설정하지 않고, 해체를 해라체에 포함하여 3등급 체계로 나누고 있다. 그러나 이번 조사에서는 다음 예문과 같이 합쇼체, 하오체, 해라체의 발화와 함께 쓰이는 해체가 활발하게 사용됨을 확인할 수 있었다.

(1) [손녀→할머니]

　가. 그램 호박 잡수쇼. (=그럼 호박 잡수시오.)

　나. 할머이 사탕은 내 준비해났지. (=할머니 사탕은 제가 준비해 놓았어요.)

　다. 오전에 한 알, 오후에 한 알 먹으쇼. (=오전에 한 알, 오후에 한 알 잡수세요.)

〈자전거〉

(2) [아들→엄마]

　가. 어머이사 내 맏인 게 내 모셔야지… (=어머니는 내가 맏이이기 때문에 내가 모셔야지)

　나. 알았소. 엄마. (=알았어, 엄마)

〈토지보상문제〉

(3) [아버지→아들]

　가. 니 먼저 밥을 안치므 아이되니? (=너 먼저 밥을 하면 안 되니?)

　나. 이불이랑 개 놓구 그래야지. (=이불이랑 개어 놓고 그래야지)

〈손님맞이〉

　최화(2012), 남명옥(2012), 서향란(2012) 등에서는 해체의 대우 등급을 합소체보다 낮고 해라체보다 높은 등급으로 보면서 한국어의 반말과 같이 높임의 경계를 흐리고자 할 때 사용하는 것으로 언급하였다. 그러나 위의 예문 (1-3)에서 알 수 있다시피 해체를 대표하는 종결어미 '-지'는 손녀가 할머니에게 말하는 합소체 발화, 중년인 아들이 엄마에게 말하는 하오체 발화, 아버지가 아들에게 말하는 하오체 발화와 함께 쓰일 수 있다. 해체가 합소체, 하오체, 하오체와 함께 두루 쓰이는 것은, 이것이 해라체나 하오체의 중간 등급이 아닌 이 세 등급외의 대우 등급임을 설명하는 것이다.

한국어의 해요체는 이기갑(1997:205)에서 언급하였다시피, 이 지역어에서는 잘 발달하지 않는 등급으로서 이번 조사에서도 발견되지 않았다. 따라서 이 글에서는 이 지역어의 청자대우법 등급을 세 등급으로 설정하고 여기에 반말을 등외로 덧붙이고자 한다. 논의의 편의를 위하여 이 지역어 종결어미의 명령형에 따라 '합소체', '하오체', '해라체', '해체'라고 부른다.

〈표 2〉 청자대우법의 사용 빈도

	발화 단위	빈도
합소체	1304개	34.2%
하오체	1232개	32.3%
해라체	883개	23.1%
해체	396개	10.4%
합계	3,815개	100.0%

위 표는 이번 조사에서 나타난 청자대우법의 사용 빈도를 등급별로 정리한 것이다. 조사된 총 3,815개의 문장에서 합소체는 34.2%로 가장 많이 발견되었는데, 이는 한국어 발화에서 합소체의 사용빈도가 가장 낮은 것과 비교된다.[9] 두 번째로 하오체가 많이 쓰이었고, 해체는 빈도가 가장 낮은 것으로 나타났다.

1) 합소체

합소체는 청자를 가장 높이 대우하는 청자대우법의 등급이다. 즉

---

9 박지순(2014:324)에서는 한국어 표준어를 대상으로 청자대우법의 사용 빈도를 조사하였는데, 그중에서 '합소체'의 사용 빈도가 가장 낮은 것으로 나왔다.

청자 대우의 절댓값이 가장 높은 경우이다.

(1) 서술형 어미

합소체에 사용되는 서술형 어미로는 '-음다/습다', '-읍꾸마/습꾸마', '-읍지/습지', '-읍데다/습데다' 등이 있다.

① -음다/습다

(4) 가. 의상실로 모십다. 〈평생소원〉

　　　(=의상실로 모십니다.)

　　나. 정말 수고 많으심다. 〈토지보상금문제〉

　　　(=정말 수고 많으십니다.)

　　다. 저녁 준비를 하겠습다. 〈우리 집 경사〉

　　　(=저녁 준비를 하겠습니다.)

　　라. 정말임다. 〈때밀이〉

　　　(=정말입니다.)

　　마. 아들은 숙사에 있겠습다? 〈자전거〉

　　　(=아들은 숙소에 있는 거지요?)

'-음다/습다'와 '-읍니다/습니다'는 화자가 일반적인 사실을 청자에게 대우하여 전달하고자 하는 의미를 나타내는 서술형 어미이다. '-음다/습다'는 억양에 따라서 서술형 어미와 의문형 어미로 두루 쓰일 수 있다. (4나-라)는 서술형 어미로 쓰인 것이고, (4마)는 의문형 어미로 쓰인 경우이다.

'-읍니다/습니다'는 격식을 갖추어 대우하는 경우에 쓰이지만 '-음다/습다'는 주로 육진 방언을 포함한 동북 방언에만 쓰이는 비격식체 종결어미이다(황대화, 1998:202). 격식체 '-음니다/습니다'의 '-니'의 탈락형인 '-음다/습다'는 '-읍니이다/습니이다 〉 -습니다/습니다 〉 -음니다/습니다 〉 -음다/습다'의 통시적 과정을 거쳐 변화한 것으로 볼 수 있다.

② -읍꾸마/습꾸마

> (5) 가. 요 속에 딱 맺혔던 게 그저 싹 풀어졌으꾸마. 〈평생소원〉
> (=이 속에 딱 맺혔던 게 싹 풀렸습니다.)
> 나. 재밌는 일들이 그저 따닥따닥합꾸마. 〈연분〉
> (=재밌는 일들이 따닥따닥합니다.)
> 다. 저부이 먼저 왔으꾸마. 〈부조사계절〉
> (=저분이 먼저 왔습니다.)
> 라. 어디 일없으꾸마. 〈부조사계절〉
> (=어디 괜찮습니까?)

'-읍/습꾸마'는 '일반적인 사실'을 나타내는 합소체 종결어미인데, 억양에 따라서 서술형 어미와 의문형 어미로 두루 쓰일 수 있다. (5가-다)는 서술형 어미로 쓰인 것이고, (5라)는 의문형 어미로 쓰인 경우이다.

'-읍/습꾸마'에서 '-습-'은 선어말 '-읍/습-'은 선어말어미 '-습-'에서 변화한 것이다. '-읍/습꾸마'는 '-으/스꾸마', '-읍/습꼬마', '-으/스꼬마' 등 다양한 변이형들이 존재하는데, '-꼬마'의 형태는 이번 조사에서 발견되지 않았다.

③ -읍지/습지, -읍지비/습지비

 (6) 가. 영화 춘향전을 봤읍지. 〈평생소원〉

     (=영화 춘향전을 보셨지요.)

   나. 사람마다 마음의 고통이 넓어야 합지. 〈부조사계절〉

     (=사람마다 마음의 교통이 넓어야 하지요.)

 '-읍지/습지'와 '-읍지비/습지비'는 단정의 의미를 나타내는 서술형 종결어미이다. 주로 함경방언에서 쓰이는 종결어미인데, '-읍지/습지'는 '-읍지비/습지비'에서 '-비'가 생략된 것으로 볼 수 있다. 황대화 (1998:229~230)에서는 이들을 '하오체'로 분류하고 '-읍/습'의 작용으로 '합소체'에도 넘나들며 쓰인다고 하였다. 이번 조사에서는 '-읍지/습지'와 '-읍지비/습지비'를 '청년→할머니', '아내→남편'의 발화 환경에서만 확인되었으므로 합소체로 보려 한다.

④ -읍데다/습데다

 (7) 가. 결혼사진은 이 집이 최고랍데다. 〈평생소원〉

     (=결혼사진은 이 집이 최고라고 합디다.)

   나. 임신했답데다. 〈우리 집 경사〉

     (=임신했답디다.)

 '-읍데다/습데다'는 화자가 지나간 사실이거나 직접 경험한 상황을 회상하면서 청자에게 전달하고자 할 때 쓰인다. '-읍데다/습데다'는 '-읍디다/습디다'로 해석이 되는데, 황대화(1998:204)에 의하면 주요하게 동북방언, 서북방언, 제주 방언에서 확인할 수 있다.

(2) 의문형 어미

합소체의 의문형 종결어미로는 '-음까/습까', '-음두/습두', '-읍데까/습데까', '-읍던둥(두)/습던둥(두)' 등이 쓰인다.

① -음까/습까

> (8) 가. 여러분, 안녕하심니까? 〈세배법 배우기〉
>   (=여러분 안녕하십니까?)
>   나. 커피 좋아하심까? 〈엄마와 아들〉
>   (=커피를 좋아하십니까?)
>   다. 어머이 모시는 문제를 좀 토론해 보는 게 어떻습까?
>   〈토지보상금문제〉
>   (=어머니를 모시는 문제를 토론해 보는 것이 어떻습니까?)
>   라. 아빠, 어떻승까? 〈자전거〉
>   (=아빠, 어떻습니까?)

'-음니까/습니까'는 화자가 청자에게 격식을 차려 일반적인 사실에 관하여 물을 때 사용하는 종결어미이다. 이에 따른 비격식체는 '-음니까/습니까'의 '-니-'가 줄어든 '-음까/습까'이다. (8라)에서 보다시피, 젊은 세대에서는 '-음까/습까'를 조음 위치동화가 일어난 '-응까/승까'로 발음하는 경향이 있다.

② -음두/습두

(9) 가. 무슨 좋은 일 있길래 형제분들이 몽땅 모였음두?

〈토지보상금문제〉

(=무슨 좋은 일 있기에 형제분들이 몽땅 모였습니까?)

나. 그렇게 떨구 어떻게 찾습두? 〈연분〉

(=그렇게 떨고 어떻게 찾습니까?)

'-음두/습두'는 이 지역에서 나타나는 전형적인 종결어미인데, 화자가 청자를 대우하여 일반적인 사실에 관하여 물을 때 사용한다. 한진건(2003:206)에서는 '-음두/습두'가 억양에 따라 서술형 어미와 의문형 어미로 모두 쓰인다고 하였지만, 이번 조사에서는 의문형 어미만 확인할 수 있었다. 이에 대하여 남명옥(2012:123)에서는 '-음두/습두'가 '-읍꾸마/습꾸마'와 합소체 서술형 종결어미로 서로 충돌하다가 세력이 약한 '-음두/습두'가 서술형 어미의 기능을 점차 상실하고 의문법 어미 기능만 갖게 된 것으로 해석하고 있다.

'-음/습두'에서 '두'는 '둥'이었던 것이 말음의 비음성이 사라지면서 오늘날에는 구강 모음인 '두'로 발음되고 있다. '-음/습두'의 기원에 대하여 황대화(1998:248)에서는 '-옵ᄂ동-'에서 찾고 '-옵ᄂ동 〉 -옴는동 〉 -옴동(둥) 〉 -음동 〉 음두'의 통시적 변화를 거치는 것으로 보고 있다.

③ -읍데까/습데까, -읍던두(둥)/습던두(둥)

(10) 가. 내 무슨 게 랍데까? 〈효자〉

(=내가 뭐라고 하던가요?)

나. 어머이, 시원함두? 〈세배〉

　　(=어머니, 시원하십니까?)

다. 미국에 조카 있잼두? 〈손님맞이〉

　　(=미국에 조카 있지 않습니까?)

'-읍데까/습데까'와 '-읍던두(둥)/습던두(둥)'은 과거에 보거나 직접 경험한 사실을 현재에 와서 물을 때 사용된다. '-읍데까/습데까'는 서북방언, 서남방언, 동북방언, 제주방언 등에 널리 사용되며 '-읍던두(둥)/습던두(둥)'은 육진방언에만 나타난다.

(3) 명령형 어미

합소체의 명령형 종결어미로는 '-으쇼/쇼', '-읍소' 등이 있다.

① -으쇼/쇼

(11) 가. 여보, 약을 잡수쇼. 〈아침〉

　　　(=여보, 약을 잡수세요.)

나. 좀 이러지 마쇼. 〈우리 집 경사〉

　　　(=좀 이러지 마십시오.)

'-으쇼/쇼'는 주체 대우의 선어말어미 '-으시-'에 '하오체'의 명령법 어미 '-오'가 결합하여 이루어진 것이다.

② -읍소

> (12) 가. 이 관절약 써봅소. 〈토지보상금문제〉
> (=이 관절약 써보십시오.)
> 나. 술을 한 모금 합소. 〈연분〉
> (=술을 한 모금 마시세요.)
> 다. *앉습소.

'-읍소'는 화자가 원하는 어떤 행위나 의도를 청자가 따라 해 줄 것을 요구할 때 사용되는 방언 형태이다. '-읍꾸마/습꾸마', '-읍지/습지'와 같이 다른 방언 형태들은 음운론적 조건에 따라 '-읍-/-습-'의 이형태로 교체되지만, '-읍소'는 예문 (12다)와 같이 '-습소'의 교체 형태가 나타나지 않는다.

(4) 청유형 어미

합소체의 청유형 어미에는 '-읍시다', '-깁소/겝소', '-기쇼' 등이 있다.

① -읍시다

> (13) 가. 넘어갑시다. 〈아재〉
> 나. 자. 수업 시작합시다. 〈자전거〉

'-읍시다'는 전형적인 청유형 어미로서 표준어와 같게 사용되고 있다.

② -깁소/겝소

(14) 가. 들어보깁소. 〈떼떼가족〉
         (=들어 보깁시다.)
     나. 우리 한 번 더 하겝소. 〈대리회장〉
         (=우리 한 번 더 합시다.)

기원을 나타내는 청유형 종결어미 '-깁소'는 화자에 따라서 '-겝소'라고도 한다. 어간말의 음운론적 환경과 상관없이 언제나 '-깁소/겝소'로 실현된다.

③ -기쇼

(15) 가. 빨리 저녁을 잡숫기쇼. 〈우리 집 경사〉
         (=빨리 저녁을 잡숩시다.)
     나. 우리 아버지 오므 보기쇼. 〈충돌〉
         (=우리 아버지 오면 봅시다.)

'-기쇼'는 이 지역에서 새로 생겨난 청유형 종결어미이다. 예문 (15)에서 알 수 있다시피, 어간말의 음운론적 환경과 상관없이 '-기쇼'로 실현된다.

2) 하오체

하오체는 합소체 다음으로 청자를 대우해 주는 등급이다. 표준어의 하게체와 하오체를 넘나들며 쓰임의 폭이 광범위한 것이 특징이다. 이 등급에 해당하는 대우법 형식에는 서술형 어미 '-오/소'가 대표적이다. 이외 서술형 종결어미에는 '-읍데/습데', '-읍네/습네', '-다이', '-라이' 등이 있다.

(1) -오/소

    (16) 가. 미국 대통령은 부시오. 〈손님맞이〉

         (=미국 대통령은 부시에요.)

       나. 헹님이 언제 로어를 배웠소? 〈세배법 배우기〉

         (=형님이 언제 러시아어를 배웠어?)

       다. 엄마 근심마오. 〈새길〉

         (=엄마 근심마세요.)

       라. 엄마 같이 가오. 〈토지보상금문제〉

         (=엄마 같이 가요.)

'-오/소'는 위의 예문과 같이 서술법, 의문법, 명령법, 청유법 형식으로 두루 사용된다. (16가)는 서술법, (16나)는 의문법, (16다)는 명령법, (16라)는 청유법으로 쓰인 예이다. 서태룡(1985)에서는 '-소'를 중세국어에서 겸양을 나타내는 선어말어미 '-습-'이 어말의 종결어미로 정착한 것으로 보고 있다. 즉 명령문에서 겸양의 '-습-'이 주체인 청자를 높이기 위해 화자 겸양의 '-소'로 변화한 것으로 보는 것이다.

(2) -읍데/습데

    (17) 가. 마을 서쪽으로 지나간답데. 〈새길〉

         (=마을 서쪽으로 지나간답디다.)

나. 일꾼들은 일 시켜 놓구 낚시질은 잘합데. 〈토지보상금문제〉

(=일꾼들은 일 시켜 놓고 낚시질은 잘합디다.)

다. 그래 머이랍데? 〈우리 집 경사〉

(=그래 뭐라고 합디까?)

'-읍데/습데'는 과거에 보거나 직접 경험한 사실을 현재에 와서 말할 때 쓰인다. 예문과 같이 억양에 따라 서술형 어미와 의문형 어미에 두루 쓰인다. (17가, 나)는 서술법에 쓰인 예이고, (17다)는 의문법의 경우이다.

(3) -다이

(18) 가. 오 씨 가문의 피는 못 속인다이. 〈손님맞이〉

(=오 씨 가문의 피는 못 속이오.)

나. 모르다이? 〈손님맞이〉

(=모른다고?)

'-다이'는 화자가 자신이 알고 있는 내용에 대해 청자에게 강조하여 전달하는 의미를 나타내는 서술형 어미이다. 서술법과 의문법에 두루 쓰이는데, (18가)는 서술법의 예이고, (18나)는 의문법의 경우이다.

(4) -으라이/라이

(19) 가. 내 평생 소원이라이. 〈평생소원〉

(=내 평생의 소원이오.)

　　나. 진짜 이호이라이? 〈엄마와 아들〉

　　　　(=진짜 이혼이라니?)

　　다. 너무 흥분하지 말라이. 〈때밀이〉

　　　　(=너무 흥분하지 마오.)

　'-으라이/라이'는 평서법, 의문법, 명령법 형식으로 두루 사용된다. (19가)는 평서법으로 사용된 예이고, (19나)는 의문법으로, (19다)는 명령법으로 사용된 경우이다.

　하오체의 청유형 종결어미에는 '-오/소' 외에 '-기오/기요'가 있다.

(5) -기오/기요

　(20) 가. 술이나 한잔 하기오. 〈자전거〉

　　　　　(=술이나 한잔 합시다.)

　　　나. 빨리 시작하기오. 〈때밀이〉

　　　　　(=빨리 시작합시다.)

　청유형 어미 '-기오/기요'는 '-오/소'보다 더 부드러운 느낌을 주며, 화자가 청자를 조금 더 예우해주고자 할 경우에 쓰인다.

3) 해라체

　해라체는 청자대우법의 등급 가운데서 청자에 대한 대우 수준이 가장 낮은 경우이다. 대우의 절댓값이 영인 등급이라고 하지만 다른 등급과 비교할 때에는 상대적으로 낮은 등급으로 인식되기도 한다.

(1) 서술형 어미

해라체의 서술형 종결어미로는 '-다', '-구나' 등이 있다.

> (21) 가. 오늘 떠난다. 〈아침〉
>
> 　　 나. 호걸아, 축하한다. 〈우리 집 경사〉

> (22) 가. 나한테는 조카뻘이 되는구나. 〈구촌조카〉
>
> 　　　　 (=나한테는 조카벌이 되는구나.)
>
> 　　 나. 쫄따땅 망하고 돌아왔구나. 〈손님맞이〉
>
> 　　　　 (=쫄딱 망하고 돌아왔구나.)

'-다'와 '-구나'의 사용은 표준어와 별 차이가 없다. '-다'는 서술형 어미의 기본형으로서, 손윗사람이 아랫사람에게 일반적인 사실을 알릴 때 쓰인다. '-구나'는 화자가 새롭게 알게 된 사실에 주목함을 나타내는 종결어미이다.

(2) 의문형 어미

해라체의 의문형 종결어미로는 '-니', '-냐', '-야', '-개' 등이 있다.

> (23) 가. 니 동새이 생기므 얼매 좋니? 〈우리 집 경사〉
>
> 　　　　 (=너 동생이 생기면 얼마나 좋니?)
>
> 　　 나. 어느 전고이 돈 많이 벌 수 있니? 〈자전거〉
>
> 　　　　 (=어느 전공이 돈을 많이 벌 수 있니?)

> (24) 가. 에미는 그것두 못 가지냐? 〈토지보상금문제〉
>
> 　　　　 (=엄마는 그것도 못 가지느냐?)

　　나. 어떻게 불새로 소식도 없이 왔냐? 〈손님맞이〉

　　　　(=어떻게 불시로 소식도 없이 왔느냐?)

(25) 가. 이게 얼매 마이야? 〈자전거〉

　　　　(=이게 얼마 만이냐?)

　　나. 오늘 어째 몽땅 와 가지구 이 난리야? 〈토지보상금문제〉

　　　　(=오늘 왜 몽땅 와서 이 난리냐?)

(26) 가. 니 또 거짓말하개? 〈자전거〉

　　　　(=너 또 거짓말하겠니?)

　　나. 내 로어를 하는 거 보개? 〈떼떼가족〉

　　　　(=내 러시아어를 하는 거 보겠니?)

　　예문 (23)을 통해 알 수 있다시피 '-니'는 화자가 어떤 정보를 얻기 위해 청자에게 묻는 경우에 쓰이는데, 표준어와 별 차이가 없다. (24) 의 '-냐'는 일반적인 사실을 묻는 경우에 쓰이는데, 표준어에서는 '-냐' 앞에 '-느-'를 선행시켜 '-느냐'로 나타나지만, 이 지역어에서는 나타 나지 않았다. (25)의 '-야'는 '냐'에서 'ㄴ'이 탈락하여 형성된 것이다. (26)의 '-개'는 의문형 '-겠니'에 해당하는 종결어미이다.

(3) 명령형 어미, 청유형 어미

　　해라체의 명령형 어미로는 '-어라/아라'가 쓰이고, 청유형 어미로는 '-자'가 있다.

　　(27) 가. 니 똑바로 들어라. 〈떼떼가족〉

　　　　　(=너 똑바로 들어라.)

    나. 엄마 근심하지 말라. 〈아침〉
       (=엄마 근심하지 마라.)
(28) 가. 내 방에 들어가서 좀 얘기나 하자. 〈엄마와 아들〉
    나. 그래 빨리 연습하자. 〈대리회장〉

　예문 (27)의 '-어라/아라'는 화자가 청자에게 명제 내용을 하도록
요구하는 명령형 종결어미이다. 예문 (28)의 '-자'는 화자가 청자와
어떤 행동을 함께하거나 어떤 일에 함께 참여할 것을 제안하는 청유형
어미이다.

4) 해체

　해체는 일명 반말이라고도 하는데, 본래 청자를 어느 정도로 높일지
를 뚜렷하게 결정하기 어려울 때 말끝을 흐리게 되는 데서 생겨난 용어
이다(이정복, 1998:333). 표준어에서는 청자에 대한 대우의 정도에서 해
라체와 하게체 사이에 드는 등급에 속한다. 이 지역어의 해체에 쓰이는
종결어미로는 '-지', '-재', '-개', '-어' 등이 있다.

　(1) -지, -어

　　(29) 가. 심심하니까 일을 하지. 〈세배〉
　　　　나. 해걸아, 때는 밀구 가야지? 〈때밀이〉
　　　　　　(=해걸아, 때는 밀고 가야지?)
　　　　다. 여러분께 새해 인사를 드리지. 〈세배법 배우기〉
　　　　라. 자, 출발하지. 〈충돌〉

(30) 니 어떻게 그거 알아? 〈자전거〉
    (=너 어떻게 그것을 알아?)

'-지'와 '-어'는 한국어 표준어의 용법과 큰 차이가 없고 네 가지
서법에 두루 쓰일 수 있다. (29가)는 평서법의 예이며, (29나)는 의문
법, (29다)는 명령법, (29라)는 청유법의 경우이다. 이들은 문장 끝 억
양의 차이에 의해 서로 구별된다.

(2) -재

(31) 가. 손님이 내하구 같은 오씨라재. 〈손님맞이〉
        (=손님이 나하고 같은 오 씨라고 하지 않겠소.)
    나. 내 어째 세배드리는 거 모르는가 하재? 〈세배법 배우기〉
        (=내가 세배드리는 것을 모르는가 하잖니?)

'-재'는 억양에 따라 서술형 어미와 의문형 어미로 실현된다. (31가)
는 서술형 어미의 예이며, 화자가 자신이 이미 알고 있는 사실을 강조하
여 청자에게 알리는 의미가 있다. (31나)는 의문법 어미의 예이고 화자
가 자신이 이미 알고 있는 사실을 청자에게 확인받으려는 의미가 있다.

(3) -개

(32) 가. 밥을 먹개. 〈아재〉
        (=밥을 먹겠어요)
    나. 날 찾아오개? 〈자전거〉
        (=나를 찾아온단 말이오?)

'-개'는 억양에 따라 서술형 어미와 의문형 어미로 쓰인다. (32가)는 서술형 어미의 예이고, (32나)는 의문형 어미의 경우이다. '-개'는 '-겠'과 의미가 비슷하고 화자의 의지를 나타낸다.

5. 등급 실현의 영향 요인

청자대우법에 관한 연구는 화자와 청자에 대한 사회언어학적인 고찰을 기반으로 해야 한다. 따라서 이 연구는 종결어미를 목록화한 후, 그에 대응한 등급을 추출하여 영향 요인들을 정리하면서 청자대우법의 사용 실상을 밝히고자 한다.

청자대우법의 등분 설정과 실현 양상에 영향을 주는 요인으로는 '나이', '성별', '나이 차이', '지위 차이', '만남 횟수', '관계 유형' 등이 있다.[10] '나이' 요인은 청자대우법의 등분 설정에 기본적이면서도 중요한 역할을 한다. 방송 대본은 실제 발화가 아니므로 화자와 청자의 구체적인 나이를 확인할 수 없다는 단점이 있다. 그러나 이야기 속에 나이가 전제되어 있거나 화면을 통하여 판단할 수 있으므로 연령대는 청소년, 중장년, 노년으로는 쉽게 나눌 수 있다. 청자대우법의 등분을 결정하는 요소 중에 '나이'보다 등분 결정력이 큰 것으로는 청자와 화자 사이의 '사회적 지위' 요인이다. 사회적 지위는 청자가 화자보다 지위가 높은 경우, 낮은 경우, 비슷한 경우(같은 경우)로 나눌 수 있다. 화자와 청자의

---

10 전략적 용법과 화자의 심리 등과 같은 주관적인 사회적 요소들은 조사 자료를 통해 객관적으로 판단할 수 없으므로 제외하였다. 청자대우법의 실현에 영향을 미치는 사회적 요인에 대한 선행 연구 검토는 이정복(2006)과 박지순(2014) 등이 있다.

'관계 유형'은 친밀성과 공적·사적 관계를 내용으로 하여 1차 집단(친족), 2차 집단(친분 있는 사적 관계), 3차 집단(친분 있는 공적 관계), 4차 집단(친분 없는 공적 관계)으로 나눌 수 있다. 이러한 사회적 요인들은 같은 가치를 가지는 것이 아니라 상호 복합적으로 청자대우법의 등분을 결정하는 데 작용한다.

1) 합소체

연변 지역어에서 '합소체'는 공식적인 상황이나 신분 혹은 지위 차이가 있을 때 높은 상대에게 주로 쓰인다. 즉, 청자를 가장 대우해 주는 것이고 대부분 손아랫사람이 손윗사람에게 사용하거나 지위가 높은 사람에게 많이 사용하며, 친밀도가 낮은 관계나 공식적인 상황에서 많이 사용한다.

서술형 어미 '-읍다/습다'와 의문형 어미 '-읍까/습까'는 주로 청년층에 의하여 사용되고 있고 중년층, 특히 노년층은 사용하는 경우가 적은 편이다. 이는 이 지역 청년층 화자들이 학교 교육의 영향으로 조선어 규범과 가까운 형태를 선택했기 때문이다. 서술형 어미 '-읍데다/습데다'도 청년층과 중년층에서만 사용되고 노년층에서는 거의 사용되지 않는다.

반면, 이 지역의 전통적인 종결어미인 서술형 어미 '-읍꾸마/습꾸마'와 의문형 어미 '-읍두/습두'는 노년층에서 주요하게 사용하고 있다. 중년층과 청년층은 발화상황의 청자에 따라 전통적인 형태를 쓰기도 하고, 조선어 규범의 영향을 받은 '-읍다/습다' 혹은 '-읍까/습까'와 같은 종결어미를 선택하여 쓰기도 한다.

(33) 가. 석돌이 엄마, 모두 써보구 다 영 좋답더꾸마. 〈토지보상금문제〉

(=석돌이 어머니, 모두 써 보고 다 아주 좋다고 합디다.)

나. 오늘 이 집에 무슨 좋은 일 있길래 형제분들이 몽땅 모였음두?

〈토지보상금문제〉

(=오늘 이 집에 무슨 좋은 일이 있기에 형제분들이 모두 모였습

니까?)

예문 (33)은 젊은 청년이 친구의 어머니를 예우하여 노년층에서 잘
쓰는 종결어미 '-읍꾸마', '-음두' 등을 사용하고 있다.

표준어 '-으시오'에서 유래한 명령형 어미 '-쇼'는 청년층과 중년층
에서만 사용되고 노년층에서는 명령형 어미 '-읍소'만 사용하고 있다.
마찬가지로 청유형 어미 '-기쇼'도 노년층에서는 사용하지 않고 있다.

합소체는 공식적인 상황이나 신분이나 지위 차이가 있을 때 높은
상대에게 주로 쓰인다. 즉 화자가 청자를 가장 높게 대우해 주는 것이
고, 대부분 손아랫사람이 손윗사람에게 사용하거나 직위가 높은 사람
에게 많이 사용하며, 친밀도가 낮은 관계나 공식적인 상황에서 많이
사용한다.

격식체인 '-읍니다/습니다', '-읍니까/습니까', '-읍시오/십시오' 등
은 주요하게 공식적인 자리에서 발화가 규범적으로 요구될 때 쓰이거나,
지위가 높거나 교육 정도가 높은 청자에게 쓰인다. 이는 앞에서 말한
바와 같이 화자가 조선어 규범의 형태를 차용한 것으로 볼 수 있다.

(34) 가. 여러분, 새해 복 많이 받으십시오. 〈세배법 배우기〉

나. 오늘 저희 부모님들과 함께 선생님을 모시기로 결정했습니다.

〈부조사계절〉

예문 (34)는 촌장이 마을 주민에게 드리는 새해 인사말과 학생이 선생님께 드리는 문안 전화이다. 축약형 '-음다/습다', '-음까/습까'는 격식은 약해졌지만, 전자보다 청자에 대한 친근감을 더해 준다.

(35) 가. 번호 누를 줄 암까? 〈부조사계벌〉
　　　　(=번호를 누를 줄 압니까?)
　　나. 왜 집에서 아이 치구 밖에 나와 침까? 〈부조사계절〉
　　　　(=왜 집에서 전화를 안 하고 밖에 나와 합니까?)

예문 (35)와 같이 이 지역어에서는 어린아이에게 친근감을 부여하여 쉽게 다가가기 위한 목적으로 합소체 표현을 사용한다.

이 지역어에서는 남성 화자보다 여성 화자들이 합소체를 더 많이 사용하고 있으며, 젊은 여성 화자는 초면인 청자가 손윗사람이든 나이 차이가 얼마 안 되는 손아랫사람이든 모두 합소체 종결어미를 사용한다.

2) 하오체

하오체는 합소체 다음으로 청자를 대우해 주는 등급이다. 이는 한국어 표준어의 하게체와 같은 조건 혹은 하게체보다 친밀도가 낮은 경우에 사용된다.

이 지역어의 하오체는 주로 〈남편→아내〉, 〈형제자매(연하→연상)〉, 〈친밀(연하→연상)〉 등에서 쓰인다.

(36) 가. 〈남편→아내〉
　　　　날래 가서 족보나 가져오우. 〈손님맞이〉
　　　　(=빨리 가서 족보나 가져오우.)

　　나. 〈남동생→형〉

　　　　비행기 좀 연장됐소.　〈그믐날밤〉

　　　　(=비행기 좀 연착됐소.)

　　다. 〈친밀(연하→연상)〉

　　　　형니메 오래 잘 되겠소.　〈토지보상금문제〉

　　　　(=형, 올해 잘 되겠소.)

　하오체의 쓰임은 청자와 화자의 성별에 따라 차이를 나타내는데, 하오체는 남자들이 주로 많이 사용하고 있으며, 부모는 다음 (37)과 같이 결혼한 아들에게는 하오체를 쓰지만, 딸에게는 해라체를 사용한다.

　(37) 가. 〈어머니→아들〉

　　　　이거 보우, 이호이라이.　〈엄마와 아들〉

　　　　(=이거 보게, 이혼이라니.)

　　　나. 〈어머니→딸〉

　　　　해 서쪽에서 뜨겠다야.　〈토지보상금문제〉

　　　　(=해가 서쪽에서 뜨겠네.)

　또한, 남성 화자들은 나이가 어리거나 동갑인 처음 보는 여성 청자에게 하오체를 쓰지만, 여성 화자는 반드시 합소체를 사용한다.

　(38) 여 : 물어보기쇼. 고햐이 훈춘 양포 아임까?

　　　　　(=물어봅시다. 고향이 훈춘 양포 아닙니까?)

　　　남 : 옳소.

　　　　　　　　　　　　　　　　　　　　　　〈아재〉

예문 (38)에서 연령대가 비슷한 여성 화자는 처음 보는 남성 청자에게 높게 대우하여 합소체를 사용하고 있지만, 남성은 하오체로 대답하고 있다.

3) 해라체

해라체는 청자대우법의 등급 가운데서 청자에 대한 대우 수준이 가장 낮다. 높임의 절댓값이 영인 등급이라 할 수 있다.

해라체는 화자와 청자의 관계의 친밀성 정도가 중요한 조건으로 작용한다. 화자와 청자의 관계에서 손윗사람이 손아랫사람이거나, 친숙한 사이에만 쓰인다.

    (39) 가. 〈어머니→딸〉

          그 10%는 내 가지자구 그랜다. 〈토지보상금문제〉

          (=그 10%는 내가 가지려고 한다.)

      나. 〈외삼촌→조카〉

          어이구야, 컸다야. 〈우리 집 경사〉

          (=아이고, 컸구나.)

      다. 〈친구→친구〉

          니 할 말을 니가 까먹으므 내 어떻게 아니? 〈때밀이〉

          (=네가 할 말을 네가 까먹으면 내 어떻게 아니?)

      라. 〈친구-친구〉

          야미야, 내 나나다. 〈부조사계절〉

(39가, 나)에서 알 수 있다시피 친척 관계에서 손윗사람은 손아랫사람에게 해라체를 쓴다. (39가)에서 노년인 어머니는 중년인 딸에게 해

라체를 사용하고 있다. 그러나 앞에서 언급했다시피 부모들은 장가간 아들을 예우하여 하오체를 사용하는 경우도 존재한다. 친숙한 친구 사이에는 나이에 상관없이 모두 해라체를 사용한다.

반면, 해라체는 친근감을 느끼지 않는 성인 간이나 직장 상하 간에는 사용하지 않으며 공식적 상황에서도 사용되지 않는다. 그리고 해라체는 남성 화자에 비하여 젊은 여성 간에 사용 빈도가 높은 것으로 나타난다.

4) 해체

해체는 화자가 청자에게 합소체를 쓸지, 하라체를 쓸지, 하오체를 쓸지 애매할 경우에 쓰이는 청자대우법 형태이다. 해체의 실현에 영향을 주는 화자–청자의 관계 요인으로는 관계 친소관계, 나이 등이 있다. 해체는 다음 (20)과 같이 상위자가 하위자에게, 혹은 동위자 사이에서 발화할 경우에 비교적 자연스럽다.

(40) 가. 〈남편→아내〉

　　　　일이 바빠서 그러겠지. 〈손님맞이〉

　　나. 〈부모→자녀〉

　　　　응, 영호 알지. 〈우리 집 경사〉

　　다. 〈친한 연상→연하〉

　　　　무슨 소리야? 날 찾아오개? 〈세배〉

　　　　(=날 찾아오겠니?)

　　라. 〈친구→친구〉

　　　　야 거짓말하지? 〈자전거〉

　　　　(=너 거짓말하지?)

채춘옥(2012:440~442), 서향란(2013:94) 등은 하위자가 상위자에 대한 발화에서는 해체가 쓰이지 않는다고 하였다. 그러나 이번 조사에서는 친밀성에 바탕을 둘 경우, 하위자도 상위자에게 해체의 표현 형식을 쓸 수 있음을 확인할 수 있었다.

> (41) 가. 〈아내-남편〉
> 　　　내 낳으므 되지. ↔ 그래 당신 책임없슴까?
> 　　　(=내 낳으면 되지. ↔ 그러면 당신은 책임 없습니까?)
> 　　　　　　　　　　　　　　　　　　　〈우리 집 경사〉
> 　　나. 〈아들-엄마〉
> 　　　엄마, 우리 반에 영호 알지? ↔ 엄마, 놀라지 마쇼.
> 　　　(=엄마, 우리 반에 영호 알잖아? ↔ 엄마, 놀라지 마세요.)
> 　　　　　　　　　　　　　　　　　　　〈우리 집 경사〉
> 　　다. 〈여동생-오빠〉
> 　　　농촌에서 마음대루 살 수 있지. ↔ 25 곱하기 3두 모르오?
> 　　　(=농촌에서 마음대로 살 수 있지. ↔ 25 곱하기 3도 몰라요?)
> 　　　　　　　　　　　　　　　　　　　〈토지보상금문제〉

(41가, 나)에서처럼 비록 하위자인 아내가 남편에게, 자녀가 부모에게 해체를 사용하고 있지만, 이는 극히 적은 경우이고 전반적인 발화 상황에서는 합소체를 사용하는 것을 원칙으로 하였다. 마찬가지로 (41다)에서 보다시피, 여동생도 오빠에게 '해체'를 사용하고 있지만, 전반적인 발화에서는 하오체를 사용하고 있다.

반말의 종결어미는 노년층에서의 쓰임이 제한적이지만 중년층 이하 세대에서는 쓰임이 확대되고 있다. 반말 어미 '-개'는 여성층 청년 화자에게 많이 사용된다.

5. 맺음말

이 글은 연변 지역어의 청자대우법의 등급을 설정하고 각 등급의 종결어미를 체계적으로 고찰하였으며, 다양한 사회적 관계에서 청자 대우법 등급이 실현되는 요인을 분석하였다.

기존의 3등급 체계에 해체를 등외로 추가한 후, 종결어미를 서술형, 의문형, 명령형, 청유형 등으로 나누어 부동한 등급 체계에서의 실현 양상을 살펴보았다. 이를 목록화하면 다음과 같다.

<표 3> 청자대우법의 종결어미 체계

	서술형	의문형	명령형	청유형
합소체	-음다/습다 -읍꾸마/습꾸마 -읍지/습지 -읍데다/습데다	-음까/습까, -음다/습다, -음두/습두 -읍/습데까, -읍/습던둥(두)	-으쇼/쇼, -읍소	-읍시다, -깁소(겝소) -기쇼
하오체	-오/소, -읍데/습데, -다이, -라이	-읍데/습데 -다이, -라이	-오/소-라이	-오/소, -기오/기요
해라체	-다, -구나	-니, -냐 -야, -개	-어라/아라	-자
해체	-지, -재 -개, -어	-지, -재 -개, -어		

이 지역어의 청자대우법의 사용빈도는 '해체〉해라체〉하오체〉합소체'의 순으로 나타났다. 한국어 표준어와 달리 합소체가 가장 높은 빈도로 나타난 것이 특기할 만하다. 그리고 세대, 교육, 직업 등에 따라 현저한 차이를 보이며 특히 젊은 계층이 함경북도 방언과 규범적인 조선어를 아울러 쓰는 이중방언 화자로 변화한 것이 오늘날 이 지역어

의 특징이라고 할 수 있다.

이 글은 지난 2015년 한국언어문학교육학회에서 발간한
『한어문교육』 제33집에 게재된 것이다.

참고문헌

곽충구, 「연변 지역의 함북 길주·명천 지역 방언에 대한 조사 연구 −어휘·문법·
　　　음운·성조 조사 자료−」, 『애산학보』 20, 애산학회, 1997, 179~274쪽.
＿＿＿, 「동북 방언」, 『새국어생활』 8-4, 국립국어연구원, 1998, 75~94쪽.
＿＿＿, 「재외동포의 언어 연구」, 『어문학』 69, 한국어문학회, 2000, 1~41쪽.
＿＿＿, 「육진방언의 종결어미와 청자높임법 −중국 조선족자치주 육진방언을 중심
　　　으로」, 『방언학』 20, 방언학회, 2014, 195~233쪽.
김두숨·류정균, 「연변 조선족인구의 최근 변화 : 1990년, 2000년 및 2010년 중국
　　　인구센서스 자료의 분석」, 『중소연구』 36-4, 한양대학교 아태지역연구
　　　센타, 2013, 121~150쪽.
김선희, 「연변 지역어 연구 : 조사와 종결어미를 중심으로」, 『한민족어문학』 64,
　　　한민족어문학회, 2013, 71~96쪽.
남명옥, 「함경북도 육진방언의 종결어미 연구」, 전남대학교 박사학위논문, 2012.
리세룡, 「우리 말 존대법에 대한 고찰(1)」, 『중국조선어문』 5, 길림성민족사무위원
　　　회, 1992, 10~13쪽.
＿＿＿, 「우리 말 존대법에 대한 고찰(2)」, 『중국조선어문』 6, 길림성민족사무위원
　　　회, 1993, 23~25쪽.
박경래, 「중국 연변 조선족들의 모국어 사용 실태」, 『사회언어학』 10-1, 한국사회
　　　언어학회, 2000, 113~145쪽.
＿＿＿, 「중국 연변 정암촌 방언의 상대경어법」, 『이중언어학』 23, 2003, 47~62쪽.

박경래·곽충구·한성우·정인호, 『재중 동포 언어 실태 조사』, 국립국어원, 2012.

박지순, 「한국어 청자대우법 실현의 영향 요인 연구」, 『새국어교육』 98, 한국국어
　　　교육학회, 2014, 289~324쪽.

방언연구회, 『방언학 사전』, 태학사, 2001.

서정수, 『존대법의 연구 : 현행 대우법의 체계와 문제점』, 한신문화사, 1989.

서향란, 「용정 지역 조선어의 세대별 청자대우법과 그 변화」, 서강대학교 대학원
　　　석사학위논문, 2013.

서태룡, 「국어의 명령형에 대하여」, 『국어학』 14, 국어학회, 1985, 437~461쪽.

성기철, 『현대국어 대우법 연구』, 개문사, 1985.

왕한석, 「언어생활」, 『중국 길림성 한인동포의 생활문화』, 국립민속박물관, 1996,
　　　149~189쪽.

이경우, 「현대국어 경어법의 사회언어학적 연구(2)」, 『국어교육』 106, 한국어교육
　　　학회, 2001, 143~174쪽.

이기갑, 「한국어 방언들 사이의 상대높임법 비교 연구」, 『언어학』 21, 한국언어학
　　　회, 1997, 185~217쪽.

이익섭, 「중국 연변 조선족의 모국어 선택」, 『이기문교수 정년퇴임기념논총』, 신구
　　　문화사, 1996, 599~621쪽.

이정복, 「상대경어법」, 『문법연구와 자료』, 태학사, 1998, 329~357쪽.

_____, 「국어 경어법에 대한 사회언어학적 접근」, 『국어학』 47, 국어학회, 2006,
　　　407~448쪽.

전학석, 「연변 지역어」, 『새국어생활』 8-4, 국립국어원, 1998, 153~180쪽.

정향란, 「중국 연변 지역 한국어의 곡용과 활용에 대한 연구」, 인하대학교 대학원
　　　박사학위논문, 2008.

집필조, 『중국조선어실태조사보고』, 민족출판사, 1985.

차윤정, 「지역어의 위상 정립을 위한 시론 : 1930년대 표준어 제정을 중심으로」,
　　　『우리말연구』 25, 우리말글학회, 2009, 387~412쪽.

채춘옥, 「중국 연변지역 청자대우법 체계에 대한 초보적 고찰」, 『이중언어학』 48,
　　　이중언어학회, 2012, 419~453쪽.

최명옥, 「중국연변지역의 한국어 연구」, 『한국문화』 25, 규장각한국학연구소, 2000,
　　　17~62쪽.

_____·곽충구·배주채·전학석, 『함북 북부지역어 연구』, 태학사, 2002.

최　화, 「중국 연변 지역어 반말에 대한 연구」, 『배달말』 51, 배달말학회, 2012,
　　　94~121쪽.

황대화, 『동해안방언연구 : 함북, 함남, 강원도의 일부 방언을 중심으로』, 김일성종
　　　합대학출판사, 1986.

_____, 『조선어 동서방언 비교연구』, 과학백과사전종합출판사, 1998.

한진건, 『륙진방언연구』, 역락, 2003.

宣德五·趙習·金淳培, 『朝鮮語方言調査報告』, 延邊人民出版社, 1991.

한국어 교실에서의 휴지 반응에 따른 발문 전략

김영미

1. 연구의 필요성 및 이론적 배경

외국어로서 한국어 교실에서는 목표 언어의 사용 능력을 향상시키는 것이 주목적이기 때문에 교사와 학습자 간에 능동적인 상호작용이 끊임없이 생성되어야 한다. 그러기 위해서 수업 참여자들은 목표 언어를 사용하여 적절한 의사소통을 수행하고, 소통이 원활하게 이루어지지 않을 때에는 각자의 역할에 충실한 반응과 요구, 제시를 하는 것이 필요하다. 이는 의사소통을 활성화시키는 긍정적인 교실 장면이라고 생각한다.

그런데 한국어 교실에서 교사와 학습자 간에 소통이 잘 이루어지지 않는 국면이 있다. 특히 교사의 발문은 수업을 구성하여 교수 목표를 완성해나가는 핵심적인 기능을 하는데, 교사가 학습자의 반응을 유도하는 발문 행위에서 학습자가 아무런 반응 없이 '휴지'로 대응하는 상황은 교사를 당황하게 하거나 휴지 국면을 의미 있게 전이시켜야 하는 부담감을 안겨준다.

따라서 이 글에서는 외국어로서 한국어 교실 수업 발화 상황에서 학습자들이 교사의 발문에 휴지 반응을 선택함으로써 수업이 원활하게 이루어지지 않는 장면에 대한 요인을 해석해 보고, 국면을 깨뜨리기 위한 교사의 발문 전략에 대해 고찰해 볼 것이다.

그리고 이러한 전략들이 실제 한국어 수업 현장에서 유의미하게 활용될 수 있는지를 판단하기 위하여, 현장에서 수업을 하고 있는 한국어 교사들에게 설문을 시도한다. 이는 이론적 해석이 수업 현장에서 유의미하게 결합될 수 있기를 바라기 때문이다.

수업 발화 상황에서 발생하는 휴지 반응과 관련된 연구는 '침묵'으로 설명한 논의가 대부분이다. 박용익(2001:199)은 의사소통 상황에서 대화에 참석하지 않는 경우에 대해 '비대답'이라고 칭하고[1], 진제희(2004: 261~262)에서는 교사의 유도 발화 후에 학습자가 적절한 응답을 하지 않거나 회피하는 상황을 '대화 회피'라 하며 '학습자의 침묵'을 대화 회피에 포함시키고 있다.

한편 김종수(2006)에서는 그다지 주목받지 못한 침묵 역시 말하기와 마찬가지로 의사소통의 중요한 축을 담당한다는 사실을 규명하고, 침묵의 의사소통적 전략을 회피 전략, 은폐 전략이라고 하였다. 그리고 장영희(2006)에서는 침묵이 부정적 의미, 소극적 의사 표시의 방법으로 더 자주 사용됨을 밝히면서 침묵과 관련된 교육적 의의를 살폈으며, 김인택(2011)은 침묵을 비언어적 의사소통 행위로 보고, '침묵' 행위를 사회·문화론적인 현상과 관련하여 해석하였다.

---

1 박기선(2012:28) 참조. 이 경우 교사는 침묵하는 학생 대신 대답하거나 교사가 질문을 재차 수행하거나, 다른 학생이 대답을 수행할 수 있다고 했다.

이상의 연구들은 '침묵'의 역할과 의사소통적 기능에 대해 논의하고 있지만, 학습자의 휴지 반응에 대한 연구로는 구체적이지 않다. 따라서 박기선(2012)의 논의가 한국어 교실의 수업 대화에서 학습자의 명시적 말차례에 나타나는 언어적 상호작용의 단절, 즉 학습자의 의사소통적 침묵 반응에 대한 본격적인 연구가 된다. 논의 내용은 학습자가 침묵 반응을 보이는 원인을 교사 발화 내용(화제 및 질문의 내용) 및 수업 운영 방식과 관련하여 고찰하였다. 이 글도 박기선의 연구 업적에 기대어 시작되었다.[2]

앞서 보았듯이 그간의 연구를 보면 의사소통 과정에서 발생하는 시간의 빈자리를 대개 '침묵' 상황으로 설명하고 있다. 물론 '휴지(休止, pause)' 국면은 연구자에 따라 다양한 용어를 취하게 된다. 특히 김인택(2011:459)에서는 휴지를 침묵의 형식으로 보고, 침묵은 단순한 휴지가 아니라 일종의 기호라고 하였다. 즉 '침묵'을 휴지라는 형식과 담화 문맥에서 부여되는 의미가 결합된 기호의 하나라고 본 것이다. 침묵을 담론성 관점에서 하나의 기호 체계로 해석한 것은 흥미로운 정의라고 여기지만, 이 글에서는 휴지를 '침묵'이나 '무반응', '비대답', '대화 회피' 등의 의미를 포괄하는 개념으로 사용하면서[3], 이러한 반응이 한국

---

2 박기선(2012:주11)은 교사-학습자 간 수업 대화 중 발생하는 침묵을 상호작용을 단절 시키는 침묵과 그렇지 않은 침묵으로 나누고, 전자를 언어적·비언어적으로 아무런 상호작용의 의지를 보이지 않고 반응이 없는 경우로, 후자는 수업 참여자의 대화 참여 유도와 요청에 대해 언어적으로는 침묵하고 있으나 비언어적인 반응을 보이거나 대화 참여를 위해 잠시 시간을 벌기 위한 반응으로 침묵하는 경우라고 하고, 전자의 경우를 중심으로 수업 장면을 분석하였다.

3 '침묵'이 주는 전략적 속성과 '무반응, 비대답, 대화 회피'라는 용어가 드러내지 못하는 선택적 유의미한 반응을 '휴지'의 개념에 포괄시켰다. 그리고 발화가 진행 중일 때나 발화가 교체되는 경우에, 아무런 의사소통적 반응 없이 막연하게 흘러가는 물리적인

어 교실에서 일어나는 현상에 대한 원인들을 적절하게 밝히면서 발문 전략을 세우는 것에 초점을 둔다.

발문은 한국어 교육에서 '교사말'(한상미, 2001; 진제희, 2004; 서정애, 2011), '교사 언어'(박선옥, 2003) 또는 교실 언어, 교수 언어 등 연구자에 따라 다양한 용어로 사용되어 왔다.[4] 하지만 이러한 용어들은 한국어 교실에서 이루어지는 수업 발화 행위 전반을 논의하는 것처럼 보이므로, 이 글에서는 교사와 학습자의 상호 소통 과정이 작동되는 교육적 효능감을 염두에 두고, '발문'이란 용어가 더 적절하다고 판단하였다.

그리고 발문에 대한 자세한 개념 풀이로는 박성익 외(2004)의 견해가 참조할 만하여 다음과 같이 제시한다. "발문이란 교수·학습 과정에서 교사가 학습자들의 인지적 사고 과정을 활성화시켜 주기 위하여 학습 내용과 관련된 단서, 선행 조직자, 목표 등을 의문 형태로 제시하여 줌으로써 학습자들의 주의 집중력과 학습 동기 유발을 도모하여 기대하는 학업 성취를 효과적·효율적으로 이루도록 하려는 의도적인 질문이다."[5]

시간까지도 포함된 열린 용어이다.

4 한상미(2001)에서 '교사말'은 제2언어나 외국어 교육에서 목표어를 효율적으로 가르칠 수 있도록 언어적 상호작용적 변형을 가하여 만든 특별한 말이라고 정의하였는데, '교사 언어'나 '교수 언어'도 비슷한 맥락에서 규정된다. '교실 언어'의 경우엔 교사와 학습자의 언어를 구별하고 있다. 서정애(2011:8) 참조.

5 이지수(2014:주3) 참조. 이지수(2014:95)에서는 발문이 수업 국면으로서 접근하는 것과 관련해 "발문은 학습자의 특정한 사고를 이끌어 내는 것을 목표로 한다. 따라서 발문 연구가 학습자의 사고 활동을 중심으로 유형화를 시도하고 있는 것은 어쩌면 당연하다. 그러나 발문을 구성해야 하는 주체가 교수자라는 점을 고려하고, 그러한 분류 체계가 교수자의 발문 구성에 기여할 수 있는 실천적 지식으로 활용되기 위해 우리는 한 가지 질문에 더 답을 해야 한다. '(그러한) 발문은 어떠한 국면에서 구성해야 하며, 무엇을 염두에 두고 구성해야 하는가'라는 질문이다. 즉 교수적 차원에서의 접근 또한 필요하다는 것이다."고 하였는데, 이 글의 논의에 부합하는 주목할 만한 견해이다.

발문은 많은 목적을 지닌 교수 전략이다. 사고를 촉진하는 실제적인 발문이 중요하듯이 학생들의 반응에 대한 교사의 반응도 중요하다. 발문이 미리 계획된 필수 학습 요소로 수업을 끌고 가기 위한 것이라면 더욱 그렇다.(임칠성 등, 2014:134) 따라서 발문은 그 자체만으로도 하나의 교수 방법이 되기도 하며, 다른 교수 방법과 병행하여 사용하였을 때 효과를 극대화 시킬 수 있다.

그런데 이처럼 발문이 교사와 학습자 간에 상호작용이 이루어지는 언어 수업에서 중요한 역할을 차지하는데도 정작 한국어 수업이나 한국어 교실 연구, 한국어 교사 교육에서는 발문 그 자체에 관심을 쏟거나 적용하는 것에는 소홀한 경향이 있다.(김상수, 2013:171) 이러한 점을 인식하여 우리는 한국어 교사가 발문 전략을 사용하는 것이 매우 중대함을 강조하면서 이 글의 논의를 이끌 것이다.

2. 자료 수집과 해석 방법

이 글에서는 휴지 국면에 따른 발문 전략을 토대로 논의를 전개할 것이다. 논의를 위하여 선행 연구에서 관찰된 전사 자료를 수집하였고[6], 이를 바탕으로 하여 수업 대화를 해석할 수 있었다. 수집한 자료를 해석하는 과정에서는 Ruth Wajnryb(1993; 임칠성 등 옮김, 2014:131~137)에서 제시한 언어 수업 관찰 과정을 도구로 삼아 재구성하였다.

수업 대화를 분석하면서 가장 경계해야 할 점은 해석의 객관성 확보

---

6 자료의 출처와 내용에 대해서는 3장의 논의 과정에서 밝힐 것이다.

이다.[7] 제한된 자료 샘플이지만 일반화의 오류를 범하지 않으려고 했고, 부당하게 해석하지 않으려고 했다. 해석한 결과로 발문 전략을 세웠고, 전략에 따라 대화 자료를 다시 배치하였다.[8] 수업 대화 분석은 실제 수업에 참여하여 직접 관찰한 다음에 이루어진다고 하더라도 미비한 점이 많을 수 있다. 그래서 전사 자료만을 이용한 해석은 분명 오류를 낳을 수도 있다. 그럼에도 우리는 수업 대화를 달리 해석해보고, 해석된 결과를 실제 수업과 연계할 수 있는 방안을 고민해보는 것은 가치 있을 것이라고 생각하였다. 대개의 수업 자료들이 의미 있게 선택되어 관찰·분석된다고 하더라도, 한국어 교사들이 실제 수업을 통해서 능동적으로 활용하려는 노력을 하지 않는다거나, 지속적인 연구와 실행에 동참하지 않는다면 언어 수업 관찰과 해석은 실제적인 연구 결과물로서의 가치를 의심할 수밖에 없기 때문이다.

---

[7] 한 심사자께서 선행 연구에서 제시된 자료를 활용했다는 점에서 '객관성 확보'의 측면보다는 '자료 해석'의 정확성 등에서 문제가 있을 수 있다고 하였는데, 이는 온당한 지적이다. '객관성 확보'에 그러한 뜻을 담았기 때문이다. 그런데 직접 관찰한 부분이 배제된 상태에서 정확한 해석이 가능할지에 의구심이 들 것이다. 하지만 이 글의 목적이 휴지 반응을 보이는 상황에서 적절한 발문 전략을 세우는 것이 우선이기 때문에, 자료의 미비함을 알면서도 선행 연구 자료에 기댈 수밖에 없었다. 연구자도 인지하고 있었던 바이고, 심사자들께서도 공통으로 지적한 한계이다. 그래서 어느 분의 지적에서처럼 선행 연구의 자료 재해석 후에 연구자가 직접 관찰한 자료를 제시하고 앞서 재해석한 선행 연구 자료와 비교 분석을 통한 결론이 이루어질 것으로 기대한 점에 대해서는 앞으로 연구할 과제가 되었다.

[8] "이 논문에 제시한 다섯 가지 교수·학습 전략이 선행 연구에 제시된 것인지, 아니면 자료 해석을 통해 필자가 직접 추출한 것인지 명확하지 않다."는 심사자의 지적이 있었다. 이에 대해서는 선행 연구와 상관성을 가지고 있는 것이 분명해서 제시된 전략들이 새로워 보이지 않을 수는 있지만, 기존 개념들과 이론적 배경들을 끌어와서 휴지 국면을 깨뜨리기 위한 전략적 측면으로 논의를 이끈 것은 이 글의 의미 있는 몫이라는 점을 밝힌다.

그러한 이유로 우리는 한국어 수업 대화 중의 한 국면인 휴지 반응 상황에 대한 해석과 발문 전략의 결과를 실제 한국어 수업 현장에서 수업을 하고 있는 한국어 교사들의 견해와 결합시키고자 했다. 설문 방식으로 참여시켰고, 교사 개개인의 주관적인 반응과 의견을 의미 있게 추출하고 싶어서 개방형 질문을 하였으며, 표집 양보다는 질을 취하겠다는 생각에 메일 설문으로 진행하였다.[9] 설문 결과를 분석한 내용은 다음 장에서 이루어지는 휴지 국면 깨뜨리기 논의 과정에서 덧붙여 설명할 것이다.

---

9 학문 목적과 다문화 환경에서 수업을 하고 있는 18명[여16, 남2 / 평균 연령 42세 / 평균 경력 5년(학문 목적 교수 경력 1~10년까지 다양 / 응답자 모두 학문 목적 경력자이고, 10명은 다문화 환경에 함께 있음) / 한국어 교육 전공 12명]의 한국어 교사를 대상으로 메일 설문 조사(16명)를 하였다. 질적 결과물을 끌어내기 위한 조건으로 경력과 전공 여부를 염두에 두었다. 교수 경험이 많으면 그만큼 발문에 대한 경험이 많을 것이고, 한국어 교육을 학문으로 접했다면 이 글에서 제시한 발문 전략과 관련된 이해도가 높을 것으로 예상했다. 설문 형식과 내용에 부담스러운 반응을 보이기도 하였다. 선다형이 아니어서 응답자의 시간을 요하고, 내용에서도 숙고할 시간이 필요했기 때문이다. 개별 인터뷰를 진행하는 것이 더 효과적이고 유의미한 결과를 도출할 수 있을 것이라는 견해도 있었다. 게다가 휴지 반응이 다양한 형태로 발생할 수 있는데, 대상, 단계, 상황 등의 변수를 고려하지 않은 점도 문제로 지적되었다. 동의하는 바가 크지만, 우리는 휴지 반응에 대한 교사들의 즉각적인 반응과 심리적 태도를 알고 싶었기 때문에, 의도를 설명하고 그대로 진행하였다. 여러 의견을 내주시고, 정성껏 설문에 응해 주신 선생님들께 깊이 감사드린다. 설문 과정에서 설문 내용이 응답자에게 제대로 전달되었는지는 알 수 없다. 그렇지만 응답 결과로 보건대, 비교적 잘 전해진 것으로 여긴다. 설문에는 설문 취지와 함께 세 가지 질문을 넣었다. 설문 취지는 이 글의 목적에 따랐고, [질문1 : 우선 전략]은 학습자들이 교사의 발문에 휴지 반응을 선택함으로써 수업이 원활하게 이루어지지 않을 경우, 선생님께서는 이 국면을 깨뜨리기 위해서 우선적으로 어떠한 방법을 시도하십니까? [질문2 : 다음 전략]은 위에서 사용한 방법으로도 수업 대화가 진행되지 않을 경우, 즉 피드백이 제대로 이루어지지 않았다고 생각하실 때, 그 다음으로 선택하는 방법은 무엇입니까? [질문3 : 의미 전략]은 이 글에서 제시하고 있는 다섯 가지 발문 전략 중에서 실제 수업 현장에서 의미 있게 적용될 수 있는 발문 전략이라고 생각하는 것을 차례대로 적게 하는 질문이었다.

3. 발문 전략으로 휴지 국면 깨뜨리기

이 장에서는 수집한 전사 자료 중에서 휴지 반응이 일어난 국면을 해석하여, 국면을 깨뜨리기 위한 발문 전략과 함께 제시한다. 그리하여 교사와 학습자 간에 원활한 의사소통이 이루어져서 수업이 활성화되고, 교수 목표가 달성되기를 기대한다.

1) 관여 유발 전략으로 휴지 국면 깨뜨리기

'관여 유발'이란 화자가 언어 행위나 비언어적인 행위를 통해 청자를 어떤 대상과 내적으로 결속시키는 것을 말하고, 관여 유발을 위해 사용되는 언어·비언어적 행위 전략을 '관여 유발 전략'이라고 한다.(백승주 2011:28) 따라서 의사소통 단락에서 빈번하게 휴지가 반복되는 것은 학습자들이 대화 내용에 관여하고 있지 않음을 보여주는 간접적인 증거가 될 수 있다고 하였다.

다음 〈자료 1〉을 보자.[10]

---

[10] 이 글의 전사 자료는 모두 선행 연구에서 사용된 전사 자료를 다시 활용한 것이다. 전사 양식은 각 자료의 양식을 그대로 따랐다. 교사의 발화에 억양이나 여러 가지 기호들을 그대로 사용한 이유는 발화 상황을 이해하는 데 전사 기호가 도움을 줄 수 있을 것이라고 생각했기 때문이다. 각 자료의 출처와 특징은 자료를 해석하면서 필요에 따라 덧붙이기로 한다.

〈자료 1〉[11]

교사 촉진[12]	휴지 시간[13]	교사 재촉진 발문	학습자 반응
① 여러분, 안녕하세요↗ ③ 학1씨, 얼굴이 좋아 보여요↗ …(중략)… ⑦ 학2씨도 피곤해요? ⑩ 아 조금 피곤해요? 그런데 얼굴이 더 좋아 보여요.	④ // (학1) ⑧ / (학2) ⑪ // (학2)	⑤ 아니에요? 안 좋아요? 왜 안 좋아요? ⑫ 더 밝아진 거 같아요. ⑭ 아니에요?	② 안녕하세요? ⑥ 학1: 피곤해요. ⑨ 학2: (힘없이) 네 조금. ⑬ / (학2) ⑮ / (학2)

박기선(2012:34)에서는 이 장면을 중복된 화제의 반복 제시로 인한 침묵 상황으로 설명하였다. 이 부분은 전체 수업 중 도입 단계에 해당하고, 교사는 학습자들의 안부를 물어봄으로써 학습자들과 친밀감을 형성하면서 수업을 원활하게 시작하려고 시도한다.

대화 열기는 대화 개시에서 사용되는 말로 주로 관습적 인사말 혹은 의례화된 담화로 표현된다. 즉 수업을 시작하기 전에 학습자와의 유대를 이끄는 교감적 언어 사용일 경우가 많다. 그러므로 학습자는 어떤 식의 반응이라도 해야 되는데 〈자료 1〉을 보면, 학습자들은 교사가 거듭하여 묻는 내용에 아무런 관심을 두고 있지 않는 듯하다. 이처럼 다음 말차례에서 적절한 반응이 없으면 교사는 체면 손상을 위협받게

---

11 박기선(2012:33~34) [예 (1)] 〈초급 2〉 말하기 중심의 수업.

12 교사 촉진(teacher prompts)이란 교사가 학습을 안내하고, 학습자의 반응을 이끌어내기 위해서 자극하고 촉구하는 발문 행위를 뜻한다.

13 휴지 시간 표시는 초 단위이다. (0.5)는 0.5초를 뜻하고, '/(1초)'는 개수에 따라 1초씩 늘어난다. (…)는 정확한 시간을 모르는 경우이고, '/' 옆에 덧붙인 (학1) 등과 같은 경우는 휴지 반응을 한 대상에 대한 정보이다.

된다. 대개의 자연인에게 있어 상대방이 입을 다물고 이야기하지 않는다는 것은 불안의 요소이고 경계심을 일으키는 위험 신호로 간주되기 때문에, 말리노브스키는 이런 침묵을 깨는 말의 교환이 유대 관계를 쌓는 첫 걸음이라고 보았다.[14] ③의 발화 후 휴지 반응을 보이자, 교사가 곧바로 ⑤와 같이 재촉진 발문을 하는 것을 보면 알 수 있다.

그럼에도 불구하고 학습자들은 교사의 교감적 언어 사용에 무심해 보인다. 이런 경우엔 관여 유발이 되지 않은 것으로 판단할 수 있다. 학습자의 호기심을 불러일으키지 못한 채, 단조롭게 반복되는 '좋아 보여요, 피곤해요?, 안 좋아요?'라는 무의미한 질문이 오히려 학습자들을 지치고 지루하게 만들고 말았다. '학2'의 경우 아예 대꾸를 하지 않고 있다. 따라서 교사는 학습자의 관심과 상태를 예측하여 자신의 발화를 계획적이고 의도적으로 선택하고 상황 변수에 따라 유연하게 조정할 수 있어야 한다. 그렇게 하면 교수 목표와 무관하게 이어지는 긴 발화로 학습자를 불편하게 하는 일은 없을 것이다.

관여 유발 전략에 관한 설문 응답 교사들의 인식은 중간 지점에 있었다.[15] 우선적으로 선택하지는 않았지만 의미 있다고 생각하는 것으로 보였다.

다음 〈자료 2〉의 경우는 '운이 없는 상황'에 대한 읽기가 교수 주제인데, 백승주(2011:46)에서는 학습자들이 대화 내용에 관심이 없어서 자신

---

14 Ogden, C.K. & Richards, I.A.(1923), *The Meaning of Meaning*, London : Routledge and Kegan Paul(김봉주 역 1986:300, 의미의 의미, 한신문화사.) 배도용(2014:261, 265)에서 참조한 내용을 바탕으로 하여 확인하였다.

15 1명의 응답자만이 관여 유발 전략을 1단계 의미 전략으로 선택하였다. 다섯 가지의 발문 전략 중, 중요도 측면에서는 중간 지점을 차지한다.

의 주관적 경험으로 받아들이지 못해서 대화 교환이 잘 일어나지 않는다고 하였다. 역시나 관여 유발이 안 되었다는 것이다.

<자료 2>[16]

교사 촉진	휴지 시간	교사 재촉진 발문	학습자 반응
① 음? 학교에 버스를 타고 와. (/) 오늘 아침도↗ 버스를 타고 올려고 했어. 버스 정류장에 갔어. 그런데 버스가 가버렸어. ③ 20분 동안 기다렸어. 버스가 안 와. 그래서 : 학교에 조금 늦게 왔어. ⑤ 버스를 기다리고 있으면: 버스가 안 와. 그런데 버스가 보여서 빨리: 뛰어가면 버스가 가.(/) 난 정말 운이 없어. 음~ 운이 없어. 음: 너흰 어때? 친구들은 어때? 운이 없어?	⑥ //(1.5) ⑧ / ⑩ / ⑫ / ⑭ /(0.5)	⑦ 운이 없어? ⑨ 그런 일 있어? ⑪ 없어? ⑬ 있어? ⑮ 없어? ⑰ 있어? 언제?	② ((웃음)) ④ 여3 : 음: ⑯ 여1 : 음

그런데 이 장면에선 달리 해석해 볼 수도 있겠다. 즉 초급 2단계라면 '운이 없다'란 의미를 이해하지 못했을 수도 있고, 주제에 맞는 상황을 떠올릴 시간도 필요했을 것이다. 그러므로 교사는 휴지 상황을 벗어나기 위해서 '있어?', '없어?'를 반복하면서 재촉만 할 게 아니라, 다른 경우의 예를 더 제시해주거나 생각할 시간을 충분히 주면서 발화를 유도할 필요도 있다. 다시 말해 교사가 이 국면을 원활하게 벗어나기 위해서는 '예 들어주기'와 '충분히 시간 주기' 전략도 함께 생각해 봐야겠다.

---

16 백승주(2011:46) [예 6] <초급 2>, 읽기 수업 자료.

2) 충분히 시간 주기와 예시 전략으로 휴지 국면 깨뜨리기

'충분히 시간 주기'는 교사가 학습자에게 발문을 한 후 학습자가 대답하기까지 기다리는 시간이다. '기다려주기'나 '응답 대기', '시간 벌기'라고도 한다. 이때 교사는 충분한 시간을 주지 않고 바로 개입하거나 학습자가 생각하거나 주저하는 도중에 끼어들거나 가로채기 해서는 안 된다. 그럴 경우 〈자료 2〉에서처럼 학습자에게 부담을 주는 결과가 생긴다. 교사가 교수 내용을 구성하면서 스스로 계획한 발문 전략을 사용하였는데도 학습자들이 휴지 반응을 선택했을 경우에 무엇보다도 긍정적인 재촉진 발문 전략으로 '충분히 시간 주기'가 아닐까 한다. 학습자의 발화량을 높여 의사소통에 적극적으로 참여하도록 하면 수업 활성화와 목표어를 습득하는 긍정적인 효과를 달성할 수 있다.

그런데 김상수(2013:주12)에서는 실제로 수업을 관찰하여 분석을 하였더니 교사의 발문 전략 중에서 응답 대기 전략을 사용하는 경우가 가장 적게 나타났다고 하였다. 이러한 현상은 주로 초보 교사에게서 나타나는 경우가 많은데, 학습자들의 응답을 기다려주지 못하고 교사 자신이 자신의 물음에 응답을 하거나 설명 위주의 수업을 이끌어 가기 때문인데, 교사 중심의 수업을 진행하기 때문이라고 판단하였다.[17]

우리의 설문 결과를 보더라도 많은 응답 교사들은 시간 주기와 예시

---

17 물론 한 심사자께서 지적하신 것처럼 이 외에도 "교수·학습 시간의 제약, 다른 학습자의 반응, 휴지 반응을 보이는 해당 학습자의 휴지 반응 이유 등 더 많은 점들을 함께 고려해야 하는 것"은 마땅하다. 다만 교사들이 '충분히 시간 주기' 전략이 중요하다는 것을 인식함에도 불구하고, 실제 수업에서는 사용하기 어려운 현상을 지적하고 싶었다. 특히나 최근 들어 학문 목적 학습자들의 경우, 토픽 시험 준비를 위한 학습에 몰두하는 분위기여서 시간을 두고 교수하기 어려운 실정도 있다.

전략을 1단계 의미 전략으로 선택하였지만,[18] 정작 수업 상황에서 우선 전략으로 선택한 경우는 18명 중 4명(22.2%)에 불과했다. 이는 의미 있게 생각하는 전략과 실제 수업에서 현실적으로 선택되는 게 다를 수도 있다는 것을 보여준다. 그런데 흥미로운 것은 우선 전략으로도 휴지 반응이 계속될 때, 다음으로 많이 선택되는 것이 예 들어주기와 반복 설명을 통해서 쉽게 접근하기였다. 교사들이 이러한 전략을 유용하게 사용하고 있음을 알 수 있다.

〈자료 3〉[19]

교사 촉진	휴지 시간	교사 재촉진 발문	학습자 반응
① 소개하고 싶은 물건을 소개해 보세요. ⑤ 찾았어요?	② ///// ⑥ //	③ 여러분이 가지고 있는 물건 중에서 무엇을 소개하고 싶어요? ⑦ (웃음) 학1씨? 어, 어, 어, 네, 그럼 우리 학1씨 물건부터 네, 소개하겠습니다↗	④ //////// ⑧ 학1: 이것은 고등학생 때부터 항상 가지고 있는 카메라예요.

〈자료 3〉의 장면을 박기선(2012)에선 집단 발화를 유도하는 경우의 침묵이라고 하였다. 물론 학1이 지목을 받고 대답을 해서 그렇게 판단할 수도 있겠지만, 어쩌면 이 장면에 긴 휴지가 많은 걸 보면 교사가 기다려주는 동안 학습자들이 충분하게 고민하는 시간을 가졌기 때문에 대답을 할 수 있었을 것으로 보인다.

---

18 18명의 응답자 중 9명이 선택하였다. 그 외 1명의 응답자는 학습자 수준별로 나누어, 초급 단계에서는 시간 주기와 예시 전략을 첫 번째로 선택했다. 그리고 1명의 응답자의 경우 두 단계로만 응답했는데, 두 번째 단계에서 시간 주기와 예시 전략을 선택했다.

19 박기선(2012:48) [예(9-2)] 〈초급 2〉.

다음 자료를 더 보자.

〈자료 4〉의 ⑪을 보면 교사는 학습자가 발화하기까지 충분히 기다려준 다음, 학습자를 배려하는 웃음과 여유로 교실 분위기를 활성화시키려고 노력한다.[20]

〈자료 4〉[21]

교사 촉진	휴지 시간	교사 재촉진 발문	학습자 반응
① 응. 네. 그 다음에… 일석이조는 뭐예요? ⑪ 아이고.. CH 씨 생각을 오래했죠. ((웃음))	③ / (교사 휴지) ⑤ / (학습자 휴지)	④ … 응↗ ⑦ ……((발언없음)) ⑨ ((손짓, 발언없음)) …(1.0)	② 일…(1.0) 석…(1.0) ⑥ …음.. ⑧ 삼. ⑩ 조!

김주은(2013:70)에 따르면, 학습자는 교사가 디딤말하기의 유형인 순서 배당의 '기다려주기' 방법을 선택함으로써, 문장 발화에 앞서 적절한 휴지와 발화 시간을 효율적으로 활용할 수 있게 되고, 교사는 학습자에게 충분한 시간을 주어 학습자가 정확한 발화와 지식을 습득할 수 있도록 유도함으로써 학습자의 발화에 긍정적인 영향을 준다고 하였다. 〈자료 3〉, 〈자료 4〉의 휴지 국면은 모두 교사의 기다려주기로 의사소통이 원활하게 이루어질 것이라는 기대를 하게 한다.[22]

---

20 한상미(2001:주1)에서도 보통 언어 교실에서 교사들은 기다리는 시간을 아주 짧게 주는데(일반적으로 1초 정도), 이는 학생들이 대답을 하기에 충분한 시간이 아니라고 판단하여 이를 3초에서 5초로 늘렸을 경우 학습자의 대화 참여가 양적인 측면뿐만 아니라 질적인 측면에서도 향상을 보인다는 실험 결과가 있다고 하였다.

21 김주은(2013:70) [11] 〈초보 여자 교사2〉 (6과 2항 어휘 '일석이조' 수업 : 기다려주기) 상황 [11]에서 〈초보 여자 교사2〉는 학습자의 발화를 유도하기 위해 학습자에게 발화 생성 시간(STT)을 충분히 제공하였다.

한편, 휴지가 길어지는 동안 교사가 먼저 적절한 예를 보여주는 방법
도 좋을 것이다. 〈자료 5, 6〉에서 확인할 수 있다.

〈자료 5〉[23]

교사 촉진	휴지 시간	교사 재촉진 발문	학습자 반응
① 여러분이↗ 아 내가↘ 해야지 해야지 하면서↗ 아직도 못하고 있는 거 어떤 것들이 있어요? 공부 빼고↗ ③ 〈@공부는 뭐 당연히 안 하고. @〉공부빼고↗ 해야지 해야지.	④ ///	⑤ 그런 거 있어? ⑦ 없어? ⑨ 선생님은↗ ⑪ 생각하세요. 선생님 말하는 동안↗	② 음. ⑥ /// ⑧ / ⑩ /

[자료 6][24]

교사 촉진	휴지 시간	교사 재촉진 발문	학습자 반응
① 자, (///) 음: (//) 칭찬을 좀 해 볼까요? 우리 반 학생들?(///) 자 여러분이 한 번 칭찬해 보세요.	② ////	③ 어, 칭찬할 거 없어요? ⑤ 자, 여러분.(/) E씨는 아침 일찍, 오는데다가↗ (/) 숙제를 잘 하기까지 해요. 숙제도 잘 하는데다가↗ 아침 일찍 오기까지 해요. 어때요? (//) 괜찮죠?	④ /// ⑥ 음.

22 심사자의 해석처럼 이들 자료에 대한 해석은 교수·학습의 상황, 학습자에 대한 정보, 교수·학습 내용(주제) 등이 더 중요한 해석 변인으로 작용할 수도 있다. 그러므로 우리가 발문 전략을 세우고 자료를 첨부하여 해석하는 과정에서 유의미한 결과를 얻으려면 여러 해석 변인에 따른 다각도의 논의 과정이 필요할 것이다.

23 문선미(2007:82) [30, 자료번호 07] (문법 'V-는다는다 하면서' 연습).

24 문선미(2007:113) [51] 교사 U의 수업 (문법 'A/V-(으)ㄴ데다가 A/V-기까지 하다' 연습 중).

교사는 단순히 학습자에게 시간을 주고 기다리기만 하는 것이 아니라 〈자료 6〉의 ⑤처럼 관련되는 예를 들어줌으로써 교사나 학습자 모두에게 부담스럽게 느껴지는 휴지 상황을 깨려고 노력해야 한다. 그러면 학습자는 심정적으로 안정감을 느껴서 능동적인 소통 의지를 보이려고 할 것이다. 이는 학습자의 정의적인 측면에도 긍정적인 영향을 미친다고 할 수 있다.

그런데 학습자의 성향에 따라서는 지목하여 요구하지 않으면 대답을 하지 않은 경우도 있으므로, 교사는 적당하게 기다린 후에 '지목하기' 전략을 사용해도 좋겠다. 설문 응답을 보면, 많은 교사들이 다음 전략에서 짝 활동하기, 적극적인 학생에게 기회 넘기기, 따라 하기 등의 방법으로 지목하기 전략을 사용함을 알 수 있었다.[25]

'지목하기'는 한국어 교실 수업에서 자주 사용된다. 제한된 시간에 정해진 수업 목표에 도달하기 위해서 목표어 사용이 원활하지 못한 학습자들을 이끌어 전체 수업 구성을 완성시키려면 교사 주도의 수업이 되기 쉽다. 그래서 개별 학습자를 호명하여 수업 내용에 동참하게 하면 수업 중에 학습자의 의사소통 능력을 향상시키는 기능이 있어서 지목하기는 긍정적인 측면이 강하다. 다만 학습자의 성향과 자세에 유의할 필요가 있다.

3) 명료화 전략으로 휴지 국면 깨뜨리기

김상수(2013:175)에서는 '명료화 전략'으로 발문의 형식이나 단어 및

---

25 18명의 응답자 중 8명이 선택하여 44.4%의 결과를 보였다.

문장 구조를 바꾸어 말하는 발문 재조정, 학습자의 응답 발화를 재확인하는 명료화 요구, 학습자의 이해를 돕고 생각할 시간을 제공하기 위해 같은 질문을 반복하는 발문 반복, 학습자의 이해를 돕기 위해 쉬운 말이나 학습자의 모국어로 바꾸어 질문하는 재진술 등을 제시하고 있다. 이 전략적 방식들을 보건대 교사와 학습자 상호 간에 의미 합의를 도출하는 과정으로 보인다. Doughty and Pica(1986)가 사용한 '대화적 조정', '언어적 조정'과도 맥이 닿는다.[26]

　실제로 명료화 전략은 교사들이 교수 목표를 달성시키기 위해서 매우 빈번하게 사용하는 전략으로 보인다. 우리의 설문 답변을 보더라도 교사들은 명료화 전략을 의미 전략 면에서는 두세 번째로 선택하면서도, 우선 전략 시에는 가장 많이 사용하였다(18명 중 12명이 선택 /66.7%). 발문 재조정을 통해 더 쉽게, 유사하게 다시 질문하는 방식을 선호했다. 그 외에도 발문 반복하기, 부연 설명하기, 폐쇄형 질문으로 확인하기 등을 사용하였다.

26　이는 언어 학습에서 상대가 하는 말의 의미를 모를 때 의미를 확인해 가는 방법으로, 대화적 조정은 대화를 통해 그 말의 의미를 확인해 가는 방법과 상대에게 그 말의 의미를 물어보거나 반복해 보거나 쉬운 말로 풀어 확인하면서 이해를 촉진해 가는 방법이고, 언어적 조정은 언어나 문법 구조의 대체를 통해 의미를 확인해 가는 방법과 그 말을 쉬운 말로 대체해 주거나 쉬운 문법 구조를 통해 이해하는 방법을 뜻한다. 임칠성 등(2014:84)에서 재인용.

〈자료 7〉[27]

교사 촉진	휴지 시간	교사 재촉진 발문	학습자 반응
① 자, 제가요, 극장에서 스파이더맨을 봤는데, 재밌다고 들었지만 저는 재미가 없었어요. 그때 제가 영화를 보고 나서 하는 말, 아니, 이 영화가 재밌다니, 난 재미 이렇게 없는데, 난 재미없는데, 아니, 이 영화가 재밌다니, 믿을 수 없어, ~이~렇게 쓰는 거죠, 아니, 이 영화가 인기가 있다니, 믿을 수 없어. ~이~제 됐죠? 자, 음, 여러분 어제 미술관 가서 느낀 거, 한 명만 말씀해주시겠어요? 미술관 가서 느낀 거로 문장 하나만.	② (…)	③ 미술관 가서 느낀 거 문장 하나만 만들어 보세요. ⑤ ((웃음))	④ (…)

〈자료 7〉은 학습자의 휴지 반응에 교사가 자신의 촉진 발화 중에서 핵심이 되는 어휘나 표현을 부분적, 반복적으로 다시 발화함으로써 휴지 국면을 조율하고 있는 장면이다. 그런데 학습자가 또다시 무반응이어서 교사가 웃고 만다. 명료화 전략 중 하나인 '발문 반복'으로는 국면을 깰 수 없었으니 다른 전략이 필요해 보인다. 학습자의 선지식에 기대어 관여 유발 화제를 꺼내보는 것도 좋겠다. 다음 예를 더 보자.

〈자료 8〉[28]

교사 촉진	휴지 시간	교사 재촉진 발문	학습자 반응
① 아, 이거요. 쓰다. ⑤ 네. 쓰다. 써요. It is special.		③ 아니요, TO WRITE. ⑦ 네, 그래서 아요, 어요, 해요. Can you? 네, slowly slowly 괜찮아요. Take your time.	② 쓰다. it is cheap? ④ 아하~쓰다. ⑥ 써요.

---

27 진제희(2004:87) [30] 〈중급〉.
28 김옥란(2013:58) [대화 33] 〈초급〉.

언어 숙달도가 낮은 초급 학습자의 경우 학습자의 모국어를 전략적
으로 활용하여 의미 명료화를 꾀할 수도 있다. 이에 대해서는 교사들마
다 관점이 다른데, 학습자의 입장에서는 표현하기 어려운 내용을 모국
어로 표현하고 교사에게 코드 전환을 요청하여 자신의 응답 발화를
효과적으로 완성시키는 방법이 될 수도 있다. 위의 예에서 보듯이 휴지
반응 없이 학습자가 적극적으로 개입하는 것을 보면 어느 정도는 효과
적인 전략일 수도 있겠다.

〈자료 8〉은 학습자들이 교사의 발문 가운데 자신의 것으로 이해하지
못한 부분을 상대방한테 의미적 또는 형태적 정보를 더 얻기 위해 명시
적으로 해당 의미를 설명해 줄 것을 요구하는 것이다. 실제로 이러한
명료화 요청 코드 전환 양상은 수업 대화의 반응 단계 및 피드백 단계에
서 두루 관찰되는데, 교사와 학습자 간, 그리고 학습자 간 대화에서
모두 관찰되고 있다(김옥란, 2013:54~59).

4) 문법 교수 전략으로 휴지 국면 깨뜨리기

한국어 교육에서 교사의 문법 지식과 교수 능력은 아주 중요하다.
그런데 한국어 교육에 종사하는 교사의 양성 과정과 실력이 다양하다
보니 문법 교수·학습에 필요한 한국어 문법 실력도 교사마다 천차만별
이다.[29] 게다가 문법 교육에 대한 이론과 교수 방법에 관해서도 각기

---

29 교수 문법이라고 하면 교육 문법과의 연계 선상에서 설명되는 것으로 강의 교재 등에
　구체적으로 실현되는 것을 의미한다. 실제 한국어 교육 현장에서 필요로 하는 것은,
　교사들에게 지침이 되어 줄 교육 문법과 수업 현장에서 학습자의 학습을 도와 의사소통
　적 문법 교수를 가능하게 해 줄 교수 문법이다.(이해영 1998:413) 문법 교수를 위한
　교사의 발문을 구성하는 데 있어서 이지수(2014)의 논의가 참고할 만하다.

주장하는 바가 달라서 일관된 교수 문법을 말하기 어려운 실정이다. 그러한 상황인지라 정작 한국어 교육 현장에서 이루어지는 교수 문법 항목과 교수법, 접근하는 방식 등에 차이가 나서 지식과 경험이 없는 교사에게는 문법 교수의 오류가 나기 쉽다.

다음 〈자료 9〉의 장면은 앞으로의 계획을 이야기하는 기능을 가진 문형 '-려고 하다'를 교수하는 문법 수업이다. 교수 주제에 맞는 화제는 현재나 미래의 계획과 관련된 것이다.

〈자료 9〉[30]

교사 촉진	휴지 시간	교사 재촉진 발문	학습자 반응
① 어러분의↗ 계획, 한 번 적어 보세요. ((종이 나눠 줌)) 자, 저는 요가를 배우고 싶었어요. 그런데 요즘 바빠서 배우지 못했어요. 그래서 오늘부터 배우려고 했어요. 됐죠? ⑤ CK 씨 한국에서 뭘 하고 싶었어요?	② //// ⑥ /// ⑪ //////	③ CK 씨? ⑧ 요리를 하고 싶었어요. 경복궁에 가고 싶었어요. ⑩ = 여행을 가고 싶었어요: (//) 한국 사람을 많이 만나고 싶었어요:	④ = 네. ⑦ 뭐를? ⑨ = 네네 ⑫ ((웃음)) (////) 소울에서: 에: 한국 친구를 만들고 싶었어요.

이 수업에서 교사는 먼저 앞으로의 계획을 말할 때는 '-려고 해요'를 사용한다는 것을 교수해야 한다. 그러나 교사는 이루지 못한 계획과 앞으로 실행할 계획을 구분하지 않고 교수하고 있고, 특히 ①의 발화에서는 앞으로 배우겠다는 것인지, 배우려고 했으나 배우는 것이 힘들다는 뜻인지 모호한 문장을 말하고 있다.(백승주, 2011:111) 그런 다음 '됐죠?'라고 확인하는 질문 또한 적절치 않다. 이어지는 휴지 시간이 길다.

---

30 백승주(2011:109) [예 14] 〈1급〉, 말하기 수업 자료.

즉 이 수업의 교사가 '-려고 한다'는 목표 문법을 이해시키는 과정에서 빈번하고 긴 휴지 상태를 만드는 것을 보면 교사 스스로 목표 문법에 대한 이해와 교수 방법이 부족한 것으로 보인다.

교사는 〈자료 9〉의 ⑧, ⑩에서 교사 '모델링[31]'을 제시하면서 교사 재촉진 발문을 하고 있지만, 제시된 모델링도 '-려고 하다'가 아닌 '-고 싶었다' 표현을 사용하여 발화를 유도하고 있다. 물론 '- 고 싶었다 ~ 그런데 못했다 ~ 그래서 -려고 한다'를 순차적으로 연습시킬 의도로 진행하는 것이겠지만, 1급 학습자를 대상으로 하는 수업이니만큼 목표 문법에 집중해서 문형을 이해시키는 것이 더 중요할 것으로 판단된다. 초급의 경우 정보 제공량이 많으면 오히려 초점을 잃고 산만해져서 학습자를 당황스럽게 할 수도 있다. 간혹 교사가 문법 항목을 이해시키기 위한 예를 드는 과정에서 교사 자신이 목표 문법에 대한 이해가 부족하여 정확성이 결여된 표현이나 사례, 화제 제시를 할 우려가 있으므로 교사는 수업 전에 충분히 교수 문법을 숙지한 상태로 수업에 임해야 할 것이다. 다음 〈자료 10〉을 보자.

---

31 교사가 제공하는 안전한 목표어 모델을 바탕으로 학습자가 자신의 목표 언어를 구사할 수 있게 된다는 점에서 교사가 학습자에게 목표어의 틀을 제공하는 방법인 '모델링'은 중요한 디딤말 하기의 유형으로 분류된다. 모델링은 디딤말 하기 유형 중 교사가 제시하는 가장 명확한 방법으로 주된 적용 대상은 초급 학습자이지만 대화 중 학습자가 스스로 어려움을 나타내며 교사에게 도움을 요청하는 경우, 급수에 상관없이 교사는 학습자에게 모델링을 적용하게 된다.(김주은, 2013:53)

〈자료 10〉[32]

교사 촉진	휴지 시간	교사 재촉진 발문	학습자 반응
① 밥을 먹었으면서 텔레비전을 봤어요. 괜찮아요? 안 돼요? ⑪ (필기하면서) 내일 파티 때 노래를 부를 거면서 춤출 거예요.	② /// ⑫ //	③ 어제 밥을 먹으면서 밥을 먹었으면서 TV를 봤어요. ⑤ 괜찮아요? ⑦ 어제 (판서하기 시작한다) 밥을 먹었으면서 TV를 봤어요. 괜찮아요? ⑨ 안 돼요? (필기하기 시작한다) ⑬ 괜찮아요? ⑮ 안 돼요?	④ / ⑥ / ⑧ //// ⑩ / ⑭ // ⑯ /

교사는 학습자들의 휴지 반응에 무력하게 대처하고 있는 것을 알 수 있다. 교사는 재촉진 발문에서 '괜찮아요?, 안 돼요?'를 반복적으로 묻고 있지만 불필요한 질문처럼 보인다. 이 장면은 제시 단계로 새 문형의 시제 제약에 대해 가르치는 수업 장면이다. 교사는 학습자와의 상호작용을 통해 새로운 정보를 알려주려고 학습자의 배경지식을 끌어내 반복된 질문으로 학습자의 반응을 유도하지만 학습자들은 계속 무반응 상태다. 박기선(2012:39)에서는 학습자들이 처음 배우는 새로운 문형의 시제 제약에 대해서 몰라서 대답을 못하고 있다고 분석하였다. 그렇다면 교사는 계속되는 무반응의 원인을 빨리 알아채고 질문의 방식을 바꾼다거나 다른 전략을 생각해봐야 할 텐데도, 오류가 있는 문형을 반복해서 발화함으로써 오히려 비문을 입력시키는 잘못을 범하고 있다고 판단된다. 이미 학습한 내용을 환기시키는 상황이라면 이해가 되지만, 새로운 문형을 제시하는 단계이기 때문에 올바른 문형을 학습

---

32 박기선(2012:39) [예(5-1)] 〈초 2급〉, 문형의 시제 제약에 대해 제시하는 단계.

자들의 경험 속에서 추출해서 반복 입력시키는 것이 더 바람직한 교수 방법이 된다. 물론 한국어에 노출이 많이 되어 있는 상태라면 교사의 계속되는 발문에 눈치를 챌 수도 있겠지만, 초급 학습자들은 어떻게 반응해야 할지 몰라서 곤란하고 답답했을 것이다.

방성원(2011)의 연구에 의하면 전공 배경을 가진 교사들조차도 문법 교육 지향으로서의 효율적인 교수 방법에 대한 고민과 문법의 적절한 사용을 고려한 상황과 기능 제시 등을 어려워한다고 하였다. 그래서 효율적인 문법 수업을 위해 문법 수업을 위한 활동 자료집과 교재 내 문법의 명료한 기술과 예문에 대한 요구도 높은 것으로 나타났다.

이러한 결과로 비추어 볼 때 교사들에게 문법 교수에 대한 부담감이 얼마나 큰지 이해할 수 있다. 학습자가 목표어 소통 능력을 향상시키는 데 있어서 문법 지식은 기본이다. 그런데 그만큼 배우기도, 교수하기도 어려운 부분이 문법 항목이므로 교사는 효과적인 문법 교수 전략을 단계적으로 계획하는 것이 중요하겠다.[33]

5) 사회·정의적 전략으로 휴지 국면 깨뜨리기

사회·정의적 전략이란 의사소통자 상호간에 발생하는 정의적 측면인 감정이나 동기, 태도를 통제하고, 상호작용을 통하여 원활한 학습이 이루어지도록 하는 전략이다. 학습자가 느끼는 두려움과 불안감을 감소시키고, 격려와 칭찬을 통해 감정을 다스리며, 서로의 정서와 문화를

---

[33] 의미 전략 설문 결과, 마지막으로 선택된 항목이 문법 교수 전략인 것을 보면(14명의 응답자 중 11명/78.6%가 선택, 4명은 응답 안함), 문법 교육에 대한 교사들의 생각이 대체로 소극적인 것으로 판단된다.

이해하고 협력해 가는 과정이다. 이러한 과정을 거쳐서 교사와 학습자
는 유의미한 수업을 진행할 수 있다.[34]

〈자료 11〉[35]

교사 촉진	휴지 시간	교사 재촉진 발문	학습자 반응
① 우리 배웠어요. 자, 그럼 HH씨, 들르다 배웠죠? 들르다, 들르다. 자, 수업이 끝나고, 수업이 끝나.고, 어디에 들:러:서 집에 갑니까?	② (…)	③ 우리 들르다 배웠죠? ⑤ 잊어버렸어요?	④ (???) ⑥ 잊어-잊어 버렸//어요

〈자료 11〉에서 교사가 어제 배운 단어인 '들르다'를 복습하고 있다.
문장을 만들어 학습자에게 질문하였으나 학습자는 대답이 없다. 교사
는 재촉진 발문 ③에서 전 차시 학습 확인과 이해 여부를 점검하는데,
여전히 학습자의 반응이 신통치 않자 다시 확인하는 질문을 하지 않고,
바로 학습자의 상태를 이해하는 발문을 함으로써 학습자의 반응을 얻
어낸다. 학습자의 발화를 강요하기보다는 학습자가 부담을 느끼지 않
고 발화할 수 있도록 배려해주는 것이 중요함을 알 수 있다. 특히 초급
에서 학습자가 반응하지 않는 경우가 많은데 익숙하지 않은 제2언어에

---

34 언어 학습에서 심리적 요인의 중요성을 강조한 것은 특히 의사소통적 언어 교수 주창자
들이었다. Littlewood(1981)는 '의사소통적 능력의 발전적 과정은 학습자 내에서 일어
나기 때문에 학습자의 심리적 상태는 이러한 과정을 돕거나 해치는 데 매우 중요한
요소'라고 주장하였다. 따라서 언어 교실에서 효과적이고 바람직한 학습 분위기는 '학
습자들이 각자 개인이 보호 받고 있다고 느끼고 또 가치 있다고 느낄 수 있는 분위기'라
고 지적한다. 이러한 분위기에서는 학습자들의 대화 참여는 지지되고, 또 불완전한
학습자의 발화에 대해서 교사와 동료 학습자들은 수용적인 태도를 취하게 된다는 것이
다.(진제희, 2004:71-72 재인용, 참조)
35 진제희(2004:261-262) [자료 1] 〈초급〉.

대한 부담감으로 의사소통에 제약이 많기 때문이다. 그럴수록 교사의
전략적 접근이 중요하다.

〈자료 12〉[36]

교사 촉진	휴지 시간	교사 재촉진 발문	학습자 반응
① ○○씨, 결혼을 해 봤으니까~, 결혼이 꼭 필요하다고 생각해요?	② ////	④ 그렇게 말할 수 없는 거 같아요.	③ 학3 : 어~ ⑥ 학4 : 제 생각은, 어. 선배로서(**웃음)
⑦ 아이 낳지 않는 것에 대해서 어떻게 생각해요?	⑤ /// ⑧ ///	⑬ 결혼을 해도~ 아이를 안 낳는 경우가 많다고 해요.(///) 그니까 뭐 아이의 숫자가 점점 적어지죠.	⑨ 학3 : 결혼하자마자.
⑩ 될 수 있는 대로 아기를 일찍 낳는 것이 좋다고 해요 (////) 아기에게도↘ 엄마에게도 ↘	⑪ //		⑫ 제 친구는 아기가 없어요. ⑭ ///

　　교사가 학습자에게 질문을 하고 '기다리는 시간'은 '그저 보내는 시
간(killing time)'이 아니라 학습자 스스로 생각한 답을 자연스럽게 말할
수 있도록 생각하는 시간이므로 학습자의 언어 실력을 높이는 데 중요
하다. 그런데 실제 언어 수업에서는 〈자료 12〉에서처럼 교사가 학습자
의 발화를 기다리지 못하고 중간에 가로채거나 교사 스스로 문장을
완성하는 말을 하게 된다. 이는 수업 시간의 제약과 연결된다고는(김재
욱, 2007:40) 하지만 학습자와의 상호작용에서 끊임없이 가로채기 하면
서 개입하는 교사는 결국 학습자의 발화 권리를 빼앗는 것이므로, 우선
은 시간 주기 전략이 필요하다. 그런데 〈자료 12〉의 대화 내용을 살펴
보면 교사는 학습자의 답변만 가로채기 하는 것이 아니라 자신의 의지

36　김재욱(2007:44) [자료 10] 〈초 2급〉, 활용 단계.

대로 생각을 끌어가고 주입하고 있어서 의사소통 과정에서 대화촉진
자, 의미협상자로서의 교사 역할을 다시 생각해 보게 한다. 학습자의
사회·정의적인 측면을 고려하여 서로의 문화를 이해하고 배경지식을
교감하면서 기다려주는 전략이 필요하겠다.

〈자료 13〉[37]

교사 촉진	휴지 시간	교사 재촉진 발문	학습자 반응
① ((웃기)) 쇼핑을 많이 하고도 괜찮다:: 어, 쇼핑 많이 하고도 돈이 이렇게 많이 남았네? 괜찮네, 또 뭐, 주, 토요일에 여러분이 백화점에 가서, 뭐, 오십만 원, 오십만 원 어치 쇼핑을 했어요. 그러면 보통 어떻게 해요? ⑨ 음, 좋습니다.		③ (…) ⑤ 쇼핑을 많이 하고= ⑦ 그거는 좀[주어가 다르니까 좀 이상하지	② 좀 옷이 안 샀어요. ④ 음, 이렇게, 쇼핑하고도↗ 좋은 옷이 안 샀어요. ⑥ = 많이, 많이 ⑧ [아, 옷이, 옷이 오십만 원을 입어도 기분이 만족하지 않아요.

〈자료 13〉은 학습자의 형태적 오류에 대한 교사의 반응으로서, 교사
는 학습자가 보인 오류 반응에 대해 휴지로 대응한다. 교사의 휴지 반응
이 대화의 단절을 가져오는 듯 보이지만, 학습자는 곧장 ④와 같이 스스
로 오류를 바로잡으려는 시도를 한다.[38] 교사가 의도적으로 휴지 국면
을 만들어서 학습자와 암묵적으로 의미 협상을 하고 있는 것이다. 교사

---

[37] 진제희(2004:132-133) [자료 80] 〈중급〉.

[38] Schegloff·Jefferson & Sacks(1977)는 수정 유형을 자기 주도 자기 수정, 자기 주도 타인 수정, 타인 주도 자기 수정, 타인 주도 타인 수정 등 네 가지로 나누고, 그 중 화자 스스로 문제를 발견하고 수정하는 '자기 주도 자기 수정' 방식이 가장 선호된다고 밝히고 있다. 아울러 자기 주도로 촉발되든 타인 주도로 촉발되든 결국은 자기 수정으로 이어지는 경향을 관찰했다.(강현석 외, 2014:266~268)

는 일차적으로 '기다려주기'를 선택함으로써 학습자가 두려움 없이 발화를 전개할 수 있도록 도와주었다. 이처럼 학습자의 감정과 태도에 관여하여 의미 있는 의사소통 협상이 이루어지면 능동적이고 유익한 수업 환경을 만들 수 있다. 이러한 의미 협상 과정을 우리는 사회·정의적 전략의 한 단계로 본다.[39]

4. 마무리

선행 연구에서 관찰된 전사 자료를 이용한 해석이 기존 논의에서 크게 발전하지 못했을 수도 있지만, 수업 대화를 객관적으로 관찰하고 분석하여 실제 수업 현장에서 다시 활용해 보는 수업 관찰의 과정이

---

[39] [설문3 의미 전략] 응답에서 사회·정의적 전략에 대한 반응이 우리의 생각과 달리 낮게 나타났는데, 원인은 이 전략 내용에 대한 이해 부족과 이상적이라는 판단 때문이었을 것이라고 짐작해 본다. 한 응답자의 경우엔 의사소통 능력 향상 측면에서 볼 때 이 전략이 가장 유의미하다는 의견도 내주었다. 아래 표는 다섯 가지 전략에 대한 응답자들의 선호도를 보여준다.(응답자 18명 중 3순위까지는 단계별 제시를 한 두 명의 응답자를 뺀 16명의, 4, 5순위에는 ㄹ,ㅁ의 전략을 아예 답변에 넣지 않은 두 응답자를 뺀 14명의 답변 결과이다. ㄱ~ㅁ은 본문에서 제시한 전략 차례와 같다.)

1순위					2순위					3순위					4순위					5순위				
ㄱ	ㄴ	ㄷ	ㄹ	ㅁ	ㄱ	ㄴ	ㄷ	ㄹ	ㅁ	ㄱ	ㄴ	ㄷ	ㄹ	ㅁ	ㄱ	ㄴ	ㄷ	ㄹ	ㅁ	ㄱ	ㄴ	ㄷ	ㄹ	ㅁ
3	9	3	0	1	5	4	7	0	0	7	3	5	0	1	1	0	1	3	9	0	0	0	11	3
시간 주기와 예시 전략		명료화 전략		관여 유발 전략		사회·정의적 전략		문법 교수 전략	

흥미로운 것은 한 명의 응답자가 초·중·고급 단계별로 제시해 준 전략 순서가 선호도 차례와 유사했다는 점이다. 즉 낮은 선호도 방향으로 갈수록 학습 단계는 높아진다. 그리고 각 단계별, 공통으로 들어간 전략은 관여 유발 전략이었다.

필요하다고 볼 때, 이 글에서 해석을 달리 해보고 실제 수업과 연계할 수 있는 전략을 고민해본 것은 의미가 있었다고 생각한다.

그리고 이론적 해석이 수업 현장에서 유의미하게 결합될 수 있기를 바라는 마음에서 시도했던 설문을 통해, 휴지 국면에 대처하는 교사 개개인의 방법과 의미 있는 전략에 대한 태도를 살펴본 것도 가치 있다고 본다. 하지만 실제 수업 현장에서 현실적으로 고민하고 있는 부분에 대해 구체적으로 논의할 수 있는 장이 마련되지 못한 점은 아쉬움으로 남는다. 이 글에서 제시한 전략들이 미약하나마 실제 한국어 수업 현장에서 유의미하게 활용될 수 있기를 바라는 뜻이 전해졌기를 바랄 뿐이다.[40]

이 글은 지난 2015년 우리말학회에서 발간한
『우리말연구』 제42집에 게재된 것이다.

참고문헌

강현석 외, 『사회언어학 : 언어와 사회, 그리고 문화』, 글로벌콘텐츠, 2014.

강현화, 「최신 문법교수 이론의 경향과 한국어교육에의 적용」, 『문법 교육』 11, 2009, 1~27쪽.

김상수, 「한국어 교사 발화에 나타난 발문 전략 연구」, 『한국어학』 60, 2013, 167~188쪽.

---

40 의욕만 앞선 이 글의 논의가 발전될 수 있도록 세밀하게 검토해서 꼼꼼하게 지적해주시고, 진정성 있는 평을 해주신 네 분의 심사자들께 머리 숙여 감사드린다. 이 글의 한계와 아쉬움은 연구자의 정진과 후고를 통해서 채우도록 하겠다.

김옥란, 「초급 한국어 수업에서의 교사 질문 연속체 분석 연구 : 교사·학습자 간 상호작용 과정을 중심으로」, 경인교대 교육대학원 석사학위논문, 2013.

김인택, 「의사소통 과정에서 '침묵' 행위의 사회·문화론적 해석」, 『코기토』 10, 2011, 451~483쪽.

김재욱, 「한국어 수업에서의 교사 발화 연구」, 『이중언어학』 34, 2007, 27~47쪽.

김종수, 「의사소통적 행위로서 침묵의 구조적 유형과 전략」, 『독일문학』 99, 2006, 352~370쪽.

김주은, 「한국어 교실에서의 교사의 디딤말하기(scaffolding) 양상 연구」, 연세대 석사학위논문, 2013.

문선미, 「교실 상호작용을 활성화시키는 교사 발화 전략 연구」, 연세대 교육대학원 외국어로서의 한국어교육전공 석사학위논문, 2007.

박기선, 「한국어 교실의 수업 대화 분석 : 학습자의 침묵 반응 요인을 중심으로」, 『한국어교육』 23-3, 2012, 23~53쪽.

박선옥, 「한국어 교사의 질문 유형과 기능에 대한 연구 – 외국인에게 한국어를 교육하는 교사의 발화를 중심으로-」, 『화법연구』 5, 2003, 371~399쪽.

방성원, 「문법 교육에 대한 한국어 교사의 인식 연구」, 『한국어교육』 22-2, 2011, 187~211쪽.

배도용, 「한국어 교실 발화에서 나타나는 교사와 학습자의 교감적 언어사용(Phatic Communion) 양상」, 『우리말연구』 39, 2014, 253~274쪽.

백승주, 「한국어 교사 발화에 나타난 관여 유발 전략」, 연세대 박사학위논문, 2011.

_____, 「제 2언어 교실에서의 질문 분류 방식과 기능에 대한 재고 1」, 『이중언어학』 47, 2011, 77~110쪽.

서정애, 「초급 한국어 수업에서의 교사말 실태 연구 : 문법 설명을 중심으로」, 배재대학교 석사학위논문, 2011.

이지수, 「문법 교육의 내용과 방법 : 문법 교수를 위한 교사 발문 구성 연구」, 『한국어교육학회 학술발표자료』, 2014, 91~110쪽.

이해영, 「문법 교수의 원리와 실제」, 『이중언어학』 15, 1998, 411~438쪽.

장영희, 「화법 교육의 문제; 침묵의 유형과 교육적 의의」, 『화법연구』 9, 2006, 43~68쪽.

진제희, 「한국어 교실 구도 상호작용에 나타난 문제 해결을 위한 의미 협상」, 연세대 박사학위논문, 2004.

진제희, 「한국어 교실 교사 – 학습자 간 대화에 나타난 의사소통 문제 유형」, 『한국어교육』 15-3, 2004, 253~274쪽.

한상미, 「외국어로서의 한국어 교육에서의 교사말 연구 : 유도 발화 범주의 교사말 유형을 중심으로」, 『한국어교육』 12-2, 2001, 223~253쪽.

Ruth Wajnryb, ‘Classroom Observation Tasks : A Resource Book for Language Teachers and Trainers’, Cambridge Univ. Press, 1993(임칠성·최진희·정영아 옮김, 『언어수업관찰 : 수업개선을 위한 수업관찰 안내서』, 박이정, 2014.)

한국어교육에서의 지역어 교육의 필요성과 방안

조혜화 · 조재형

1. 서론

이 글의 목적은 '지역어'의 개념을 고찰하고, 한국어교육에 있어서 지역어 교육의 필요성을 살펴보는 데에 있다. 또한 문화콘텐츠로서의 '지역어'의 활용 방안에 대해서도 논의하고자 한다.

한국어를 학습하려는 외국인 학습자들의 목적은 그 양상에 따라서 다음과 같이 분류할 수 있다. 우선 첫째, 한국에서 장기적이거나 영속적인 거주를 위해 제2 모국어로서 한국어를 배우는 경우, 둘째, 한국 내의 대학 등에서 학업을 위한 학문 목적의 경우, 셋째, 사업 또는 여행 등의 단기 체류를 위해 한국어를 배우는 경우, 마지막으로 한국 문화 등을 이해하기 위해 취미나 흥미를 목적으로 한국어를 배우는 경우로 분류할 수 있다. 지금까지 한국어교육[1]에서 주로 다룬 외국인의 한국어 학습

---

[1] 일반적으로 내국인 대상 국어의 교육은 '국어 교육'으로 지칭하며 외국인 대상의 한국어 교육은 외국어로서의 한국어 교육이라 지칭하므로 본고에서도 '한국어 교육'이라 지칭한 것은 외국인에게 외국어로서 한국어를 가르치는 것임을 밝힌다.

목적은 주로 학문 목적이었다. 그런 이유로 한국어교육에서 지금까지 '지역어'의 교육 필요성에 대한 언급이 거의 없었던 것으로 보인다.

한편, 한국에서 장기간 체류를 하거나 거주를 위해 한국어를 배울 때는 1차적으로 표준어를 배우지만, 체류 기간이나 거주 지역에 따라서는 표준어 위주의 한국어 학습이 의사소통에 큰 도움을 줄 수 없다. 즉, 표준어 위주의 한국어 구사로 체류 또는 거주 지역의 한국인과 어느 정도 의사소통을 할 수 있지만 비표준어권의 지역민들과의 문제없는 의사소통을 위해서는 그 지역의 지역어 학습이 필수적이다.

국어와 지역어는 전체–부분 관계이면서 대등한 관계를 동시에 맺고 있다고 할 수 있다. 국어는 영어, 중국어, 일본어와 같은 개별 언어를 말하기도 하고, 우리 언어 공동체가 사용하는 언어적 의사소통 수단을 가리키기도 한다. 언어 공동체의 원활한 소통을 위해 표준어를 두고 있지만 표준어는 소통의 기준이 되는 가상의 언어로서 존재할 뿐 실제 소통의 공간에서 사용되는 것은 수없이 많은 지역어라고 할 수 있다(조경순, 2014:12). 따라서 거주 목적의 외국인들은 자신이 거주하는 지역의 지역어를 익히고 그 지역 토착민들과 동일한 언어를 공유할 때 비로소 지역 공동체 구성원으로서의 동질감을 느끼며 소통할 수 있으며 언어적, 문화적 차이에 의한 갈등을 피할 수 있다.

한편, 최근 한국 남성과 결혼하여 한국에 거주하는 여성결혼이민자[2]의 수가 급증하고 있다. 이들 여성결혼이민자들은 한국어를 학습하지 않은 채 한국에 와서 한국 남성과 결혼하여 거주하는 경우가 상당히

---

2 여성결혼이민자에 대한 용어는 연구자들마다 각각 결혼이민자, 여성이민자, 해외 이주 여성, 결혼여성이민자, 여성결혼이민자 등 다르게 사용하고 있다. 본고에서는 논지 전개의 편의상 '여성결혼이민자'라는 용어로 통일하여 사용하고자 한다.

많은 것으로 알려져 있다. 따라서 이들에 대한 한국어 학습 지원책이 다각도로 강구되어 시행 중에 있다. 그러나 우리가 이들을 지원함에 있어서 반드시 고려해야 할 점은 이들 상당수가 비표준어권에 거주하고 있다는 것이다. 따라서 여성결혼이민자들이 지역 사회의 구성원으로서 살아가기 위해서는 지역민들의 사유 체계와 지역 문화를 담고 있는 지역어 교육을 반드시 받아야 한다. 만약 이들이 문화적·언어적 차이로 인해 지역 사회에 적응하는 것이 어렵다면 주변인과의 소통에서의 상실감을 느끼게 될 것이며, 이로 인해 그들이 속한 가정에 부정적인 영향을 줄 것은 당연하다.

그러므로 이런 문제들을 사전에 예방하기 위해 지역어로 언어생활을 함께 해 나가며 그들이 속한 지역의 현실과 문화를 오롯이 이해하고 진정한 의미의 한국인이 되어 생활할 수 있도록 여성결혼이민자들에게 표준어뿐만 아니라 지역어를 교육해야 한다는 것이 본고의 생각이다. 이에 본고에서는 여성결혼이민자들을 위한 지역어 교육 방안을 논의하고자 한다.

이를 위해 먼저 2장에서는 선행 연구 고찰을 통해 지역어의 개념과 가치, 지역어의 교육적 의의와 방법 등에 대해 알아볼 것이며, 3장에서는 한국어 교육에서의 지역어 교육의 필요성을 파악하기 위해 현재 한국어 교육을 받고 있는 여성결혼이민자를 대상으로 설문 조사를 실시하고 그 결과를 분석하고, 이를 통해 여성결혼이민자를 대상으로 한 기존 표준어 위주의 한국어 교육으로 인한 문제점과 그 대응 방안을 알아보고자 한다. 4장에서는 지역어와 문화콘텐츠의 연계 가능성을 고찰하고 이를 토대로 문화콘텐츠로써 지역어의 활용 방안에 대해 논의하고자 한다.

2. 선행 연구 고찰

'방언'은 '표준어'와 대비되어 부정적인 느낌을 주며 '사투리[3]'와 비슷한 의미로 인식되어 왔다. 이 때문에 지역민들도 대외적인 상황에서 발화시에는 해당 지역의 지역어 사용을 기피하는 경향이 있다. 또한 미디어의 영향으로 전국적으로 표준어의 사용이 많아지면서 젊은 세대에서 더 이상 지역어[4]를 사용하지 않는 현상이 나타났다. 이는 자연스레 지역어를 교육해야 하는가에 대한 문제와 그 방법에 대한 고민으로 이어지고 있고, 이런 경향을 학계에서도 발견할 수 있다.[5] 한편, '지역어'는 그 의미와 사용이 광범위한 용어이며 복잡한 기저체계를 가지고 있다. 이 때문에 일찍부터 지역어의 가치와 의미에 대해 고민하고 연구해 왔으며, 그 중 용어에 대한 연구도 적지 않다. 이에 2장에서는 먼저 지역어에 대한 개념과 지역어의 연구에 대한 입장을 살피고 이어서 본고에서 지역어의 교육 대상으로 삼은 여성결혼이민자들을 대상으로 한 지역어 연구를 살펴 본고의 논의에 대한 근거로 삼고자 한다.

---

3 사투리의 사전적인 의미는 '어느 한 지방에서만 쓰는, 표준어가 아닌 말.'이며 이는 방언의 개념 중 '지역 방언'과 같은 의미로 사용된다. 한편, 표준어는 사전에서 '교양 있는 사람들이 두루 쓰는 현대 서울말'이라고 정의하는데 언중들은 이러한 표준어의 정의와 대비하여 사투리는 비표준적이며 주변적이며 지역적 색채를 가진 말이라 생각하는 것으로 보인다. 또한 이러한 사투리를 사용하는 사람은 교양이 부족하거나 촌스러운 사람이라고 인식할 가능성이 높다.

4 '방언', '사투리', '지역어' 등 '지역에서 사용하는 언어'에 대한 용어는 다양하다. 이중 본고에서는 '지역어'를 선택하기로 하며 자세한 내용은 후술하겠다.

5 이에 대한 자세한 내용은 후술하겠다.

1) '지역어'의 개념

먼저 '지역어'의 개념에 대해 언급한 선행 연구를 알아보고자 한다. 전은주(2013:395)에서는 지역 언어를 '로컬리티⁶'라는 용어를 이용하여 한국어 교육의 목적, 목표와 내용, 방법 등을 고민하였다. 한국어 교육이 이루어지는 공간은 학습자의 학습에 대한 요구가 발생하는 지점이며, 교수–학습이 이루어지는 장이며, 삶과 소통의 장, 로컬리티가 함유되어 교육 전반에 영향을 줄 수 있음을 들어 공간에 따라 한국어 교육을 차별화해야함을 주장하였다. 김미혜(2005:405)에서는 기존 연구들에서 '지방어', '지역어', '사투리', '방언' 등의 용어는 동일한 대상을 지칭하는 것 같지만 대상을 바라보는 시각이 다르다면서 '지방어'나 '방언'은 말 그대로 '지방'의 언어가 표준어에 비해 '주변부'에 놓인다는 것을 보여주고 있다는 점에서 '지역어'라는 용어를 쓸 것을 제안하였다.

이기갑(2009:6)에서는 국가에서 정한 표준말이 아닌 변이체를 방언이라고 부른다고 지적하면서 표준말이 흔히 수도의 언어를 바탕으로 하기 때문에 방언⁷은 곧 수도 이외 지역의 언어를 가리킨다고 정의하였다. 김봉국(2009:67)에서는 '방언'은 '표준어'와 구별되는 말일 뿐만 아니라 '표준어'와 동일한 말도 모두 포괄하는 개념으로 어떤 지역의 방언

---

6 '로컬리티'란 한 국가를 구성하고 지리적으로 구분 지을 수 있는 개개의 공간 영역들을 말한다. 기존의 '지방'이나 '지역'이 가진 '수도', '중앙'과의 대비되는 여러 부정적인 의미를 배제하고 그 지역만의 고유한 성질과 차이성을 표현하기 위한 개념으로 설명하고 있다.

7 이기갑(2009:6)에서 '방언'이란 시간, 공간, 계층 등 다양한 조건에 따라 실현되는 언어의 변이 양상이라고 정의하였다. 이 중 공간 즉 지역에 따른 변이를 '지역 방언', 세대나 여러 가지 사회적 요인에 따른 변이를 '사회 방언'이라 하며 이 둘을 모두 아우르는 상위개념이 '방언'이라는 것이다.

도 표준어와 일치하지는 않는다고 하였다.[8]

한편 상술한 연구에서 확인할 수 있는 것은 각각 '방언', '사투리', '지역 언어', '지방어', '로컬리티' 등으로 논의 대상을 달리 정의하고 있지만, 개념상 명확히 구별하는 점이 어렵다는 것이다. 김미혜(2005: 405)에서의 주장처럼 '지방어'는 언어학적 개념으로만 보기 어렵고 행정 구역을 연상시키는 말이므로 적절하지 않다.[9] 한편, '로컬리티'라는 용어는 '중앙'과 대비되는 부정적인 의미를 배재하고 각 지역만의 고유한 성질과 차이성을 표현한다는 점에서 적절하다고 할 수 있지만 굳이 이런 외국어를 사용하지 않더라도 '지역어'라는 용어로도 충분히 설명할 수 있다는 점에서 '로컬리티'라는 용어를 취하는 것은 적절하지 않다고 본다.

한편, 최명옥(2005:67)에서는 방언 구획론에 의해서 독립된 언어 체계를 가지고 있음이 검증된 지역의 언어를 의미하는 방언과 동일한 의미로 사용되는 지역어와, 그런 검증 과정을 거치지 않고 어떤 지역에서 사용되는 언어라는 의미로 사용되는 지역어로 구분하면서 '방언'과 '지역어'의 개념을 구분하여 제시하고 있다.[10]

지역어의 개념에 대한 초기 논의들은 대개가 '방언'의 개념과 명확하

---

8 김봉국(2009:67)에서는 대중들에게 '방언'과 '사투리'는 동일한 의미로 '표준어'와 달리 '그 지방에서만 사용하는 말' 정도로 사용되고 있지만 언어학에서는 '그 자체로 독립된 체계를 가지고 있는 한 언어의 변종'으로 사용하여 '표준어와는 달리 그 지방에서만 사용하는 말'인 '사투리'와 구별한다고 하였다.

9 만약 '중앙어'가 '중국'이라면 '방언'은 '중국이 아닌 변방의 언어'로 정의할 수 있기 때문에 '중앙어'가 '서울말'이라면 방언은 '서울말이 아닌 말'에 해당하며 이와 함께 비하의 의미가 개입되는 말이 되기 때문에 '방언' 또한 적절하지는 않은 듯하다.

10 박경래(2010:24)에서도 '지역어'의 조사와 연구를 통하여 독립된 언어 체계를 가지고 있다는 것이 검증된다면 그 지역어는 '지역 방언'의 지위를 갖는다고 하였다.

게 분리하여 정의를 하지 못한 측면이 강한 것으로 보이나 근래의 논의에서는 이에 대한 반성으로 '방언', '사투리' 등과 '지역어'의 개념을 분명하게 나누고 있는 것으로 보인다.

한편, 과거 지역어 관련 연구에 대한 비판과 향후 기대되는 연구의 방향과 의의, 그리고 필요성에 대해 논의한 연구들이 있다.

이태영(1992:2~3)에서는 중앙어도 하나의 방언이며, 방언이 중요한 이유는 언어의 다양성 측면과 방언 연구를 통하여 국어의 내적 체계인 언어 규칙을 잡으려는 데에 있다고 하였다. 또한 이태영(2010:87)에서는 언어에는 그 지역의 역사와 문화와 전통이 담겨 있으며, 지역어에는 개인이 어려서부터 겪어 온 체험과 경험과 기억이 녹아 있으며, 따라서 지역 사람들은 그 지역의 언어를 통하여 섬세한 감정을 전달하고 표현한다고 지역어의 가치에 대해 평가하고 있다.[11]

박경래(2010:24)에서는 개별 언어로서의 국어는 수많은 지역어들로 이루어져 있고, 그 지역어들 각각은 지리적인 여건이나 사회 문화적인 요인에 따라 끊임없이 변화하고 분화되어 매우 다양한 모습으로 나타나지만 국어라는 하나의 개별 언어 내에서 상호 유기적인 관계를 유지하면서 사용된다고 하였다. 차윤정(2009:387)에서는 지역어는 지역이라는 공간을 기반으로 한, 지역민들의 사유와 경험을 표상한 표상 체계이자 지역민들이 일상적인 의사소통을 하기 위해 사용하는 언어, 즉 지역의 생활 언어라고 정의하였다. 또한 조경순(2014:11)에서도 지역어는 지역에 살고 있는 사람들의 일상 언어 전반을 아우르는 언어로 지역

---

11 서은지·이태영(2002:366)에서는 지역어는 지역문화를 이해하는 데 반드시 필요한 도구이자 지역문화를 창조하는 도구라고 정의한 바 있다.

공동체의 삶의 문화적 가치의 원천이자 문화적 소통의 통로라고 정의한 바 있다.

상술한 연구들의 공통점은 이제까지 보조적인 자료로만 다루어져 온 방언 연구에 대한 소극적 태도에서 벗어나 '지역어'라는 개념을 제시하고 있으며, 지역 공동체의 삶의 문화적 가치의 원천이자 문화적 소통의 통로로 그 가치를 부여하고 있다는 것이다. 따라서 본고에서는 기존 논의 중, 개념적인 측면에서는 '지역어란 어떤 지역에서 사용되는 언어'(최명옥, 2005:67)를, 지역어의 가치에 대해서는 '지역어는 지역에 살고 있는 사람들의 일상 언어 전반을 아우르는 언어로 지역 공동체의 삶의 문화적 가치의 원천이자 문화적 소통의 통로'(조경순, 2014)를 수용하고자 한다.

2) 지역어의 교육과 활용

외국어로서의 한국어 교육 분야에서 지역어 교육에 대한 관심은 2000년대 초반부터 시작되었으며 그 대상에 따라 두 유형으로 나눌 수 있다. 그 하나는 먼저 유학이나 취업을 목적으로 한국의 대학 부설 기관에서 언어 연수를 받고 있는 외국인 유학생들에게 학습 지역의 지역어를 교육해야 한다는 것이고, 다른 하나는 여성결혼이민자를 대상으로 지역어 학습의 필요성에 대한 것이다. 이중 본고가 주목하는 연구 결과들은 후자이다. 여성결혼이민자의 지역어 학습의 필요성에 대한 연구들은 그 목적과 내용에 따라 두 가지로 나눌 수 있다. 첫 번째는 지역어 교육의 현황과 필요성을 제언한 것이고, 두 번째는 표준어와의 비교를 통해 구체적 교수 내용이나 방법을 제시한 것이다. 이 중에서 먼저 지역어 교육의 필요성을 주장한 연구를 중심으로 살펴보겠다.

안주호(2007)에서는 여성결혼이민자나 지방 대학에서 한국어를 교육 받는 학습자들은 지역 방언을 사용하는 한국인들과 생활하므로 표준어만 교육하는 것은 의사소통 중심적 교육 방법에서 벗어난 것이라 지적하였다. 따라서 표준어와 지역 방언의 조화로운 교수안이 필요하다고 보았고, 특히 지역어의 담화 문맥적 기능과 사회언어학적 기능을 반드시 교육해야 한다고 주장하였다.[12]

박경래(2010)에서는 한국의 다문화 사회화를 대비하여 교육 당국에서는 사회통합 프로그램을 운영하고 있지만 모든 교육과정에서 표준어만을 가르치고 있다는 점을 지적하면서, 여성결혼이민자들과 교사를 대상으로 실시한 설문 조사 결과를 바탕으로 방언 교육의 필요성을 주장하였다.[13]

한지현(2013)에서는 언어, 문화, 사고의 차이에 인한 의사소통 단절은 여성결혼이민자들뿐만 아니라 가족이나 이웃이 함께 겪는다고 지적하면서, 지방 거주 여성결혼이민자들은 의사소통 문제 해결과 자녀 교육을 위해서 1차적으로는 표준어를 배워야 하지만 이후에 방언도 반드시 습득해야 한다고 주장하였다. 이들 논의들의 공통점은 설문 조사

---

12 안주호(2007)에서는 표준화 정책 과정에서 지역 방언을 위축시켰음을 지적하고 한국어 교육에서 다루어야 하는 것은 '현실 표준 한국어'라고 하였다. 그 구체적인 근거로 한국어 표준 발음법에서 단모음을 10개로 규정하고 있지만, 현실 발음에서는 'ㅟ, ㅚ'를 단모음으로 발음하지 못하는 사람이 대부분이기 때문에 현실 발음에서는 단모음 체계를 7개로 보고 있으며 교사도 발음하지 못하는 것을 규범대로 가르칠 수는 없다는 점을 제시하고 있다.

13 이와 비슷한 논의로 김순자(2013)에서는 제주 지역이 다문화 사회로 빠르게 변화하고 있다는 점에 주목하고 제주도의 한국어 교육 운영 단체의 한국어 교육 현황과 여성가족부의 설문 결과를 인용하여 제주도에서의 지역어 교육이 필요하다는 점을 주장하였다.

등을 바탕으로 기존의 표준어 중심 교육의 문제점을 파악하고 이를 해결하기 위한 방법으로 지역어 교육을 제시한다는 것이다. 한편, 이기갑(2008)에서는 농어촌에 거주하는 해외 이주 여성들은 가족 내에서 서로 상이한 문화 때문에 오해와 마찰이 생기며 2세 교육에도 영향을 미칠 수 있다는 점을 지적하였다. 또한 가족과 동일한 방언을 사용하면 동질감을 느껴 상호 유대를 돈독하게 할 수 있다는 점을 근거로 방언 교육의 필요성을 강조했다.¹⁴ 또한, 해외 이주 여성들이 한국어를 습득하는 단계를 세 단계로 상정하고¹⁵ 이 중 2단계와 3단계에 해당하는 단계를 각각 초급과 중급으로 구분하고 방언의 특성에 따라 내용을 구분하여 전라도 방언의 특징을 음운 교육, 문법 교육, 어휘 교육으로 나누어 자세히 기술하였다.

우창현(2012)에서는 국립국어원에서 결혼 여성이민자를 대상으로 실시한 방언 교육의 필요성에 대한 설문 조사를 바탕으로 방언 교육이 필요하다고 주장하였고, 구체적인 방법으로 제주 방언 존대법 체계의 문법적 특징을 표준어와 비교·제시하면서 외국인을 위한 제주 방언의 교육 방안을 제시하고 있다.

이들 논의는 기존의 문제점만을 부각하는 논의에서 벗어나 실질적으로 표준어와 지역어의 문법적, 어휘적 비교 연구를 통해 구체적 교육

---

14 방언 교육의 시기에 대해서는 표준말 교육과 병행되어야 하며 적어도 중급 수준의 표준말이 습득된 후에 시행하는 것이 효과적이라 하였다. 즉, 방언 교육은 기본적으로 표준말과의 대응 교육이므로 표준말에 대한 지식이 어느 정도 쌓인 후에야 가능하기 때문에 중급 수준 이상에서 방언 교육을 교수해야 한다고 강조하였다(이기갑, 2008).
15 해외 이주 여성들이 한국어를 습득하는 단계는 일차적으로 말하고 이해하는 표준말을 습득하는 단계, 그 다음으로는 표준말과 함께 현지 방언을 이해할 수 있는 단계, 가장 이상적인 단계로는 표준말과 함께 방언을 자유롭게 구사할 수 있는 단계로 구분하였다.

방안을 제시하고 있다. 지금까지 지역어와 관련된 논문을 크게 두 분야로 나누어 살펴보았다. 이 과정에서 본고에서 사용하려는 '지역어'라는 용어에 대한 의미 규정을 더욱 견고히 할 수 있었으며 지역민들과의 유대관계 형성과 지역 문화 학습의 측면에서 중급 이후의 학습자들에게 지역어 교육이 필요함을 확인할 수 있었다. 다음 장에서는 광주 지역에 거주하는 여성결혼이민자들에게 설문조사를 실시하여 지역어 교육에 대한 요구를 조사·분석하고 이를 근거로 지역민들과 동질감을 느끼며 지역에 소속되어 함께 살아갈 수 있다는 점과 이들의 의사소통을 원활하게 할 수 있다는 측면에서 지역어 교육의 필요성을 논의해보고자 한다.

3. 한국어교육에서의 지역어 교육의 필요성

통계청에 따르면 2014년 국제결혼에 의한 이주자는 127,811명으로 7년 전인 2007년보다 약 5만 2천명이 늘었다고 한다. 이들 대부분은 수도권이 아닌 지역에 거주하고 있으며 각 지역은 그 지역의 언어, 즉 지역어를 사용하며 생활하고 있다. 이처럼 수도권 이외의 지역에 거주하는 여성결혼이민자들이 지역어를 사용하지 않을 경우 마주할 수 있는 문제는 실로 다양하다. 우선 이들은 문화적으로 전혀 다른 나라에서 이주해 온 이민자이므로 문화적, 언어적 문제로 고립되면 가정뿐만 아니라 사회적으로도 여러 문제를 발생시킬 수 있다. 의사소통에 장애가 생길 경우 가족 구성원과의 마찰, 지역민들과의 자연스러운 융합할 수 없는 문제가 생긴다. 가장 심각한 문제 중 하나는 바로 자녀 교육의 문제일 것이다. 이들은 훗날 자녀를 양육하게 될 것인데 자녀들이 한국의 일반적인 구성원으로 사고하고 소통할 수 있으려면 여성결혼이민자는 상당한 수준의 한국어 능력이 필요하다.[16] 즉 본고에서는 앞서 상술한 바와 같이 지역 공동체의 문화적 가치와 소통의 통로인 지역어의 기능과 역할에 주목하면서 여성결혼이민자들을 위한 지역어 교육 방안을 논의하고자 한다. 이를 위해 먼저 지역어 교육에 대한 여성결혼이민자의 요구를 분석하고 이를 토대로 지역어의 교육 방안을 제안하고자 한다.

1) 조사 방법 및 대상

본고에서는 여성결혼이민자들의 지역어 교육의 필요성을 판단하기 위하여 광주광역시에 거주하고 있는 여성결혼이민자들에게 설문 조사를 실시하였다.[17] 설문지는 총 16개의 설문 문항으로 이루어졌으며, 일반적 문항과 지역어 교육에 대한 생각을 묻는 문항으로 구성하였다.[18] 설문 대상은 광주광역시에 거주하는 여성결혼이민자 총 79명이며[19] 조사 대상자의 일반적 특성은 〈표 1〉에 제시하였다.

---

16 여성결혼이민자가 그 지역에 사는 지역민들이 사용하는 지역어도 함께 사용할 수 있어야 자녀들에게 지역어에 대한 바른 교육을 할 수 있을 것이고 자녀들이 올바른 지역어를 사용할 수 있어야 따돌림을 당하는 등의 문제를 겪지 않고 주변인들과 정서적 유대 관계를 형성하고 그 지역의 문화에 적응하여 잘 생활할 수 있을 것이다. 따라서 본고에서 기술한 여성결혼이민자가 갖추어야 할 '상당한 수준의 한국어 능력'에 '지역 문화를 함의한 지역어의 이해와 사용'까지를 포함한다. 문화적 의미와 가치를 알고 지역민들과 지역어로 소통할 때 진정한 의미의 의사소통이 가능하며 지역 구성원으로 융합될 수 있을 것이기 때문이다.

17 설문은 2014년 12월 1일부터 2014년 12월 31까지 이루어졌으며 남구 다문화가정지원센터, 남구 그루터기, 동구 소재 교회를 방문하여 실시하였다.

18 본고에서 사용한 설문 문항은 강승혜(2002), 전은주(2003), 김경령·이홍식·문금현(2011) 등에서 사용한 설문 문항을 참고하여 개발하였다.

<표 1> 조사 대상자의 일반적 특성

특성	구분	인원 수(%)
성별	여	79명(100%)
거주 기간	1년 미만	7명(8.9%)
	1~3년	10명(13%)
	4~6년	10명(13%)
	7~10년	20명(26%)
	10년 이상	32명(41%)
가족 형태	1인 가족	2명(2.5%)
	부부(남편+나)	7명(8.9%)
	핵가족(부부+자녀)	55명(70%)
	한부모 가족(혼자+자녀)	0명(0%)
	대가족(부모+부부+자녀)	15명(19%)
한국어 학습 목적	생활	65명(82%)
	취업	10명(13%)
	흥미	3명(3.8%)
	학업	1명(1.3%)
	기타	1명(1.3%)

〈표 1〉를 보면 거주 기간이 1년 미만인 응답자는 7명(8.9%), 1~3년, 4~6년 사이는 각각 10명(13%), 7~10년 사이는 20명(26%), 10년 이상이라고 대답한 응답자는 32명(41%)이었다. 조사 대상자의 대부분인 55명(70%)은 남편과 자녀와 거주하고 있었고, 시부모를 모시고 함께 사는 비율은 15명(19%)이었다.[20] 한국어 학습 목적을 묻는 문항에서는 '생활을

---

19 이들은 다문화가정지원센터에서나 사회통합프로그램 등으로 최소 6개월 이상의 한국어 교육을 받아본 경험이 있다. 중급과 고급의 학습자들에게는 동시에 설문지를 나눠준 후 어렵거나 이해가 안 되는 것을 질문하면 단체로 설명해 주면서 설문을 끝냈다. 그러나 초급 학습자들은 설문 내용의 이해가 어려워 교사와 해당 언어를 유창하게 구사하는 고급 학습자의 도움을 받아 개별적으로 진행하였다.

위해서 배웠다'고 대답한 비율이 65명(82%)으로 가장 높았으며 그 뒤를 이어 10명(13%)이 '취업', 3명(3.8%)은 '재미있어서'라고 응답했다. 이 문항을 통해 여성결혼이민자들이 한국어를 배우는 가장 큰 목적은 바로 '생활'이라는 점에 주목해야 한다. 함께 시간을 보내는 사람들과 의사소통해야 한국 사회에 적응할 수 있으므로 이들에게 필요한 것은 자신이 속한 지역 사회의 구성원들과 원활하게 소통할 수 있는 언어 학습이다. 그런데 이들이 사는 지역이 비표준어 지역이므로 지역어가 의사소통의 큰 장벽이 될 가능성이 매우 높다. 이에 다음 절에서 지역어의 이해와 교육의 유무 등과 관련된 조사 결과를 제시하고자 한다.

2) 조사 결과 및 분석

본고에서 실시한 지역어 교육에 관한 설문의 결과는 다음과 같다.

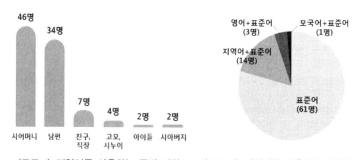

〈도표 1〉 지역어를 사용하는 주변 사람   〈도표 2〉 지역어를 사용하는 주변인들과 대화시 언어

---

20 가족 구성원을 통해 응답자가 가장 많은 시간을 보내는 사람은 남편, 아이, 시어머니이며 이들 중 사회생활을 하는 경우는 직장 동료나 친구들과도 소통해야 할 상황임을 알 수 있다.

〈도표 1〉를 보면 응답자 중 46명이 시어머니, 34명이 남편 지역어를 사용한다고 응답했다. 이어 친구·직장 동료 7명, 고모·시누이 4명, 시아버지와 아이들은 각각 2명이 썼다.[21] 이들은 모두 여성결혼이민자의 일상생활과 밀접한 관계가 있으며 대부분의 시간을 함께 보내는 사람들이다.

〈도표 2〉는 지역어를 사용하는 이들과 대화할 때 본인이 주로 사용하는 언어에 대한 설문조사 결과로, 응답자 총 79명 중에서 지역어를 사용하는 주변인에게 본인이 사용하는 언어로 61명(77%)이 표준어를 사용한다고 답했으며 14명(17.7%)은 지역어와 표준어를, 3명(3.8%)은 영어와 표준어를, 모국어를 표준어와 함께 사용한다고 한 응답자도 1명(1.3%)이 있었다.

이를 통해 여성결혼이민자들이 반드시 사용하는 주 언어는 지역어가 아닌 표준어라는 것을 알 수 있다.[22] 이는 응답자 전원이 비표준어권에 거주하면서도 지역어를 듣고 표준어로 말하는 다소 비상식적인 대화방식이다. 이것은 표준어 중심의 한국어 교육을 받았다는 것과 무관하지 않은 것으로 보인다.

〈도표 3〉의 첫 번째 그래프는 한국어를 배울 때 교재를 통해 지역어를 배운 적이 있냐는 문항에 응답자 전원 79명(100%)이 '아니요'라고 답한 것을 나타낸 것이다.

---

21 본 문항은 주변에 지역어를 사용하는 사람을 쓰라는 문항으로 중복 응답이 가능했기 때문에 총 79명이지만 응답자는 총 93명이다. 총 79명 중 7명(8.9%)이 응답하지 않았고, 53명(67.1%)의 응답자가 1명을, 19명(24%)의 응답자는 2명을 적었다. 따라서 이 문항에서는 백분율을 적용하지 않았다.

22 본 문항에서 '지역어를 사용하는 주변인'에는 자신과 같은 국가 출신의 여성결혼이민자도 포함된다. 따라서 동일 국가 출신끼리는 영어나 모국어를 사용하여 의사소통을 한다고 답한 것으로 보인다.

〈도표 3〉 지역어 교육의 유무

두 번째 그래프는 수업 시간에 교사가 지역어를 가르친 적이 있었냐는 문항에 단 7명(8.9%)만이 '예'라고 답한 것을 나타내었다. 즉 여성결혼이민자들을 위한 교육 기관이나 교재는 철저하게 표준어 중심으로 이루어지고 있음을 보여주는 결과이다.[23] 이와 관련하여 고상미(2013)에서는 전남 지역 총 4곳의 다문화가족지원센터의 한국어교육 현황을 조사하고 이들이 사용하고 있는 교재를 분석하였다. 그 결과 32명의 교사 모두 지역어 교육을 하고 있지 않음과 다문화가족지원센터에서 사용하는 교재인 『결혼이민자와 함께하는 한국어1~6』에서도 실생활에서 사용하는 지역어에 대한 내용이 들어가 있지 않음을 지적하고 있다. 이는 최진희(2011)에서도 이미 지적된 바 있다.

다시 말하면 여성결혼이민자들은 표준어만을 배워왔기 때문에 지역어는 알지 못하며 때문에 지역어를 사용하는 지역민들의 지역어를 듣고 표준어로 말하는 기이한 상황이 일어날 수밖에 없었다. 그러나 지역

---

23 또한 '수업 시간에 교사가 지역어를 가르친 시간'에 대한 추가 질문에 응답자들은 1~2회, 5~10분 정도라고 답하여 지역어 수업이 일부 이루어지기는 하더라도 체계적이거나 지속적이지 않다는 것을 알 수 있다.

어를 듣고 표준어로 말하는 의사소통 과정에서 의미가 제대로 전달되었을지는 불확실하다. 물론 주변인들에게 자신의 의사를 전달할 수는 있었겠지만 지역민들이 사용하는 지역어의 의미를 완전히 이해하면서 의사소통을 하기에는 한계가 있었을 것이다.

즉, 여성결혼이민자들이 생활 속에서 지역어를 스스로 습득[24]할 때까지 '대충' 이해하고, '추측'하며 의사소통을 하는 등의 답답한 상황이 지속되었을 것이 분명하다. 또한 서로 다른 언어체계를 사용하는 것은 이들이 '이민자'라는 사실을 매순간 느끼게 하여 지역 공동체에 융화되어 한국 사회의 구성원이 되는 데에 걸림돌이 되었을 것이다.

다만, 표준어와 지역어를 함께 사용한다고 대답한 응답자가 14명 (17.7%)이라는 점과 이들의 거주 기간이 길다는 점에서 숙달도[25]가 늘어감에 따라 어느 정도 의사소통이 가능해졌을 것으로 생각한다. 이와 관련하여 '지역어의 이해와 사용 정도'에 관한 문항을 살펴보자.

---

24 Brown(1994:319~320)에서는 Krashen의 '습득·학습 가설'에 대해 다음과 같이 말하고 있다. 성인인 제2 언어 학습자가 목표어를 내재화하는 과정에는 '습득'과 '학습'이 있다. '습득'은 무의식적이고 직관적으로 언어 체계를 구조화하는 과정이며 어린이가 언어를 배우는 과정과 같다. '학습'은 학습자가 언어 형태에 관심을 갖고 언어 규칙을 공부하며 의식적으로 배우는 과정을 말한다. 본고에서는 생활 속에서 스스로 내재화하며 배우는 지역어는 '습득'되며 교재를 통해 배우는 표준어는 '학습'되고 있다고 본다.

25 본고에서 대상으로 하는 여성결혼이민자들은 최소 6개월 이상 한국어를 기관에서 배운 학습자들이다. 분명 숙달도와 거주 기간은 동일한 개념은 아니지만 본고에서 대상으로 하는 여성결혼이민자들은 학습을 통해 기본적인 한국어 문법 지식을 쌓은 후 일정 기간 원어민들과 함께 생활하며 대부분 한국어로 의사소통해야 하는 상황에 있다. 이와 같은 특수한 환경에서는 거주 기간이 길수록 한국어 숙달도가 높을 수밖에 없다. 따라서 본 문항을 분석할 때, 거주 기간이 길수록 숙달도가 높다는 점을 전제로 분석을 진행하였다.

〈표 2〉 지역어의 이해와 사용 정도[26]

거주기간 (응답자)	문항	이해 정도, (명(%))
1년 미만 (총 7명)	현재 한국인과의 소통 정도	1수준: 7명(100%)
	처음 지역어를 듣고 이해할 수 있었던 정도	0수준: 7명(100%)
	현재 지역어를 이해하는 정도	0수준: 7명(100%)
	현재 지역어를 사용하는 정도	0수준: 7명(100%)
1~3년 (총 10명)	현재 한국인과의 소통 정도	3수준: 4명(40%), 4수준: 6명(60%)
	처음 지역어를 듣고 이해할 수 있었던 정도	1수준: 10명(100%)
	현재 지역어를 이해하는 정도	1수준: 4명(40%), 2수준: 4명(40%), 3수준: 2명(20%)
	현재 지역어를 사용하는 정도	1수준: 9명(90%), 2수준: 1명(10%)
4~6년 (총 10명)	현재 한국인과의 소통 정도	4수준: 8명(80%), 5수준: 2명(30%)
	처음 지역어를 듣고 이해할 수 있었던 정도	1수준: 10명(100%)
	현재 지역어를 이해하는 정도	2수준: 6명(60%), 3수준: 4명(40%)
	현재 지역어를 사용하는 정도	1수준: 7명(70%), 2수준: 2명(20%), 3수준: 1명(10%)
7~10년 (총 20명)	현재 한국인과의 소통 정도	4수준: 9명(45%), 5수준(55%)
	처음 지역어를 듣고 이해할 수 있었던 정도	1수준: 20명(100%)
	현재 지역어를 이해하는 정도	2수준: 8명(40%), 3수준: 12명(60%)
	현재 지역어를 사용하는 정도	1수준: 9명(45%), 2수준: 6명(30%), 3수준: 5명(25%)
10년 이상 (총 32명)	현재 한국인과의 소통 정도	4수준: 8명(25%), 5수준(75%)
	처음 지역어를 듣고 이해할 수 있었던 정도	1수준: 32명(100%)
	현재 지역어를 이해하는 정도	3수준: 19명(59%), 4수준: 11명(34%), 5수준: 2명(7%)
	현재 지역어를 사용하는 정도	1수준: 4명(12%), 2수준: 12명(37%), 3수준: 13명(40%), 4수준: 2명(7%), 5수준: 1명(3%)

26 본 설문에서는 한국어나 지역어를 응답자가 이해하거나 사용하는 정도에 대해 0%, 10%, 25%, 50%, 80%, 100%를 선택지로 주고 선택하게 하였다. 본 표에서는 명확한 이해를 위해 0%는 0수준, 10%는 1수준, 25%는 2수준, 50%는 3수준, 80%는 4수준, 100%는 5수준으로 표기한다. 또한 표에 표기되지 않은 수준은 응답자가 없음을 나타낸다.

〈표 2〉를 통해 거주 기간이 길수록 지역어의 이해 정도와 지역어 사용 능력이 높아짐을 알 수 있다. 그러나 표준어 중심의 한국어 교육만을 받은 여성결혼이민자들이 거주 지역에서 지역어를 이해하고 사용하기까지 상당한 시간이 필요했음을 알 수 있다.

설문 응답자 총 79명 중 현재 이 지역의 지역어를 100% 이해한다고 대답한 응답자는 단 2명(2.5%)에 불과했으며, 100% 사용하며 지역민들과 소통한다고 대답한 응답자는 1명(1.3%)뿐이었다. 이들은 모두 10년 이상 광주 지역에서 거주하며 지역어를 습득하였다.

즉, 〈표 2〉의 분석 결과를 보면, 교재를 바탕으로 교실에서 학습을 통해 익힌 표준어는 최소 1년 동안 꾸준히 배우면 3수준(50%) 이상 이해하고 소통할 수 있다. 하지만 스스로 습득해야 할 환경에 있었던 지역어를 3수준(50%) 이상 이해하거나 소통한다고 응답한 응답자는 10년 이상 거주자들뿐이었다. 이는 표준어 중심의 한국어 학습에 비해 습득을 통해 이루어지는 지역어는 이해하고 사용하는 데에 상당히 많은 시간이 필요하다는 점을 알 수 있다. 이는 지역어를 학습자들이 스스로 습득하도록 방치하는 것은 옳지 못하며, 매우 비효율적이라는 것을 시사한다.

또한 앞서 언급한 바와 같이 지역민들의 사유 체계와 지역 문화는 지역어에 담겨 있으며 이들의 생활과 불가분의 관계에 있다. 여성결혼이민자들은 전혀 다른 언어와 문화권에서 살다가 한국에 왔기 때문에 이들이 한국 사회에 적응하기 위해서는 먼저 지역 사회에 적응해야 한다. 그런데 주변인들을 이해하고 진정한 의미의 지역민이 되려면 먼저 지역어에 대한 이해, 더 나아가서는 적극적인 지역어의 사용이 필요하다.

즉, 여성결혼이민자들에게 지역어 교육은 이들이 겪을 수 있는 의사소통 장애, 심리적 소외감, 자녀의 교육, 지역 사회와 가정으로의 흡수와 통합 등의 문제를 해결하기 위해 필수적이다. 지역어를 이해하고 사용할 수 있어야 지역민의 사유 체계와 지역 문화를 이해하는 소통이 가능하며 소통이 원활하지 않을 때 일어날 수 있는 문제를 해결하여 한국 사회에 완벽하게 정착했다고 할 수 있다.

그러므로 이들에게 지역어를 적절하게 교육하여 가능한 한 빨리 지역어로 지역민들과 소통하고 함께 생활할 수 있도록 도와야 할 것이다.[27] 그렇다면 이 지역어 교육에 대한 학습자들의 생각은 어떤지 아래 결과를 살펴보자.

〈도표 4〉 지역어 교육의 필요성

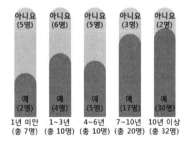

〈도표 5〉 거주 기간에 따른 지역어 교육의 필요성

---

27 의사소통의 과정은 화자의 영역과 청자의 영역으로 나눌 수 있다. 의사소통이 효과적으로 일어나기 위해서는 청자의 영역에서 두 가지의 단계를 효과적으로 거쳐야 하는데, 화자가 표현한 내용을 문자적으로 이해할 수 있는 해독 과정과 그것의 의도를 이해하는 해석 과정이다. 대부분의 모국어 화자 간의 대화에서는 언어적 이질성이 존재하지 않기에 해독 과정에 대한 문제를 가지고 있지 않으며, 단지 해석 과정에서 발생하는 맥락 정보의 활용에 있어 개인적 차이가 이해와 오해를 가른다. 그러나 다문화 가정에 있어서는 먼저 해독 과정이라는 1차적 과정에서부터 어려움을 갖는다. 이런 이유로 다문화 가정 지원 우선 사업이 언어지원과 관련되어 있다.

〈도표 4〉에서 지역어를 배워야 한다고 대답한 응답자는 58명(73.4%), 배울 필요가 없다고 대답한 응답자는 21명(26.6%)인 것을 알 수 있다. 배워야 한다고 대답한 응답자가 다소 많지만 절대적인 의견은 아니다.

거주 기간에 따라 나눠 보면 거주 기간이 늘어나고 숙달도가 높아질수록 지역어 교육에 대한 필요성을 많이 느끼는 것을 알 수 있다.

〈도표 5〉를 보면 거주 기간이 '1년 미만'과 '1년~3년'인 응답자들은 '아니요'라고 대답한 응답자 가 각각 5명(71%)과 6명(60%)으로 더 많았다.[28]

그러나 이와 같은 결과는 거주 기간이 늘어나 한국어 사용 능력이 좋아질수록 지역어 교육에 대한 필요성을 크게 느끼는 것으로 나타났다. '4년~6년'에 해당하는 응답자는 5명(50%)이 필요하다고 대답했으나 '7년~10년'에 해당하는 응답자는 17명(85%)이, '10년 이상' 거주자는 30명(93.8%)이 필요하다고 답했다.[29]

이처럼 지역에서 사는 거주 기간이 늘어나고 한국어 숙달도가 높아질수록 지역어 교육에 대한 필요성을 느낀다는 것은 이들에게 지역어를

---

28 특히 응답자 중 '1년 미만'인 거주자들은 한국어 사용 능력이 매우 낮아 '지역어'에 대한 개념 자체도 모르고 있었다. 이들은 아직 지역어는커녕 표준어로도 의사소통을 제대로 할 수 없는 상태이므로 이러한 결과가 나타난 것으로 보인다.

29 왜 지역어를 배워야 한다고 생각하는지에 대한 추가 서술 문항에 응답자들은 '가족과 친구의 마음을 알려고', '주변 사람이 자주 쓰니까', '나이 많은 사람들이 많이 사용하니까', '모르겠으니까', '시부모님과 대화하려고', '남편과 잘 이야기하고 싶다', '지역어의 의미를 잘 모르고 사용할 때가 있어서', '지역 사람들의 마음을 알아야 함', '지방에 살고 있고 시골에 갈 때 필요하니까', '그 지방에서의 특징을 표현하는 데 아주 재미있고 좋음', '지역 사람의 마음을 알아야 함' 등을 적었다. 이는 여성결혼이민자들 스스로가 지역어를 알아야 주변인들과 더 잘 소통하고 이해하며 살아갈 수 있다는 점을 느끼고 있는 것을 보여주는 결과이다.

학습시켜야 함을 학습자 스스로가 증명하는 좋은 근거로 볼 수 있다. 지역에 거주하는 학습자들은 표준어 숙달도가 높아질수록 표준어만으로는 소통이 제대로 되지 않음을 느꼈을 것이고 그 결과 스스로 지역어를 습득하게 된 것이다. 이런 이들에게 초급부터 표준어와 함께 지역어를 학습시켜 지역어 사용이 능숙해지는 시기를 앞당겨야 이들에게 발생할 수 있는, 앞서 상술한 문제들을 예방하고 우리 사회에 흡수·통합될 수 있을 것이다.[30]

지금까지 여성결혼이민자 대상의 지역어에 대한 설문 결과를 통해, 이들에게 지역어 교육이 필요하다는 소결론을 제시할 수 있었다. 다음 장에서는 이를 근거로 지역어를 교육할 수 있는 방안에 대해 생각해보고자 한다.

---

[30] 물론 지역어 교육의 시기에 대해서 표준어 습득이 어느 정도 쌓인 중급 수준 이상에서 이루어져야 한다고 지적하는 경우가 있다(이기갑, 2008). 하지만 본고에서는 초급 수준의 학습자들이 이미 일상에서 지역민들과의 소통에서 불편함을 느끼고 있으며 표준어 항목을 다 배운 후에 한꺼번에 중급 이후 지역어만 따로 교수하는 것도 바람직하지 않다고 본다. 이에 초급 수준에서도 표준어의 해당 어휘와 문법이 내재화된 이후 비교적 짧은 기간을 두고 기 학습된 표준어의 어휘와 문법을 지역어와 비교하여 제시하는 방식으로 지역어 교육이 이루어질 수 있다고 판단한다. 이들은 이미 지역민들과 하루의 대부분을 함께하며 생활하고 있으므로 초급 학습자들도 이미 지역어 발화는 매일 듣고 있다. 그러므로 적절한 시기-표준어의 어휘와 문법 항목의 학습이 이루어진 후 이에 대응하는 지역어를 이해할 수 있는 시기-에 적절한 어휘 문법-이미 배워 의미와 사용 환경 등을 알고 있는 항목-을 제시하여 교수해 가는 것이 학습자들에게 학습의 부담을 줄이며 효과적으로 지역어를 학습할 수 있는 방법이라고 생각한다. 때문에 이후 4장에서의 지역어 교육에 대한 서술이 특정 등급에 국한된 서술일지라도 같은 방법으로 다른 등급에서도 지역어 교육이 가능함을 의미한다.

4. 콘텐츠로서의 지역어 활용

이 장에서는 지역어 교육의 방법에 대해 논의하고자 한다.

과학 기술 발달에 의한 정보 통신 기술의 발달은 사회적 변화와 더불어 언어교육의 교수법과 교수 도구의 변화도 일으키고 있다. 일찍이 70년대의 시청각교육에서부터 컴퓨터 지원 학습(CAI; Computer-assisted instruction), 인터넷 기술을 활용하여 사이버 공간에서 학습하는 e-러닝(Electronic learning), 최근에는 PDA나 스마트폰 등을 활용한 모바일 학습(Mobile learning)에 이르기까지 그 형태와 성격을 달리하며 발전하였다. 더불어 광고나 드라마, 영화 등의 콘텐츠를 수업 자료로 활용하여 교수하는 방안도 지속적으로 다루어져 왔다.

이는 외국어로서의 한국어 교육 현장에서도 마찬가지이다. 과거 교수-학습 과정은 교재를 중심으로 교수의 재량에 따라 이루어졌으나, 이후 다양한 교수 도구를 활용하여 학습자의 학습 과정을 유의미하게 돕기 위한 교수 방법에 대한 고민이 끊임없이 이어지고 있다.

2004년부터 2013년까지의 한국어 교육에서 다룬 매체 활용 연구는 총 86편이며, 이중 가장 큰 비율을 차지하는 것은 텔레비전, 영화, 뮤직 비디오 등의 시청각 자료 활용에 대한 연구이다(김정훈, 2014).[31]

한편, 언어교육에서의 시각·청각 자료의 사용은 활자로 이루어진

---

31 김정훈(2014:62~63)에서는 감각 기관을 기준으로 각각 시각, 청각, 시청각 콘텐츠로 나누었다. 이중 신문, 모바일, 책, 컴퓨터 등의 시각 콘텐츠는 총 14편(16%), 노래나 라디오 등의 청각 콘텐츠는 5편(6%), 텔레비전의 드라마, 시트콤, 뉴스, 광고 등과 영화, 뮤직 비디오 등의 시청각 콘텐츠는 677편(78%)이었다. 이중 시청각 자료의 비중이 높은 이유에 대해 텔레비전과 드라마가 자료의 접근성이 높고 그 종류가 다양하고 풍부하다는 점과 학습자의 몰입도 측면에서도 매력적이라는 점을 근거로 들었다.

교과서만을 이용하는 것보다 더 효과적으로 학습자의 동기를 유발시킬 수 있다고 한다.[32](Blake, 1987)[33]

이와 관련하여 앞에서 실시했던 설문의 또 다른 문항을 살펴보자. 〈도표 6〉과 〈도표 7〉은 드라마 시청과 영화의 관람에 대한 응답 결과이다.

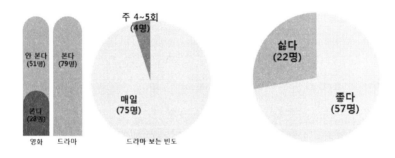

〈도표 6〉 영화나 드라마를 보는 빈도　　　〈도표 7〉 영화나 드라마에서의 지역어 사용

〈도표 6〉은 영화나 드라마를 얼마나 자주 보는지를 보여주고 있는데, 영화를 본다고 답한 응답자는 28명(35%), 드라마를 본다고 대답한 응답자는 79명(100%)이었다. 또한 드라마를 매일 본다고 대답한 응답자가 75명(95%)에 달했고 주 4~5회라고 답한 응답자가 4명(5%)이었다. 이들은 드라마를 통해 한국 문화를 이해할 수 있고 한국어도 배울 수 있으며 무엇보다도 재미있기 때문에 드라마를 자주 본다고 대답했다.

---

32 실제 의사소통 환경에서 듣고 말하는 것이 중요한 지역어는 구어 중심으로 사용되므로 교재로만 수업하는 것은 한계가 있다. 또한 시청각 자료를 이용하는 것이 실제 의사소통 환경과 가장 비슷하므로 시청각 자료의 이용은 당연한 것이다.

33 유영미·최경희(2007:509)에서 재인용.

〈도표 7〉은 영화나 드라마와 같은 미디어에서 지역어를 사용하는 것에 대한 설문 결과이다. 설문에 응한 총 79명의 여성결혼이민자 중 57명(72.2%)이 드라마나 영화에서 지역어를 사용하는 것에 대해 '좋다'고 대답하였다. 그 이유에 대한 문항에는 '지역의 특성을 나타낼 수 있어서 좋다'와 '다른 지역의 지역어가 궁금하고 재미있다', '그 지역 사람들이 쓰는 말이니까', '다른 지역의 지역어를 배울 수 있어서', '지역어가 있으면 안 된다는 생각이 들지 않아서' 등의 답이 가장 많이 나왔다.[34] 이러한 응답에서 응답자가 모두 지역어가 지역민의 생활과 맞닿아 있다는 점을 인지하고 있음을 알 수 있으며 지역어에 대한 긍정적인 태도와 학습에 대한 의지도 엿볼 수 있었다.

이에 이들에게 생활 속에서 자연스럽게 의사소통을 하며 지역민과 함께 살아갈 수 있도록 지역어 교육이 필요함을 다시 한 번 인식하면서 지역어 교육 방안에 대해 고민해 보고자 한다.

1) 드라마 속 지역어의 활용

지역어 교육의 효과를 높일 수 있는 방법에는 여러 가지가 있겠지만 그중에서도 학습자들이 흥미를 가지고 학습에 임할 수 있도록 돕는 것이 가장 중요하다고 할 수 있다. 교육적 의의를 가진 여러 콘텐츠가 있겠지만 학습자들의 접근이 용이하면서도 학습자 스스로 긍정적으로 인식하는 것, 의사소통적 맥락을 함의하며 지역어의 자료가 풍부한 것

---

[34] 그 외에도 '드라마에 나오는 장소가 시골이니까', '지역의 향기를 느낄 수 있으니까', '맛깔스러워서', '정이 느껴짐', '편하다', '지역어가 없으면 자연스럽지 않다', '지역어는 따뜻한 느낌이 난다' 등의 응답도 있었다.

을 선택해야 할 것이다.

이에 본고에서는 먼저 시청각 자료 중 학습자들의 접근이 용이하여 쉽게 이용할 수 있고 스스로 찾아서 볼 정도로 호감도가 높은 드라마에 나타나는 지역어 콘텐츠를 활용하여 지역어를 교육하는 방안에 대해 논의해보고자 한다.[35] 그중 본고에서는 최근 과거 문화에 대한 관심과 함께 지역어에 대한 관심을 집중시키며 큰 사랑을 받았던 드라마 '응답하라 1994'를 활용하는 방안을 제시하고자 한다.[36]

'응답하라 1994'에서 가장 자주 들을 수 있는 지역어 중의 하나는 바로 '맞나'이다. '맞나'는 경상남도에서 사용하는 지역어 중의 하나인데 이것을 이해하려면 먼저 경상도 지역 방언의 의문형 문장의 특징에 대해 알아야 한다.

경남 방언에서 의문사가 있는 경우 어미에 '-노' 또는 '-고'를 사용한

---

[35] 드라마에 나온 모든 것이 학습의 대상이 될 수는 없다. 그러므로 드라마의 전체를 무분별하게 제시하는 것이 아닌 교사의 계획에 의해 선별된 부분을 의도를 가지고 제시해야 할 것이다. 어떤 항목을 가르칠 것이고 어떻게 제시할 것인지에 대한 판단은 교사의 몫이므로 콘텐츠를 활용하는 수업에서는 그만큼 교사의 역할이 중요할 것이다. 교사가 목표한 영상만을 편집하여 적절하게 반복 제시하여야만 유의미한 학습이 이루어질 수 있을 것이다.

[36] '응답하라 1994'에서는 경상남도, 전라남도, 충청북도 출신의 인물들이 각 지역어를 사용하며 대화하는 장면이 자주 나오기 때문에 지역어 교육에 적절할 것으로 판단하였다. 물론 드라마의 특성상 비속어나 10대들이 자주 사용하는 은어 등이 자주 나타나지만 오히려 실제 의사소통 현장에서 들을 수 있는 지역어와 유사하다고 생각하였다. 한편, 이 드라마에서는 '싸게 싸게 하자잉', '왐마 허버 춥다잉', '포도시 넘어갔구마' 등의 전라도 지역어나 '오늘 좀 대간해서유', '아 기여?', '잔돈은 퇴주유', '짱하게 왜 이러는겨' 등의 충청도 지역어도 등장하지만 주인공들이 경상남도 출신이기 때문에 상대적으로 경상도 지역어의 비중이 높다. 이에 본고에서는 문화콘텐츠로서의 드라마 속의 지역어 예시는 '응답하라 1994'에 나온 일부 경상남도 지역어만을 제시하고자 한다. 그러나 이를 실제 교육 현장에서 활용할 때 경상남도 지역어에만 한정해야 한다는 것은 아니며 이러한 형식으로 다른 드라마도 활용할 수 있음을 제시하는 것이다.

다. 예를 들어 '뭐라카노?'는 '무엇이라고 했노?'의 줄임말로, '무엇'이라는 의문사가 있는 문장이므로 어미에 '-노'를 사용하였고 '누구의 책이니?'라는 문장은 '누 책이고?'라고 한다. 또 의문사가 없는 경우에는 어미 '-나'를 사용하는데 '비가 오니?'라는 문장은 '비 오나?'가 된다. 즉, '맞나'는 '맞아?'의 경상도 지역의 의문사가 없는 의문 표현이다.

〈대화1〉	〈대화2〉
칠봉 : 내가 라면만 십 년째 끓였거든. 나정 : 맞나. 칠봉 : 초등학교 3학년때부터 끓였다. 나정 : 맞나. 칠봉 : 아 근데 오늘 저녁도 너가 하는거야? 나정 : 맞나.	해　태 : 일찍 가야 해. 삼천포 : 맞나. 해　태 : 맞지 않아야. 맞나 그것 좀 그만 해. 삼천포 : 맞나.

'맞나'는 상황에 따라 다양하게 사용되는데 첫 번째로 상대방의 말에 반응하는 경우이다. 이 경우에 '응'이라는 추임새일 수도 있고 '정말이야?', '진짜?' 등처럼 놀라는 의미의 반응이 될 수도 있다. 두 번째는 상대방의 '맞다' 또는 '맞지 않다'라는 응답을 기대하는 '맞아요?'라는 질문이 될 수 있다. 이와 같은 의미는 실제 발화 상황에서 맥락을 이해하면서 의미를 유추해야 의사소통에 장애가 생기지 않고 대화할 수 있다.

하지만 여성결혼이민자들은 교재나 수업 시간에 '맞나'라는 단어의 활용을 배운 적도 없을뿐더러 그 의미도 모르기 때문에 의미를 이해하는 데에 어려움이 예상된다. 〈대화1〉은 칠봉의 질문에 앞의 두 번은 '그래?' 또는 '진짜?'로 마지막에서는 '응'이라는 대답을 한 것이다. 〈대화2〉는 '맞나'의 의미를 몰라 의사소통에 문제가 생긴 예이다. 〈대화2〉에서 '해태'는 '맞나'를 추임새로 사용하고 있지만 '삼천포'는 이를 모르기 때문에 화를 낸다. '해태'는 '맞나'를 어휘적 의미인 '맞다'에서 유추하고 '맞다', 또는 '맞지 않다'를 생각하지만 '삼천포'는 모두 '응', '그래', '알겠어'의 의미로 사용하고 있다. 아래 〈대화3〉을 통해 단어 학습의 예를 살펴보자.

〈대화3〉

쓰레기 : 니 오늘도 학교 안 나오모 니 내 손에 죽는다이. 어디 삐대하그르.
빙그레 : 뭐라 시는 거?
삼천포 : 어디서 삐딱하게.
쓰레기 : 통역하지 마!

〈대화3〉에 보인 '삐대하다'는 '건방지다, 삐딱하다' 등의 의미를 지닌 단어이다. 그런데 '빙그레'는 '쓰레기'가 사용하는 어휘의 의미를 몰라 당황한다. 이는 드라마를 보는 다른 지역민들도 같았을 것이다. 이 드라마는 여러 지역의 학생들이 한 하숙집에 모여 각 지역어를 사용한다는 설정이 있기 때문에 등장인물들 간에 소통이 안 될 경우, 위와 같이 추가 설명을 등장인물이 직접 해주는 경우가 많다. 이 점은 이 드라마가 교육적 자료로 활용될 수 있는 적절한 이유 중의 하나가 된다.

이 외에도 어미의 활용과 지역어의 특수한 어휘를 알 수 있는 대화가 다수 나온다. '첫째도 건강, 둘째도 건강이니께', '얼라도 아니고 그거 하나 못 찾으믄 되겠습니꺼', '하지 말라 캤지', '고마 잠이나 처 자지.', '와 이라노.', '니 진짜 단디해라!' 등의 대사가 계속 이어지기 때문에 드라마에서 위와 같은 대화를 추출해 학습자들에게 '교육용 지역어 콘텐츠'로 활용하기에 어렵지 않을 것이며 이 같은 방법은 드라마에 대한 호응도가 높은 학습자들이 흥미를 갖고 학습할 수 있는 동기부여가 될 것이다.

물론 위에서 예시로 제시한 '맞나'나 '삐대하다'라는 어휘를 교재에서 어휘적 의미로 설명할 수도 있다. 하지만 이와 같은 경우에는 예시나 의미 설명만으로는 그 의미를 충분히 이해하기 어려울 것이다. 설령 의미를 이해했다고 하더라도 어떻게 사용해야 하는지 잘 알 수 없으며 이런 경우 사용하지 않거나 실제 의사소통 현장에서 들었을 때 스스로 한 번 더 의미를 유추하며 활용하는 법을 배우는 경우가 많을 것이다.

그러나 이를 드라마 속의 대화 상황을 빌려와 통으로 제시하는 과정을 미리 겪은 학습자들은 '맞나'의 의미와 함께 사용 상황과 사용되는 발화의 예, 그리고 잘못 소통되는 예시까지 다 이해할 수 있을 것이다. 또한 드라마를 이미 봐서 내용을 알고 있거나 드라마에 흥미를 느끼기 시작한 학습자는 이에 대해 긍정적으로 반응하며 학습 자료를 대할 것이기 때문에 학습에 대한 몰입도가 높을 것이며 그만큼 효과도 좋을 것이라고 예상한다.

또한 지역어 교육에서 의미, 사용 환경, 대화의 맥락 등과 함께 빠져서는 안 될 것 중의 하나가 바로 '발음과 억양'이다. 그런데 위와 같은 드라마를 활용하여 대화 상황을 제시할 경우 실제적 발음과 억양도 듣고 배울 수 있다는 장점을 지닌다.

이에 본고에서는 드라마 '응답하라 1994'를 활용한 지역어 교육 방안에 대해 다음과 같이 제안한다.

1) 드라마 속의 등장인물들이 사용한 지역어를 대화 상황을 고려해 추출한다.
2) 학습자들에게 의미를 알려주지 않고 보여준다.

3) 학습자들에게 제시된 영상이 어떤 상황인지, 이를 통해 제시된 영상에 나오는 지역어는 어떤 의미일지 추측하게 한다.

4) 교사는 목표 문법이나 어휘를 칠판에 적어 학습자들에게 집중해야 할 것을 알려주고 다시 한 번 보여준다.

5) 이후 문법적 활용 방법이나 사용 환경, 어휘의 의미 등을 제시하고 다시 보여준다.

6) 발음과 억양에 집중하여 따라하게 한다.

7) 더 다양한 예와 활용 방법을 제시한다. 가능하다면 드라마 속의 다른 상황에서 사용하는 대화를 더 보여준다.

1)의 과정은 교사의 역할이 중요할 것이다. 드라마를 꼼꼼하게 보고 필요한 부분을 최대한 맥락을 고려하여 의미 상황을 유추할 수 있는 길이로 편집하여 제시하여야 한다. 그리고 가능하다면 하나의 지역어 형태에 대해 2~3개 정도의 드라마 속의 다른 상황을 다룬 영상을 준비하여 7)에서 더 제시할 수 있어야 한다.

2)의 과정에서 학습자들은 시각과 청각을 통해 들어오는 정보를 활용하여 맥락을 고려해 의미를 유추할 것이다. 이와 같은 과정은 학습자들이 교실 밖 실제 의사소통 현장에서 겪을 수 있는 과정과 거의 동일하다. 그러므로 이때에는 최대한 스스로 의미를 유추하고 발견할 수 있도록 기회를 준다. 이후 3)의 과정에서 학습자들의 예상을 듣고 교사가 의미 교정을 해 준다.

4)의 과정에서는 반드시 목표, 학습 요소가 무엇인지 인지하도록 하며 학습자들 스스로 이후 교사가 없는 실제 발화 상황에서 이 과정을 겪을 수 있도록 도와야 한다. 5)의 과정을 통해 영상을 반복해서 봄으로써 발음, 억양뿐만 아니라 의미까지 스스로 이해하도록 한다. 6)에서는

교사가 발음과 억양을 자연스럽게 발화할 수 있도록 교정해주며 7)을 통해 내재화시킬 수 있는 기회를 제공한다.

위와 같은 과정을 통해 지역어의 사용 환경과 의미, 발음, 억양 등을 실제 발화와 가장 비슷한 영상을 반복해서 시청하며 배울 수 있다는 점에서 드라마를 활용한 지역어 학습 방법은 장점이 많다. 특히 맥락에 따라 의미가 달라지는 점, 실제 발화 상황에서 맥락을 고려한 의사소통을 위해 스스로 의미를 유추하고 사용해야 한다는 점에서 드라마 속에 등장하는 지역어를 교육적 도구로 활용하는 것은 가치가 있다고 생각한다.

그러나 제시한 지역어의 등급 설정 문제, 편중된 지역어 사용, 모든 내용을 이해하기 위해서는 결국 시간 분량이 긴 드라마의 첫 회부터 마지막까지 모두 봐야 한다는 점의 문제를 예상할 수 있다. 이를 해결하기 위해 기본 어휘, 문법 항목을 활용하여 교육용 지역어 콘텐츠를 개발하는 방안 또한 제시하고자 한다.

2) 전남 지역어를 사용한 교육용 콘텐츠 개발

전남 지역어는 아직까지 드라마나 영화에서 비속어 이외에는 큰 주목을 받지 못하고 있다. 또 학습자들의 접근 용이성과 호감도를 반영하여 드라마를 이용한다는 장점도 있지만 매 회 연결해서 봐야 드라마의 전체적 내용을 이해할 수 있다는 점에서 드라마 속의 '지역어 콘텐츠'만을 활용하기에는 한계가 있다. 또한 드라마 속에 나타나는 지역어의 난이도 설정이 어렵기 때문에 각 단계별 방언을 나누는 것도 문제이다.

이러한 점을 보완하기 위해 앞에서 제시한 '드라마 속의 지역어 콘텐츠를 활용하는 방안'과 함께 '교육용 지역어 콘텐츠 개발 방안'도 함께 제시하여 이를 혼용하여 사용하거나 적절하게 수정·편집하여 사용할 것을 제안한다. 이를 위해 본고는 전남 지역의 초급과 중급의 방언 내용 목록(이기갑, 2008:200)을 참고하여 지역어 콘텐츠를 개발할 것을 제안한다.[37]

〈표 3〉 초급 방언과 중급 방언의 내용

	초급	중급
ㅔ→ㅣ	ㅔ→ㅣ	
움라우트	동사 내부의 움라우트	명사 내부 및 낱말 경계의 움라우트
구개음화		ㄱ-구개음화
토씨	배끼, 라우, 할라, 에가	보당, 맹이
씨끝	-는디, -을라고, -응께, -드만	
부정법	-지 안허다	-도(/-들/-든) 안허다, 잔히어?
인용토씨	ㄱ	
어휘	긍께, 묵다, 난중, 펭야, 따무레, 우, 위매, 즈그	댕이다

〈표 3〉은 시어머니와 남편의 실제 발화를 분석한 목록이다(이기갑, 2008:200). 위에서 나타난 문법 항목과 어휘는 전남 지역에서 자주 사용하는 것들이지만 표준어와는 사뭇 다른 양상을 보이므로 지역어 교육

---

[37] 하지만 (이기갑, 2008:200)에서 나눈 초급과 중급의 내용 목록이 절대적인 것은 아니다. 교육용 영상 콘텐츠에 포함된 어휘의 수준과 내용의 이해도 역시 중요한 기준이 되며 '얼마나 많이 포함되어 있는가' 또한 중요한 기준이기 때문이다. 〈표 3〉은 급별 수준이 아닌 각 문법과 어휘 요소를 항목화하여 제시한 것에 주목하여 활용한다. 위 표에서는 중급으로 제시되었지만 표준어 교육에서 학습된 것이라면 초급에서 제시되어도 무방하다. 즉, 학습자가 학습하고 있는 교재의 순서를 기준으로 위 〈표 3〉을 참고하여 기 학습된 요소를 추출하여 해당 학습자에게 교수하는 것이 바람직할 것이다.

시 꼭 참고해야 할 목록이다. 이를 활용하여 재미도 있고 교육적 가치를 지닌 콘텐츠를 제작한다면 학습자들에게 큰 도움이 될 것이다. 하지만 어려운 내용이나 낯선 내용으로 제작한다면 학습의 장벽을 높이는 요인이 될 수 있기 때문에 쉽고, 재미있으면서 누구나 다 잘 알고 있는 짧은 이야기를 활용하는 것이 좋을 것이다.

이에 본고에서는 콩쥐 팥쥐, 선녀와 나무꾼 등의 전래 동화를 활용하는 방안을 제안한다. 콩쥐 팥쥐나 선녀와 나무꾼 같은 전래 동화는 전 세계적으로 비슷한 내용의 동화가 많기 때문에 학습자들이 내용을 잘 이해할 수 있다. 이는 지역어가 다소 어려울 때 내용을 추측하는 것을 돕기 때문에 학습에 효과적일 것이라 생각한다. 그러나 콘텐츠를 개발하는 데에는 시간과 비용이 많이 들 것이다. 이에 실제적으로 개발이 되기 전까지 활용할 수 있는 대체 자료가 비교적 많기 때문에 이를 활용하는 것이 좋겠다. 이중 본고에서는 주니어 네이버에 아이들을 대상으로 제작돼 무료로 배포하고 있는 전래동화 영상 콘텐츠를 활용하는 방안에 대해 서술하고자 한다. 적절한 콘텐츠가 제작되기 전에는 기존 영상 콘텐츠의 영상은 그대로 두고 소리는 지운 후 지역어로 된 대본을 따로 만들어 사용하는 것이 좋을 것이다.

콘텐츠를 개발하려면 애니메이션이나 영화 제작자들이 위의 내용을 가지고 지역어를 사용하여 연기를 하거나 더빙을 하면 된다. 그런데 한 지역어만을 위한 콘텐츠보다는 영어 판, 중국어 판처럼 하나의 영상물에 각 지역어를 더빙하여 전라도 판, 경상도 판, 충청도 판, 제주도 판 등을 만들어 내는 것이 더 효율적이라 생각된다.[38] 따라서 콘텐츠

---

[38] 전문적인 콘텐츠 개발에 앞서 한국어 교육을 위한 온라인상의 콘텐츠 공유 사이트를

개발에 있어 애니메이션을 만든 후 지역어를 자유자재로 구사할 수 있는 사람에게 각 지역 판의 더빙을 맡겨 하나의 영상 콘텐츠를 여러 지역어를 더빙하여 활용할 수 있도록 해야 할 것이다. 이 과정에서는 기초 연구가 진행되어 단계별 문법과 어휘의 항목이 제시된 이후에 이를 참고하여 대사를 구성하여 제작해야 할 것이다. 이후 콘텐츠 자체 제작이 가능하다면 그 대본에 맞춰 새로운 영상을 추가하면 된다. 본고 에서는 이기갑(2008:200)에 제시된 전남 지역어 내용 목록을 제시하고 이후 전남 지역어를 사용한 콘텐츠를 제작할 때 참고할 것을 제안한다. 아래 〈표 4〉는 영상 콘텐츠를 지역어 수업으로 활용하도록 수업 방안 의 틀을 제안하고 주니어 네이버의『콩쥐 팥쥐』의 대사를 분석하여 목표 어휘와 문법을 일부 제시해본 것이다.

〈표 4〉 지역어로 된 콘텐츠의 수업 활용 방안

단원명	영상 콘텐츠로 배우는 지역어	단계	중급[39]
본시 학습 목표	1. 지역어를 사용한 해당 콘텐츠의 내용을 이해한다. 2. 들은 내용을 지역어를 사용하여 전달할 수 있다. 3. 지역어를 사용하여 해당 영상 콘텐츠에 더빙하는 연기를 할 수 있다.		
자료 및 준비물	지역어 콘텐츠, 문법 설명지, 연습지	수업 시수	100분

개설한다면 더욱 도움이 될 것이다. 각 지역에서 여성결혼이민자들을 대상으로 수업을 하는 기관이 많으므로 이런 사이트가 있다면 각 지역에서 지역어를 활용한 대본 등을 공유해 더욱 빠르게 작업할 수 있으며 후에 완성본의 질을 높이는 데에도 도움이 될 것이다. 물론 완성한 이후 배포·사용에도 좋은 통로가 될 것이므로 교사들의 적극적인 참여 안에서 활용한다면 좋은 방안이 될 것이다.

39 본고에서 제시한 수업 방안은 구체적이고 실제적인 방안이라기보다는 대략적인 방향을 제시하는 기본 수업 방안이다. 이는 영상 콘텐츠를 활용한 수업에서 적절하게 수정· 활용될 수 있을 것이다. 그중 본고에서는 주니어 네이버에서 제공하는『콩쥐 팥쥐』에서 대본을 추출하여 몇 가지 예시만 들어 보았다. 아래에서 제시한『콩쥐 팥쥐』목표 문법은

단계	교수-학습 과정	시간
도입	인사하고 출석을 확인한다. 수업 목표가 되는 전래 동화의 이야기를 아는지 묻는다. 모른다면 간단하게 해주고 안다면 학생이 설명하게 한다.	10분
제시	지역어를 배워야 함을 목표로 제시한 후 동영상 일부를 틀어준다. (자막 포함) 다 보고 나서 본 내용을 말하게 하여 이해 정도를 파악한다. 목표 어휘[40]가 나올 때 영상을 멈추고 의미를 추측하게 한 뒤 다시 본다. 목표 어휘, 문법[41]을 칠판에 적고 따라 읽게 한 후 의미와 용법 등을 설명한다. 제시된 어휘, 문법이 나온 부분을 다시 한 번 보여주고 예시를 더 들어준다. 의미와 용법의 이해가 된 후 그 부분을 다시 보면서 따라 읽어보게 한다. 교사는 학습자들이 발음이나 억양을 자연스럽게 따라하도록 한다.[42]	20분
연습	목표 문법과 어휘 부분이 숙지가 되면 전체 영상을 다시 보여준다. 중간 중간 교사가 동영상을 끊어 모르는 어휘나 표현은 설명한다. 이야기를 나눈 후 지역어를 사용하여 들은 내용을 전달한다. 학습자들에게 대본을 나눠주고 한 번씩 읽어보게 한다. 교사는 돌아다니면서 학습자들의 발음과 억양을 교정해준다.[43]	20분
활용[44]	6명씩 조를 짜고 각 조마다 배역을 나눈다. 소리를 끈 채 영상을 틀고 학습자들이 각자의 대사를 연습하도록 한다. 약 10분 후 각 조별로 나와서 영상을 틀어 놓고 더빙 연기를 시켜본다. 연기가 끝난 후 역할 별로 누가 가장 자연스럽게 잘 했는지 이야기해 본다. 가장 잘 한 역할들만 모아서 한 번 더 시켜본다.	40분
마무리	오늘 배운 지역어의 문법과 어휘를 다시 칠판에 적고 표준어로 말하게 한다. 교사는 대본에 있었던 문장을 읽고 학습자들의 이해 정도를 확인한다. 학습자들에게 오늘 배운 지역어를 활용하여 인사하는 방법을 알려주고 지역어로 인사하고 과제를 제시한다.	10분

이기갑(2008)에서는 시어머니, 남편과의 대화에서 얼마나 자주 사용하는가를 기준으로 초급으로 나누고 있다. 그러나 본고에서는 아래와 같은 이유를 근거로 중급으로 설정하고자 한다. 첫째, 지역어 교육에서는 표준어 교육이 선행된 이후 표준어와 비교해 가며 수업하는 방식이 효율적이라 판단한다. 그런데 목표 문법으로 추출한 문법 중 표준어에서 '-이에요/예요'는 이미 학습했지만 '-(으)ㄴ데', '-(으)ㄹ 테니까' 등은 중급 이후에 학습하게 된다는 점은 이 수업을 중급에서 이 같은 문법을 학습한 이후 학습해야 한다는 것을 말한다. 둘째, 전래동화의 특성상 일상적으로 자주 사용하지 않는 농사 관련 어휘가 나타나는데 이는 '일상생활'을 주제로 학습하는 초급 교재에 준하여 보면 다소 어려울 것으로 예상된다. 셋째, 보고 들은 내용을 전달하는 방식 또한 초급보다는 중급에서 효과적인 수업이다. 이 때문에 본고에서는 이 수업 방안을 '중급' 학습자를 목표로 계획하였다. 하지만 이후 다른 전래동화를 이용하여 새로운 수업 방안을 제시할 때는 그 안에 포함된 어휘나 문법 요소에 따라 단계가 달라질 수 있을 것이다.

위 과정을 통해 수업을 진행하면 지역어에 대한 심리적 장벽도 낮추고 학습에 대한 흥미와 몰입도를 높여 지역어를 재미있게 학습할 수 있을 것이다. 또한 반복 시청과 대본 연습의 과정에서 지역어가 사용된 상황과 맥락적 의미를 자연스럽게 체득할 수 있을 것이다. 이 과정에서 발음과 억양이 자연스럽게 습득되는 부수적인 결과도 함께 얻을 수 있다는

---

40 주니어 네이버에서 제공하는 『콩쥐 팥쥐』에서 추출한 목표 어휘는 '독-도가지, 호미-호멩이, 괴롭다-성가시다, 안타깝다-짠하다, 아니(감탄사)-워매' 총 4개이다. 이중 일부 어휘는 표준국어대사전에서 전라도 지역어로 등재되어 있지 않다. 하지만 전라 지역, 특히 광주에서 자주 사용한다고 판단되는 어휘이므로 포함하고자 한다.

41 본고에서 『콩쥐 팥쥐』의 대본에서 추출한 목표 문법은 '-라우, -는디, -응께, -드만'이다. 대본에서의 예로는 '난 옥황상제님이 보내신 선녀라우.', '하지만 쌀도 찧어 놓아야 하는디요.', '내가 도가지에 들어가서 깨진 곳을 막을 랑께 물을 채워.' '성가시게 해서 쫓아낼라고 했드만…….' 등이 있다.

42 유현정(2013:496)에 따르면 발음교육의 두 가지 접근법에는 '직관적-모방적 접근법'과 '분석적-언어적 접근법'이 있다. 전자는 학습자들에게 명시적인 정보를 제공하지 않고, 목표어의 소리와 리듬을 모방하고 청취하게 하는 방법으로 듣고 따라할 수 있는 원어민의 발음과 같은 모델이 전제가 된다. 보통 오디오, 비디오 등을 사용하며 원어민의 발음에 노출시켜 그것을 모방하는 방식으로 학습을 진행해 나가는 방법이다. 후자는 음성기호, 조음기술, 발성기관 도표, 대조정보와 더불어 청취, 모방 등 소리 생성에 도움이 되는 정보와 자료를 이용하는 방법으로 명확하게 목표어의 소리를 들려주고 주의를 기울이게 하는 방법이다. 본고에서는 일상생활에서 지역민들의 발화를 이해하고 이들과 함께 의사소통하게 하는 것이 목표이므로 전자의 방법을 택한다. 이에 자연스럽게 노출되는 발화, 즉 『콩쥐 팥쥐』의 대본을 실제 광주·전남 지역어를 사용하는 사람이 자연스럽게 녹음하여 만들어진 목표어를 들려주고 이를 모델로 소리와 리듬을 모방하게 한 후 교사가 일대일로 교정해주는 방법으로 지역어 교육에서의 발음, 억양 교수를 시행하도록 한다.

43 허용 외(2005:133)에 따르면 교사가 학습자의 발음을 평가하여 적절하게 칭찬하거나 지적하는 것은 발음 교육의 효과를 높일 수 있다고 한다. 그러므로 교사는 학습자의 발음과 억양에 주의하고 1:1 교수 시 즉각적으로 적절한 칭찬과 개선할 점을 구체적으로 설명하고 다시 발음을 들려줌으로써 학습자의 발음과 억양의 학습 효과를 높인다.

44 이 과정에서 학습자는 지역어를 재미있게 배울 수 있으며 발음이나 억양 등을 자연스럽게 발화하는 법을 배운다.

장점도 있다. 이는 의사소통 능력의 함양이라는 궁극적 목표를 지닌 지역어 교육에서 꼭 이행되어야 할 과정이라고 본다. 물론 실제 발화와 가장 비슷한 '자연스러운 지역어 발음과 억양'을 위해 녹음 과정에서 과장되게 연기하지 않고 최대한 실제 발화처럼 녹음해야 할 것이다.

위에서 제시한 방안을 끝으로 구체적인 지역어 전체 대본은 추후 전문가들과 함께 논의되어야 할 과제로 남긴다. 이에 콘텐츠 제작 전에 기존의 영상을 활용하여 수업을 진행하게 될 것인데 이 경우 영상에서 제시된 대본을 그대로 사용하는 것을 지양해야 함을 밝힌다. 가능하면 빠른 시일 내에 더욱 실제적이고 맥락을 함의한 영상의 제작이 꼭 이행될 것을 바란다. 또한 이후 전남 지역의 지역어뿐만 아니라 경상도나 충청도, 제주도 지역의 지역어 기초 자료를 토대로 교육용 콘텐츠를 개발하여 수업에 활용할 수 있는 기초 연구가 계속 진행되기를 소망한다.

5. 결론

국제결혼에 의한 이주자가 늘어나고 있는 추세 속에서 여성결혼이민자들의 한국 문화와 한국어에 대한 교육의 문제가 대두되고 있다. 특히 이들이 거주하는 지역은 서울이나 수도권보다는 타 지역인 경우가 많다는 점에서 의사소통적 측면의 지역어 교육의 필요성이 요구된다. 지역어는 그 지역의 사회적·역사적·문화적 요소와 함께 살아 숨 쉬며 존재한다. 이 때문에 이들이 거주하는 해당 지역의 지역민들과 제대로 소통하고 정착하려면 지역어를 이해하고 사용하는 능력은 필수적이라 할 수 있겠다.

　이에 본고에서는 여성결혼이민자를 대상으로 의사소통적 측면에서 지역어 교육의 필요성에 인지하고 이들에게 지역어를 교육하는 방안에 대해 논의하였다. 이를 위해 광주광역시에 거주하는 여성결혼이민자 총 79명을 대상으로 지역어 교육에 대한 설문을 진행하였다. 이를 근거로 지역어 교육의 필요성을 인지하고 이들에게 지역어를 교육하는 방안을 총 두 가지를 제시하였다. 그 첫 번째는 드라마 '응답하라 1994'에 나타나는 '지역어 콘텐츠'를 활용하여 교육시키는 방안이다. 지역어 교육의 두 번째 방안은 '교수용 지역어 콘텐츠 개발'이다. 이를 위해 문법과 어휘의 목록은 이기갑(2008:200)에서 제시한 전남 지역의 초급과 중급의 방언 내용을 참고하고 내용은 콩쥐 팥쥐, 선녀와 나무꾼 등 잘 알려진 전래 동화를 활용하여 개발할 것을 제안하고 콩쥐 팥쥐에 나타난 지역어 목록을 일부 제시해 보았다.

　위와 같은 교육용 콘텐츠의 개발과 활용을 통해 학습자들은 활자 교재에서 얻을 수 없는 의사소통적 맥락과 시각적 장치를 활용해 즉각적으로 이해하고 의미를 유추해가며 학습할 수 있을 것이다. 또한 이 과정에서 실제적인 발화 자료를 통해 발음이나 억양에 대한 자연스러운 학습도 가능할 것이라 생각된다.

　다만 첫 번째 드라마에 나타난 지역어를 활용하는 방안은 드라마 대본에 나타난 지역어의 등급 설정 문제와 특정 지역의 지역어의 비중만 높다는 점 때문에 모든 지역에서 활용할 수 없다는 점, 이를 활용하여 지역어 콘텐츠를 편집, 제작할 때 시간이 다소 많이 걸릴 수 있다는 점이 문제가 될 수 있다. 또한 두 번째 방안에서 구체적인 지역어로 만들어진 대본을 모두 제시하지 못했다는 점은 본고가 가진 한계이다. 하지만 지역에 거주하는 여성결혼이민자들에게 지역어 교육이 적절한 시기에 이행되어야 함을 인지하고 지역어를 즐겁게 학습할 수 있는 방안에 대해 고민해 본 점에서는 의미를 가질 수 있을 것이라 생각한다. 또한 본고에서 제시한 방안을 토대로 수업을 구성하거나 콘텐츠를 제작하는 등 이와 관련된 수업 방안에 대한 고민이나 연구가 계속 진행된다면 여성결혼이민자들이 지역민들과 융화되어 한국 사회의 한 구성원으로 당당하게 적응해 나가는 데에 작게나마 도움이 될 수 있을 것이라 생각한다. 이에 이들을 대상으로 하는 다양한 방법의 지역어 교육에 대한 고민이 이루어지기를 소망한다.

이 글은 지난 2015년 중앙어문학회에서 발간한
『어문론집』 제62집에 게재된 것이다.

참고문헌

강승혜, 「재미교포 성인 학습자 문화프로그램 개발을 위한 요구 조사 분석연구」, 『한국어교육』 제13권 1호, 국제한국어교육학회, 2002, 1~25쪽.

강현석 외, 『사회언어학 : 언어와 사회, 그리고 문화』, 글로벌콘텐츠, 2014.

고상미, 「전남지역 여성결혼이민자를 위한 방언 교육 연구」, 전남대학교 대학원 석사학위논문, 2013.

김경령·이홍식·문금현, 『다문화 가족 국어 사용 환경 기초 조사』, 국립국어원, 2011.

김미혜, 「사회·문화적 문해력 신장을 위한 방언의 교육 내용 연구 – 문학 텍스트를 중심으로」, 『선청어문』 33, 서울대학교 국어교육과, 2005, 401~427쪽.

김봉국, 「사회문화적 의사소통과 국어교육; 지역방언과 국어교육」, 『국어교육학연구』 35, 국어교육학회, 2009, 65~86쪽.

김순자, 「제주지역 결혼이민자의 한국어 교육 현황과 과제」, 『영주어문』 26, 영주
　　　어문학회, 2013, 91~126쪽.

김정훈, 「한국어 교육에서의 매체 활용 현황 및 발전 방향」, 『국제한국어교육학회
　　　춘계학술발표논문집』, 국제한국어교육학회, 2014, 61~67쪽.

박경래, 「결혼이민자를 위한 방언 한국어 교재의 필요성 고찰」, 『우리말글』 48,
　　　우리말글학회, 2010, 85~118쪽.

＿＿＿, 「지역어 조사·보존의 방법론」, 『새국어생활』 제20권 3호, 국립국어원,
　　　2010, 23~41쪽.

서은지·이태영, 「전라남도 고흥 방언의 특징」, 『동국어문학』 14, 동국어문학회,
　　　2002, 365~384쪽.

안주호, 「한국어 교육에서의 표준어와 지역 방언 : 경북지역을 중심으로」, 『한말연
　　　구』 21, 한말연구학회, 2007, 143~165쪽.

우창현, 「결혼여성이민자 대상 불규칙 활용 교육 방법 : 제주 방언을 중심으로」,
　　　『어문논총』 56, 한국문학언어학회, 2012, 95~113쪽.

유영미·최경희, 「한국어문학 교육학에 있어서의 매체 활용 방향」, 『국제한국어교
　　　육학회 학술대회논문집』, 국제한국어교육학회, 2007, 507~528쪽.

유현정, 「한국어 교재의 발음교육 방안 연구 – 발음교육의 내용과 방법을 중심으
　　　로-」, 『한성어문학』 32, 한성대학교 한성어문학회, 2013, 489~511쪽.

이기갑, 「농촌 지역의 이주 외국인 여성들을 위한 방언 교육 – 전라남도 지역 여성
　　　들을 중심으로」, 『한글』 280, 한글학회, 2008, 165~202쪽.

＿＿＿, 「국어교육과 방언」, 『국어교육학연구』 35, 국어교육학회, 2009, 5~31쪽.

이태영, 「전북방언 문법연구의 현황과 과제」, 『전라문화논총』 5호, 전북대학교 전
　　　라문화연구소, 1992, 35~64쪽.

＿＿＿, 「지역어의 문화적 가치」, 『새국어생활』 20권 3호, 국립국어원, 2010, 87~
　　　99쪽.

전은주, 「국제 도시 부산에서의 한국어 교육 실태와 발전 방안 연구 : 지역 특성을
　　　고려한 학습자 중심의 한국어 교육과정 개발을 중심으로」, 『한국어교육』
　　　14, 국제한국어교육학회, 2003, 361~397쪽.

조경순, 「지역어의 가치와 접목에 대한 고찰」, 『지역어와 문화가치 학술총서』 1,
　　　2014, 11~39쪽.

차윤정, 「지역어의 위상 정립을 위한 시론 – 1930년대 표준어 제정을 중심으로 –」, 『우리말연구』 25집, 우리말연구회, 2009, 387~412쪽.

최명옥, 「지역어 연구를 위한 조사항목의 작성에 대하여」, 『방언학』 2집, 한국방언 학회, 2005, 65~79쪽.

최진희, 「경북지역 여성결혼이민자를 위한 방언 교육 연구」, 대구가톨릭대학교 대 학원 석사학위논문, 2011.

한지현, 「여성결혼이민자 교육을 위한 전남방언 어휘의 선정 : 초급 어휘를 중심으 로」, 『남도문화연구』 25, 순천대학교 남도문화연구소, 2013, 429~491쪽.

허용·강현화·고명균·김미옥·김선정·김재욱·박동호, 『외국어로서의 한국어교 육학 개론』, 도서출판 박이정, 2005.

H. Douglas Brown, *Principle of Language Learning and Teaching*, NY : Longman, 2008.

제2장

호남,
문학과 지역성

역사적 죽음을 현재화하는 글쓰기

최인훈의 「바다의 편지」를 중심으로

강소희

1. 들어가며

최인훈(崔仁勳, 1936~)은 한국문학사의 손꼽히는 문제적 작가라고 할 수 있다. 그에 대한 학위 논문이 백여 편에 이르고, 평론 또한 수백 편이 나올 정도로 최인훈은 한국 문단의 지속적인 관심의 대상이었다. 1955년 『새벽』에 「수정」이라는 시가 추천되어 시인으로 등단했던 그는, 1959년 「그레이 구락부 전말기」라는 작품을 『자유문학』에 발표하면서 본격적인 소설가의 길로 들어선다.

이듬해 「광장」을 통해 문단의 찬사를 한 몸에 받은 최인훈은 『가면고』(1960), 『구운몽』(1962), 『회색인』(1963), 『크리스마스 캐럴』 연작(1963-6), 『서유기』(1966), 『총독의 소리』 연작(1967-68), 『소설가 구보씨의 일일』 연작(1970-72), 『태풍』(1973) 등의 작품을 꾸준히 발표한다. 그리고 그가 내놓은 이 일련의 작품들은 분단으로 상징되는 한국현대사의 굴곡과 상흔을 특유의 관념적이며 지성적인 언어를 통해 치열하게 사유하고 있다는 점, 그리고 기존의 사실주의 전통에서 벗어나 난해한 소설 기법을 실험하고 있다는 점 등에서 끊임없는 논란의 대상이 되었다. 그러다 70년대 중반, 갑자기 희곡으로 선회한 최인훈은 「옛날 옛적에 훠이훠이」 (1976)를 시작으로 「한스와 그레텔」(1982)에 이르기까지 총 7편의 희곡을 창작한다. 그리고 소설 쓰기를 중단한 지 20년 만에, 굴곡진 현대사를 삶으로 지나온 작가 특유의 경험과 사유를 기록한 작품 『화두』(1994)를 내놓는다.

「바다의 편지」[1]는 『화두』 이후 8년이라는 긴 공백을 깨고 최인훈이 2003년에 발표한 단편소설이다. 이 작품은 편지의 형식을 취하고 있는데 발신인은 바다에서 죽음을 맞은 한 청년이며, 수신인은 그의 어머니이다. 난해하고 단편적인 문장들이 시처럼 나열되어 있어서 서사를 읽어내는 것이 쉽지 않지만, 떨어져 있는 조각들을 모아 연결하면 다음과 같다. '나'는 국가로부터 어떤 임무를 받아 일인승 잠수정을 타고 정찰을 수행하던 중 "접근해야 할 해안까지는 아직도 먼 위치에서 적에게 발견되어 공격당하였다."[2] 커다란 폭발이 있었고 정신을 잃었던 '나'가 의식을 되찾았을 때, 이미 몸의 살은 모두 사라져 물고기들이 눈의 구멍 속을 드나들고 있었고, 두개골과 가슴뼈와 팔다리뼈가 물살에 밀려 "마치 실재의 나보다 세 배쯤 한 크기의 거인 백골"(511면)이 되어 있었다. 하지만 신기하게도 아직은 '나'의 추억이 유해 언저리에 남아있어, '나'는 어머니께 편지로 마지막 인사를 대신하는 중이다. 정리하면, 「바다의 편지」는 바다에서 죽음을 맞은 한 청년이 몸은 이미 백골이 되었

---

1 최인훈, 「바다의 편지」, 『황해문화』, 2003년 겨울.
2 최인훈, 오인영 기획, 『바다의 편지』, 도서출판 삼인, 2012, 513쪽. 본고에서는 이 단행본을 기본 텍스트로 삼는다. 이후 「바다의 편지」를 인용할 때는 본문에 쪽수만을 밝힌다.

으나 사랑하는 이에 대한 기억은 남아 있는 상태에서, 곧 흩어져버릴 의식을 붙잡고 어머니께 보내는 편지라고 할 수 있다.

지금까지「바다의 편지」에 대한 연구 논문은 세 편에 불과하다. 먼저, 장사흠은「바다의 편지」를 중심으로 최인훈 소설에 나타난 낭만주의적 세계관의 면모를 밝히고 있다. 그에 따르면 최인훈은 독일 관념론의 '불사의 자아', '무제약적 자아' 등의 개념을 자신의 방법으로 재해석해 작품 속에 투영시키는데, 이는 "주어진 현실을 비판하고 정치적 문제를 해결하기 위한 낭만주의적 방법론의 핵심"으로 작동한다.[3] 다음으로 연남경은 최인훈의 전 작품세계를 관통하는 기호로서 '바다'라는 공간에 주목하고,「광장」,「하늘의 다리」,「태풍」,「낙타섬에서」 등의 작품에 나타나는 인물의 이동경로를 분석한다. 부정적 육지 공간에서 탈출하면서 시작된 인물의 이동이 시간이 지남에 따라 원저와 해저로 확장되는 양상을 보이며, 이는「바다의 편지」에 이르러 바다가 "과거 역사와 화해하고 희망적인 미래를 상상"하게 만드는 '우주적 공간'으로서의 의미를 획득한다는 것이다.[4]

본 논문의 주제와 관련하여 주목되는 것은 연남경의 다른 논문인「기억의 문학적 재생」이다. 이 글에서 그는 희곡「한스와 그레텔」, 소설「화두」와「바다의 편지」를 대상으로 최인훈의 문학세계를 관통하는 기억의 실체가 무엇이며, 그것이 작가의 세계관에 어떠한 변화를 가져오는지 밝히고 있다. 그에 따르면 최인훈은 〈한스와 그레텔〉에서

---

3 장사흠,「최인훈 소설에 나타나는 낭만적 의지와 독일 관념론」,『현대소설연구』23, 현대소설학회, 2007.

4 연남경,「우주적 공간 '바다'를 향하는 최인훈의 소설 쓰기」,『한국문학이론과 비평』 44, 한국문학이론과 비평학회, 2009.

홀로코스트에 대한 독일인의 기억을 통해 역사적 경험기억의 문제를 제기한 이후, 기억을 주제이자 형식으로 삼은 소설 『화두』를 통해 일제 강점기와 전쟁을 겪은 한민족의 집단기억과 정체성을 재수립하고자 한다. 이 지점에서 연남경은 「바다의 편지」를 「화두」의 에필로그에 해당하는 작품으로 설정하고, 최인훈이 「바다의 편지」에 이르러 "역사가 허구 담론인 문학 안에서 새롭게 바뀌는 것을 보여줌으로써 대항-기억으로서의 문학적 재생의 힘"을 보여준다고 설명한다.[5]

최인훈의 다른 작품들과 비교할 때, 「바다의 편지」는 상대적으로 소홀히 취급되어 온 것이 사실이다. 이 작품에 대한 기존의 연구들 또한 대체적으로 최인훈의 전체 소설을 분석하면서 하나의 장을 할애하여 부분적으로 다루거나, 글의 후반부에 잠깐 언급하는 것에 그치고 있다. 더욱이 이 작품을 최인훈의 문학론과 연결시켜 연구한 논문은 전무하다. 최인훈은 「바다의 편지」를 발표한 후, 한 인터뷰에서 자신의 문학 여정을 항해일지에 비유하며, 『화두』까지의 작품이 "인류 문명과 한국 역사에 대한 사유의 항해(航海) 과정을 기록"한 것이라면, 「바다의 편지」는 이 항해하던 배가 "무사히 안착했음"을 바라는 희망에 대한 기록이라고 말했다.[6] 그리고 김명인은 이 작품의 해제에서 「바다의 편지」를 일평생 경계인으로 살아온, 환갑이 넘은 한 노작가가 오랜 시간 발효해왔다가 마침내 우리에게 보내온 "문학적 유서"라고 명명한다.[7]

위의 논의들에 기댄다면, 「바다의 편지」는 한국의 '근대'라는 특수한

5 연남경, 「기억의 문학적 재생」, 『한중인문학연구』 28, 한중인문학회, 2009.

6 최인훈·연남경, 「최인훈 문학 50주년 기념 인터뷰-「두만강」에서 「바다의 편지」까지」, 『문학과 사회』, 문학과지성사, 2009년 여름호, 437쪽.

7 김명인, 「영원한 경계인의 문학적 유서」, 『황해문화』, 2003년 겨울호, 34쪽.

상황 속에서 역사와 문학에 대해 치열하게 사유해온 최인훈이 50년이 넘는 자신의 문학 여정을 어떻게 의미화하고 있는지 읽을 수 있는 작품이다. 그리고 이렇게 말할 수도 있을 것이다. 「바다의 편지」는 '문학이란 무엇이고 또 무엇을 할 수 있는가'라는 질문에 대한 대답 혹은 희망을 적어 그가 우리에게 보낸 편지라고.

최인훈은 왜 죽은 자의 목소리로 우리에게 편지를 보낸 것일까? 그리고 바다 속에서 죽어가는 '나'는 누구이며, 작가는 왜 '나'의 몸과 의식이 해체되어 가는 과정을 그리고 있는 것일까? 이 글은 이와 같은 몇 개의 질문들이 최인훈에게 있어 '문학이란 무엇인가' 하는 문제와 긴밀한 연관성을 지니고 있다는 전제에서 시작되었다. 따라서 이 글에서는 단편 「바다의 편지」를 중심에 두고, 이 작품과 상호텍스트적 관계를 맺고 있는 소설 「하늘의 다리」와 「구운몽」, 그리고 몇 편의 에세이를 경유하면서 앞에 던진 질문들에 대한 답을 탐색하고자 한다. 그리고 이 과정에서 최인훈 문학론의 한 단면을 짚어볼 것이다.

2. DNA'를 환기하는 문학

우선 최인훈 문학론의 바탕을 이루는 개념과 문제의식부터 살펴보자. 사실 그의 문학론을 이해하는 것은 쉬운 일이 아니다. 왜냐하면 그는 예술의 원리 혹은 문학의 원리를 설명하기 위해 생물학의 개념을 빌려오기도 하고, 물리학의 수식이나 화학의 기호 등을 도입하고 있기 때문이다. 다시 말해 최인훈은 예술과 문학에 대한 사유를 전개하는데 있어서 과학적 지식을 원용하는데, 이는 예술과 문학을 인류문명의 탄생과 진화 과정 속에서 설명하고 규정하려는 방식이라고 할 수 있다. 최인훈 문학론에서 가장 대표적인 에세이로 꼽히는 것은 「문학과 이데올로기」이다. 여기서 그는 생물학자 헤켈이 종의 진화와 유지 방법을 정의한 "개체발생은 계통발생을 되풀이한다"라는 명제를 가져와 예술과 문학에 대해 설명한다.

이 글에서 핵심적인 개념으로 사용되는 것은 'DNA'이다. DNA는 생명체가 자기의 종을 유지하기 위해 선택되어진 네 개의 염기 배열구조를 말한다. 생명 발생에서부터 그 구조를 완결시키기 위해 무수한 시행착오와 낭비를 거듭하다가 50만 년 전 그 구조가 완결되었다. 다시 말해 네 개의 염기 배열에 의해 선택된 나선형의 사슬에 생명 발생에서부터 50만 년 전까지의 모든 정보가 압축된 상태로 기록되었는데, 이를 계통발생이 완결되었다고 말한다. 그리고 이 완결된 DNA는 하나의 종이 또 다른 생명을 탄생시킬 때, 다시 말해 개체를 발생시킬 때 압축된 상태로 전해진다.

이렇게 인간을 포함한 모든 생명체는 오랜 환경 적응 끝에 완결된 계통발생의 모든 정보를 개체를 발생시키는 수태기간 동안 전하는 것을 반복한다. 이러한 설명을 통해 최인훈은 인간 또한 진화의 산물이며, 생물학적인 여러 법칙들에 지배를 받고 있다는 점에서 다른 생명체와 동일하다고 말한다. 하지만 인간이 다른 생명체와 구별되는 한 가지 사실은 인간에게 문명이 있다는 점이다.

> DNA가 자기 속에 계통 발생의 단계를 기억으로서 지니고, 그 기억의 되풀이에 의해서만 개체를 발생시킬 수 있는 것처럼, 문명 유전 정보라고 할 (DNA)'도 그 자신 속에 역사적 진화의 기억을 지니고 있다. 먼 옛날의

어느 날에 원시 인류가 돌멩이 한 개를 집던 순간부터 먼 옛날 어느 날 저녁에 원시 인류가 나뭇가지를 서로 비벼서 불을 일으킨 그 첫 겪음에서부터 지금에 이르는 동안의 모든 기억의 총체—그것이 오늘날의 우리가 지니고 있는 (DNA)ʹ의 내용이다. … 그러나 여기서 큰 위험이 지적되어야 할 것이다. 유감스럽게도 (DNA)ʹ는 DNA와는 다르다. DNA는 정보이면서 실재이기도 하다. 그것은 자동적으로 자기를 완성시키지만 (DNA)ʹ에는 그러한 필연성이 없다. 그것은—(DNA)ʹ는 배우면 있고 배우지 않으면 없다. … 둘째로 (DNA)ʹ는 생물의 개체 발생과는 달리, 그것(당대 문명)의 성체 형태 즉 최종 형태만으로 이식·전달이 가능하다는 성격을 갖는다.[8]

최인훈에 따르면 DNA가 계통발생의 유전 정보를 담고 있는 것처럼, 인간의 문명에도 이와 같은 유전 정보가 있으며, 인간의 문명 또한 이것을 전달함으로써 진화한다. 이러한 문명 유전 정보를 최인훈은 DNAʹ라 명명하고, 여기에 문명이 탄생하게 된 순간부터 지금에 이르기까지 모든 역사적 기억의 총체가 저장되어 있다고 말한다. 그런데 DNA와 DNAʹ에는 중요한 차이가 있다. DNA는 완결된 상태로 생명체 속에 실재하고 있어서 자동적으로 유전되는 반면, DNAʹ는 배우지 않으면 전달되지 않으며, 문명의 최종 단계만이 이식 혹은 전달 가능하다는 사실이다. 다시 말해 DNAʹ는 그것의 한 부분만을 이식·전달할 수 있으며 따라서 계통발생의 되풀이 없이도 개체발생이 가능하다는 특성을 지닌다.

여기서 최인훈은 완전한 혹은 이상적인 문명을 이룩하려면 인간 문명의 계통 발생 전(全) 단계를 모두 갖추고 있어야 한다고 주장한다.

---

8 최인훈, 「문학과 이데올로기」, 『문학과 이데올로기』(전집12), 문학과지성사, 2008, 395~396쪽.

그리고 바로 이 지점에서 한국적 근대라는 특수한 역사적 조건이 문제
시된다.

> 개항 이래 우리 사회는 충격적인 (DNA)′의 변화를 겪어오고 있다. 근자
> 2, 3백 년 전부터 유럽에서 일어난 가속적인 (DNA)′가 유럽 밖으로 퍼져
> 나온 역사의 한 부분에 우리도 휘말려 오면서 살고 있다. 그리고 이러한
> 변화는 주권국 사이의 문화 교류 같은 팔자 좋은 상태로 이루어진 것이
> 아니라 정치적 독립을 빼앗기면서 이루어졌다는 데서 혼란과 괴로움은
> 곱빼기가 되었다. 더구나 정치적 제도라는 것 자체가 (DNA)′의 중요한
> 구성 인자의 하나이고 보면 사태는 더욱 괴기한 것이 된다. … 이것을 이
> 글에서 써오는 이론 모형의 궤도에 옮겨 본다면 근대 유럽형 정치 제도라
> 는 개체 발생의 중요한 고리가 빠져버렸거나 억제되었기 때문에, 아무튼
> 발생하기는 한 해방 후 한국 정치라는 이 개체는 혹시 그 개체 종의 계통발
> 생의 어느 진화 단계에 머문 기형아에 지나지 않는 것이 아니었을까?[9]

한국의 근대가 역사의 자연스러운 발전 과정을 통해 이루어진 것이
아니라 유럽과 일본이라는 낯선 타자를 통해 이식되었다는 사실은 최
인훈의 문학론을 관통하는 문제의식이다. 그는 DNA′를 '계통발생 사
다리'에 비유하면서, 한국이 서양 근대 문명의 DNA′ 그것의 부분만을
이식받아 계통발생 사다리의 여러 단계가 존재하지 않는다고 진단한
다. 그 결과 한국에는 기이한 변형 혹은 불완전한 사본만이 남게 되었
다는 것이다. 특히 그는 한국의 민주주의에 대해 이야기하면서 해방
후 한국 정치제도의 현실을 "계통발생의 어느 진화 단계에 머문 기형

---

9 최인훈, 앞의 글, 399~406쪽.

아"에 지나지 않는다고 비판한다.

한국적 근대에 대한 최인훈의 이러한 진단은 이 역사를 삶으로 지나
온 사람들이 놓일 수밖에 없는 존재 조건에 대한 탐색으로 이어지는데,
그는 이것을 "기묘한 기억 상실의 조건"으로 규정한다. "한국의 개화
가, 민족사가 안에서 곪아 터지는 형식이 아니고, 수술당한 형식이었다
는 것은 이 역사의식의 연속성이 끊긴 것이 된다. 수술의 고통에서 깨
어나 보니 상처는 아물었는데, 자기 자신이 누구였던가를 잊어버리고
만 것이다."[10] 다시 말해 서구의 근대 그리고 민주주의라는 정치제도가
한국에 이식될 때, 그 속에 축적되어 있는 오랜 역사적 경험들이 함께
유입되지 못했기 때문에 한국인의 역사인식에는 근본적인 단절이 존재
할 수밖에 없으며, 이로 인해 자기 자신이 누구인지를 잊어버린 상태에
놓여있다는 것이다.

당연한 수순이지만, 한국 역사에는 존재하지 않는 계통발생의 사다리
들 그리고 한국인들이 잃어버린 역사적 기억들, 이것을 환기시키는 것이
최인훈에게 있어 예술과 문학의 근본적인 역할이다. 그는 예술을 "기호
자체를 환기하거나 (DNA)′ 자체를 환기하는 의사소통 행위"로 정의하면
서, "사람은 왜 이런 기호 행동(예술)을 하는 걸까?"라고 묻는다.

> 예술은 기호 행동이다. 그것은 상상적 (DNA)′를 불러내는 것을 본질적
> 이고 최종적인 목적으로 삼는다. … 예술이 환기코자 하는 (DNA)′는 이러
> 저러한 (DNA)′가 아니라 바로 (DNA)′ 그 자체이며, 그보다 더 옳게 말하
> 자면 그 전수 (DNA)′를 존재에까지 승격시키는 것이라고 하면, 예술이

---

10 최인훈, 「소설을 찾아서」, 위의 책, 240쪽.

하고자 하는 일은 (DNA)′ 자체를 넘어서 우주 자체를 환기시키는 것이라는 말이 된다. 왜 그렇게 하는가? 인간이 유로써 도달한 에누리 없는 높이에 자각적으로 서서 우주의 전량과 맞서보는 시간을 갖기 위해서, 문명인의 개체 발생의 이상형을 가지기 위해서, (DNA)′의 모든 사다리를 활성화하기 위해서 (DNA)′의 전량을 직관하기 위해서이다. … 문학의 경우를 예로 든다면, 문학은 언어라는 기호를 예술 일반과 같은 약속 아래 사용함으로써 우주를 불러내는 예술의 한 가닥이다.[11]

최인훈에 따르면 예술이 하는 일이란 우주의 탄생에서부터 지금까지 쌓인 모든 문명 계통발생의 사다리, 즉 DNA′의 전량을 환기시키는 것이다. 그는 이러한 예술을 DNA∞라 명명하고, 현실과는 다른 세계를 상상할 수 있는 능력으로 빚어낸 인간의 예술은 부재하는 것을 존재하는 것으로, 불가능한 것을 하나의 가능태로 드러낸다고 설명한다. 이를 앞에서 언급한 '민주주의'라는 정치제도에 대입하면 다음과 같이 이해할 수 있다. 예술은 민주주의의 발생에서부터 현재에 이르기까지 DNA′의 모든 사다리를 환기시키며, 문학 또한 언어라는 기호를 사용하여 이와 동일한 역할을 한다. 그리고 이러한 문학을 통해 현실에는 존재하지 않는 민주주의의 이상형을, 계통 발생 사다리의 전량을 직관할 수 있다는 것이다. 최인훈은 기본적으로 문학에 인류 문명과 역사에 대한 보편적 환기력이 있음을 믿는다.

그렇다면, 문제는 이것이 어떻게 가능한가 혹은 이를 가능하게 할 구체적인 문학적 방법은 무엇인가 하는 점이다. 여기서 최인훈은 서양사와의 대비를 통해 한국의 역사에는 존재하지 않는 계통발생의 사다

---

11 최인훈, 앞의 글, 410~412쪽.

리, 다시 말해 우리에게 부재하는 민주주의에 대한 경험을 제시하거나, 민주주의의 이상형 즉 유토피아의 세계를 그리는 방법을 택하지 않는다. 대신에 그는 우리 역사에 수놓아진 수많은 죽음들, 그 시공간에 천착한다.

3. 역사적 죽음의 바다

앞에 제시했던 질문으로 돌아가자. 바다 속에서 죽어가는 '나'는 누구이며, 최인훈은 왜 이 자의 목소리로 편지를 보낸 것일까? 이미 여러 논자들에 의해 지적된 바, 최인훈의 작품에서 '바다'는 특별한 공간이다. 가장 먼저 「광장」의 이명준이 남과 북 어디에서도 '푸른 광장'을 발견하지 못하고 투신한 남지나해의 '푸른 바다'가 있다. 그리고 「하늘의 다리」에서 김준구가 LST를 타고 북에서 남으로 오기 위해 건넜던 동해도 떠오른다. 이외에도 「낙타섬에서」, 『태풍』, 『화두』 등 최인훈 작품 곳곳에 바다가 등장하는데, 여기에서 주목해야 할 것은 「바다의 편지」가 최인훈의 이전 소설들과 상호텍스트적 관계를 맺고 있다는 점이다. 즉 최인훈은 이전 소설들을 「바다의 편지」에 인용하거나 재배치함으로써 소설 속 인물들이 놓여있던 역사적 시공간을 '바다'에 끌어들인다.

특히 소설 「하늘의 다리」와 「구운몽」은 「바다의 편지」와 가장 긴밀한 상호텍스트적 관계를 맺고 있는 작품으로, 「구운몽」 속 〈해전〉이라는 시와 「하늘의 다리」 13장의 일부분이 그대로 「바다의 편지」에 교차 편집되어 있다. 최인훈은 여기에서 시 〈해전〉은 기울임체로, 「하늘의 다리」 13장은 바르게 쓰고, 각 부분을 인용할 때마다 '/'를 사용하여 둘을 구분한다. 그리고 두 작품의 인용은 "소속을 알 수 없는 기억들이 나의 의식 속에 혼선이 된 전화선 속의 말소리들처럼 섞이기 시작하고 있다"(517~518쪽)는 서술 뒤에 시작된다.

잠수함이 가라앉으면서 붕어들은 태어난 것이다. 바닷풀 사이사이를 지나 그 무쇠배들조차 숨 막혀 죽은 수압 해구(海溝)를 헤엄쳐 어항 속으로 찾아온 것이다. (…) 잠수함이 침몰했을 때 이등 수병은 어머니의 사진에 입을 맞췄다 그 입술에서는 장수연 냄새가 났다. 자식은 열아홉 살이나 먹었는데 애인이 없었다. 게다가 담배질도 배우기 전 (…) 어머니 사진이 물 밑에 깔렸다고 해서 바다는 장수연을 피웠다고 할 수 있겠는가 (…) 싱그런 미역풀이 함기(艦旗)만 못하다는 건 아니지만 81명의 수병을 그 밑에 영주시켰다고 해서 우리는 위대한 이민(移民) 국가라고 할 수 있겠는가 (…) 하늘에 치뿜는 물기둥이 쏟아져 밀린 해일 다만 금붕어는 온 것이다 철함을 질식시킨 해구의 수압을 뚫고 … (518~522쪽)

어머니 나는 이 특별한 임무, 잠수정을 타고 최전방의 바다에서 정찰을 수행하는 특별히 위험한 임무를 지원했습니다. 어머니와 제가 떳떳하게 나라 속에 있기 위해서 그렇게 해야 한다고 생각했습니다. … 왜 우리는 이 조그만 우리나라의 연해를 그나마 휴전선으로 꼴사납게 잘라놓고는 보잘 것 없는 잠수정을 타고 검디검은 그믐밤을 골라 가자미 새끼처럼 기어 다녀야 하는지 그 까닭을 알아보고 싶었습니다. … 그리고 어머니가 저에게 말씀해주지 못하셨던 일, 아버지와 나라 사이에 있었던 모양인 불화가 어떤 성격의 것이었던가를 연구해보고 싶었습니다. 밀림에서 나왔을망정 다시는 밀림의 법칙으로 돌아가지 않겠다는 성깔이 있는 사람들에게서만 문제가 되는 그런 문제 때문이었을 거라는 상상이 왜 그런지 드는군요. (515~516쪽)

첫 번째 인용문은 「바다의 편지」에 교차 편집된 〈해전〉의 일부를 모은 것으로, 무쇠배로 불리는 잠수함에 탑승한 81명의 젊은 수병들의 죽음을 그리고 있다. 열아홉, 너무도 젊어서 담배도 피우기 전, 애인도 사귀기 전인 이들은 밤바다에서 폭뢰에 맞아 해저로 가라앉았다. 죽음 직전에 어머니의 사진에 입을 맞추었으며, 이들이 해구의 수압을 뚫고 금붕어로 다시 태어났다는 등의 이야기가 시의 골격을 이루고 있다. 따라서 소속을 알 수 없다고 쓰여 있으나, 바다 속 '나'의 의식 속에 섞여드는 것은 우선 해저에 수장된 81명의 젊은 수병들, 그들의 말과 기억이다. 그리고 〈해전〉에서 그려지는 이 수병들의 죽음은, 「바다의 편지」에서 잠수정을 타고 정찰하던 중 폭뢰에 맞아 바다 속에 가라앉은 '나'의 죽음과 그대로 겹쳐진다.

주지하듯이 최인훈 소설에서 바다가 문제적 공간으로 그려지는 이유는 한국전쟁과 남북북단이라는 현실 때문이다. 특히 휴전선으로 육지의 길이 막힌 상황에서 바다는 목숨을 걸고 남과 북 사이를 이동하던 통로였고, 이로 인해 수많은 죽음들이 가라앉아 있는 곳이다. 이는 두 번째 인용문에서 '나'가 정찰을 수행하는 임무에 지원하게 된 동기를 밝히는 부분에서 잘 드러난다. 이유는 두 가지로 제시되는데, 하나는 "왜 우리는 이 조그만 연해를 휴전선으로 갈라놓고" 깊은 밤에 몰래 지나야 하는지 그 까닭을 알아보고 싶었다는 것, 다른 하나는 어머니가 말씀해주시지 못했던, "아버지와 나라 사이에 있었던 불화"가 무엇인지를 연구해보고 싶었다는 것이다. 그리고 이 두 가지를 가리켜 "눈먼 상태로 돌아가지 않겠다는 결심을 한 그런 사람들이 만나는 문제"(516쪽)라고 이야기한다. 따라서 「바다의 편지」 속 '바다'는 한국전쟁과 남북분단이라는 역사적 상황으로 인해 죽어간 사람들이 수장된 곳이면서 동시에 이 문제와 대면해 치열하게 사유하고자 했던 사람들이 사라져간 장소라고 할 수 있다.

한편 〈해전〉이라는 시가 수록된 「구운몽」이라는 소설 자체의 성격에 주목하면, 「바다의 편지」 속 '바다'는 또 다른 역사적 죽음의 장소로 확장된다. 잘 알려져 있는 것처럼 「구운몽」은 『회색인』과 함께, 최인훈이 4·19에서 5·16으로 이어지는 시간을 보낸 후 혁명에 대해 문학적으로 사유했던 대표적인 작품이다. 이와 관련하여 권명아의 글이 주목할 만한데, 그는 4월 혁명을 전후한 이미지와 담론이 「구운몽」에 어떻게 르포르타주 되어 있는지 읽어내면서, 독고민의 꿈속에 등장하는 바다를 김주열의 시신이 발견된 마산 앞바다로 해석하고 있다.[12] 다시 말해 「구운몽」과의 상호텍스트적 성격으로 인해 「바다의 편지」 속 '바다'는 김주열로 대표되는, 4월 혁명으로 인해 죽어간 자들의 장소로 의미화 된다.

> 관(棺) 속에 누워 있다. 미라. 관 속은 태(胎)의 집보다 어둡다. 그리고 춥다. 그는 하릴 없이 뻔히 눈을 뜨고 누군가를 기다리고 있다. 몸을 비틀어 돌아눕는다. 벌써 얼마를 소리 없이 기다려도 아무도 찾아오지 않는다. 몇 해가 되는지 혹은 몇 시간인지 벌써 가리지 못한다. 혹은 몇 분밖에 안 된 것인지도 모른다. 똑똑. 누군가 관 뚜껑을 두드리고 있다. 누구요? 저예요. 누구? 제 목소릴 잊으셨나요? 부드럽고 따뜻한 목소리. 많이 귀에 익은 목소리. 빨리 나오세요. 그 좁은 곳이 그리도 좋으세요? 그리고 춥지요? 빨리 나오세요. 따뜻한 데로 가요. 저하고 같이. 그는 두 손바닥으로 관 뚜껑을 밀어올리고 몸을 일으켰다. 어둡다. 아무것도 보이지 않는

---

12 권명아, 「죽음과의 입맞춤 : 혁명과 간통, 사랑과 소유권」, 『문학과 사회』, 문학과지성사, 2010년 봄호.

다. 게 누구요? 대답이 없다. 그는 몸을 일으켜 관을 걸어 나왔다.[13]

「구운몽」은 주인공 독고민이 미라가 되어 관 속에 누워있는 그의 꿈으로 시작되는데, 이 장면은 4·19 이후 한국의 정치적 상황에 대한 알레고리로 읽을 수 있다. 미라가 되어 어둡고 캄캄한 관 안에 누워 있는 독고민을 부르는 부드럽고 따뜻한 누군가의 목소리. 이 장면 바로 뒤에 사라졌던 여인 '숙'에게서 한 통의 때늦은 편지가 도착한다. 따라서 독고민을 일으켜 관 밖으로 걸어 나오게 만든 것은 사랑하는 여인 '숙'의 편지라고 할 수 있다. 최인훈은 갑자기 사라져버린 숙의 존재와 5·16으로 인해 좌절된 혁명을, 그리고 독고민이 미라가 되어 누워 있는 관의 어두움과 혁명에 대한 아무런 전망도 보이지 않는 시대 상황을 대응시켜 잃어버린 사랑을 다시 찾아가는 「구운몽」의 서사를 통해 혁명의 (불)가능성에 대해 탐색한다.

편지를 받은 뒤 독고민은 그녀를 찾으러 다시 광장으로 나가고, 이후 도시의 여러 사람들과 마주친다. 그가 만나는 사람들은 각각 문학, 경제, 예술을 대표하는 시인, 은행가, 무용수들의 무리로, 이들은 후에 혁명을 이끈 주축 세력으로 밝혀진다.

바다처럼 망망한 강. 빨리 건너야 한다. 그는 힘차게 헤엄쳐 나간다. 이른 봄 얼음 풀린 물처럼 차다. 한참 헤엄쳤는데도 댈 언덕은 아득하기만 하다. 그러자 민은 보는 것이다. 그의 왼팔이 어깻죽지에서 훌렁 빠져나가는 것을. 저런. 그 팔 끝에 달린 다섯 손가락. 고물고물 물살을 휘젓는

---

13 최인훈, 「구운몽」, 『광장/구운몽』(전집1), 문학과지성사, 2008, 213쪽.

다섯 손가락. 마치 다섯 발짜리 문어처럼 그것은 저 혼자 헤엄쳐 나간다. … 오른팔 오른다리, 가운데 토막. 모조리 쪼개진다. 쪼개진 조각들이 또 갈라지고 삽시간에 강은 수없이 많은 몸의 조각들로 덮여버렸다. 어느덧 조각이 하나둘 가라앉기 시작한다. … 물고기들이 주둥이 끝으로 톡톡 건드려보다가 지나간다.[14]

사랑스러운 밀고자. 밤 속에서 들려오는 소리의 홍수들. 크낙한 홍수의 밑바닥에 누워서 아우성치는 소리를 듣는다. 너무 큰 아우성치는 소리를 듣는다. 너무 큰 아우성은 소리도 없다. 이제 나는 내 의식 속에 내 추억만을 가두어놓은 힘을 잃고 있는 모양이다. 마치 외계를 막아서는 힘을 잃어버린 세포막처럼. 영원한 미래의 그 날의 부활을 위한 장정長征이 이렇게 시작되었다는 것이겠지. 누구의 의식인지도 알 수 없는 이 넋두리들이 – 내가 접근하려던 저 도시의 사람들이 – 마치 강물이 육지의 유기물을 바다에 흘려보내듯 – 그들의 가위 눌린 잠 속에서 잃어버린 꿈넋두리가 흘러들어온 것이겠지 – 밀어낼 수 없이 내 속에 이렇게 넘어들어 온다는 것은. 이렇게 해서 나는 나 아닌 것이 되겠지. 나는 없어지겠지.

(523~524쪽)

첫 번째 인용문은 「구운몽」의 독고민이 꾸었던 꿈의 한 장면이다. 바다를 건너기 위해 헤엄치던 그의 신체가 조각나고, 이 조각들을 물고기들이 건드리며 지나가는 이 장면은 그대로 「바다의 편지」에서 각각의 뼈들로 해체되었던 "느슨한 나 연합 같은 것"을 물고기들이 헤엄쳐 통과하는 장면과 겹쳐진다. 이후 독고민의 꿈은 조각난 신체들이 뭍으로 올라와 도시 사람들, 즉 혁명에 참여했던 사람들을 향해 걸어가고,

---

14 최인훈, 「구운몽」, 243~244쪽.

그들은 손에 하나씩 낚싯대를 들고 독고민의 조각난 몸을 낚아 올리는 장면으로 이어진다.

두 번째 인용문은 「바다의 편지」에서 「하늘의 다리」 13장을 인용한 일부이다. '나'는 한밤중 바다 속에서 너무나 큰 아우성치는 소리를 듣는다. 그리고 "내가 접근하려던 저 도시 사람들의 넋"이, 그들이 잃어버렸던 꿈의 넋두리들이 바다로 흘러들어와 나의 의식 속에 섞여들고 있는 것을 느낀다. 그렇게 나의 의식이 해체되고 "나는 나 아닌 것"이 된다. 따라서 소속을 알 수 없다고 표현된, 바다 속 '나'의 의식 속에 섞여드는 또 다른 하나는 4월 혁명으로 인해 죽어간 사람들의 넋, 그들의 이루지 못한 꿈이라고 할 수 있다.

> 물고기들이 나를, 즉 우리를 건드리고 지나갈 때마다 우리는 나를 느낀다. … 물고기들과의 접촉은 여전히 공동경험이면서 서로 떨어진 각자의 각각의 느낌이라는 정도가 점점 짙어져오는 것이다. 이러다가는 마침내 내 백골의 각 부분은 마치 서로 다른 독립된 존재가 돼버리고 나는 자기들 주변을 휩싸고 도는 무슨 슬픔의 기운 같은 것이 되고 말 것이 분명하다. 뭐 그렇다고 해서 꼭 안 될 것은 없지만 여태껏 내가 알지 못한 새 존재 형식 속으로 내가 들어가게 될 것이 분명할 뿐 아니라 아직까지는 가지고 있는 나의 기억, 나의 추억의 단일성이 더는 지켜지기 어렵게 될 모양이다. … 이렇게 해서 나는 쓸데없는 바다 속 초소에서 쓸데없는 고정 초소 근무를 하면서 백골이 되다 못해 마침내 백골도 아닌 것 – 물고기일까, 바닷물일까, 어쩌면 햇빛일까 그런 것이 될 것 같은 앞날을 기다리고 있다.
>
> (514쪽)

그래서 바다 속 백골은 '나'가 아닌 '우리'로 명명된다. '나'의 의식 속에 섞여드는 젊은 수병들의 기억과 도시 사람들의 넋으로 인해 개체로서의 '나'는 점점 사라지고, "느슨한 나 연합 같은 것"은 "공동경험", "슬픔의 기운"이 되어간다. 이렇게 해서 바다 속의 '나'는 공동의 성격을 획득한다. 그것은 기형적인 근대의 역사적 시간 속에서 죽어간 자들의 공동의 목소리이다. 그리고 여기에는 한국전쟁과 남북분단, 4·19와 5·16 그 시간을 지나왔던 자들의 역사적 기억과 실현되지 못한 꿈이 간직되어 있다. 바로 이것이 '나'가 들어가게 될 "새로운 존재 형식"이며, 최인훈은 이 존재의 목소리로 편지를 보낸 것이다. 최인훈이 자신의 작업을 '고고학적 글쓰기'로 명명한 이유 또한 여기에 있다. 그가 문학을 통해 발굴하고자 하는 것, 그것은 점점 "슬픔의 기운"으로 사라져 가는 아우성, 너무나 크지만 소리가 없는 역사 속에서 죽어간 자들의 기억과 꿈이기 때문이다.

4. 죽음을 발굴하는 고고학적 글쓰기

오늘 여러분이 보신 영화는, 고고학 입문 시리즈 가운데 한 편으로, 최근에 파낸 어느 도시의 전모입니다. 이 도시는 분명히 상고 시대 어느 왕조의 서울로 짐작됩니다. 이 한편을 특히 고른 것은, 그것이 아주 최근의 발굴이라는 것뿐 아니라, 아까 말씀드린 한국 유적이 모두 그런 황폐성과 무질서성이, 아주 본보기로 나타나 있는 까닭입니다. 그런 점에서 이 영화는 한국 고고학의 과제와 전망 및 골치를 한눈에 보여주고 있는 백미편이라 하겠습니다.[15]

---

15 최인훈, 「구운몽」, 346쪽.

인용문은 「구운몽」의 마지막 부분이다. 최인훈은 여기에서 독고민이 '숙'의 편지를 받고 나아간 광장에서 마주친 도시 사람들과의 여러 사건 그리고 결국 혁명군의 수괴로 몰려 처형을 당하게 되는 일련의 과정을 한 편의 영화가 상연된 것처럼 결론짓는다. 그리고 이 영화에 대해 최근에 발굴된 상고 시대의 한 도시를 담아낸 필름이라고 설명한다. "고고학 입문 시리즈"라고 이야기되는 이 영화는 한국 유적이 지닌 "황폐성과 무질서성이 아주 본보기로 나타나 있"다는 점에서, 또한 "한국 고고학의 과제와 전망 및 골치를 한눈에 보여"준다는 점에서 "백미편"이라 서술하고 있다. 최인훈은 왜 「구운몽」의 전체 서사를 '고고학 필름'에 비유하는 것일까?

> 죽음을 다루는 작업, 목숨의 궤적을 더듬는 작업. 그것이 고고학입니다. 우리들의 작업대 위에 놓이는 것은 시체가 아니면 시체의 조각입니다. 사면장(死面匠), 박제사(剝製師). 우리의 이름입니다. … 우리들의 작품을 가리켜 생명에 넘쳤다느니, 창조적이라느니, 허구의 진실이라느니 하고 칭찬할 때는 사실 낯간지러워집니다. 고고학자란 목숨이 아니라 죽음을, 창조가 아니라 발굴을, 예언이 아니라 독해를 업으로 하는 사람입니다. … 역사란, 신(神)이, 시간과 공간에 접하여 일으킨 열상의 무한한 연속입니다. 상처가 아물면서 생긴 이 결절(結節)한 자리를 시대 혹은 지층이라고 부릅니다. 이 속에 신의 사생아들이 묻혀 있습니다. 신은 배게 할뿐, 아이들의 양육을 한 번도 맡는 일 없이 늘 내깔렸습니다. 우리가 하는 일은, 이 지층 깊이 묻힌 신의 사생아들의 굳은 돌을 파내는 일입니다.[16]

---

16 최인훈, 「구운몽」, 344쪽.

최인훈은 자신의 글쓰기를 고고학에서의 발굴 작업에 자주 비유한다. 왜냐하면 그의 소설이 탐색하는 것은 과거의 역사, 그 중에서도 역사의 '상처' 부분이기 때문이다. 그는 이것을 하나의 '지층'에 비유하면서 여기에 신에게 버림받은 사생아들이 묻혀 있다고 말한다. '신'을 한 개인의 힘으로는 막을 수 없는 거대한 역사의 흐름에 대한 상징으로 읽을 수 있다면, 사생아들은 이 역사의 흐름 속에서 희생된 자들에 대한 비유일 것이다. 최인훈은 이 지층에 묻혀 있는 이들의 죽음을, 시체의 조각들을 발굴하려 한다. 그리고 이 발굴한 "조각을 이어 붙여서 제 모습을 되살리는 것"이 바로 '고고학적 글쓰기' 작업임을 분명히 한다.

따라서 「구운몽」의 전체 서사를 상고 시대의 한 도시를 담은 고고학 필름에 비유한 것, 그리고 「바다의 편지」에서 역사 속에서 죽어간 자들의 공동의 목소리로 편지를 보낸 것은 최인훈에게 있어 문학의 지향점이 어디를 향하고 있는지를 잘 보여준다. 역사의 미래와 전망을 이야기하기 위해서는 무엇보다 우리의 상처 지점, 즉 역사적 죽음의 시공간에 대한 치열한 사유가 전제되어야 한다는 것이다. 그리고 이 작업은 앞에서 이야기했던, 한국 역사에는 존재하지 않는 계통발생의 사다리들 그리고 한국인들이 잃어버린 역사적 기억들을 탐색하고 복원하려는 최인훈의 문학적 방식이기도 하다. 이를 다시 민주주의에 대입해 이야기한다면, 한국 정치의 이상형은 서양의 DNA'와의 비교를 통해 발견되는 것이 아니라, 한국의 지난 역사 속에서 죽어간 자들의 기억과 꿈을 '어떻게 현재화 할 것인가' 하는 고민 속에서 찾아진다는 것이다. 이 지점에서 최인훈의 문학은 벤야민의 유물론적 역사서술과 공명한다.

역사는 구성의 대상이며, 이때 구성의 장소는 균질하고 공허한 시간이 아니라 지금 시간(Jetztzeit)으로 충만된 시간이다. 그리하여 로베스피에르에게 고대의 로마는 지금 시간으로 충전된 과거로서, 그는 이 과거를 역사의 연속체에서 폭파해냈다. 프랑스 혁명은 스스로를 다시 귀환한 로마로 이해했다. 프랑스 혁명은 마치 유행이 과거의 의상을 인용하는 것과 똑같이 고대 로마를 인용하였다. 유행은 현재적인 것을, 그것이 과거의 덤불 속 어디에서 움직이고 있는지 알아채는 감각을 갖고 있다. 유행은 과거 속으로 뛰어드는 호랑이의 도약이다. 다만 그 도약이 지배계급이 지휘를 하고 있는 경기장에서 일어나고 있을 뿐이다. 역사의 자유로운 하늘 아래에서 펼쳐질 그와 같은 도약이 마르크스가 혁명을 파악했던 변증법적 도약이다.[17]

벤야민에게 역사와 과거는 두 가지로 계열화된다. 이미 씌어진 역사와 아직 씌어지지 않은 역사 그리고 승리자들의 시간과 억눌린 자들의 시간이 그것이다. 이는 각각 보편사적 역사서술과 유물론적 역사서술로 지칭되는데, 전자는 균질하고 공허한 시간을 채우기 위해 승리자의 사실 더미들을 기록한 것이라면, 후자는 이 기록들을 거슬러 솔질하며 그 속에 묻혀 있는 억압받은 자들의 시간을 포착하고 그들의 이루지 못한 꿈을 회복하고자 한다.

인용문은 벤야민의 '역사철학테제 14'이다. 여기에서 그는 프랑스 혁명이 고대의 로마를 인용함으로써, 다시 말해 과거에 존재했던 혁명의 순간과 과거 사람들이 품었던 유토피아적 전망을 현재화함으로 일어났다고 설명한다. 혁명은 "과거 속으로 뛰어드는 호랑이의 도약"과

---

17 발터 벤야민, 「역사의 개념에 대하여」, 『역사의 개념에 대하여/폭력비판을 위하여/초현실주의』, 최성만 옮김, 도서출판 길, 2008, 331~332쪽.

같이 과거의 혁명을 "지금시간" 속으로 불러들일 때 시작되는 것이다. 그래서 역사는 이미 씌여진, 완결된 기록이 아니다. 그것은 "지금시간"에 의해 끊임없이 다시 씌여지는 구성의 대상인 것이다.

벤야민은 과거가 우리를 스쳐가는 한줄기 바람에, 우리가 일상에서 듣는 목소리 가운데 매순간 '구원'의 손짓을 보내고 있다고 말한다.[18] 따라서 중요한 것은 승리자들의 시간으로 기술된 역사 속에서 과거가 우리에게 보내는 구원의 손짓을 포착하고 이를 끊임없이 현재화하려는 글쓰기이다. 그리고 이것이 바로 최인훈의 고고학적 글쓰기가 의미하는 바다. 그에게 글쓰기는 역사의 지층에 묻혀있는 과거의 죽음들을 향해 있으며, 그들의 기억과 꿈을 현재로 불러내는 작업이기 때문이다.

> 5월의 밤 / 가만히 / 귀를 기울이면 / 남 몰래 다가드는 소리가 있다
> 또르락또르락 창틀에 / 간들간들 플라타너스 가지 끝에 / 멀리 흘러와서 부딪히는 소리 / 아득한 옛날에서 부르는 소리
> 5월의 밤 / 아득한 목소리 듣고 있으면 / 이 내 맘 공연히 / 싱숭해지며 / 님이여 그립다는 편지를 쓴다[19]

> 예술이란, 불러내는 것. 먼데 것을 불러내는 것. 가라앉은 것을 인양하는 것. 침몰한 배를 끌어올리는 것. 기억의 바다에 가라앉은 추억의 배를 끌어내는 것. 바닷가. 표류물을 벌여놓은 바닷가. 그렇게 캔버스 위에 기억의 잔해 찌꺼기들을 그러모으는 일이 아닌가?[20]

---

18 최인훈, 앞의 글, 331쪽.
19 최인훈, 「구운몽」, 349쪽.
20 최인훈, 『하늘의 다리/두만강』(전집7), 문학과지성사, 2009, 65쪽.

　문학에 대한 최인훈의 이와 같은 생각은 「바다의 편지」와 상호텍스트적 관계에 놓여있는 「구운몽」과 「하늘의 다리」 곳곳에 편린처럼 산재해 있다. 글쓰기(편지)는 "아득한 옛날에서 부르는 소리"에 귀를 기울이며 시작되고, 그렇게 쓰여진 글(예술)은 먼 기억의 바다에 가라앉아 있는 잔해들을 다시 '끌어'내고 '불러'낸다. 따라서 오랜 침묵을 깨고 최인훈이 우리에게 보내온 「바다의 편지」는 역사와 문학에 대한 최인훈 사유의 직접적 반영물이라고 할 수 있다. 그는 6·25 전쟁과 4·19 혁명이라는 아득한 옛날을 문학의 자리로 소환해, 그 시공에서 죽어간 자들의 목소리로 그들의 기억과 꿈을 다시 이야기한다. 왜냐하면 우리는 여전히 남북분단이라는 현실과 진정한 민주주의라는 과제 앞에 놓여 있기 때문이다. 이에 대한 전망과 모색은 미래에 대한 희망의 약속들이 아니라, 과거의 잊혀진 기억과 꿈에서 찾아진다는 것이 「바다의 편지」를 통해 보내는 최인훈의 전언일 것이다.

5. 나가며

　지금까지 2003년에 발표한 단편 「바다의 편지」를 중심에 두고, 이 작품과 상호텍스트적 관계를 맺고 있는 소설 「하늘의 다리」와 「구운몽」 그리고 몇 편의 에세이들을 분석하면서, 최인훈 문학론의 한 단면을 짚어보았다. 역사적 죽음을 발굴하려는 고고학적 글쓰기 작업은 문학에 대한 그의 강력한 믿음 위에서 작동한다. 최인훈에게 주어진 현실의 한계를 극복하는 방법은 현실과는 다른 것을 상상할 수 있는 능력으로 환상의 세계를, 즉 문학의 세계를 구성해내는 것이기 때문이다. 문학은 부재하는 것을 존재하는 것으로, 불가능한 것을 하나의 가능태로 만드는, "현실을 자동적으로 극복한 세계"[21]이다. 하지만 이 세계는 낭만적 유토피아가 아니다. 그것은 치열한 싸움의 장이다.

> 예술은 역사적 시간, 이익 사회에 묶인 인간의 분열된 분석론적 시간을 예술이라는 선의와 사랑의 시간 속에서 이겨내어 되찾아진, 또는 꿈꾸어진 공동체의 시간이다. 이익 사회에 의해서 주어진 조건 모두를 떠맡으면서 저 하늘로, 아름다운 공동체로 날아오르려는 씨름―그것이 문학이다. … (작가는) 무엇을 믿고 거는가. 모든 인간은 분석 이전에 하나이며, 공동체이며, 죄가 있는 곳에, 분열된 사회 자체에, 분열된 의식 자체에 구원과 각성의 가능성은 내재해 있다는, 구하면 얻어지리라는 저 삶의 신비한 직관을 믿고 그렇게 한다.[22]

최인훈에게 문학은 우선 현재 인간이 놓여 있는 존재 조건, 공동체에 대한 꿈을 불가능하게 만드는 현실과의 싸움이다. 그래서 그는 새로운 공동체의 상을 제시하며 희망을 이야기하는 대신에, 공동체의 꿈이 좌절된 과거의 시공간들 그리고 이에 대한 자신의 치열한 사유의 과정을 기록하는 방법을 택한다. 왜냐하면 이것이 "인간의 조건을 확인하고 구원은 밖에서 오지 않는다는 조건을 승인"하면서, 현실의 불가능성을 문학으로 이겨내는 방법이기 때문이다. 오직 이러한 방법으로 환상의 세계를 구성한다는 점에서 문학은 역사적 시간, 즉 현실의 시간들을 이겨낸 "꿈꾸어진 공동체의 시간"이다.

---

21 최인훈, 「『광장』의 주인공 이명준에 대한 생각」, 『길에 관한 명상』, 도서출판 솔과학, 2005, 247쪽.
22 최인훈, 앞의 글, 253~256쪽.

「바다의 편지」도 이 "꿈꾸어진 공동체의 시간"에 대한 믿음을 이야기하는 것으로 끝을 맺는다. "내가 하고 싶었던 일", 그 실현되지 못한 꿈을 "살아 있는 자들이 이어받을 것"이며, 그래서 지금 이 "무섭고 슬픈 기억의 바다"는 언젠가 휴전선이 사라진 "아름다운 돛배들의 놀이마당"이 되리라는 것을, 그리고 "먼 미래의 어느 날" 우리는 "슬픔 따위가 어쩌지 못할 힘 있는 종족"이 되어 "어머니와 나는 아주 질 좋은 차"를 마시게 되리라는 것을, 또한 우리는 언젠가 "둥근 슬픔의 메시지"를 읽을 수 있게 될 것이고 그래서 "지구는 한 줄의 시가 되리라"는 것을 "나는 믿는다"(524~525쪽)고 쓴다.

따라서 역사적 죽음, 그 공공의 목소리로 최인훈이 보낸 「바다의 편지」는 잊혀진 과거가 보내는 '슬픔의 메시지'를 읽을 것을 우리에게 요구하고 있다. "구원과 각성의 가능성"은 우리가 지나온 시간 속에 내재한다. 그 시간들을 지금, 다시 사유할 때 비로소 어떤 가능성이 생겨날 것이다.

이 글은 지난 2015년 한국언어문학회에서 발간한
『한국언어문학』 93집에 게재된 것이다.

참고문헌

〈자료〉

최인훈, 오인영 기획, 『바다의 편지』, 도서출판 삼인, 2012.

_____, 『광장·구운몽』(전집1), 문학과지성사, 2008.

_____, 『문학과 이데올로기』(전집12), 문학과지성사, 2008.

_____, 『하늘의 다리/두만강』,(전집7) 문학과지성사, 2009.

_____, 『길에 관한 명상』, 도서출판 솔과학, 2005.

〈논저〉

권명아, 「죽음과의 입맞춤 : 혁명과 간통, 사랑과 소유권」, 『문학과 사회』, 문학과
　　　지성사, 2010년 봄호.

권성우, 「최인훈 에세이에 나타난 문학론 연구」, 『한국문학이론과 비평』 55, 한국
　　　문학이론과 비평학회, 2012.

김명인, 「영원한 경계인의 문학적 유서」, 『황해문화』, 2003년 겨울호.

김태환, 「문학은 어떤 일을 하는가」, 『시학과 언어학』, 시학과 언어학회, 2001.

연남경·최인훈, 「최인훈 문학 50주년 기념 인터뷰─「두만강」에서 「바다의 편지」까
　　　지」, 『문학과사회』, 문학과지성사, 2009년 여름호.

_____, 「우주적 공간 '바다'를 향하는 최인훈의 소설 쓰기」, 『한국문학이론과 비평』
　　　44, 한국문학이론과 비평학회, 2009.

_____, 「기억의 문학적 재생」, 『한중인문학연구』 28, 한중인문학회, 2009.

장사흠, 「최인훈 소설에 나타나는 낭만적 의지와 독일 관념론」, 『현대소설연구』
　　　23, 현대소설학회, 2007.

정영훈, 「최인훈 문학에서 기억의 의미」, 『현대문학이론연구』, 현대문학이론학회,
　　　2012.

황　경, 「최인훈 소설에 나타난 예술론 연구」, 고려대학교 박사학위논문, 2003.

발터 벤야민, 최성만 역, 「역사의 개념에 대하여」, 『역사의 개념에 대하여/폭력비
　　　판을 위하여/초현실주의』, 도서출판 길, 2008.

송순의 〈면앙정가〉에 나타난 장소성과 그 의미

고성혜

1. 들어가며

조선시대 시가들을 보면 대체로 자연을 주제로 한 작품들이 많다. 조선의 통치 이념이었던 유교 사상의 영향이라고 할 수 있다. 물론 각 작품들을 살펴보면 자연을 바라보는 관점은 다소 차이가 있다. 이는 작가들의 독특한 내적 경험에서 기인하는 필연적인 사태이다.

경험은 인간의 인식과 관념에 일정한 틀과 형식을 부여한다. 인간은 특정 대상을 접하면서 사랑이나 증오와 같은 감정을 느끼는데, 그러한 감정은 경험 주체가 대상에 대해 갖게 되는 주관적이고 의도적인 특성이다. 따라서 경험은 인식 주체가 내적으로 어떻게 대상으로부터 영향을 받는지를 드러내주기도 한다.[1] 간단히 말해, 인간에게 경험이라는 것이 이루어질 때에는 의도와 감정이 동시에 발생한다는 것이다.

처음에 사람은 무차별적인 공간에 놓이게 되지만 점진적으로 거기에

---

1 이-푸 투안, 구동회·심승희 옮김, 『공간과 장소』, 대윤, 1995, 23~24쪽.

일정한 의미와 가치를 부여한다. 그럼으로써 공간은 비로소 장소가 된다.[2] 이러한 전제로부터 경험이라는 핵심어가 '지역'(혹은 '공간')이라는 주제와 맞물릴 때에 우리는 '장소'(혹은 '장소성')를 이야기할 수 있을 것이다.

달리 말하자면 특정한 공간에서 형성된 경험은 사람들에게 영향을 미치고 동시에, 그러한 영향 아래 이루어지는 행위는 특정 장소에 의미를 부여하는 연쇄 작용이 일어난다는 논의가 가능하다. 지역이란 당대의 역사와 사회를 반영하고, 아울러 인간의 정체성이 특정 장소와 연관되어 있다는[3] 주장 역시 같은 맥락이다.

기본적으로 보는 행위란 선별적이며 창조적인 과정이다. 보는 행위를 통해서 환경(Umwelt)은 유기체에 의미 있는 기호를 제공하는 유동적인 구조로 조직된다.[4] 특히 필자는 이러한 환경과 환경이 주는 자극들이 의미 있는 기호로 조직돼 구조화된 문학작품에 주목할 것이다. 아울러 그러한 구조화 과정이 작품 안에서 어떻게 이루어지고, 어떠한 관계 맺음을 통해 의미가 발생하는지 고찰할 것이다. 이를 위해 필자는 호남 시가 문학의 중심에 위치하며, 아울러 자연시의 극치를 보여주고 있는 면앙 송순(俛仰 宋純, 1493~1582)의 〈면앙정가(俛仰亭歌)〉를 논하고자 한다.

송순은 〈면앙정가〉에서 면앙정 일대의 지명을 통해 담양이라는 특정 지역이 갖는 '장소성'을 구현한 바 있다. 물론 이 점에 착안해서 송순의 전기적 삶과 작품을 대조 및 분석하여 작가의 장소적 인식과 의미에

---

2 이-푸 투안, 구동회·심승희 옮김, 같은 책, 19~20쪽.
3 제프 말파스, 김지혜 옮김, 『장소와 경험』, 에코리브르, 2014, 15쪽.
4 이-푸 투안, 구동회·심승희 옮김, 앞의 책, 26쪽.

대해 밝힌 연구도 이미 있다.[5] 그러나 장소성에 초점을 맞춘 대개의 논의들이 그렇듯 특정 장소가 가질 수 있는 일반적인 의미나 의의들을 부여하는 데에 그치고 있고, 그러한 장소적 의미가 실제 텍스트 속에서 어떤 방식으로 조직되고 또는 심미적 자질을 드러내고 있는지는 효과적으로 밝히지 못하고 있다고 할 수 있다.

본고는 특히 장소와 장소의 접점 혹은 장소 안의 장소(대상)가 개별적으로 논의되어야 하는가에 대한 의문으로부터 출발한다. 이들은 분리된 것이 아니라 유기적인 관계망을 형성하며 끊임없이 서로 스미고 소통하는 특정한 경계를 갖는다고 할 수 있기 때문이다.

장소란 경험이 이루어지고 조직되는 공간이다. 이때 장소는 담양이 혹은 면앙정이 될 수도 있다. 다만 그 크기와 작품 내에서 표현되는 집중도를 보자면, 면앙정은 담양이라는 장소 내에 있는 구체적인 대상이다. 여기서 면앙정을 이루는 경계와 이를 둘러싸고 있는 담양이라는 장소의 경계는 동일한 지점을 이룬다.[6] 담양은 면앙정을 제약하는 곳이 아니라, 면앙정을 담양이라는 자연 안에서 보존하고 유지시킴으로써 또 다른 세계를 형성하는 것이다. 따라서 본고에서는 장소성에 좀 더 주목하는 입장을 견지하면서 송순이 인식한 공간 및 장소와 그를 바라보는 관점을 살펴보고 〈면앙정가〉와 담양이라는 장소가 형성하는 심미적 자질과 관계망에 대해 논의하고자 한다.

---

5 김은희, 「송순 시가의 장소성에 대한 일고찰 −자연시를 중심으로−」, 『한민족어문학』 63, 한민족어문학회, 2013.

6 이와 같은 논의는 아리스토텔레스의 『자연학』에 기초한다.

2. 송순의 코스모스

송순은 누정을 문화 공간으로 삼아 문학 활동을 한 대표적 인물[7]이
자, '강호가도의 선창자' 또는 '자연탄미의 시인'으로 불린다.[8] 따라서
자연을 배경으로 제작한 그의 작품은 오늘날에도 그 미적 가치와 예술
적 성취를 인정받고 있다. 그렇다면 송순이 그렸던 자연은 무엇이며
어떠한 의미를 가지고 있는 것일까. 이를 살피기에 앞서 우리는 그가
사림(士林)이었다는 점을 간과할 수 없다.

송순이 활동했던 16세기의 문학에서 두드러진 특징은 사림이 주요한
작가층으로 대두하였다는 점이다. 작가로서 사림은 자연을 소재로 삼
아 인간의 도덕적 심성을 작품 속에서 구현하고자 하였다. 즉 자연을
천인합일(天人合一)의 매개체로 인식하는 한편, 그 속에서 '참된 것[理]'
을 추구하고자 하였던 것이다.

여기서 주목해야 할 것은 이 시기 문학의 주 담당층을 이루었던 사대
부들의 사상적 기반이 성리학적 사유 체계였다는 점이다. 그러한 사유
체계를 기반으로 그들이 끊임없이 언급했던 자연이 그들에게 과연 어
떤 의미였는지에 대해 이해할 필요가 있다.

특히 본고에서 주목하는 16세기 후반은 사화와 당쟁의 후유증에 시
달리던 시기로, 사화의 참상을 경험한 사림에게 자연은 무엇보다도 수
신을 위한 은거지[9]로 이해되었다. 정도의 차이는 있겠지만 그들에게

---

7 고성혜, 『담양가사의 미의식』, 전남대 대학원 석사학위논문, 2012, 23쪽.
8 김신중, 『은둔의 노래 실존의 미학』, 다지리, 2001, 23쪽.
9 김신중, 「사시가의 강호인식 −16세기 후반 사림과 작품의 두 경우−」, 『호남문화연구』
   20, 전남대학교 호남학연구원, 1991, 61쪽.

자연은 공통적으로 세속(혹은 현실의 정치 세계)과 상반되는 개념으로서
존재하였다. 당시 당장 내일을 기약할 수 없었던 훈구파와의 끊임없는
경쟁 구도는 사림에게 현실을 혼돈 그 자체로 인식하게 만들었다. 그들
이 정당하다고 생각하였던 것이 사화로 인하여 무너져 내리는 모습은,
적어도 그들에게는 이치에 합당하지 않은 것으로 여겨졌을 것이기 때
문이다. 따라서 현실 정치에 염증을 느낀 이들에게 자연이란 그 자체로
어지러운 현실과 극명하게 대조되는 이상향의 의미를 갖는다.

본고에서 살펴볼 〈면앙정가〉의 작가 송순의 상황을 살펴보도록 하
자. 기실 송순은 1519년(중종 14)부터 1569년(선조 2)에 이르기까지 약
50여 년 동안 관직 생활을 영위했다. 그러나 오랜 기간 관직을 유지했
다고 하더라도 그 사이 몇 번의 파직과 유배를 경험해야만 했다. 그렇
다면 그가 인식했던 현실은 평안한 곳이었을까. 아니었을 것이다. 다음
의 시를 통해 그의 현실에 대한 인식의 일단을 엿보기로 한다.

> 風霜이 섯거 친 날에 궃픠온 黃菊花를
> 金盆에 ▽득 다마 玉堂에 보내오니
> 桃李야 곳이온 양 마라 님의 ▽을 알괘라.[10]

위의 시는 바람과 서리가 뒤섞여 치는 매서운 계절 속에서 피어난
황국화와 따뜻한 봄에 피어나는 도리를 대조시키고 있다. 전통적으로
지절을 표상하는 매화, 난, 국화, 대나무 중에서 "국화"를 끌어 왔다는
점, 그리고 간신의 은유인 "도리"를 내세우고 있다는 점에서 그가 평소

---

10 박을수, 『한국시조대사전』 하, 아세아문화사, 1992, 4423번.

사대부로서 어떠한 기치를 지니고 있었는지 어렵지 않게 추측해 볼 수 있다. 임금에 대한 충성으로서 절개를 지키겠다는 결연한 의지를 한 편의 시조로 표현했던 것을 염두에 두고 다음의 작품을 보도록 하자.

> 곳이 진다 ᄒ고 새들아 슬허 마라
> 브람에 훗늘리니 곳의 탓 아니로다
> 가노라 희짓ᄂ 봄을 싀와 므슴 ᄒ리오.[11]

위의 작품은 실제 을사사화 당시 사건에 연루되어 많은 이들이 화를 당하는 것을 보고 제작한 시이다. 송순은 선비들을 "곳"으로 표현하고, 이 꽃들이 지는 정황을 먼저 노래한다. 그러나 단지 꽃이 져버린다는 사실을 보여주는 것에 그치지 않고, 그 이유가 바람 탓임을 역설한다. 무고한 자들이 자신의 의지와 상관없이 스러지고 마는 사태는 무척이나 안타까운 일이었을 것이다. 그리고 "브람"과 꽃이 흩날려 버린 "봄"은 을사사화 후에 기득권을 잡은 세력 즉, 윤원형을 위시한 집권 세력을 일컫는다.[12]

송순의 관직 생활은 비교적 평탄했다고 한다. 그러나 그의 인생에서 생사를 넘나드는 난관이 없었다고 해서 그가 인식한 현실 역시 안온한 것이었다고 말하기는 곤란하다. 당시는 사화가 빈번하게 발생한 시기였다는 점, 그리고 송순 역시 사림 중 하나였던 점을 염두에 둘 때 수차

---

11 박을수, 『한국시조대사전』 상, 아세아문화사, 1992, 286번.

12 "甲辰冬 遭內艱廬墓 其翌年 乃明廟乙巳也 文定垂簾 元衡盆張 多殺耆舊善類 與謀者 盡策僞勳 公雖在苫堊 未嘗不悲憤也 及丁未禫闋 每歎傷諸賢 作歌曰 有鳥曉曉 傷彼落花 春風無情 悲惜奈何"(趙鐘永,〈右參贊企村宋公諡狀〉,「諡狀」,『俛仰集』4)

례에 걸쳐 낙향하기를 청했던 것은 그의 현실 인식이 결코 안온하지 않았음을 입증한다.

이상의 사회성이 짙은 시들을 미루어 짐작하건대, 그에게 정치 현실이란 썩 긍정적인 것만은 아니었다고 할 수 있다. 그에게 현실이란 마냥 달가운 게 아니었다. 정쟁의 소용돌이에 직접적으로 휩쓸린 것은 아니지만, 그에게 정쟁의 현실이란 일종의 카오스 상태로 보였을 게 틀림없다. 반면 그에게 고향(자연)은 정쟁의 현실을 초월해서 아름다움과 참된 것이 오롯이 유지되고 보전되는 코스모스와 같은 이상적인 공간으로 현현했을 것으로 추측된다.

송순이 자연을 어떻게 인식하고 있었는지를 알기 위해서, 우리는 〈면앙정삼언가(俛仰亭三言歌)〉를 살펴야 한다. 그 뒤의 〈면앙정단가(俛仰亭短歌)〉가 〈면앙정삼언가〉의 시상을 이으면서 보다 구체적으로 서술되었고, 가사 〈면앙정가〉로 더욱 확대되어 완성되었다고 했을 때, 〈면앙정삼언가〉는 송순 자신의 삶에 대해 갖는 근원적인 이상과 의미를 응축해서 보여주고 있다고 할 수 있기 때문이다.[13]

굽어보니 땅이요
우러르니 하늘이라
그 사이 정자 있어
흥취가 호연하다
풍월을 불러들이고
산천을 둘러놓고

---

13 김성기, 「송순의 면앙정삼언가 연구」, 『남명학연구』 13, 경상대학교 남명학연구소, 2002, 275쪽.

청려장에 의지하며
백 년을 누리리라[14]

위의 시를 지배하고 있는 시상은 『맹자』의 "우러러 하늘에 부끄럽지
않고 굽어보아 인간에게 부끄럽지 않다"[15]는 구절로부터 비롯된다. 이
러한 시상은 자연과 합일을 이루어 그 속에서 평생을 살고자 하는 그의
바람과 맞물려 있다.

주지하듯이 송순은 16세기 담양에서 누정문화를 일으킨 중심적인
인물로 그의 누정 면앙정을 소재로 일찍이 많은 시가들을 창작한 바
있다. 누정을 중심으로 형성된 시단의 조건은 출입하는 시인들의 뛰어
난 자질도 중요하지만 누정을 중심으로 펼쳐진 수려한 경관을 빼놓을
수 없을 것이다.[16] 면앙정은 담양의 중심 누정으로서 시단을 형성하기
위한 필요충분조건을 갖추었다고 할 수 있다. 면앙정은 많은 이들로부
터 풍광의 아름다움을 인정받은 곳이었다. 물론 이곳이 지니는 아름다
움은 비단 겉모습에만 그치는 것이 아니다. '세속과 다른', 그래서 '머
물고 싶은' 곳이라는 정신적 의미를 동시에 내포하고 있기 때문이다.
따라서 그 공간 안에서 하늘과 땅에 부끄러움이 없이 살겠다는 뜻을
세웠다는 것은 세속과는 구별되는 삶의 이상을 지키겠다는 의미와도
상통하는 것이다.

---

14 "俛有地 仰有天 亭其中 興浩然 招風月 挹山川 扶藜杖 送百年"(宋純, 〈俛仰亭歌 三
言〉, 「詩」, 『俛仰集』 3), 번역은 김신중, 앞의 책, 17쪽.

15 "仰不愧於天 俯不怍於人"(「盡心」, 『孟子』)

16 김성기, 「송순의 면앙정단가 연구」, 『한국고시가문화연구』 1, 한국고시가문화학회,
1993, 6쪽.

코스모스란 질서이다. 이해 가능하고 이치에 맞는 것이기에 선하고 아름답다. 반면 불규칙하고 이치에 합당하지 않은 것은 선하지도, 아름답지도 않다. 이는 혼돈이고 카오스이다. 이러한 개념 위에서 사림 중한 사람이었던 송순의 자연 인식은 펼쳐진다. 사림의 강호예찬의 기본 전제가 결국 성리학을 바탕으로 두고 있다는 점, 아울러 강호를 세속과 대비되는 세계로 극명하게 인식하고 작품을 제작함으로써 강호 인식의 전범을 보여 주었다는 점[17]에서 알 수 있듯이 송순의 자연은 가닿아야할 이상으로서 코스모스였다고 할 것이다.

이는 〈면앙정가〉가 선산부사를 제수 받고 담양에 거주하고 있던 무렵 지어졌다는[18] 점을 고려하면 이해가 쉽다. 송순은 1550년에 사론(邪論)을 편다는 논란에 휩싸이고 그 여파로 평안도 순천에서 1년 정도 유배생활을 했다. 그 후 다시 수원으로 옮겨 지내다가 11월에 유배에서 풀려나게 된다.[19] 해배되어 담양으로 돌아온 송순은 1552년에 면앙정을 중즙(重葺)하였다. 이어 1553년 선산부사로 나갔다가 1555년에 담양으로 돌아온다. 〈면앙정가〉가 이 시기부터 전주부윤으로 출사하게 되는 1558년 사이에 제작[20]된 것으로 본다면 유배 생활과 관직생활을 번갈아 겪은 지 얼마 되지 않은 시기라는 점을 고려해 보았을 때에, 자연은 더욱 그의 이상향이었을 가능성이 크다.

---

17 김신중, 앞의 책, 24쪽.
18 이상원, 「송순의 면앙정 구축과 〈면앙정가〉 창작 시기」, 『한국고시가문화연구』 35, 한국고시가문화학회, 2015, 263쪽.
19 『명종실록』 참조.
20 이상원, 앞의 논문, 264~273쪽.

3. 〈면앙정가〉와 토포필리아

본고의 궁극적인 목적은 〈면앙정가〉에서 장소성이 어떻게 표현되고 있는지를 살피는 것이다. 이는 작품과 작품의 배경이 된 실제 공간과의 대조 작업을 하겠다는 말이 아니다. 대신 배경이 된 공간이 장소화되며 장소성이 제시되는 과정에서 작가의 의식은 과연 어떻게 작용하였는가 혹은, 그 과정은 어떤 식으로 이루어졌는가를 해명하고자 하는 것이다.

한편, 장소가 경험에 근거한다는 기본 전제 아래에서 장소는 시간과 무관하지 않다. 경험들은 반드시 끊임없는 변화의 연속성과 묶여져야 하기에 시간은 장소 경험의 일부이다. 곧 장소는 시간에 독립적일 수 없다.[21] 공간은, 그리고 우리는 항상 현재라는 시간성 속에 존재하기 때문이다. 이에 본 장에서는 〈면앙정가〉를 직접 살펴보면서 담양이라는 공간이 어떻게 장소화 되었는지, 그리고 공간이 장소로서 존재하게 하는 시간에 대해서 살펴볼 것이다.

1) 공간의 장소화, 구상(具象)

송순은 1533년(중종 28), 김안로의 세력이 횡포를 부리던 정계를 벗어나 담양에 지내면서 제월리 마항마을의 제월봉에 면앙정을 세웠다. 그리고 관직에서 물러나면서부터는 세상을 떠나기 전까지 14년 간 이곳에서 머물면서 생을 보냈다. 물론 담양은 그가 태어나고 자란 곳이면서 동시에 정계에서 잠시 멀어졌던 기간, 틈틈이 내려와 지내던 곳이기도

---

21 에드워드 렐프, 김덕현 외 2인 옮김, 『장소와 장소상실』, 논형, 2005, 84~85쪽.

하다. 즉 담양은 그에게 있어서 '머무르는' 곳이었다.

머무름, 즉 거주의 문제는 인간 존재의 삶과 경험의 영역에 해당하는 생활 세계의 문제이다. 다시 말하자면 거주는 생활의 문제이고 그것은 필연적으로 장소와 연관된다는 말이다.[22] 나카노 하지무(中野肇)가 언급한 바대로 장소가 경험주체에게 어떤 의미로 한정되어 나타난다면,[23] 담양이라는 공간에서 오랜 시간동안 다양한 경험을 했던 송순에게 그곳은 특별한 의미를 지니는 장소로 부상한다. 그중에서도 면앙정은 그가 특별한 의미를 부여했던 장소로서, 관련 시가 작품이 부지기수이다.

〈면앙정가〉에서 그는 면앙정의 외관이라든가 또는 그것이 세워지게 된 이유나 배경에 대해서는 직접적으로 밝히지 않고 있다. 다만 다양하고 화려한 묘사와 표현법을 동원해서 누정과 그 주변의 경관을 시적으로 형상화함으로써, 시를 접하는 이로 하여금 감흥을 통해 그 이유와 배경 등을 유추할 수 있도록 하고 있다.

아래 인용문은 〈면앙정가〉의 1~18구인데,[24] 면앙정이 '위치'하고 있는 곳의 산세(山勢)와 지형을 소상히 밝히고 있다.

无等山	흔활기뫼히	동다히로	버더이셔
멀니	쎄쳐와	霽月峯의	되여거늘
無邊	大野의	므슴	짐쟉ᄒ노라
일곱구비	홀머움쳐	므득므득	버러ᄂᆞᆺ듯
가온대	구비ᄂᆞᆫ	굼긔든	늘근뇽이

---

22 노용무, 「백석 시와 토포필리아」, 『국어문학』 56, 국어문학회, 2014, 237쪽.

23 나카노 하지무, 최재석 옮김, 『공간과 인간』, 국제, 1999, 44쪽.

24 이하 원문은 『俛仰亭歌』(한국가사문학관 소장) 참조.

선줌을	ᄭᆞᆨ씨야	머리를	안쳐시니
너른바희	우희		
松竹을	헤혀고	亭子를	안쳐시니
구름탄	쳥학이	千里를	가리라
두ᄂᆞ릭	버렷ᄂᆞᆫ듯		

면앙정이 자리한 제월봉은 무등산에서 동쪽으로 뻗어 나온 산줄기이다. 넓게 펼쳐진 들에는 일곱 굽이 한데 뭉쳐 우뚝우뚝 펼쳐 놓은 듯한 굽이진 능선들이 있다. 면앙정은 이 중 늙은 용이 선잠에서 깨어나 머리를 얹어 놓은 것처럼 생긴 널찍한 바위 위에 세워져 있다. 이는 고봉 기대승(高峰 奇大升, 1527~1572)이 "제월봉의 산자락이 건방(乾方)을 향하여 조금 아래로 내려가다가 갑자기 높이 솟아서 산세가 마치 용이 머리를 들고 있는 듯하니, 정자는 바로 그 위에 지어져 있다"[25]는 언급이나, "거북이가 고개를 쳐든 듯"[26]하다고 표현한 내용과 일치한다. 곧 면앙정은 산의 형상이 약간 꺼졌다가 다시 올라간 모습을 한 곳[27]에 자리 잡았음을 알 수 있다. 그 위치에 초점을 맞추어 본다면, 면앙정은 높은 곳에 세워져 "장송(長松)과 무성한 숲이 영롱하게 서로 어우러져 있어 인간 세상과 서로 접하지 않으므로 아득하여 마치 별천지와 같다"[28]고 말 할 수 있다. 이러한 높이의 변화는 면앙정이 마치 비상하는 듯한

---

25 "峯支向乾方 稍迤而邅隆 勢如龍首之矯亭正直其上"(奇大升,〈俛仰亭記〉,『高峰集』 2), 이하 번역은 한국고전종합DB(한국고전번역원) 참조.

26 "勢如龍垂龜昻"(기대승, 같은 글)

27 문영숙·김용기,『면앙집』 분석을 통한 면앙정 경관에 관한 연구」,『한국전통조경학회지』20, 한국정원학회, 2002, 7쪽.

28 "長松茂樹 葱蘢以交加 與人煙不相接 迥然若異境焉"(기대승, 앞의 글)

느낌을 줬을 것이고 구름을 탄 푸른 학이 천 리를 날기 위해 날개를
펼친 모습이라는 표현을 가능하게 했을 것이다.

玉泉山	龍泉山	노린	믈희
亭子압	너븐들히	兀兀히	펴진드시
넙쩌든	기노라	프르거든	희지마니
雙龍이	뒤트는둧	긴깁을	치폇눈듯
어드러로	가노라	므슴일	빈얏바
닷는둧	쑨로는둧	밤낫즈로	흐르는둧
므조친	沙汀은	눈낫치	펴졋거든
어즈러온	기럭기는	므스거슬	어르노라
안즈락	노리락	므드락	훗트락
蘆花을	스이두고	우러곰	좃니는뇨
너브길	밧기요	긴하늘	아린
두르고	쇼준거슨		
모힌가	屛風인가	그림가	아닌가
노픈둧	즌둧	근는둧	닛는둧
숨거니	뵈거니	가거니	머믈거니
어즈러온	가온듸	일홈난	양ㅎ야
하늘도	젓치아녀	웃독이	셧눈거시
秋月山	머리짓고		
龍歸山	鳳旋山	佛臺山	漁灯山
湧珍山	錦城山이	虛空의	버러거든
遠近	蒼崖의	머믄것도	하도할샤

이상은 19~58구의 내용으로 면앙정에서 바라본 승경을 묘사하고 있는 부분이다. 시선은 점차 근경에서 원경으로 옮겨간다. 면앙정에서 내려다보이는 넓은 들에는 옥천산과 용천산에서 내린 물이 끊임없이 흐르고 있다. 비록 지금은 그 모습을 찾을 수 없으나 당시에는 마치 쌍룡이 몸을 뒤트는 듯하고 긴 비단을 펼쳐 놓은 듯이 밤낮으로 흐르는 모양이 아름다웠던 것으로 보인다. 이어 물가의 모래밭은 눈같이 펼쳐진 듯하고 이를 뒤로하여 갈대꽃 사이를 날아다니는 기러기의 모습을 이야기 한다.

다시 고개를 들어 시선을 멀리하니, 넓은 길 밖, 긴 하늘 아래 둘려 있어 산인지 병풍인지 알 수가 없다. 추월산을 머리로 삼아 여러 산들이 펼쳐져 있는 것인데, 이는 정자 앞으로 넓게 펼쳐진 들을 에워싸는 형국이다. 전체적으로 이러한 산세는 "인간은 남들에게 들키지 않고 바깥을 내다볼 수 있는 곳을 선호하도록 진화하였다"는 제이 애플턴(Jay Appleton)의 '조망과 은신 이론'을 연상케 한다.[29] 곧 면앙정을 창건할 때에 보기에 아름답고 좋은 곳을 택했을 뿐만 아니라, 송순의 코스모스를 완성시켜줄 만한 위치가 고려되었다는 것을 보여주기 때문이다. 다시 말하자면, 송순이 면앙정이라는 공간을 장소화 시키는 것은 그 위치에 자신의 이념을 투사시켜 반영한 것으로부터 시작된다고 할 수 있다. 그것이 작품에서 산세와 지형을 통한 위치를 드러냄으로 표현되었던 것이다.

또한, 송순은 이러한 승경을 이야기하며 끊임없이 구체적 지명을

---

29 진경환, 「누정가사의 공간과 풍경 - 〈면앙정가〉를 중심으로」, 『우리어문연구』 38, 우리어문학회, 2010, 120~121쪽.

언급하고 있다. 이러한 고유명이 환기시키는 것이 무엇인지 생각해보아야 한다. "자연경관을 노래한 제영의 앞부분에 제시된 구체적인 지명들도 그것 나름의 의미를 갖"[30]는다는 식의 지적으로는 부족하다. 일련의 과정은 구체적 지명을 제시함으로써 작품의 공간이 상상의 공간이아니라 작자가 실제로 생활하였던 곳임을 담보해준다. 즉, 화자의 경험을 수반시키며 그 구체성을 부여하는 작업인 것이다. 작품을 접하는이는 자칫 면앙정 자체가 차지하는 일대만을 장소로 인식할 수 있다. 그러나 조망을 통하여 볼 수 있는 실재하는 풍광을 제시하는 것을 통해그 범위를 넓혀 주며 범위에 대한 인식을 재구하여 준다.

　구체적 지명으로는, "무등산", "제월봉", "추월산" 등을 비롯한 10여차례에 걸쳐 등장하고 있는 산 이름들이 있다. 또한 구체적 지명은 아니지만 면앙정 주변의 형세를 이야기하면서 담양이라는 장소를 실체화시키는 용어도 역시 11여 개가 등장하고 있다. 무등산은, 〈면앙정가〉를〈무등곡(無等曲)〉이라고 불리게 할 만큼, 그리고 담양이라는 공간과 밀접하게 연관이 되어 있을 수밖에 없는 고유 지명이다. 이어 무등산에서뻗어 나와 면앙정이 우뚝 선 제월봉과 그곳을 둘러싸고 있는 추월산등은 좁게는 7.5km에서 넓게는 34km의 반경 내에[31] 위치하면서 장소범위를 확대 및 재설정해 주는 역할을 하고 있다. 역시 담양의 넓은들인 "무변대야", "정자 압 너븐 들", "너븐 길" 등과 산세의 절경을그려주는 "천암 만학", "솔 아릐 구븐 길", "백쳑 난간" 등은 면앙정에서조망할 수 있는 모습이다. 이는 면앙정이라는 장소가 향유하는 넓은

30 박연호, 「문화코드 읽기와 문학교육」, 『문학교육학』 22, 한국문학교육학회, 2007, 71쪽.
31 진경환, 앞의 논문, 119쪽.

의미의 장소를 형상화 시킨 것이다.

이렇게 고유 지명과 주변 풍광을 표현한 용어들은 작품 안의 장소를 구체적으로 제한함과 동시에 확대하는 역할을 하고 있다. 일련의 과정들을 통하여 화자는 면앙정이라는 대상을 의미화 시키고 있음이다. 즉 구체적 지명을 분명하게 제시하면서, 이미 존재하던 혹은 이미 경험한 대상을 이야기 하는 것이라는 의식을 전제한 채로 장소화 시키고 있다는 것이다.

2) 장소의 지속, 순환

동서양을 막론하고 고대인들은 자연이 순환적으로 움직인다고 믿었다. 지구의 자전과 공전 등을 예로 들 수 있는데, 현대인들도 이런 반복적인 국면을 인식하고 있다. 다만, 그것은 고대인들의 다시 되풀이하여 돌아옴이 아니라 일정한 방향으로의 흐름일 뿐이다.[32] 여기서 살피고자 하는 것은 〈면앙정가〉에 드러나는 시간적 요소이다. 장소성이라는 개념과 밀접하게 관련되어 있는 시간이, 작품 속에 어떻게 드러나며 어떠한 역할을 하고 있는지 살펴보자.

〈면앙정가〉를 지배하는 시간적 요소는 '사계의 흐름'이다. 사계절의 흐름에 따라 면앙정 주위 모습을 그림으로써 면앙정이라는 장소는 인지되고 통합된다. 아래는 〈면앙정가〉 중 사시가경을 나타낸 59~99구에 해당하는 부분이다.

---

32 이-푸 투안, 이옥진 옮김, 『토포필리아』, 에코리브르, 2011, 225쪽.

흰구름	브흰煙霞	프르니는	山嵐이라
千巖	萬壑을	제집을	삼아두고
나명셩	들명셩	일히도	구는지고
오르거니	느리거니		
長空의	써나거니	廣野로	거너가니
프르락	불그락	여트락	디트락
斜陽과	서거지어	細雨조츠	쑤리는다
藍輿를	비야투고	솔아리	구븐길노
오며가며	ᄒᆞ는적의		
綠楊의	우는黃鶯	嬌態겨워	ᄒᆞ는괴야
나모새	ᄌᆞᄌᆞ지어	討陰이	얼린적의
百尺	欄干의	긴조으름	내여펴니
水面	凉風야이	긋칠줄	모르는가
즌서리	쌔진후의	산빗치	금슈로다
黃雲은	쏘엇디	萬頃의	펴거긔요
漁笛도	흥을계워	둘룰ᄯᅡ롸	브니는다
草木	다진후의	江山이	민몰커늘
造物이	헌ᄉᆞᄒᆞ야	氷雪로	쑤며내니
瓊宮	瑤臺와	玉海	銀山이
眼底의	버러셰라		
乾坤도	가음열샤	간대마다	경이로다

59구에서 73구는 봄의 경치를 보여주고 있다. 흰 구름이 깔린 고요한 산수의 경치 위에서 아지랑이가 일렁이고 석양에 지는 해와 섞여 이슬비마저 흩뿌린다. 아지랑이로 찾아오는 자연의 봄은 화자의 코스모스인 장소를 설레게 만들고 보슬보슬 내리는 봄비는 그를 촉촉하게 적셨을 것이다. 이어 74구부터 화자는 남여를 타고 녹음이 짙어진 소나

무 아래를 지난다. 지루한 더위에 몰려오는 졸음은 백 척 난간에 기대어 몰아내고 간간히 불어오는 서늘한 바람에 여름을 만끽한다. 85구에서 시작하여 90구에서 맺는 가을의 풍경은, 서리가 걷힌 후 산 빛이 비단과 같다는 표현으로 시작된다. 단풍으로 물든 모습을 이야기하는 것이다. 또한 앞에서 등장하였던 발아래 펼쳐진 넓은 들에서 화자는 금빛으로 흔들리는 곡식들을 바라본다. 그리고 가을의 커다란 달과 피리로 흥취를 돋고 있다. 이후 나뭇잎이 다 진 모습에 황량한 마음을 가누지 못하다가 곧 얼음과 눈으로 아름답게 꾸며진 경관에 "경궁요대"와 "옥해은산"으로 비유하며 감탄한다.

시가 작품에서 사계의 제시는 순환적 의식 세계의 반영이다. 순환적 구조는, 순환이란 말에 이미 그 뜻이 내포되어 있듯이, 결코 끝나지 않는다. 끊임없이 반복되는 시간을 통해서 화자는 자신의 고유한 장소가 유지될 것을 염원한다. "개인이나 문화에 의해 정의되는 장소들은 그 위치·활동·건물들이 의미를 가지고 또 잃어버리면서 성장 번영하고 쇠퇴"[33]한다. 이 말에서 전제하는 시간의 흐름은 '일정한 방향'으로의 그것이다. 때문에 작품에서 이야기하는 순환적 시간 관념과는 다르다. 따라서 〈면앙정가〉에서 노래된 사계의 순환 개념은 시간이 흘러 장소가 상실되어 버릴 것을 염려한 일종의 염원이라 하겠다. 과거, 특히 사시가를 향유하였던 작가들의 성향이 "사시순응관을 바탕으로 성립되어 사시순에 따른 순차적 순환성을 가진 시상 구조를 통해 유한한 삶 속에서 무한을 추구"[34]하고 있다는 것을 염두에 둔다면, 화자 역시

---

33 에드워드 렐프, 김덕현 외 2인 옮김, 앞의 책, 82쪽.
34 김신중, 앞의 논문, 56쪽.

이를 바라고 있었고 그러한 열망이 사시의 순환으로 작품에 구현되었음을 알 수 있다.

송순에게 면앙정은 완벽한 장소이다. 이는 개인의 시간을 방해 받지 않는 장소라는 전제 하에, 특별한 장소 혹은 특별한 사람과 함께 보내는 시간을 의미하는 '안전한 공간'과도 상통한다.[35] 시에서 알 수 있듯이 면앙정은 높은 곳에 위치하며 주변을 조망한다. 자연을 제외한 모든 것으로부터 간섭을 받지 않는 지리적 특성을 보유하고 있는 곳이다. 따라서 면앙정은 외부의 카오스와는 차단된 완벽한 공간으로서, 오롯이 화자의 이상적 시간을 담보하는 장소로서 존재하는 것이다. 이러한 장소는 순환적 시간을 만나 오랜 세월이 지나 닥쳐올 변화 속에서도 특별한 장소로서 지속될 수 있게 된다.

4. 장소의 경계와 의미 : 담양과 면앙정

주지하다시피 담양은 송순의 고향이다. 또한 관직 생활이나 유배 생활을 하지 않을 때에 지냈던 곳이자 수차례에 걸쳐 돌아가고자 했던 곳이기도 하다. 그런 그가 담양에 세운 누정이 면앙정이다.

누정이란, 『표준대국어사전』에 따르면 누각과 정자를 아우르는 말로서 경치가 좋은 곳에 놀거나 쉬기 위하여 지은 집이다. 다만 집 위에 활연히 툭 틔게 지은 것[36]이라는 언급과 사방의 경관을 직접 향유할

---

35 이-푸 투안, 구동회·심승희 옮김, 앞의 책, 194쪽.

36 "構屋於屋謂之樓 作豁然虛敞者謂之亭"(李奎報, 〈四輪亭記〉, 「記」, 『東國李相國集』 23)

수 있는 건축 양식을 고려해 보았을 때에 누정은 계절이나 시간에 얽매이지 않고 주변 경관을 조망하기 위하여 높은 곳에 지은 건축물이라고 정리할 수 있을 것이다. 같은 맥락에서, 누정은 폐쇄적이며 '일상'의 생활이 영위되는 집과는 다르다. 누정이 세워진 목적을 살펴보면 그것은 자명해진다.

누정의 이러한 조건은 조망과 체험을 동시에 가능하게 한다. 여기에 16세기 이후 사대부들의 사정(私亭)을 통한 문화적 활동이 보편화됨으로써 누정가사의 세계 역시 실제 공간을 끌어안을 수 있는 가능성을 확보하게 되었다. 따라서 누정가사의 공간은 누정에서 출발하여 주변의 경승지를 살피는 것으로 끝나는 것이 아니라 그 안에서 즐기는 개인적 소유의 공간으로까지 확장될 수 있었다.[37] 호남지역에서 누정을 중심으로 한 가단을 형성하는 데 효시의 역할을 해낸 면앙정도 예외는 아니다. 오히려 조망과 경험이 동시에 일어나는 가사의 전범이라고 할 수 있을 것이다.

풍경은 보통 정관(靜觀)의 미학과 유관(遊觀)의 미학으로 나누어 설명된다.[38] 이때 면앙정은 시선으로써 생성된 풍경인 정관에서 시작하여, 풍경을 느끼며 그 안에서 직접 행동하는 유관으로 옮겨가며 둘을 동시에 겸하고 있다.

| 人間을 | 써나와도 | 내몸이 | 겨를업다 |
| 니것도 | 보려ᄒ고 | 져것도 | 드르려고 |

37 권정은, 「누정가사의 공간인식과 미적 체험」, 『한국시가연구』 13, 한국시가학회, 2003, 218쪽.
38 나카무라 요시오, 강영조 옮김, 『풍경의 쾌락』, 효형, 2007, 58쪽.

ᄇᆞ람도	혀려ᄒ고	들도	마즈려고
봄으란	언제줍고	고기란	언제낙고
柴扉란	뉘다드며	딘곳츠란	뉘쓸려료
아츰이	낫보거니	나즈히라	슬흘소냐
오늘리	不足거니	내일리라	有餘ᄒ랴
이뫼흘	안즈보고	져뫼흘	거러보니
煩勞흔	ᄆᆞ음의	ᄇᆞ릴일리	아조업다
쉴ᄉ이	업거든	길히나	젼ᄒ리야
다만흔	靑黎杖이	다믜되여	가노믹라
술리	닉어거니	벗지라	업슬소냐
블닉며	ᄐᆞ이며	혀이며	이아며
오가짓	소리로	醉興을	ᄇᆡ야거니
근심이라	이시며	시름이라	브터시라
누으락	안즈락	구브락	져즈락
을프락	ᄑᆞ람ᄒ락	노혜로	노거니
天地도	넙도넙고	日月	흔가ᄒ다
羲皇을	모을너니	니적이야	긔로리야
神僊이	엇더던지	이몸이야	긔로고야
江山風月	거늘리고	내百年을	다누리면
岳陽樓	上의	李太白이	사라오다
浩蕩	情懷야	이예셔	더흘소냐

　세속을 떠나온 것으로 운을 띄운 후, 자연에서의 생활을 직접적으로 제시하고 있는 부분이다. 작품 안에서 제시된 화자의 일상은 무척이나 바빠 한 가지에 집중하기가 어려워 보인다. 왜냐하면 이것도 보려 하고, 저것도 들으려 하고, 바람도 쐬려 하고, 달도 맞으려 하기 때문이다. 이에 밤을 주울 시간도, 고기를 낚을 시간도, 사립문을 닫을 시간

도, 떨어진 꽃을 쓸어 낼 시간도 없다. 자연을 완상하느라 아침이 부족하다고 이야기하고 있는 것이다. 아침에 주어진 시간도 부족한데 저녁이라고 넉넉할 리 없다. 이 산에 앉아 보고 저 산을 걸어 보는데 자연은 아름다워 버릴 게 없다. 쉴 틈 역시 없기 때문에 지팡이만 다 닳아질 뿐이다. 이렇게 자연을 즐기는 풍류생활은 자연 안에서의 자족적인 삶을 여실히 드러내주고 있다. 이와 동시에 송순이 지속적으로 행하였던 많은 행위들은, "장소간의 지속적인 관계를 재확인함으로써 장소에 대한 애착을 강화"[39]시키는 것이다.

이어 술과 벗이 있어 노래를 부르고 악기를 타며 취흥을 돋운다. 이러한 행위 속에 근심이나 시름은 전혀 보이지 않는 듯하다. 누웠다가 앉았다가 시를 읊었다가 휘파람을 불며 노니는 시간은 최고의 태평성세를 구가했던 희황의 시대를 방불케 하고, 시선(詩仙)으로 일컬어지는 이태백이 즐겼던 흥취의 나날을 연상시킨다.

면앙정을 중심으로 이루어지는 전원의 삶을 구체적으로 나열함으로써 면앙정은 여가 안에서 흥취를 만끽할 수 있는 장소로 그 기능을 확보하고 있다. 일반 백성들의 지난한 일상과는 사뭇 다른 사대부라는 계층의 여유와, 앞서 이미 구체적인 지명을 통하여 제시된 지역에서의 생활을 제시하며 담양과 면앙정을 동시에 아울러 장소화 시키고 있음을 볼 수 있다. 즉 담양과 면앙정에 대하여, 직접 주변으로 나가고 몸소 겪는 행동으로 그 공간에 교감하고 이를 통해 유대감을 형성하며 그 장소의 일부가 된 듯한 소속감[40]을 느끼고 있다는 말이다.

---

39 에드워드 렐프, 김덕현 외 2인 옮김, 앞의 책, 84쪽.
40 에드워드 렐프, 김덕현 외 2인 옮김, 같은 책, 127~128쪽.

이상에서 살펴본 바와 같이 송순 개인에게 있어서나 〈면앙정가〉에 있어서 매우 중요한 역할을 수행해 내고 있는 면앙정은 어떤 의미로 파악될 수 있는 것인지 질문을 던져본다. 실제 생활이 이루어 졌던 담양이라는 장소 안의 특별한 대상으로 보아야 하는지 혹은 면앙정 역시 경험의 실제 공간이었던 점을 염두에 두어 담양에 존재하는 또 하나의 장소로 인지해야 하는지 따위다.[41]

본고에서 논의하고 있는 〈면앙정가〉의 장소성은 송순이 이미 면앙정을 세우고 그 곳에서 풍류를 즐기는 다양한 경험이 이루어진 것을 전제로 하고 있다. 자연 그대로의 공간과 구분되는 송순이 인식하는 장소가 된 것이다. 그러한 경험들이 〈면앙정가〉에서 조망과 구체적인 지명 등의 제시로 표현되었다. 일련의 과정을 통하여 장소화된 면앙정을 보여주고 동시에 그에 대한 토포필리아를 지속의 바람으로써 드러내었다. 그리고 이와 같은 기술은 뒷부분의 체험적 서술로 이어졌고 이로써 면앙정으로 초점화 시켰다고 본다.

일반적으로 사람들이 인지하는 공간의 크기에 대한 것에 초점을 맞추어 본다면, 면앙정은 담양이라는 장소에 속하는 특정한 대상에 불과하게 된다. 그러나 송순의 삶 그리고 〈면앙정가〉라는 작품에서 차지하는 비중을 따져 보았을 때에 면앙정은, 담양과는 별개의 장소가 될 수

---

41 실제로 가사 작품 안에 구체적인 공간적 배경이 드러나고 그로 인해 장소성을 추출해 내어 논의를 진행시킨 연구들 사이에서조차 그 차이가 보이고 있다. 김성은(「〈소유정가〉의 장소재현과 장소성」, 『어문논총』 55, 한국문학언어학회, 2011)은 대구라는 '공간'에 실재했던 '장소'인 소유정을 가사의 형식으로 재현한 작품이라 말하고 있다. 이는 소유정이라는 대상을 장소화 한 것으로 대구를 공간이라고 인식하는 데 그친다. 그리고 김은희(앞의 논문)는 담양과 면앙정을 각각의 장소로 인식하였다. 그리고 개별적 장소가 지니는 의미를 파악하여 연관 관계에 대해 논의하고 있다.

있다. 이렇듯 면앙정과 담양을 개별적으로 분류해내는 것은 별 의미가 없어 보인다. 여기서 중요한 것은 이 두 장소의 실제적인 범위가 아니라 그 경계를 공유하고 있다는 점이다. 다시 말하자면, 면앙정이라는 장소를 형성하는 범위의 경계를 담양이 둘러싸고 있으며 면앙정이 구성하고 있는 장소의 표피는 담양의 그것과 분리해낼 수 없다는 뜻이다.

담양은 지역으로서 담양 자체로 게니우스 로키(genius loci)[42]를 가지고 있다. 송순은 그러한 곳에서의 경험을 바탕으로, 자신의 의식을 반영한 하나의 세계(면앙정)를 만들었다. 이렇게 주체의 의식이 반영된 면앙정이라는 장소는 주체로 하여금 다시 어떠한 일체감을 얻게 한다. 여기서 얻어진 일체감은 담양과의 일체를 동시에 담보한다고 할 수 있다. 언급한 대로 사람의 인식과 관념은 경험에 의해 영향을 받는데 담양에서 비롯된 의식으로 만들어진 면앙정은 담양으로부터 뿌리하기 때문이다. 그러나 그렇다고 해서 담양이 면앙정을 제약하는 것은 아니다. 다만 면앙정을 담양이라는 자연 안에서 보존하고 유지시킴으로써 또 다른 장소로 존재할 수 있게 하는 역할을 하고 있는 것이다.

정리하자면, 당대의 상황은 자연을 일종의 유토피아적인 코스모스로 의미 짓게 하였다. 이러한 의식이 담양 및 면앙정과 맞물려 장소화되었고 이러한 장소는 〈면앙정가〉라는 작품을 제작하게 하였다. 역으로 송순이 〈면앙정가〉 안에서 그리고자 했던 장소는, 공간을 구체화시켜 그의 코스모스로써 구현되었다. 그 중심에 면앙정이 있다. 면앙정은 누정의 입지가 보여주는 특징인 높은 곳에서의 '보는 행위'로, 그리

---

42 "각자의 토지가 갖고 있는 고유한 분위기로, 역사를 배경으로 각자의 장소가 갖고 있는 양상" (나카무라 유지로, 박철은 옮김, 『토포스』, 그린비, 2012, 5쪽)

고 그 안에서 이루어졌던 경험의 제시로써 누정의 주변 풍광을, 즉 담양을 코스모스라는 이상적인 장소로 재조직 시켰다. 둘은 유기적인 관계망을 형성하며 서로에게 끊임없이 스며들고 소통하는 존재로서 재조직되어 있는 것이다.

공간에서 이루어지는 경험과, 경험에 수반되는 감정들은 그 공간을 장소화 시킨다. 이에 공간은 지역이라고 할 수 있으며 지역은 이로써 장소가 된다. 면앙정은 담양의 장소성을 담보하고 있다. 면앙정을 구체화 하면 할수록 담양 역시 그 지역적 의미가 선명해진다. 이렇게 면앙정과 담양은 서로 밀접한 관계를 맺고 있다고 할 수 있다.

5. 나가며

지금까지 송순의 〈면앙정가〉에서 읽어낼 수 있는 장소성과 그 의미에 대해서 살펴보았다. 본고는 작품을 분석하기에 앞서, 송순이 〈면앙정가〉에서 노래한 자연이 과연 어떤 인식을 통하여 그려진 대상인지를 살피고자 하였다. 때문에 조선시대 시가 작품들 중 상당수가 자연을 주제로 하였다는 점에 착안하여 당시 작가층을 담당하였던 사림의 사상을 살피는 작업을 거쳤다. 그 결과 성리학적 사유체계를 바탕으로 하면서도 개인이 겪었던 경험에 따라 자연을 대하는 태도가 달랐음을 알 수 있었다. 그리고 정쟁이라는 원인 때문에 자연은 결국 이상향, 즉 코스모스가 될 수밖에 없었고 이는 송순의 경우에도 마찬가지였음을 확인하였다.

작품 분석에 들어가서는 〈면앙정가〉에서 느껴지는 토포필리아에 초점을 맞추었다. 이에 장소성을 드러내기 위하여 작품에서 끊임없이 구체적 지명과 장소를 구상(具象)화 시키는 표현들을 검토했다. 이러한 특정한 고유 지명들이 공간에 대해 작가의 경험을 전제하며 장소화 시킨다는 것을 논의하였다. 그리고 그 장소화를 지속시키려는 바람이 순환적 시간 관념인 사계절의 흐름을 통하여 이루어졌다는 점 역시 살폈다.

본고는 장소성에 초점을 맞춘 논의들이 특정 장소가 지니는 일반적인 의미나 의의들을 부여하는 데 그치고 있다는 점을 반성하며 실제 텍스트 속에서 어떤 방식으로 조직되고 있는지 밝히고자 하였다. 이에 담양과 면앙정이라는 장소는 유기적인 관계망을 형성하고 있음을 알 수 있었으며 〈면앙정가〉와 담양이라는 장소가 형성하는 심미적 자질과 관계망에 대하여 논의할 수 있었다.

이 글은 지난 2015년 한민족어문학회에서 발간한
『한민족어문학』 70집에 게재된 것이다.

참고문헌

〈자료〉
『高峰集』.
『東國李相國集』.
『孟子』.
『俛仰集』.
『明宗實錄』.
『俛仰亭歌』, 한국가사문학관 소장.
박을수, 『한국시조대사전』 상·하, 아세아문화사, 1992.
한국고전종합DB, 한국고전번역원.

〈논저〉
김신중, 『은둔의 노래 실존의 미학』, 다지리, 2001, 17쪽, 23~24쪽.
나카노 하지무, 최재석 옮김, 『공간과 인간』, 국제, 1999, 44쪽.
나카무라 요시오, 강영조 옮김, 『풍경의 쾌락』, 효형, 2007, 58쪽.
나카무라 유지로, 박철은 옮김, 『토포스』, 그린비, 2012, 5쪽.
에드워드 렐프, 김덕현 외 2인 옮김, 『장소와 장소상실』, 논형, 2005, 82쪽, 84~85쪽,
      127~128쪽.
이-푸 투안, 구동회·심승희 옮김, 『공간과 장소』, 대윤, 1995, 19~20쪽, 23~24쪽,
      26쪽, 194쪽.
_____, 이옥진 옮김, 『토포필리아』, 에코리브르, 2011, 225쪽.
제프 말파스, 김지혜 옮김, 『장소와 경험』, 에코리브르, 2014, 15쪽.

고성혜, 「담양가사의 미의식」, 전남대 대학원 석사학위논문, 2012, 23쪽.
권정은, 「누정가사의 공간인식과 미적 체험」, 『한국시가연구』 13, 한국시가학회,
      2003, 218쪽.
김성기, 「송순의 면앙정단가 연구」, 『한국고시가문화연구』 1, 한국고시가문학회,
      1993, 6쪽.
_____, 「송순의 면앙정삼언가 연구」, 『남명학연구』 13, 경상대학교 남명학연구소,
      2002, 275쪽.

김성은, 「〈소유정가〉의 장소재현과 장소성」, 『어문논총』 55, 한국문학언어학회, 2011.

김신중, 「사시가의 강호인식 – 16세기 후반 사림파 작품의 두 경우 –」, 『호남문화연구』 20, 전남대학교 호남학연구원, 1991, 56쪽, 61쪽.

김은희, 「송순 시가의 장소성에 대한 일고찰 – 자연시를 중심으로–」, 『한민족어문학』 63, 한민족어문학회, 2013.

노용무, 「백석 시와 토포필리아」, 『국어문학』 56, 국어문학회, 2014, 237쪽.

문영숙·김용기, 「『면앙집』 분석을 통한 면앙정 경관에 관한 연구」, 『한국전통조경학회지』 20, 한국정원학회, 2002, 7쪽.

박연호, 「문화코드 읽기와 문학교육」, 『문학교육학』 22, 한국문학교육학회, 2007, 71쪽.

이상원, 「송순의 면앙정 구축과 〈면앙정가〉 창작 시기」, 『한국고시가문화연구』 35, 한국고시가문화학회, 2015, 263~273쪽.

진경환, 「누정가사의 공간과 풍경 – 〈면앙정가〉를 중심으로」, 『우리어문연구』 38, 우리어문학회, 2010, 119~121쪽.

광산농악 도둑잽이굿의 공연예술적 특징

곤도 유리

1. 머리말

풍물패가 다가오면 그 가락에 신이 나고 설레는 것은 국적을 떠나 만인 공통의 일이라 하겠다. 타악기와 태평소의 흥겨운 소리는 청관중의 심장 소리와 어울려 누구에게 배운 것도 아닌 어깨춤이 저절로 나온다. 크나큰 농기(農旗)에 새겨진 '농자천하지대본(農者天下之大本)'이라는 말은 인간 삶의 근본이란 무엇인가를 다시 한 번 되돌아보게 해준다. '농악'이라는 말, 그리고 농기의 일곱 글자를 보아도 알 수 있듯이 풍물굿은 농경사회라는 사회적 배경과 함께 마을 공동체를 기반으로 전승되어 왔다. 일제강점기나 군사정권, 새마을운동을 거치면서 판이 축소되기는 하였으나, 대표적인 일터가 논밭에서 회사로 바뀐 후에도 풍물굿은 완전히 사라지지 않았다. 거기에는 전성기 농악의 활기를 되찾으려는 사람들의 노력과 열정이 뒷받침되어 있다.

광산농악은 광주광역시 무형문화재 제8호로 지정된 광주를 대표하는 풍물굿이다. 1992년의 문화재 지정 후, 그 위상을 높이는 데는 광산농악보존회가 진력해 왔다. 특히 보존회 이사장이자 상쇠인 정득채 씨를 중심으로 하여 한때 실전된 도둑잽이굿을 재현하는 등 적극적인 보존 및 보급 활동이 계속되고 있다. 풍물패는 악기 연주를 담당하는 앞치배와 우스개를 담당하는 뒷치배로 나뉜다. 뒷치배를 구성하는 이들은 잡색(雜色)이라 불린다. 본고에서 다루게 될 도둑잽이굿이란 잡색에 의한 놀음 중 하나로서 간단한 줄거리를 지닌 즉흥극을 말하며, 이름 그대로 도둑을 잡는 과정이 재현된다.

풍물굿 공연에 있어서 잡색놀음은 어디까지나 부수적인 요소로 간주된다. 게다가 판이 축소되어 감에 따라 제대로 된 연행 기회를 갖추지 못하는 경우도 많아졌다. 그러므로 잡색놀음에 특화한 기존 연구, 다시 말해 뒷치배에 주목한 연구는 앞치배에 주목한 연구에 비해 상대적으로 수가 적을 수밖에 없다. 여태까지 잡색놀음을 언급한 연구는 두 갈래로 나눌 수 있다. 하나는 비교적 광범위한 지역의 잡색놀음을 고스란히 다룬 경우이고,[1] 다른 하나는 잡색놀음이 ○○농악 연구의 일환으로 다루어진 경우이다.[2] 전자는 잡색놀음의 성격이나 기능, 줄거리의 유

---

1 강은해, 「양반과 포수의 뒷풀이 연구」, 『한국어문연구』 19, 한국어문연구학회, 2010; 김익두, 「한국 풍물굿 잡색놀음의 공연적 연극적 성격」, 『비교민속학』 14, 비교민속학회, 1997; 박진태, 「농악대 잡색놀이의 연극성과 제의성」, 『한국민속학』 29, 한국민속학회, 1997; 이영배, 「잡색놀음 연구」, 『한국민속학』 37, 한국민속학회, 2003; 이영배, 「잡색놀음 연구2」, 『한국언어문학』 53, 한국언어문학회, 2004; 이영배, 「호남 풍물굿 잡색놀음의 공연적 특성과 그 의미」, 『우리어문연구』 27, 우리어문학회, 2006; 이영배, 「풍물굿 잡색놀음의 연극성과 축제성」, 『공연문화연구』 14, 한국공연문화학회, 2007; 이영배, 『교정과 봉합, 혹은 탈주와 저항의 사회극』, 아카넷, 2008; 이영배, 「문화사회에서 잡색놀음 연구의 위상과 전망」, 『비교민속학』 36, 비교민속학회, 2008; 한양명, 「풍물잡색놀음의 역사와 연행집단에 관한 탐색」, 『실천민속학연구』 16, 실천민속학회, 2010.

2 박혜영, 「고창농악 잡색의 연행에 대한 문화기호학적 분석」, 『남도민속연구』 25, 남도민속학회, 2012; 송기태, 「풍물굿 대포수의 양면성」, 『공연문화연구』 15, 한국공연문화

형을 구명함으로써 잡색놀음이란 무엇인가를 종합적으로 파악하는 데 초점이 맞춰져 있다. 후자는 특정 지역에 전해진 잡색놀음의 특징을 살피는 데 초점이 맞춰져 있는데, 그 수단으로서 연행 구조를 문화기호학적으로 분석하는 등 새로운 시도가 전개되기도 하였다.

광산농악에 특화한 연구 또한 그리 많지 않다.[3] 그 중 도둑잽이굿을 다룬 것은 말할 나위 없다. 20년 전의 채록본이 남아 있기는 하나, 최근에 연행된 것과는 상당한 차이를 보인다. 연행물로서 텍스트의 가변성은 숙명적이다. 그러나 늘 변해 가는 과정에 있는 대상을 관찰하여 정기적으로 점을 짓는 작업도 중요하다고 본다. 점을 짓는 작업이 선행되어야 훗날에 점과 점을 연결하여 선을 그려봄으로써 그 대상의 변용 양상과 원인을 파악할 수 있기 때문이다. 따라서 본고는 광산농악 도둑잽이굿의 현주소를 밝히는 데 무게를 둔다.

우선 광산농악의 형성과 구성 검토가 전제되어야만 할 것이다. 그래야 풍물굿 공연에 있어서 도둑잽이굿의 위치를 확인할 수 있기 때문이다. 광산농악보존회와 함께해 온 광산농악의 역사와 활동 내용, 공연 양식을 대략적으로 정리해 본다. 이어서 광산농악보존회에 전해지는 도둑잽이굿의 대본을 살핌으로써 텍스트의 성격을 드러내고자 한다. 이를 실제 공연 텍스트와 되비춰봄으로써 형식면 및 내용면에 있어서

학회, 2007; 허용호, 「축제적 감성의 발현 양상과 사회적 작용」, 『호남문화연구』 49, 전남대학교 호남학연구원, 2011.

3 김혜정, 「광산농악의 지역적 기반과 가락 구성」, 『남도민속연구』 23, 남도민속학회, 2011; 박용재, 『광산농악(하)』, 광산문화원, 1995; 정득채, 『광산농악 판굿편』, 광산농악보존회, 2004; 한국향토사연구전국협의회, 『한국의 농악 호남편』, 한국향토사연구전국협의회, 1994.

공연예술적 특징을 밝히고자 한다.[4] 이들 작업을 통해 미래적으로는
광산농악 도둑잽이굿이 광주를 바라보는 하나의 지표로서 그 의의를
부각시킬 수 있기를 기대해 본다.

2. 광산농악의 형성 과정

　　1988년 전라남도 광산군은 광주직할시에 편입되면서 광산구로서 새
출발을 하게 되었다. 광산농악은 본래 광산군 당부면 지역이며 영산강
상류의 평야지대인 마륵동의 판굿농악을 모체로 형성되었다. 칠석동의
고싸움농악, 소촌동의 당산농악, 산월동의 풍장농악, 옥동(평동)과 유계
동(동곡)의 걸립농악 등 광산구 주변의 다양한 풍물굿이 집대성된 것이
광산농악이다.[5] 광산농악은 1992년에 광주광역시 무형문화재 제8호로
지정되면서 광산농악보존회 회원들이 중심이 되어 전승되어 왔다.

　　'광산농악'이란 명칭은 문화재 지정에 앞서 1990년에 열린 제31회
전국민속예술경연대회 출전 시에 이미 사용된 바 있다. 제29회 출전
시에는 '광산구 소촌농악', 제30회 출전 시에는 '광산구 마륵농악'의
이름으로 나간 것으로 보아, 이전에는 동네별로 풍물패가 운용되다가
1990년을 기점으로 '광산농악'으로 통합되었을 것으로 생각된다.

4　비교하게 될 텍스트로서 채록본은 "박용재, 『광산농악(하)』, 광산문화원, 1995, 59~66
　　쪽"을 대본은 "(滿松)鄭得采農樂硏究院, 『光山(右道)農樂 도둑잽이 굿』"을 사용한다.
5　정득채, 앞의 책, 33쪽.

<표 1> 전국민속예술경연대회 출전 경력[6]

회차	년도	종목	출전팀	수상내역
29	1988	농악	광산구 소촌농악	공로상
30	1989	농악	광산구 마륵농악	장려상
31	1990	농악	광산농악	우수상
32	1991	농악	광산농악	우수상
35	1994	민속놀이	호남우도농악 도둑잽이굿	노력상
36	1995	농악	호남우도농악 도둑잽이굿	노력상
37	1996	민속놀이	문굿(문잽이굿)	장려상

　과거 일제의 농악기(農樂器) 징발(徵發)과 이농(離農) 등을 이유로 풍물굿이 전성기만큼의 호소력을 가질 수 없게 된 상황에서 광주의 광역시 승격과 전국민속예술경연대회에서의 소촌농악의 활약은 '광산농악' 결성의 큰 원동력이 되었다. 아래 인용문에서는 '광산농악'의 탄생 과정을 엿볼 수 있다. 원문에 오타가 난 부분은 그대로 옮기지 않고 밑줄을 치어 괄호 내에 수정 처리하였음을 밝혀 둔다.

　　1988년 1월 1일 全羅南道 光州市가 光州光(→廣)域市로 승격되었고, 光山郡 또한 광주광역시 光山郡(→區)로 행정구역이 조정되면서 제29회 全國民俗藝術競演大會(全州 1988.10.21~ 10.23)에 光山 素村農樂(광산 소촌농악)이 광주광역시 대표로 공로상을 수상하자 그동안 光山農樂의 복구를 바라는 많은 이들이 光山農樂의 재건을 시도하였다. 따라서 차행선 前광산문화원장과 李鍾日 당시市문화예술과장이 中心이 되어 光山區 馬勒洞(광산구 마륵동)의 古老들의 證言(증언)과 全南大學校(전남대학교) 池春相 敎授(지춘상 교수)의 考證(고증)을 토대로 오늘날의 광산농악

6　김혜정, 앞의 논문, 10~11쪽; 정득채, 같은 책, 34~35쪽.

을 북구하게 된 것이다.[7]

사단법인 광산농악보존회가 창립된 것은 문화재 지정 후 3년이 지난 1995년의 일이었다. 전수관은 장덕동 527번지에 위치하는 전통 한옥이며, 현재 수완지구 번화가 중심지에 위치해 있다. 전수관은 동시에 정득채농악연구원이기도 하다. 보존회에는 현재 20대에서 80대까지 약 60명의 회원들이 있으며, 광산농악의 진흥을 위해 힘을 기울이고 있다. 1998년에 시작된 정기발표회는 올해로 열일곱 번째를 맞이하였다. 그 외 시립민속박물관에서 매년 행해지는 정월대보름한마당 공연, 각종 축하기념 공연, 초·중·고등학교 방문 공연 등이 보존회의 주된 활동 내용이다. 또 최근에는 국악신동 육성을 위한 장학 사업이나 무형문화재 기록화 사업에도 착수하였다.

풍물굿은 지역별로 ① 호남좌도농악, ② 호남우도농악, ③ 영남농악, ④ 영동농악, ⑤ 웃다리농악으로 구분할 수 있다. 이때 광산농악은 호남우도농악권에 속한다. 호남우도농악의 특징 중 하나는 치배의 편성으로 앞치배와 뒷치배의 구별이 분명함을 들 수 있다.[8] 광산농악의 경우도 마찬가지로 앞치배와 뒷치배의 대립 구조가 명확하다. 타악기를 담당하는 앞치배와 잡색을 담당하는 뒷치배, 여기에 농기와 영기(令旗)를 든 기수, 나팔수, 태평소 등이 첨가되면 풍물패가 완성된다. 가장 최근에 행해진 공연(제17회 정기발표회, 2014년 8월 10일, 진흥고등학교 체육관)에는 쇠 5명, 징 3명, 장고 8명, 북 6명, 소고 10명, 태평소 1명,

기수 2명, 잡색 7명 등 총 42명이 참가하였다.

정득채 씨가 광산농악만의 변별적 특징으로서 자부하는 것은 바로 열두 바탕 굿거리이다.[9] 열두 바탕을 모두 치려면 "아침 4시부터 오후 5시까지 쉬어가면서 5일간" 걸린다고 한다.[10] 내용은 ① 내드림굿, ② 문잽이굿, ③ 당산굿, ④ 샘굿, ⑤ 들당산굿, ⑥ 마당굿, ⑦ 성주굿, ⑧ 조왕굿, ⑨ 장광굿, ⑩ 날당산굿, ⑪ 판굿, ⑫ 도둑잽이의 열두 가지이다. 김혜정은 이에 대해 "마당굿 이하 장광굿에 이르는 가락은 모두 마당밟이에 속하는 것으로 볼 수 있"고, "도둑잽이는 판굿의 마지막 절차로 이해할 수 있"다고 하여, 광산농악의 굿거리를 ① 문굿, ② 당산굿, ③ 철용굿, ④ 샘굿, ⑤ 들당산굿, ⑥ 마당밟이, ⑦ 날당산굿, ⑧ 판굿의 여덟 과정으로 설명한 바 있다.[11]

문굿이란 풍물패가 다른 마을을 찾아갔을 때 마을 입구에서 풍물패의 진입을 허락 받기 위해 치는 굿이다. 진입이 허락되면 마을을 지키고 있는 당산신과 철용신에게 풍물패가 왔음을 알리기 위해 당산굿과 철용굿을 지낸다. 이어서 마을의 공동 우물에 가서 우물신에게 샘이 마르지 않도록 기원하는 샘굿을 친다. 들당산굿으로 가가호호를 방문하여 마당밟이를 하고 날당산굿으로 마을을 떠난 후, 별도로 날을 잡아서 판굿으로 걸립에 따른 고마움을 표시한다.[12] 판굿은 원래 정월 대보름 밤에 마을의 광장에서 공연되었던 대동굿으로서 놀이적인 성격이 강하다.[13]

9 조사일시 : 2014년 8월 11일, 조사장소 : 광산농악전수관, 제보자 : 정득채.

10 조사일시 : 2014년 9월 18일, 조사장소 : 광산농악전수관, 제보자 : 정득채.

11 김혜정, 앞의 논문, 15쪽.

12 정득채, 앞의 책, 73쪽.

도둑잽이굿이 "판굿의 마지막 절차"로 간주된다 하더라도 구정놀이 마당에서 행해지는 잡색놀음과 혼돈해서는 안 된다.[14] 각 치배들이 악기별로 나와 기량을 뽐내는 구정놀이마당에서는 순서가 "잡색→소고→북→쇠→장고"로 고정되어 있다. 만약에 이때 도둑잽이굿이 연행된다면, 구정놀이마당의 일련의 흐름이 끊기고 만다. 구정놀이마당에서 잡색은 장단에 맞춰서 춤을 추기도 하고, 역할에 맞는 동작을 취하기도 한다. 도둑잽이굿이 시작되는 계기에 대해 정득채 씨는 다음과 같이 설명한다.

그때 그 시점에 가서 "도둑잽이굿 시작을 하자" 그러는 거지. 판굿은 이제 그 집에 들어가서 징허이 놀 때 판을 돌리는 것이여. 그런데 인자 아까 말했다시피 잡색 소고 북 장구 꾕과리 거기 가서 쉰단 말이여. 쉴 때 술상이 나와. 그러면 술상이 나오면은 악기를 전부다 자기 위치에 놓고 음식을 먹으러 가. 그때에 도둑잽이굿이 이루어지는 것이여. (…) 인자 굿이 끝나잖아? 음식을 먹는다고. 그러면 나팔을 분다는 말이야. 이 사람들이 인자 대포수가 가만히 보고 신호를 주지. 그래서 나발 갖다 불러도 바람만 쇠제. 소리가 안 나거든. 그거를 갖다 놔두고 행위를 하는 거지.

---

13 이영배, 앞의 책, 22~23쪽.
14 광산농악의 판굿은 "굿머리-질굿-오방진-삼채-허허굿-구정놀이-섞음굿"의 일곱 과정으로 진행된다(김혜정, 위의 논문, 19쪽). 정득채 씨에 의하면 판굿을 실제로 치다보니 과정이 바뀌기도 하지만 원래 판굿에는 "내드림굿-이리삼채-응매깽-된삼채-털고-오채질굿-잦은일채굿-벙어리삼채-벙어리일채-된삼채-오방진-진오방진-잦은오방진-삼채굿-구정놀이-맺음-[※]-열두마치-벙어리일채(좌우진퇴, 연본놀이)-발림굿-콩꺽자-삼채굿-채넘기기-가위트림-다시채기-다시채기달아치기-된삼채응매깽 휘몰이-털고-허튼굿(굿거리)"이 모두 들어간다고 한다. 도둑잽이굿은 [※]를 표시한 부분, 즉 맺음과 열두마치의 중간의 휴식시간에 벌어진다(조사일시 : 2014년 9월 18일, 조사장소 : 광산농악전수관, 제보자 : 정득채).

술을 한 주전자 먹고 상쇠가 굿 치려는데 꽹과리가 없어. 그래서 도둑잽이가 시작되는 거지. 그거부터 시작이야.[15]

도둑잽이굿은 구정놀이마당도 섞음굿도 모두 끝난 다음에 치배들이 잠깐 쉬고 있는 동안에 조용히 시작된다. 즉 모두 악기를 놓고 간식을 즐기는 '틈'이 생겨야 '도둑'이 들기 쉽다는 말이다. 도둑잽이굿은 잡색들이 주인공이 되어 익살스러운 대화로 청관중에게 웃음을 제공하는 장이라고 할 수 있는데, 이면적으로는 그동안 치열하게 악기 연주를 전개해 온 앞치배들에게 잠깐의 휴식을 제공하는 기능을 하고 있다고 볼 수 있다.

그렇다면 주로 어떤 사람이 잡색을 담당하는 걸까?

인자 이거 보면은 (대본을 살피면서) 말투가 이? 인자 이것은 말만 하면 이 상태로 말하는 것은 서울서는 안 하는 말이여. 전라도 사투리란 말이여. 사투리를 흥미 있게 말을 하는 사람이 잡색 역할을 해야 한다. (…) 그들 대사를 주면은 대포수가 하는 말이 있고 양반이 하는 말이 있고 참봉 하는 말이 있고 각시가 하는 말이 있고 홍작삼 할 말이 있고 조리중이 할 말이 있다, 이 말이야. 그러면 자기가 역할 맡은 사람을 대본을 준다는 말이야? 그러면 대본을 외워야 할 거 아니야? 젊은 사람들은 빨리 외우는데 나이 먹은 사람들은 하면 안 되야. (…) 내가 어려서 14살 먹었을 때 집에서 도둑잽이굿 봤단 말이야. 그때가 그 우리 사촌 중에서 집안에서 도둑잽이굿 해온 거 아니까 몸에 백혀 버렸어. 그런 게 말이 배운 것이지. 지금은 그 사람들 다 죽어 붓잖아.[16]

---

15 조사일시 : 2014년 8월 11일, 조사장소 : 광산농악전수관, 제보자 : 정득채.
16 조사일시 : 2014년 8월 11일, 조사장소 : 광산농악전수관, 제보자 : 정득채.

잡색은 악기를 치지 않고 각각의 역할에 맞게 분장하고 즉흥적인 춤과 동작, 재담을 담당한다. 그러므로 잡색을 맡게 되는 사람은 전라도 사투리를 유창하고 흥미 있게 구사할 줄 아는 사람이어야 하고, 주어진 대사를 잘 소화해낼 수 있는 사람이어야 한다. 어려서부터 도둑잽이굿을 가까이해 온 사람의 경우에는 대사는 굳이 외우지 않아도 자연스레 입에서 흘러나올 지경이었다. 그러나 도둑잽이굿을 처음부터 배운다 치면 잡색역을 고르는 데 기억력 문제가 중요한 선정 기준이 되지 않을 수 없다. 따라서 비교적으로 연령대가 낮은 사람들이 잡색으로 활동하게 된다.

3. 도둑잽이굿의 텍스트 성격

1) 함평농악의 맥을 이은 군사놀음형 줄거리

광산농악보존회에는 A4용지 9장이나 되는 도둑잽이굿의 대본이 있다.[17] 이는 정득채 씨에 의해 1994년까지 완성되었으며, 2013년에 행해진 제16회 광산농악보존회 정기발표회에 앞서 잡색을 맡은 회원들에 배부된 자료이기도 하다. 본장에서는 이 대본을 살핌으로써 광산농악 도둑잽이굿의 텍스트 성격을 파악하고자 한다.

대본에는 첫줄에 "우도농악의 잡색은 10명으로 구성되어 있"다고 명기되어 있다. 광산농악이 지정하는 10명 잡색은 다음 〈표 2〉와 같다.

---

17 (滿松)鄭得采農樂硏究院, 『光山(石道)農樂 도둑잽이 굿』(비매품).

〈표 2〉 광산농악 잡색 명칭 및 복장[18]

	명칭	복장
1	대포수	탈, 털모자, 상쇠 더러리, 총, 탄띠, 붉은 깃발
2	양반	탈, 검정 정자관, 흰 도포, 초록색 허리띠, 긴 담배대, 짚으로 만든 부채
3	할미	탈, 8자 모양의 검정 모자 모양의 머리, 흰 치마 저고리, 지팡이
4	참봉	탈, 검정 갓, 옥색 도포, 수필 배낭, 옥색 허리띠
5	각시	탈, 화려한 고깔, 화려한 치마 저고리, 노란 드림
6	홍작삼	탈, 붉은 고깔, 붉은 두루마기
7	비리쇠	탈, 부포 상모, 상쇠 더러리
8	좌창	탈(왼쪽으로 틀어짐), 패랭이, 검정 두루마기
9	우창	탈(오른쪽으로 틀어짐), 패랭이, 검정 두루마기
10	조리중	탈, 검정 두루마기, 짚 화기로 만든 모자

그런데 그동안 광산농악의 잡색은 다음과 같이 구성된다고 알려져 있었다(※밑줄은 필자).

일반적으로 農旗(농기) 1명, 슈旗(령기) 2명, 나팔수 1명, 쇄납수 1명, 꾕가리(쇠) 4~6명, 징 3~4명, 장고 6~8명, 통북 8~10명, 소고(일명 소구, 밀북, 벅구, 법고, 법구 등 다양하게 불리운다) 20~25명이며, 雜色(잡색)의 구성은 대포수 1명, 양반 1명, 할미 1명, 조리중 1명, 각시 1명, 참봉 1명, 男舞童(남무동) 1명, 女舞童(여무동) 1명 등 8명으로 구성된다. 雜色(잡색)의 숫자는 〈비리쇠〉, 〈홍작삼〉, 〈좌창〉, 〈우창〉 등을 추가하기도 하며, 기존의 구성에서 삭제하기도 한다. 〈앞치배〉의 우두머리는 〈상쇠〉이고 〈뒷치배〉의 우두머리는 〈대포수〉이기 때문에 雜色(잡색)의 숫자를 최대한으로 줄인다 하여도 〈대포수〉는 뺄 수 없다.[19]

---

18 (滿松)鄭得采農樂研究院, 같은 책, 1쪽.

19 정득채, 앞의 책, 57쪽.

기존 연구에 보이는 "남무동" "여무동"은 어린이의 안전성의 문제와 보호자 동반의 필요성을 고려한 결과 배제하였다.[20] 10명 잡색에 대해 정득채 씨는 "딱 10명 구성되어야 하는데 구성하기가 어려"운 실상을 아쉬워하였다.[21] 정득채 씨와의 대화 중에서 호남우도농악의 전통을 고집하는 자세를 이따금 느낄 수 있었다. 잡색의 구성면에 있어서도 그렇지만, 도둑잽이굿의 줄거리에 있어서도 호남우도농악권에서 일반적인 '군사놀음형'을 따르고 있다. 군사놀음형이란 김익두에 의해 정의된 유형인데,[22] 구체적인 흐름은 다음과 같다.

광산농악 도둑잽이굿의 "주요 모티프는 상쇠의 '잃어버린 쇠 찾기'와 대포수의 '쇠 훔치기'이다."[23] 도둑잽이굿을 지내는 것을 "28수(宿)를 친다"고 표현한다.[24] 도둑을 잡는 과정에서 상쇠는 "구정놀이가락을 내어주고 중앙에서 S진법, Z진법, 태극진법 등 진법을 행한다."[25] 진법의 마지막 절차로 치배들 모두가 원형을 그리는데, 아군(앞치배)은 시계 방향과 반대 방향으로 돌고, 적군(뒷치배)은 아군이 도는 바깥을 시계 방향으로 돈다. 몇 주 돌다가 상쇠와 대포수가 마주치게 되는데, 이때 상쇠는 대포수의 투구 모자를 벗긴다. 이는 대포수의 죽음을 뜻한다.

---

20 조사일시 : 2014년 8월 11일, 조사장소 : 광산농악전수관, 제보자 : 정득채.

21 조사일시 : 2014년 8월 11일, 조사장소 : 광산농악전수관, 제보자 : 정득채.

22 잡색놀음은 그 중심 모티프에 따라 다음과 같이 일곱 가지로 구분할 수 있다. ① 양성놀음형: 주로 영남지방, ② 투전놀음형 : 미확인, ③ 군사놀음형 : 호남지역 서부 평야지역 =호남우도, ④ 양성-투전놀음형 : 영남 남부지역, ⑤ 양성-군사놀음형 : 일부 호남지역=전남 영광, ⑥ 투전-군사놀음형 : 호남지역 동부 산간지역=호남좌도, ⑦ 양성-투전 -군사놀음형 : 미확인(김익두, 앞의 논문, 212~213쪽).

23 이영배, 앞의 책, 128쪽.

24 (滿松)鄭得采農樂研究院, 앞의 책, 5쪽.

25 박용재, 앞의 책, 61쪽.

이때 상쇠와 대포수는 영기 하나씩을 들고 상쇠는 구경꾼 안에서 대포수는 구경꾼 밖으로 데리고 돌아다니며 상쇠와 대포수가 서로 만나려 해도 못 만나고 28체(28가지) 전술을 부려야 상쇠와 대포수가 만난다. (대포수가 구경꾼 안으로 들어올 때, 상쇠가 영기 위에 있는 삼지창으로 대포수 모자를 걸어 땅에 떨어뜨린다. 이때, 부쇠는 갱지갱 갱지갱 개갱 갱개갱지갱)[26]

아군의 우두머리 상쇠로 인해 적군의 우두머리 대포수가 죽음을 당한 후, 양반을 중심으로 한 적군의 잡색들은 어떻게든 대포수를 살리려고 지혜를 모은다. 점을 본 조리중이 대포수를 소생시킨다. 아군과 적군은 앞으로 사이좋게 지냄을 약속하며 함께 논다. 이 유형에 속한 잡색놀음을 다른 유형과 비교해 봤을 때, 공동체의 내부적인 결속력을 다지고 외부적인 방어력을 진작 시키는 데에 초점이 맞춰져 있는 것이 특징이다. 텍스트의 밑바탕에는 해당 지역의 지리적 조건과 경제적 조건이 깔려 있기 마련인데,[27] 광산농악 도둑잽이굿의 텍스트의 경우 광주의 환경이라기보다 정득채 씨의 내력과 관련지어 생각하는 게 바람직하다.

> 필　자 : 도둑잽이굿을 원래 마륵동이나 그런 데서 했었어요?
> 정득채 : 안 했었어.
> 필　자 : 그러면 이것을 처음부터 선생님께서 만드신 거예요?
> 정득채 : 내가 어려서 내 고향이 함평이여. 전남 함평이여. 함평서 13살 먹어서부터 이거 농악을 좋아했어. 그 때게 우리 마을 어르신

---

26 (滿松)鄭得釆農樂硏究院, 같은 책, 8쪽.
27 김익두, 같은 논문, 221~222쪽.

들이 그 굿을 잡색들이 주고받는 대화나 그런 것을 그 때 보고, 요것을 내가 광산농악을 하면서 그것을 생각해갖고 인자 많이 생각을 했던 것을 넣은 것이 이 도둑잽이굿이제.[28]

많은 지역에서 도둑잽이굿이 실전된 현황을 생각하면, 정득채 씨와 같은 '산 사전'에 의해서야만 도둑잽이굿의 재건이 가능하다. 정득채 씨의 광주 이주와 함께 그가 원래 함평에서 살면서 익힌 사설이 광산농악에서 뿌리를 내린 것이다. 그러므로 광산농악 도둑잽이굿이 군사놀음형 줄거리를 가진다 하여도 광주의 지리·경제적 조건이 직접적으로 반영되었다기보다는 함평의 그것이 반영되었다고 보는 것이 바람직하다고 본다. 그러나 광주의 새로운 문화로서 도둑잽이굿이 수용되며 전승되어 있다는 사실은 높이 평가될 만하다.

2) 단순한 언행과 복잡한 인물상

채록본, 즉 공연 텍스트에는 없고 대본에서만 확인할 수 있는 마당이 있다. 이는 본격적인 도둑잽이굿, 즉 도둑 사건이 일어나기 전의 마당이라는 점에서 본고에서는 이야기의 편리상 '앞마당'이라 표기하기로 한다. 한편 도둑 사건 발생 이후의 마당을 '도둑잽이굿'이라 표기한다. 앞마당은 잡색에 의한 재담으로 이루어지는데 이를 살펴보면 등장인물의 성격과 상관관계, 즉 혈연관계나 인척관계, 부도덕한 육체관계까지 명확히 파악할 수 있다.

---

28 조사일시 : 2014년 9월 18일, 조사장소 : 광산농악전수관, 제보자 : 정득채.

앞마당의 흐름은 대체로 세 단계로 나눌 수 있다. 첫째는 참봉·홍작삼·비리쇠의 바보타령이다. 셋이 서로 말을 주고받는데 '우식하다'와 '유식하다', '짝두'와 '석두' 등 비슷한 음을 가진 말을 섞어 쓰면서 이야기에 혼란을 불러일으킨다. 부모님이 '돌아가셨다'는 참봉에게 어디로 가셨냐고 물어보고, 그것이 '죽었다'는 말이라는 것을 알게 되자 대성통곡하는 홍작삼을 따라 비리쇠도 똑같이 운다. 터무니없는 말로 가득한 장면이다.

둘째는 각시와 결혼하고 싶은 남자들(비리쇠·좌창·우창)이 각시의 아버지인 양반에게 접근하는 장면이다. 코가 큰 비리쇠와 코빼기가 왼쪽으로 삐뚤어진 좌창, 그리고 오른쪽으로 삐뚤어진 우창을 보고 양반은 이들의 코를 놀리며 사위 삼을 생각을 하지 않는다. 이 장면에서 알 수 있는 것은 바로 각시가 양반의 딸이라는 점이다.

셋째는 할미의 진통과 출산 장면이다. 진통이 찾아온 할미 옆에서 대포수는 "우리 할멈 애기 난다, 내 옥동자 난다"고 설렌다. 양반 또한 태어난 아기를 보고 "옥동자 낳았네. 나 닮은 옥동자 낳았어" 하며 기뻐한다. "내 옥동자 언제 날까"라는 대포수의 물음을 받고 할미가 "쉬" 한 것을 보아 할미와 대포수는 비밀스러운 관계임을 짐작할 수 있다. 따라서 양반과 할미는 부부이며, 각시는 양반과 할미의 딸임을 알 수 있다.

앞서 도둑잽이굿은 치배들이 잠깐 쉬고 있는 동안에 조용히 시작된다고 하였다. 구체적으로 그때 어떤 상황에서 어떤 대화가 나눠지는지 대본을 확인해 보고자 한다.

대포수 : (조리중과 같이 나팔 소리를 이상히 여겨 조리중에게 나팔을
　　　　가져오라 한다)

조리중 : (관중 사이로 고개를 내밀고 살핀다)

상　쇠 : (요리저리 살피는 조리중을 이상히 생각해 깽매기를 깨깽-하
　　　　고 크게 친다)

조리중 : (깜짝 놀라 숨었다 또 살펴본다)

상　쇠 : (이상히 생각해) 수령수-

전단원 : 예-이~~~

상　쇠 : 문 안에 도적이 들었으니 문 단속 잘 하고 악기 단속 잘 해라

전단원 : 예-이~~~ (자기 자리에 앉아 휴식한다)

조리중 : (세워 놓은 나팔을 훔쳐다 대포수에게 준다)

대포수 : (나팔을 불어봐도 세-세- 바람만 세지 소리가 안 난다. 이상
　　　　히 생각해 조리중에게 나팔을 제자리에 갖다놓고 깽매기를 훔
　　　　쳐오라고 한다)

조리중 : (나팔을 갖다놓고 깽매기를 훔쳐다 대포수에게 준다)

대포수 : (한 번 때려보더니 깽- 하고 소리가 나니 좋아서 품에다 감춘다)

잡색들 : (관중 사이로 숨는다)

상　쇠 : 수령수-

단원들 : 예-이~~~

상　쇠 : (굿을 치려고 깽매기를 찾으니 없다) 도적이야 도적! 내 깽매기
　　　　도적이야![29]

　　처음에는 나팔을 훔치다가 최종적으로 쇠를 갖고 노는 설정으로 되
어 있다. 대포수와 조리중은 나팔의 신기한 소리에 관심을 갖는다. 그래
서 호기심을 만족 시키려고 나팔을 가지고 한 번 불러본다. 그러나 나팔

---

[29] (滿松)鄭得采農樂研究院, 앞의 책, 5~6쪽.

수처럼 좋은 소리는커녕 소리를 제대로 낼 수도 없었다. 대포수는 다른
악기를 찾아오라고 조리중을 보낸다. 그때 얻은 것이 쇠였던 것이다.

상쇠는 쇠가 없어졌다는 것을 알게 되자 대포수를 부른다. 이는 대포
수를 의심해서가 아니라 대포수는 늘 사냥을 하러 팔도강산을 날아다
니니 범인을 봤을 수도 있겠다고 생각했기 때문이다. 그러는 줄도 모르
고 자기가 의심을 받고 있다고 착각한 대포수는 상쇠 앞에서 이야기를
하는데 "도적놈"을 가리켜 "도적양반"이라고 이상한 표현을 한다. 대포
수 입장에서는 자기가 자기를 욕하기가 싫었던 것이다. 그 수상한 말에
상쇠는 대포수를 의심하기 시작한다. 점을 보고 범인을 찾겠다는 상쇠
에게 대포수는 자기가 점을 잘 본다고 거짓말을 하고 위기를 벗어나려
고 한다. 그러나 "점을 잘 해서 내 깽매기를 찾으면 술이 석잔이고,
만약 깽매기를 못 찾으면 니놈 모가지가 달아 날 것이다"라는 상쇠의
말에 대포수는 어쩔 줄 몰라 도망치고 만다. 결국 죽음을 당한 대포수
를 위해 잡색들은 투구 모자 앞에서 상을 차린다. 투구 모자는 바로
대포수의 목을 의미한다. 조리중의 굿 덕에 대포수는 소생하고, 쇠도
원래대로 상쇠로 돌려졌으니 앞으로 사이좋게 지내자며 모두가 어울리
면서 도둑잽이굿이 마무리된다.

텍스트에 나타난 각 등장인물의 성격은 다음과 같다. 대포수는 어느
풍물패에 있어서도 뒷치배의 우두머리로서 잡색을 총괄하는 구실을
한다. 도둑잽이굿에 있어서 절대 빼놓을 수 없는 입장에 있음은 말할
나위 없다. 대포수는 자기가 쇠를 훔친 범인임을 들키지 않도록 상쇠에
의한 심문에 대답하면서 진실을 왜곡한다. 그것이 오히려 대포수를 어
려운 상황으로 만든다. 안전한 길을 가려다 더 험한 길을 선택하게 되는
대포수의 불행이 해학적으로 그려짐으로써 청관중에게 웃음을 제공함

과 동시에 거짓말의 무의미함을 교훈적으로 보여주는 듯하다. 사냥꾼답게 한손에는 총, 한손에는 우두머리를 뜻하는 붉은 깃발을 들고 있다.

비리쇠는 상쇠가 되고 싶었던 젊은 남자이다. 성격이 활발하여 사람들의 눈에 띄게 행동하고 싶어 하지만, 막상 사람들 앞에 나가면 더듬거린다. 기세만 좋지, 현실로는 상쇠가 될 만한 기량을 갖추지 못한 어리석음을 감출 수가 없다. 홍작삼은 술에 취한 인물로 머리에서 발끝까지 모두 빨갛다. 언행이 엉터리이며 비틀거린 걸음으로 걷는다. 참봉은 각시와 짝이 되기를 원하는 반면, 자기가 가진 권력에 대한 자신감 때문에 거만스럽게도 양반을 푸대접한다. 양반을 장인으로 모시는 자세가 전혀 안 되어 있으며, 양반과 서로 마주치면 암투를 벌이는 대립적인 관계로 그려져 있다. 이들의 멍청한 말을 받아 하나씩 지적하면서 웃음터를 넓혀가는 것이 양반에게 주어진 역할이라 하겠다. 양반은 마을의 대표자로서 등장인물들과 대화함으로써 도둑잽이굿을 선도하는 중요한 구실을 한다.

할미는 각시를 유혹하는 남자들을 꾸짖는 역할을 하기도 하고, 스스로의 성적 욕망을 적극적으로 표현하기도 한다. 지팡이를 들고 허리를 굽히면서 엉덩이춤을 춘다. 각시는 젊은 여자의 냄새를 물씬 풍기는 애교 많은 인물로 많은 남자들로부터 계속적인 유혹을 받는다. 좌창과 우창은 한 쌍을 이룬다. 탈을 보아도 좌창은 코·입·수염이 모두 왼쪽으로 틀어져 있고, 우창은 오른쪽으로 틀어져 있다. 마치 둘이 거울 앞에서 마주보고 있는 것 같다. 이들은 문잽이굿을 칠 때 타마을로의 진입 가능 여부를 알리는 큰 역할을 맡는다. 조리중은 일반적인 중과 달리 사리사욕이 강하고 탐욕이 많은 중으로 나타난다. 조리중에 의한 도둑 행위가 도둑잽이굿의 시발점이 된다는 점을 보아도 이는 명확하

다. 그러면서도 대포수의 소생에 크게 공헌하는 것도 조리중이다. 도둑
잽이굿에 있어서 비중이 큰 인물이다.

잡색들은 대체로 본분에 어긋난 모습을 보여준다. 예를 들어 조리중
의 경우 중이면 보통 사리사욕이 없을 것이라는 우리의 상식을 넘어선
다. 그렇다고 해서 나쁜 사람인가 하면 꼭 그렇지만 않고 착하고 선한
면도 갖추고 있다. 등장인물들의 성격은 모두 일관성이 떨어져 한마디
로 집약하기 어렵다. 그럼에도 인간 본능에 충실하고 감정적인 그들의
언행은 명쾌하다.

4. 도둑잽이굿의 공연예술적 특징

1) 줄거리의 압축

정득채 씨에 의하면 도둑잽이굿은 전국민속예술경연대회에 출품한
두 번(1994·1995년)을 빼고는 "농악단 단체로서는 한 세 번 했을"뿐,
공연 기회는 많지 않았다고 한다.[30] 청관중에게 선보일 일이 드물 만큼
현장에서 채록된 공연 텍스트 또한 찾기가 어렵다. 필자가 가지고 있는
것은 제35회 전국민속예술경연대회(1994년 10월 20일, 춘천실내체육관) 때
박용재에 의해 채록된 것이다.[31] 이를 대본과 비교함으로써 앞서 검토
한 대본이 실제 공연에서 어떻게 달라졌는지 살피고자 한다. 채록본과
대본의 줄거리를 정리하면 아래 〈표 3〉과 같다.

---

30 조사일시 : 2014년 8월 11일, 조사장소 : 광산농악전수관, 제보자 : 정득채.
31 박용재, 앞의 책, 59~66쪽.

〈표 3〉 채록본 및 대본 줄거리 비교

채록본	대본
1. 나팔 훔치기	1. 바보타령(참봉·홍작삼·비리쇠)
2. 아군의 공격→대포수의 죽음	2. 각시 꼬시기(양반-비리쇠·좌창·우창)
3. 대포수 소생을 위한 의논	3. 할미의 진통 및 출산
4. 조리중에 의한 점보기	1. 나팔 훔치기→쇠 훔치기
5. 양반에 의한 외모 다지기	2. 상쇠-대포수 대화
(1) 양반-비리쇠 대화	(1) 상쇠에 의한 심문
(2) 양반-조리중 대화	(2) 대포수에 의한 점보기
(3) 양반-홍작삼 대화	(3) 아군의 공격→대포수의 죽음
(4) 양반-참봉 대화	3. 조리중에 의한 굿
4. 대포수의 소생	4. 대포수의 소생
5. 화해	5. 화해

　채록본에서는 조리중이 나팔을 훔치고 그것이 대포수에 전해지면 아군이 바로 범인을 찾으려고 움직이기 시작한다. 대포수가 잡히자 우두머리의 죽음에 놀란 나머지 잡색들이 모여 대포수의 소생을 위해 의견을 교환한다. 의논의 결과, 조리중이 점을 보게 된다. 조리중이 점을 보는 동안, 양반과 남자들(비리쇠·홍작삼·참봉)은 대화를 나눈다. 이 장면에서 양반은 남자들의 외모를 다지면서 사윗감을 고른다. 특이하게 꾸며진 탈을 하나씩 지적하는데, 이는 동시에 청관중에게 이들이 어떤 존재인지를 소개하는 역할을 하고 있다고 볼 수 있다. 양반과 참봉의 대화가 끝났을 때, 조리중의 점 덕에 대포수가 소생한다. 아군은 잃어버린 나팔을 되찾았고 적군은 대포수가 다시 살아났으니, 다 함께 어울려 신나게 논다.

　채록본은 대본을 압축한 것으로 보인다. 대본에 있는 '할미의 진통 및 출산'과 '상쇠-대포수의 대화'를 빼고는 모든 요소가 채록본에도 들어 있다. 상쇠가 대포수를 의심하게 되는 과정을 대담히 생략하고 바로 범인을 잡는 장면으로 이행하였다. 그리고 대포수의 죽음 후에 나머지 잡색들을 등장 시킨 것이다. 이는 30분이라는 제한된 시간 내에 경연을 마쳐야 한다는 경연대회의 규칙에 따라 연출된 결과로 보인다. 그러므로 채록본을 보면 대본의 거의 모든 요소가 들어 있되, 전체적으로 대사가 간략하게 줄여지고 요약된 인상을 준다.

2) 탈의 착용

잡색은 잡색이라는 이름 외에도 광대, 어정잽이, 허두잽이, 잡색이, 잡세기 등으로 불려 왔다. 이 중 '광대'라는 말이 호남지역에서 가장 널리 쓰여 왔다. 광대는 연기자를 일컫는 말임과 동시에 연기자가 쓰는 탈을 의미하기도 한다.[32] 탈은 "바가지탈, 나무탈, 종이탈, 기타 일상생활에서 쉽게 이용할 수 있는 자연 사물을 재료로" 만들어진다.[33] 광산농악에서는 오동나무로 된 굉장히 가벼운 목제 탈을 사용한다.

> 필　자 : 탈은 나무로 된 탈을 쓰시잖아요. 종이로 된 건 안 써요?
>
> 정득채 : 종이로 된 것은 값어치가 없어.
>
> 필　자 : 그럼 그 탈을 한 번 만들어 보면은 애가 나무니까 계속 쓸 수 있겠네요? 망가지지만 않으면. 그러면 그거를 하나하나 이렇게 눈도 파고 주름도 파고 이렇게 선생님께서 다 손수하신 거예요?
>
> 정득채 : 그렇지.
>
> 필　자 : 많던데.
>
> 정득채 : 지금 열 개야. 그것이 열 갠데, 어저께 쓴 탈은 90 몇 년도에

---

32 이영배, 앞의 책, 16~17쪽.
33 이영배, 앞의 책, 18쪽.

만든 것이고. 또 근년에 한 번 더 만들어 놨어. 숨기가 있어.
더 한 벌을 더 만들어야 돼.

필　자 : 왜요?

정득채 : 지금 어저께 쓴 것은 많이 뽀가지고 해서 수리를 했어. 내가
수리한 것이야. 근디 금년에 만든 것은 뽀개지지 않았어. 또
한 벌 만든 것은 보관용이야.[34]

　나무로 되어 있기에 내구성이 좋아 1990년대에 제작한 것을 아직도
쓰고 있다. 그러나 수리가 필요한 일이 점차 생기게 되어 보관용과 함
께 새롭게 만들었다. 지금 광산농악보존회는 잡색 한 인물 당 세 개의
탈을 보유하고 있으며 그 수는 합쳐서 서른 개나 된다.

　이영배에 따르면 탈의 착용 양상은 현재 전승되고 있는 호남 풍물굿
잡색놀음 가운데 광산농악과 영광농악에서만 확인할 수 있으며, 거의
모든 풍물굿에서 탈을 벗는 현상이 나타나고 있다.[35] 정혜정은 전남지
방의 잡색놀음에 등장하는 탈 중 잡색 전원이 탈을 쓰고 등장하는 경우
로 영광농악과 "그 영향을 받은 지역"이라 하여 "화순한천농악, 광산농
악"을 들었다.[36] 그 영향이 어떤 영향인지 밝혀지지 않았으나, 정득채
씨의 쇠가락 전승 과정을 생각하면 영광농악 상쇠 전경환 씨와의 관계
속에서 설명할 수도 있겠다.

34　조사일시 : 2014년 8월 11일, 조사장소 : 광산농악전수관, 제보자 : 정득채.

35　이영배, 같은 책, 17쪽. 참고로 탈을 착용하지 않는 지역의 잡색들은 탈의 상징성을
　　통해 성격을 구축하는 것이 아니라, 각 잡색에게 부여된 성격에 따른 '분장'과 그 '이름'
　　을 통해 조정되고 배치되어 극적인 행동과 그 의미들을 구현한다.

36　정혜정, 「전남지역 잡색놀이 속의 탈의 의미」, 『남도민속연구』 23, 남도민속학회, 2011,
　　401쪽.

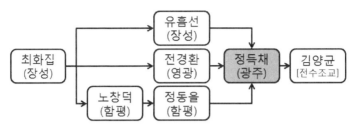

〈그림 1〉 정득채 씨 쇠가락의 전승 계보

　정득채 씨의 농악인생을 뒤돌아보면 세 명의 스승을 만났음을 알 수 있다. 14세 때(1952년) 사사한 고향 함평의 정동을 씨, 25세(1963년) 때 사사한 장성의 유흠선 씨, 그리고 48세(1986년) 때부터 사사한 영광의 전경환 씨이다. 정득채 씨는 광주공원에서 우연히 듣게 된 쇠가락에 매료되어 이후 쉬는 날만 되면 영광으로 찾아가 전경환 씨에게 가르침을 구하였다. 전경환 씨는 자신이 직접 연주함은 물론, 자기가 연주한 녹음테이프를 틀어놓고 그것을 설명해 가면서 전수하는 철저한 스승이었다고 한다.[37] 또 영광농악의 탈 역시 전경환 씨에 의해 만들어진 것임을 감안하였을 때,[38] 정득채 씨는 전경환 씨와의 교류를 가지면서 쇠가락뿐만 아니라 상쇠로서의 마음가짐이나 농악에 대하는 자세 등 영향을 받았을 가능성이 보인다.[39] 그러나 이에 대한 확실한 증거는 없다.

37　정득채, 앞의 책, 271~272쪽.

38　조사일시 : 2014년 8월 11일, 조사장소 : 광산농악전수관, 제보자 : 정득채.

39　도둑잽이굿의 재구 양상을 고찰하면서도, 또 도둑잽이굿에 대해 물어보면 "우리 (정득채) 선생님만큼 잘 아는 사람이 없다"는 회원들의 일관한 의견을 들어봐도, 도둑잽이굿 재건이란 상쇠의 손에 걸려 있는 부분이 상당히 많다는 것을 알 수 있다.

　　필　자 : 지금은 각 농악대에서 탈을 안 쓰는 경우가 많아요. 그래도
　　　　　　왜 탈을 쓰세요?
　　정득채 : 그랑께 내가 21일 날 임방울(국악제) 심사를 내가 가. 탈을 전
　　　　　　부 쓰고 나오고 10명 잡색 구성해갖고 나오면은 구성이 된 것
　　　　　　이고, 탈 안 쓰고 잡색 한 4명이나 5명 짜고 나오면 구성이
　　　　　　다 안 된 것이야.
　　필　자 : 기본적인 요소로서 탈까지 포함해서 보는 거네요?
　　정득채 : 그것까지 해서 구성이야 구성.[40]

　　광산농악보존회가 잡색들의 옷차림에 있어서 탈의 착용에 고집하는
이유는 한마디로 제대로 된 구성을 갖추기 위해서이다. 이는 특히 경연
대회에 나갔을 경우, 평가의 기준이 되기도 한다. 그만큼 현재 잡색까
지 완벽히 구성할 수 있는 단체가 없다는 사실을 말해 주고 있다. 더군
다나 탈을 착용한 오래된 전통을 유지하고 있는 단체는 희귀한 것이다.
따라서 광산농악에서는 탈을 착용한다는 행위로써 호남우도농악의 전
통적인 형식을 간직하고 있다는 것을 증명하고 있다 하겠다.

3) 성적 골계미의 확대

　　10명의 잡색들이 구사하는 우스꽝스러운 대사나 동작은 판에 웃음
거리를 제공한다. 조선시대 지배계층 사람들의 잘못을 꼬집는 내용이
주류를 이루는데, 거기에 인간의 본능인 성(性)을 가미한 골계와 해학
이 연출된다.[41] 앞서 도둑잽이굿 앞마당을 살폈을 때, 양반이 자기 딸

---

40 조사일시 : 2014년 9월 18일, 조사장소 : 광산농악전수관, 제보자 : 정득채.

각시의 신랑감을 고르는 데 상대방의 코를 다진 장면이 나왔다. 이도 청관중으로 하여금 성을 의식 시키는 요소 중 하나라고 할 수 있겠다. 또 대포수와 할미가 불륜관계에 있음을 넌지시 암시하는 등 외설적인 요소가 곳곳에 배치되어 있다.

잡색 10명 가운데 특히 노골적인 성 묘사를 통해 청관중의 웃음을 유발하는 이가 할미이다. 지팡이를 들고 허리를 굽힌 낮은 자세로 할미는 신나게 엉덩이춤을 춘다. 그리고 자꾸 허리를 격하게 굽힌다. 옆에 있는 잡색은 할미가 허리를 굽히면 일부러 치마를 넘겨 엉덩이를 노출시킨다. 그 모습은 청관중에게 '무언가'를 보여주고 있는 듯하다. 엉덩이 금에서는 빨간색 천이 얼핏 보인다. 이것이 무엇을 뜻하는 지는 다음에서 알 수 있다. 다음은 광산농악보존회에서 10년 이상 잡색 '할미'로 활동해 온 조귀단 씨의 증언이다.

> 옛날의 문헌에 내려오는 걸 보면은 인제 할머니가 나이를 먹었잖아요. 가는 세월이 또 아쉽기도 하고. 여자로서의 인자 저기를 아니까 이런 마당에서는 남자들한테 새로운 약간의 유발도 시키고 재밌고 해학스럽게 한다고 그런 거를 인자 한다고 그러대요. 이왕이면 하면서 조금 웃기기도 하고 사람들이 볼 때 좀 그러잖아요. 약간 할머니나 각시나 이런 사람들은 약간 그런 걸 연기를 해야 돼요, 사람들이 공감할 수 있는. 조금 하다보면 오바도 하고, 그대로 하죠. 그냥 하는 것보다 낫잖아요. 할머니들이 말하자면 아주 막 저기한 사람들이 아니고, 양반 정부 양반은 양반인데 약간 벗어났다랄까, 약간의 양반은 양반인데 조금 인자 음 개방이 된 양반들? 그런

---

41 박용재, 앞의 책, 56쪽.

저기에요. 약간의 약간의 그런 성도 약간 생각을 하게 하고 본인 자신도 가버린 세월이 아쉽기도 하구요. 해학적으로 만든다고, 한 겁니다. 그 정도 저도 읽었어요. (…) 그리고 인자 우리가 옛날에는 이렇게 가랑이바지를 입었잖아요, 이렇게. 그래서 제가 만들었거든요. 옛날에는 여자가 찼잖아요, 빨갛게 차면은 빨갛게 세 나오잖아요. 그런 격이에요. 그래서 연습을 할 때 옛날에는 홍도시처럼 홍도시처럼 찼잖아요. 배현갑이야 배. 배가 잘못하면 보이고 그러거든요. 그런 현실.[42]

〈그림 2〉 춤추면서 엉덩이를 노출하는 할미 / 할미의 엉덩이 내부

빨간 천은 월경의 상징인 셈이다. 조흥단 씨는 오랜 시간을 잡색 '할미'로서 활동하면서 청관중이 "공감할 수 있는" 웃음을 추구해 왔다. 공감대를 넓히기 위해 극도로 사실적이고 노골적인 성 묘사가 필요하였던 것이다. 웃음은 "동서고금을 통틀어 주로 성을 축으로 하고 본으로" 하여 왔다. 성이란 인간의 가장 보편적인 욕망이기도 하고 금기의

---

42 조사일시 : 2014년 8월 10일, 조사장소 : 진흥고등학교 체육관, 제보자 : 조귀단.

대상이기도 하기 때문에 그것이 의도해서 또는 의도치 않게 공개되었을 때, 인간은 반사적으로 웃음이 터지게 되어 있다.[43] 광산농악의 잡색은 인간의 본능에 호소한 성 묘사라는 고전적인 전략으로 굿에 골계미를 덧붙이고 있다. 특히 그것이 텍스트 외적 부분에서 즉흥적인 대사나 동작으로 표현된다는 점은 주목할 만하다.

그러나 아무리 성 묘사가 예나 지금이나 공통된 웃음의 요소라 하더라도, 시대의 변화에 따라 공감대는 달라지기 마련이다. 공감대를 확보할 수 없으면 청관중은 웃음을 취할 수 없다. 가랑이바지의 생활을 겪어보지 못한 청관중에게 할미의 실태(失態)가 얼마나 웃기게 와 닿는가? 골계미를 위한 성 묘사가 앞으로도 광산농악 도둑잽이굿의 특징으로 남을지, 웃음으로 이어지지 않는 단순한 성 묘사로 끝나게 될지는 앞으로 광산농악보존회가 취할 선택에 달려 있을 것이다.

5. 맺음말

본고에서는 광산농악 도둑잽이굿의 현주소 찾기를 제일 목표로 삼아 상쇠 및 잡색 담당자와의 면담 조사를 가졌으며, 동시에 1차 텍스트(대본)와 2차 텍스트(채록본)의 비교 분석을 시도하였다.

광산농악의 잡색은 ① 대포수, ② 양반, ③ 할미, ④ 참봉, ⑤ 각시, ⑥ 홍작삼, ⑦ 비리쇠, ⑧ 좌창, ⑨ 우창, ⑩ 조리중 등 총 10명으로 구성된다. 잡색을 담당하기 위해서는 전라도 사투리를 유창하고 재미있게

---

43 김영수, 『한국문학 그 웃음의 미학』, 국학자료원, 2000, 424~425쪽.

구사할 수 있는 능력과 정해진 상황이나 대사를 바로 이해하고 움직일 수 있는 능력이 필요하다. 도둑잽이굿은 광산농악의 구성 요소인 열두 바탕 중 하나로서 판굿을 치는 중간에 연행된다. 광산농악보존회가 보유하고 있는 도둑잽이굿 대본과 실제로 연행되었을 때 채록된 공연 텍스트에는 몇 가지 차이가 보인다. 이는 치배 부족이나 연행 시간의 제한에 따른 필연적인 연출의 결과로 해석할 수 있다. 광산농악 도둑잽이굿에는 저본이 있되, 그것이 연행될 때마다 재구될 가능성을 부정할 수 없다. 이는 도둑잽이굿이 연행물로서 숙명적인 결과이다.

광산농악 도둑잽이굿은 대포수의 지시를 받은 조리중이 나팔수의 나팔을 훔치는 데서부터 시작된다. 나팔을 불어도 제대로 소리가 나지 않자 재미없어진 대포수는 다음으로 상쇠의 쇠를 가져오도록 조리중을 보낸다. 휴식을 끝내고 다시 굿을 시작하려니 상쇠는 자기 쇠가 없어진 것을 알게 된다. 대포수와 상쇠에 의한 승강이는 대포수가 도망친 것을 계기로 큰 싸움으로 발전한다. 싸움 끝에 죽은 대포수를 살리려고 나머지 잡색들은 분투한다. 조리중에 의한 굿 덕에 대포수는 살아난다. 마지막에 아군·적군을 가리지 않고 다 함께 어울려 논다.

광산농악 도둑잽이굿은 위와 같은 군사놀음적 줄거리를 지니는데, 이는 상쇠 정득채 씨가 어려서 고향 함평에서 익힌 사설을 광산농악 도둑잽이굿으로 다시 살린 것이다. 많은 지역에서 도둑잽이굿이 실전되었다는 사실을 감안하면, 원래 함평에서 전해져 왔던 도둑잽이굿이 장소를 바뀌면서 광주에 뿌리내린 것은 적지 않은 기차를 지닌다. 잡색들의 언행은 인간 본능에 충실하고 감정적이며 단순명쾌하다. 한편 그들의 인물상은 일관성이 없어 인간의 다면성을 보여주는 복잡한 것이다.

도둑잽이굿이 실제로 연행될 경우, 시간적 제한을 받기 일쑤이다.

경연대회 출전 시에 채록된 공연 텍스트를 보면, 대본의 내용이 과감하게 압축되었음을 알 수 있다. 또 광산농악의 잡색은 모두가 탈을 사용하고 있다. 이는 경연대회를 염두에 두고 높은 평가를 받기 위한 전략으로 여겨질 수도 있다. 그러나 동기가 어떠하든 호남우도농악이 간직해 온 전통이 희박해지고 있는 현황에 있어서 잡색 10명 모두가 탈을 쓴 상태로 완벽히 구성된다는 사실은 높이 평가될 만한 일이다. 또 잡색은 시도 때도 없이 노골적인 성 묘사를 취함으로써 청관중의 웃음을 유발하려고 한다. 그러나 전통 사회에서 유효했던 웃음이 언제까지 호소력을 지닐지는 앞으로 광산농악보존회가 취할 선택에 달려 있다고 할 수 있다.

이 글은 지난 2014년 전남대학교 호남문화연구소에서 발간한
『호남문화연구』 56집에 게재된 것이다.

참고문헌

〈자료〉
정득채농악연구원, 『광산(우도)농악 도둑잽이 굿』.

〈단행본〉
김영수, 『한국문학 그 웃음의 미학』, 국학자료원, 2000.
노무라 신이치 외, 『민속학술자료총서 농악』, 우리마당 터, 2006.
박용재, 『광산농악(하)』, 광산문화원, 1995.
이영배, 『교정과 봉합, 혹은 탈주와 저항의 사회극』, 아카넷, 2008.

정득채, 『광산농악 판굿편』, 광산농악보존회, 2004.
한국향토사연구전국협의회, 『한국의 농악 호남편』, 한국향토사연구전국협의회,
      1994.

〈논문〉
강은해, 「양반과 포수의 뒷풀이 연구」, 『한국어문연구』 19, 한국어문연구학회,
      2010, 65~84쪽.
김익두, 「한국 풍물굿 잡색놀음의 공연적 연극적 성격」, 『비교민속학』 14, 비교민
      속학회, 1997, 205~226쪽.
김혜정, 「광산농악의 지역적 기반과 가락 구성」, 『남도민속연구』 23, 남도민속학
      회, 2011, 7~24쪽.
박혜영, 「고창농악 잡색의 연행에 대한 문화기호학적 분석」, 『남도민속연구』 25,
      남도민속학회, 2012, 67~107쪽.
송기태, 「풍물굿 대포수의 양면성」, 『공연문화연구』 15, 한국공연문화학회, 2007,
      141~172쪽.
이영배, 「잡색놀음 연구2」, 『한국언어문학』 53, 한국언어문학회, 2004, 233~261쪽.
_____, 「호남 풍물굿 잡색놀음의 공연적 특성과 그 의미」, 『우리어문연구』 27,
      우리어문학회, 2006, 112~141쪽.
정혜정, 「전남지역 잡색놀이 속의 탈의 의미」, 『남도민속연구』 23, 남도민속학회,
      2011, 385~401쪽.

시어와 '장소'

김영랑의 시를 중심으로

김미미

1. 들어가는 말

본고는 시작품 속에서 반복적으로 사용되는 지역어에 대해 '장소'의 관점에서 접근하여, 시어로서 지역어에 대한 연구가 작가의 작품세계를 설명하는데 중요한 역할을 할 수 있음을 드러내고자 한다. 이를 위해서는 먼저 '지역어'의 경계를 설정하고 다음으로 '장소'의 이론적 배경을 밝히는 것이 필요할 것이다.

문학계에서 '지역'을 화두로 한 활동이 활발히 이루어지기 시작한 것은 범박하게 20세기 후반이라고 말할 수 있다. 1980년대는 사회조직과 실천의 한 영역으로서, 창작 실제보다는 이론 증식과 조직활동이 앞섰다는 문제에도 불구하고 국가단위의 중심권력을 해체하겠다는 시도와 갈등의 장으로 지역문학이 이루어졌다.[1] 1990년대에 들어서면 단순한 중앙 대 지방의 대립구도에서 확장하여 '로컬(local)'이라는 용어의

---

1 박태일, 『한국 지역문학의 논리』, 청동거울, 2004, 53쪽.

등장과 함께 본격적으로 개념의 쟁점화가 가속되는데 로컬문화와 로컬리티 연구는 차이, 타자성, 다양성, 지역성을 강조하는 포스트모던적인 문화현상과 연결지어 사고하려는 경향의 한 흐름[2]으로 사회제반 관계와 연관된 힘의 역학관계에 대해 논의하는 문화정치적 시각의 반영이라고 볼 수 있다. 그리고 로컬리티(locality)에 대한 연구는 다시 민족문학에 대한 논의로 연결되는 모습을 보인다.[3] 이와 같은 일련의 흐름은 2000년대에 접어들면서 새로운 국면을 맞이하게 된다. 전지구적 차원의 세계화와 함께, 중심부로부터 대타화된 지역이 아니라 지구적 관점에서 지속가능한 구체적 장소로서의 지역 개념이 대두한 것이다.[4]

박태일은 기존의 '지역'이 '지방'과 '향토'의 방식으로 존재했다고 말한다. 둘 다 수직적 위계를 전제한 양상으로 '지방'은 위로부터의 차별이고 '향토'는 아래로부터의 우월주의라고 할 수 있는 바, 그는 이 구도에 맞서 '지역구심주의(local centripetalism)'를 주장한다. "중앙은 '우리' 지역과 떨어져있는 또 '다른' 한 지역일 뿐이다. 지역가치와 지역 다양성뿐 아니라, 구체적으로 경험 가능한 삶터를 인식의 중심에 세우는 수평적 틀이 바로 지역구심주의"[5]라는 것이다. 구모룡도 세계화에 입각한 '지역'적인 것에 대해 성찰한다. 그는 이제 지역문학론은 지방문학(local literature)에서 벗어나 상위개념인 지역문학(regional literature)

---

2 김용규, 「로컬리티의 문화정치학과 비판적 로컬리티 연구」, 『로컬리티, 인문학의 새로운 지평』, 혜안, 2009, 74쪽.

3 로컬리티(locality)에 대한 연구 및 번역서 발간, 각종 학술대회 개최 등은 부산대학교 한국민족문학연구소의 주재아래 활발히 이루어진 것을 확인할 수 있다.

4 구모룡, 「지역문학의 지평」, 전남대학교 BK21플러스사업단 제4회 전문가초청강연회 발표문, 2014.09.19, 18쪽.

5 박태일, 앞의 책, 41쪽.

으로 진전되어야 함을 역설한다. 이를 통해 "지방적인 것을 포함하면서 세계적인 것과의 연관을 두루 살피는 관점을 형성할 수 있으며 중심과 주변의 이분법적 구도에 의한 문화정치학적 편향을 반성"[6]할 수 있다는 것이다. 그 역시 지역/지방이 주는 용어의 혼란 때문에 로컬(local)이라는 개념이 일반화된 것에 동의하며 기존의 '로컬'이 "일국적인 중심-주변의 관계에 치우친 것과 달리 로컬-내셔널-리저널-글로벌을 연동" 시켜 사고함으로써 기존의 '로컬'이 사회 체계나 구조, 상징자본과 권력에 한정되는 한계를 뛰어넘으려 한다.[7] 박태일이나 구모룡이 지역문학에 대해 보여주는 시각은 2000년대 이후의 새로운 관점을 잘 드러내는 것이라고 볼 수 있으며 본고에서도 수직을 포함하며 넘어선 수평적 개념으로 '지역'의 의미를 경계 짓고 논의를 진행할 것이다. 대개의 지역어를 주제어로 삼은 연구는 방언 개념과 함께 단순히 언어학적 차원에서 다뤄지거나 언어에 내재한 힘의 관계들에 대해서 논의되는 경우가 많다. 하지만 본고는 이와 같은 '지역'개념에 입각한 '지역어'를 상정함으로써 언어학적 한계를 넘어 사회문화적 차원에서 논의될 수 있는 저변을 마련하고 표준어와 관련한 힘의 논리보다는 지역어 자체가 갖고 있는 힘에 대해 이야기하고자 한다. 그리고 이러한 관점에서의 접근은 공간과 장소에 관한 일련의 관심으로 이어진다.

서구에서는 1970년대에 들어서면서 기존의 실증주의 지리학에 반발하여 현상학에 기반한 인본주의 지리학이 활성화된다. 국내에서도 1990년대 이후 인본주의 지리학의 대표적인 저서들이 번역되고[8] 동시

---

6 구모룡, 위의 글, 20쪽.
7 구모룡, 위의 글, 32쪽.

에 포스트모더니즘의 국면과 조응하여 국내 인문학의 제분야에서 공간
과 장소가 연구의 화두로 부상한다. 인본주의 지리학은 인간의 경험과
그것을 토대로 형성된 '장소'에 주목한다. 공간은 움직일 수 있는 능력
에 의해 주어진 것으로 동적이고 목적적인 자아를 중심으로 하는 대략
적인 좌표틀이며 장소는 사람이 거주할 수 있는 대상으로 목적적 운동
과 지각을 통해 공간에서 개별 대상들의 친밀한 세계를 경험하는 곳이
다. 공간은 개방, 자유, 위협을 의미하는 동적인 속성을 장소는 친밀함,
안정, 정지를 의미하는 정적인 속성을 지닌다.[9] 또한 인간의 경험을
토대로 한 공간과 장소에 대한 논의는 시간과 무관하지 않다. 공간이
갖는 거리감은 시간의 속성을 지닌다. 시간과 결부된 장소의 유형은
시간의 흐름 속에 정지로서의 장소, 시간의 흐름에 따라 커지는 장소
애, 지나간 시간의 기념물로서 가시화된 시간인 장소 등으로 살펴볼
수 있다.[10] 장소와 장소애는 반대급부 또한 연상하게 하는데 현대 도시
의 경험을 장소의 상실 혹은 무장소성으로 설명하려는 시도도 주목할
만하다.[11] 최근에는 정신세계가 오직 외부세계와의 관계 속에서만 이
해될 수 있다는 생각에 주목하여 사람과 장소는 긴밀히 연결되어 있고,
자아와 주변 세계 역시 긴밀히 연결되어 있기 때문에 장소야말로 인간
의 정체성을 결정하는 요소라는 점을 역설하여 인간 실존의 근본적

---

8 대표적인 저서가 이-푸 투안의 『공간과 장소』(구동회·심승희 역, 대윤, 2007)와 에드
   워드 렐프의 『장소와 장소상실』(김덕현 외 역, 논형, 2005)이라는 데는 이론의 여지가
   없을 것이다.
9 이-푸 투안, 『공간과 장소』, 구동회·심승희 역, 대윤, 2007 참조.
10 이-푸 투안, 같은 책, 287쪽.
11 에드워드 렐프, 『장소와 장소상실』, 김덕현 외 역, 논형, 2005 참조.

차원으로까지 논의를 심화하기도 한다.[12] 본고는 이와 같은 현상학에 기반한 인본주의 지리학의 성과인 '장소'의 개념에 근거하여 연구를 수행할 것이다.

기존의 김영랑의 시세계에 대한 연구는 그 양이 상당하다. 하지만 그의 시작품 속 지역어에 대한 연구는 본격적으로 다뤄지기보다는 일군의 시인들에 대한 언급에서 간단히 이야기되는 경우가 대부분이다. 수많은 논의들 가운데 시어로서 지역어(좁게는 방언)에 주목하여 그의 시세계를 독립적으로 연구한 사례는 거의 찾아볼 수 없다.[13] 게다가 시어를 '장소'의 관점에서 접근한 사례 역시 찾아볼 수 없다. 본고는 김영랑 시세계의 원형이 형상화되어있는 그의 첫 시집인, 1935년에 발행된 『영랑시집』에 수록된 53편의 시를 대상으로 삼고 시집 속에서 반복적으로 사용되는 지역어인 '어덕'과 '하날'에 대해 '장소'의 관점에서 접근함으로써 시어로서 지역어의 존재의의를 드러낼 것이다.[14] 먼

---

12 제프 말파스, 김지혜 역, 『장소와 경험』, 에코리브르, 2014, 24~26쪽 참조.

13 허형만, 「김영랑 시와 남도방언, 『한국시학연구』 10, 한국시학회, 2004; 조영복, 「김영랑 방언 의식의 근원」, 『한국시학연구』 27, 한국시학회, 2010.
　허형만은 기존 문학사에서 김영랑의 시세계를 평가할 때 남도방언을 사용하여 묘미를 더한다는 식의 언급이 단순하게 답습되는 현상에 의문을 품고 그의 시어를 남도방언, 강진방언, 표준어와 대비한 후 실제로는 중앙어에 가까운 시어 및 의고체와 신조어를 많이 쓰고 있음을 밝혀 영랑의 시어에 대한 평가에 객관성을 한층 더 부여하였다. 조영복은 김영랑 시에서 방언이 갖는 의의를 탐색하여 모어로서 모성적 상상력의 발현이며 강진이라는 대지에 뿌리를 둔 소리에 근거한 심혼적 원형성을 지닌다고 말한다.

14 김영랑은 시작(詩作)과정에서 본인이 원하는 음상(音像)을 구현하기 위하여 조어(造語)를 많이 한 것으로 알려져 있다. 그렇기 때문에 '어덕'과 '하날'이 당대에 쓰인 지역어가 맞는지 영랑에 의해 조어된 것은 아닌지 확인할 필요가 있다. 일차적으로 국립국어원의 표준국어대사전을 보면 '어덕'과 '하날'이 전라도의 방언임을 알 수 있다. 이차적으로 당대에 같은 지역에서 함께 활동했던 박용철과 김현구의 시를 통해 실제로 쓰였던 시어였음을 알 수 있다.(아래 인용시 밑줄 인용자)

저 1930년대 일제강점기 국내의 언어상황의 흐름을 살피고 그 안에서 지역어를 시작(詩作)에 활용한 김영랑의 의도와 체험적 공간의 장소화 대상인 '어덕'에 대해 살펴볼 것이다. 다음으로 정서적 공간의 장소화 대상인 '하날'을 통해 '장소'가 시간과 연결되는 지점을 살피고 지역어를 통해 시적 장소를 산출하는 양상을 살펴볼 것이다. 이를 통해 시어로서 지역어에 내재한 시인의 내면이나 경험을 도출하여 시에 대한 깊이있는 이해를 돕고 특정한 시가 갖는 시적 개성의 요인이 무엇인지 드러낼 수 있을 것이다.

2. 체험적 공간의 장소화와 '어덕'

3·1운동 이후 1920년에 발표된 제 2차 조선교육령에는 '내지인'이나 '조선인'이라는 명칭이 보이지 않는 대신 '국어를 상용하는 자', '국어를 상용하지 않는 자'라는 표현이 등장하여 인종적 구별을 언어적 구별로 대체하고 있다.[15] '국어'가 더 이상 한글을 가리키는 것이 아니라 일본어를 의미하는 상황에 놓이게 되는 것이다. 이러한 상황에서 민족의 정체성을 지키고 일제에 저항하기 위한 수단으로 한글에 대한 관심과 정비의 필요성은 급격히 커지고 1930년대에는 마침내 한글맞춤법 통

혼자서 아득히 머ㅡㄴ 하날 바라보든/가엽쓴 그봄은 이어덕에 쏘차저와
– 김현구, 「M夫人의게」(부분), 『김현구 시 전집』, 태학사, 2005, 87쪽.
하날가에 새 기쁨을 그리어보랴
– 박용철, 「고향」(부분), 『박용철 전집』1, 깊은샘, 2004, 14쪽.
15 권보드래, 「1910년대의 이중어 상황과 문학 언어」, 『한국어문학연구』 54, 한국어문학 연구학회, 2010, 28쪽.

일안이 확정되는 성과를 낳는다. '제국주의'에 의해 지배당하는 측은 동일화하려는 힘에 맞서 자신들의 고유성을 자각하게 되고 사후적으로 '민족'으로 뭉치게 된다. 일제 식민지하의 민족주의나 한글에 대한 관심도 이러한 맥락에서 야기된 것이며[16] 근대에 생겨난 거의 모든 민족들은 민족 활자어를 가지게 되고 민족을 통합할 소통 기호로서의 세력을 창출한다.[17] 당대의 한글운동은 문학운동과 궤를 같이 하며 문인들 사이에는 목적을 갖고 정비된 한글인 표준어로 창작하려는 움직임이 활발해진다. 그런데 이러한 정세 속에서도 김영랑은 지역어를 창작에 활용했고 이는 '장소'의 관점에서 접근한다면 의도적이자 필수적인 행위라고 볼 수 있다.

1935년『시문학』을 통해 등단한 김영랑은 1903년 전남 강진군 강진읍에서 지주의 장남으로 태어났다. 1917년 휘문의숙에 입학했다가 1920년 유학길에 올라 일본 청산학원 중학부에 입학하고 영문학을 전공했다가 1923년 관동대지진으로 인해 학업을 중단하고 귀국하여 1925년부터는 고향인 강진에서 주로 생활한다. 이후 1948년 가족과 함께 서울로 거주를 옮기고 1950년 6·25전쟁 중 서울에서 포탄의 파편에 부상을 입고 작고한다.[18] 그는 비록 지방 출신이지만 부유한 가정에서 도련님으로 자랐고 서울에서 학업을 마쳤으며 일본유학까지 다녀온 상류층의 수재이다. 그리고 문학에 심취한 문학도였으며 언어의 조탁에 큰 관심을 갖았던 시인이다. 김영랑과 박용철이 주축이 되어 발간한

---

16 김미미, 「박용철 시론 연구」, 『현대문학이론연구』 57, 현대문학이론학회, 2014, 13쪽.
17 송기섭·김정숙, 「근대소설과 어문의 근대화」, 『어문연구』 51, 어문연구학회, 2006, 128쪽 참조.
18 김학동 편저, 『김영랑』, 문학세계사, 2000, 272~274쪽 참조.

『시문학』의 편집후기에는 이러한 언어에 대한 관심이 드러난다.[19]

> 한 민족의 언어가 발달의 어느 정도에 이르면 구어로서의 존재에 만족하지 아니하고 문학의 형태를 요구한다. 그리고 그 문학의 위상은 그 민족의 언어를 완성시키는 길이다.[20] (인용자 현대어 수정)

김영랑의 전기적 사실이나 문학적 성향을 고려한다면 그가 표준어 창작의 의의에 대해 무지했을 리가 없다는 것을 확인할 수 있다. 비슷한 시기 시작(詩作)에 지역어를 두드러지게 활용한 예로 김소월이나 백석을 들 수 있는데 둘은 모두 평북 정주 출신의 시인으로 김소월은 특정 지명을, 백석은 특정 지역어를 눈에 띄게 사용하였다. 하지만 『영랑시집』을 읽으면 동향이 아닌 사람이 읽더라도 의미의 전달에 큰 무리가 없을 정도로 독해가 용이하다. 특정 지명은 아예 사용하지 않았고 특정 지역어의 사용빈도도 상대적으로 적다. 그럼에도 불구하고 그의 시는 "전라도 말에 시적인 품격을 부여"[21]한 것으로 여겨진다.

지역어를 시작에 활용한 다른 시인에 비하여 사용빈도가 현저하게 적음에도 불구하고 그의 작품 속에 사용된 지역어가 부각되는 이유는 시 안에서 지역어가 의미구현이든 운율형성이든 내외적으로 시적 형상화에 결정적인 역할을 하기 때문일 것이며 역으로 이를 연구함으로써 해당시에 대한 이해를 도울 수 있을 것이다. 시작(詩作)에 있어 언어의

---

19 여기서 언어에 대한 관심이 시대정황에 의한 것인지 순수한 문학적 차원에 의한 것인지는 추가적인 논의가 필요하지만 일단 언어에 대한 관심 자체에 집중하기로 한다.

20 박용철, 『박용철 전집2』, 깊은샘, 2004, 218쪽.

21 김현, 「찬란한 슬픔의 봄」, 『책읽기의 괴로움/살아 있는 시들』, 문학과지성사, 1992, 68쪽.

가치와 그 활용에 특히 주의를 기울였던 김영랑의 경우, 작품 속에서 비록 적은 수이지만 지역어를 사용한 것은 의도적이자 필수적이었다고 할 수 있는데 『영랑시집』에 수록된 작품 중에서 일관적이고 반복적으로 사용되는 지역어로 '어덕'이 주목을 끈다. 『영랑시집』에 수록된 53편의 시 중에서 '어덕'이 등장하는 시는 3편으로 단발적으로 사용된 다른 지역어들에 비해 상대적으로 많다고 할 수 있다. 또한 1949년 『영랑시선』이 서정주에 의해 편집 및 발간될 때, 해방 이후 한글맞춤법의 표기원칙에 따라 어간의 형태를 밝혀 적거나 현대적인 표기법에 맞추어 띄어쓰기를 적용했는데 '어덕'만큼은 원형을 살려서 수록한 것을 확인할 수 있다. 김용직은 '어덕'에 주목하여 "표준어만으로 쓰면 그 의미 구조가 너무 투명해 버릴 가능성"[22]이 있으므로 의도적으로 지역어를 사용했다고 말한다. 허윤회는 '어덕'을 시인과 작품의 일체감에서 각인된 하나의 표지로 자신의 음성과 가까운 기호의 선택을 통하여 표현의 일체감을 작품에 부여하려 한 것으로 본다.[23]

김영랑은 『시문학』 편집후기에서 "우리의 시는 열 번 스무번 되씹어 읽고 외여지기를 바랄뿐"이라는 포부를 밝힌 바 있다.[24] 그는 창작시 낭송을 염두에 두었기 때문에 'ㄹ, ㄴ, ㅁ, ㅇ'과 같은 유음이나 비음을 선호하는 경향이 있다. 표준어인 '언덕'과 지역어인 '어덕'을 비교할

---

22 김용직, 「방언과 한국문학」, 『새국어생활』 6, 국립국어연구원, 1996, 184쪽.

23 허윤회, 「시와 표현−김영랑 시의 계보」, 허윤회 주해, 『원본 김영랑 시집』, 깊은샘, 2007, 346쪽.

24 『시문학』 편집후기의 직접적인 집필자는 박용철이지만 글 안에서 일관되게 '우리'라는 복수주어를 사용하고 있다. 박용철이 김영랑의 영향 하에서 문학의 길로 접어든 것은 주지의 사실이며 『시문학』의 창간과정에서 김영랑이 주축이 되어 진행한 바, 편집후기의 '우리'는 김영랑의 의중으로도 볼 수 있다는 전제하에 논의를 진행한다.

경우, 첫 음절의 종성인 'ㄴ'의 유무로 변별되는데 표준어인 '언덕'은 첫 음절의 종성인 'ㄴ'과 둘째 음절의 초성인 'ㄷ'이 모두 혀끝소리로, 조음위치가 같아서 발음하기에 용이하다. 또한 '언덕'의 경우 첫 음절의 종성 'ㄴ'으로 인해 어감도 부드럽게 유지된다. 서정적 운문의 가치는 단어와 그의 음악성과의 통일에서 이루어진다.[25] 다시 말해 서정시에서 음악성을 얻기 위해서는 음절 하나, 단어 하나도 함부로 쓰이지 않는다는 것이다. 이와 같은 사실로 미루어볼 때 표준어인 '언덕'이 그의 창작관에 더 부합함에도 불구하고 김영랑은 일관적으로 '어덕'을 사용하고 있다.

어덕에 바로누어
아슬한 푸른하날 뜻업시 바래다가
나는 이젓습네 눈물도는 노래를
그하날 아슬하야 너무도 아슬하야 (시 3 부분)[26]

어덕에 누어 바다를 보면
빛나는 잔물결 헤일수 업지만
눈만 감으면 떠오는 얼골
뵈올적마다 꼭 한분이구려 (시 33 전문)

푸른향물 흘러버린 어덕우에
내마음 하루사리 나래로다 (시 34 부분)

---

25 에밀 슈타이거, 이유영·오현일 역, 『시학의 근본개념』, 삼중당, 1978, 21쪽.
26 김영랑, 허윤회 주해, 『원본 김영랑 시집』, 깊은샘, 2007. 이 책을 기본자료로 삼고 이후에 시 인용시 따로 표기하지 않는다.

그는 '어덕에 바로누어' 하늘을 보고 눈물 짓거나 '어덕에 누어 바다를 보며' 그리움에 잠기곤 했다. 그에게 '어덕'은 단순한 보통명사가 아니라 경험이 축적되어 이미지화된 고유명사라고 할 수 있다. 김영랑의 평전에는 "이 시인이 나서 자란 집은 北山 밑 대나무 숲이 둘러싸여 있고 멀리 남쪽으로는 바다가 한눈에 보이며, 가까이는 읍내를 굽어볼 수 있는 곳에 위치해 있다"[27]고 서술되어 있는데 이를 통해 그의 고향집의 지대가 높은 것을 확인할 수 있다. 또한 서정주가 쓴, 1949년 발행된 『영랑시선』의 발문을 보면 "청산학원에서 문학을 전공하고는 귀향하자 바로 향리의 해안 언덕 위에 칩거하야 즐기는 음악을 듣고 시를 창성하기에 해방의 날이 오도록 그곳을 떠나지 않은 분이다"[28]라는 문장을 통해 그의 집이 '언덕'에 자리잡고 있었음을 다시 한 번 확인할 수 있다. 이를 통해 그에게 '어덕'은 일회성을 지닌 지점이 아니라 생활의 중심에 있는 구체적인 장소로서 그가 감성, 사상, 습관 등을 축적하며 하나의 인격체로 성장해 나가는 과정의 중요한 일부였음을 알 수 있다. 그가 표준어 '언덕'에 노출되기 이전시기의 모든 경험은 '어덕'에서 이루어지고 지역어 '어덕'을 통해 이미지화된다. 고등교육을 받고 성인이 된 이후에도 시인 김영랑으로서 내적 경험을 언어로 가시화하기위해서는 특정지역어를 호출해야만 했던 것이다. 이를 통해 그에게 표준어 '언덕'이 아닌 '어덕'이어야만 하는지 알 수 있다. 그리고 일련의 과정은 개인이 나고 자란 공간이 개인에게 근본적으로 어떤 영향을 미치는 지에 대한 숙고로 이어질 수 있다.

---

27 김학동, 「김영랑 평전」, 김학동 편, 『김영랑』, 문학세계사, 2000, 166쪽.
28 허윤회 주해, 앞의 책, 215쪽.

뻘은 가슴을 훤히 벗고
개풀 수집어 고개숙이네
한낮에 배란놈이 저가슴 만젓고나
뻘건 맨발로는 나도작고 간지럽고나 (시 21 전문)

제프 말파스는 공간 개념의 파악은 인간의 경험과 사유를 통한 세계에 대한 경험과 이해에 필수적이라고 말한다. 방향을 설정하거나 위치를 파악하는 피조물의 능력에 내포된 공간의 파악이 자신과 환경에 대한 피조물의 자각과 긴밀히 연결되어 있으며 이러한 주관적 공간은 태생적으로 관점의 공간이라는 것이다.[29] 성장과정에서 '어덕'을 통해 보고 듣고 느끼는 방식은 시인의 인지구조를 이루고 시를 통해 드러난다. 시 21의 경우 '저'라는 지시대명사를 통해 '어덕'에서 내려다본 바다의 풍경을 표현하고 있다. '어덕'이라는 위치는 시인이 주변환경을 인지하고 관점을 형성하는 선천적 공간으로 작용한다. 김영랑의 시의 많은 경우는 특정한 지점에서 하늘을 올려다보거나 바다를 내려다보는 시각을 취한다. 이는 시인의 의지와 상관없이 나고 자란 공간에 의해 무의식적으로 형성된 태도일 것이다. 시인은 피동적으로 대상과 거리를 두고 전체를 조망하는 시야를 부여받은 것이다. 이처럼 공간에 의해 관점이 형성되고 쌓인 경험은 시인의 1차 언어라 할 수 있는 해당 지역어를 통해서 구조화되고 이미지화된다. 그러므로 특정한 내면의 풍경이 되살아나는 것은 특정 지역어를 동반해야만 가능한 것이다.

한편 김영랑의 시 속 '어덕'은 구체적인 지명이 드러나지 않았다 혹

---

29 제프 말파스, 앞의 책, 66~68쪽 참조.

은 각 시 속의 '어덕'이 동일한 지점인지도 알 수 없다는 의문을 제기할
수 있다. 하지만 위치라는 것은 장소의 조건에 있어서 공통적인 것이긴
하지만, 필수조건도 충분조건도 아니다.[30] 다시 말해서 지도상의 특정
한 실제적인 지점이 아니더라도 '장소'가 될 수 있다. 그러므로 김영랑
에게 이미 '어덕'은 단순한 물리적 환경이 아니라 개인적 사유와 경험의
결정체로서 정적이고 고정된 실체로 이미지화된 '장소'라고 할 수 있는
것이다. 장소는 정감어린 기록의 저장고이며 현재에 영감을 주는 찬란
한 업적이다.[31] 경험은 결국 언어로 표현될 수밖에 없는데 이 과정에서
1차적이며 몸의 언어라 할 수 있는 해당 지역어에 함축되어 장소화되었
다고 볼 수 있다. 특히 주관적 정서나 경험의 표현인 서정시라는 장르
의 특성상 김영랑의 '장소'와 관련된 정서나 경험은 해당 지역어에 함축
되어있기 때문에 시작(詩作)과정에서 시인이 표상하고자 하는 바를 담
아낼 단어로 '언덕'이 아닌 '어덕'이 선택될 수밖에 없었던 것이다. 이처
럼 특정 지역어에 대한 연구는 특정 작가의 작품세계를 이해할 때 주목
해야 할 바가 무엇인지 알려주는 좋은 단서가 될 수도 있다.

3. 정서적 공간의 장소화와 '하날'

『영랑시집』에서 주목해야 할 다른 시어는 '하날'이다. 총 53편 중
13편에 '하날'이 등장하는데 한결같이 하늘이 아니라 '하날'이다. 지역

---

30 에드워드 렐프, 앞의 책, 78쪽.
31 이-푸 투안, 앞의 책, 247쪽.

어인 '하날' 역시 김영랑에게 경험이 함축된 '장소'로서 대체불가의 시어라고 할 수 있다. 앞서 제시한 '어덕'의 경우는 시인이 몸으로 경험한 체험적 공간이 장소화된 것이라면 '하날'의 경우는 정서적인 공간이 장소화된 경우라고 볼 수 있다. 지역어는 '장소감'이나 '장소애'를 표현하는 최적의 매체이다. 지역어가 주는 친숙함은 비유하자면 집이 주는 친밀함과 비슷하다. 친숙함은 과거의 특징이며 관념적 의미에서 집은 생활의 중앙에 놓여있고 중앙은 기원과 시원을 의미한다.[32] 이 점은 공간과 장소에 대한 논의가 '시간'과 연결되는 지점을 숙고하게 한다.

공간과 장소에 대한 논의는 '시간'과 떼놓을 수 없다. 공간은 거리를 수반하는데 거리에는 시간개념이 결부되어있다. 어떤 전경을 보고 있을 때, 우리의 마음은 자유롭게 배회하며 우리가 정신적으로 공간을 이동할 때, 시간적으로도 앞이나 뒤로 이동한다. 공간상에서의 물리적 이동은 그와 유사한 시간적 환상을 줄 수 있다.[33] 시인이 바라본 하늘은 거리가 존재하는 간접적 공간이며 이 간접적 공간이 수반하는 거리는 시간의 차원을 불러온다. 장소분석이란 우리들의 내면적인 삶의 장소들에 대한 조직적인 심리적 연구이며 기억을 통한 과거회상은 우리들의 존재가 안정되게 자리잡는 공간들 가운데서 일련의 정착점들을 알아보는 것에 해당[34]한다. 김영랑의 경우는 하늘과의 거리감이 과거라는 시간의 축과 결부되며 '하날'이 '장소'로서 기능하는 것은 지역어에 시간의 차원이 덧입혀져 그것이 시인의 과거경험에서 비롯해 의미화되었음

---

32 이-푸 투안, 앞의 책, 207쪽.
33 이-푸 투안, 앞의 책, 203쪽.
34 가스통 바슐라르, 곽광수 역, 『공간의 시학』, 동문선, 2003, 83쪽.

을 드러내는 표지이기 때문이다. 요컨대 '하날'이라는 지역어는 친숙함
을 동반하고 이 친숙함은 시간의 축에서 과거의 경험을 불러온다.

> 내옛날 온꿈이 모조리 실리어간
> 하날갓 닷는데 깃븜이 사신가
> (중략)
> 업듸여 눈물로 따우에 색이자
> 하날갓 닷는데 깃븜이 사신다 (시 39 부분)

　유년기의 장소들은 많은 개인들에게 있어 아주 중요한 준거점이 되
며 실제로 그런 경험이 발생한 곳이 아니라 할지라도 특별한 개인적
경험을 상기시키는 특정 위치나 환경도 그런 장소가 될 수 있다.[35] 김영
랑에게 하늘은 보편적 의미를 갖는 공간이 아니라 개인적 경험을 상기
시키는 장소이다. 그에게 하늘이 아니라 '하날'인 이유는 유년기의 경
험에서 기인한다. 이 점은 1949년에 발간된 『영랑시선』에 실린 작품에
서 확인할 수 있다.

> (전략)
> 하늘은 파-랗고 끝없고
> 편편한 연실은 조매롭고
> (중략)
> 바람이러 끊어지든날
> 엄마 아빠 부르고 울다

---

[35] 에드워드 렐프, 앞의 책, 92쪽.

히끗 히끗한 실낫이 서러워
아침 저녁 나무밑에 울다
(후략) (『영랑시선』, 시 23 부분)

(전략)
태여난뒤 처음높이 띄운보람 맛본보람
안 끈어졌드면 그럴수 없지
찬바람 쐬며 코ㅅ물 흘리며 그겨울내
그실낫 치여다보러 다녔으리
내인생이란 그때버텀 벌서 시든상 싶어
철든 어른을 뽐내다가도 그실낫같은 病의 실마리
마음 어느한구석에 도사리고있어 얼신거리면
(후략) (『영랑시선』, 시 24 부분)

'내옛날 온꿈이 모조리 실리어간/하날갓'은 언제나 시인을 눈물짓게
한다. '하날'은 '내옛날'과 연결되고 그 '옛날'에는 어린 시절, 잃어버린
연을 찾으며 눈물짓고 올려다본 '하늘'이 있다. 김영랑의 경우는 유년
기의 경험이 하늘과 결부되어 특정 이미지로 고착화된 것이다. '내인생
이란 그때버텀 벌서 시든상 싶어'라는 시인의 목소리를 통해 어린 시절
의 경험이 김영랑 시의 주된 정서인 애상적 정서의 한 단면이 되었음을
알 수 있다. 장소의 경험에 시간의 차원이 덧입혀지는 경우, 어린 아이
일 때와 어른일 때의 경우는 다르게 생각해야 한다. 어린 아이에게 시
간은 흐르지 않으며 그는 어린 나이를 영원히 유지하면서 시간의 외부
에 있는 것처럼 서 있다.[36] 그의 경험 속 하늘은 특정 이미지로 굳어져

---

36 이-푸 투안, 앞의 책, 296쪽.

성인이 된 후에도 지속되었음을 알 수 있다.

> 다정히도 부러오는 바람이길내
> 내숨결 가부엽게 실어보냇지
> 하날갓을 스치고 휘도는 바람
> 어이면 한숨만 모라다 주오 (시 22 전문)

'다정히' 불어온 바람에 '내 숨결'을 더한 것이 '하날'을 통과하니 '한숨'이 된다. 『영랑시집』에 하늘이 등장하는 경우는 전반적으로 슬픔의 정조를 동반한다. 그가 경험한 정서적 공간인 '하날'은 유년 시절에 올려다보며 눈물짓던 기억으로 강하게 각인되어 몸의 언어라 할 수 있는 지역어 '하날'에 응축되어 그의 시에 광범위하게 드러나는 애상적 정서의 기원을 유추하게 한다. 시인이 시작(詩作)과정에서 표상하고자 했던 바는 단순히 '하날'이 갖는 사전적 의미로는 전달할 수 없다. 그의 시에서 '하날'이 쓰인 경우는 단순한 물리적 환경이 아니라 시간의 축에서 과거의 경험이 환기하는 슬픔을 동반하며 시의 분위기 전체를 지배한다. '하날'의 호출과 함께 시적 장소가 산출되는 것이다. 그가 '하늘'이 아닌 '하날'을 떠올리는 것은 과거에서부터 축적된 경험의 총체를 떠올리는 것이므로 표준어인 하늘로는 표현이 불가능했을 것이다.[37]

이처럼 시 안에서 반복적으로 쓰이는 지역어를 장소의 관점에서 접근할 경우, 해당 시어에는 시인 특유의 개인적 경험의 총체가 함의되어 있고 지역어의 사용은 단순한 사전적 의미가 아니라 개인적 경험이나

---

[37] 하지만 49년 발행된 『영랑시선』의 경우, 서정주에 의해 편집되는 과정에서 '하날' 중 일부는 하늘로 변경되었다.

사유 혹은 분위기의 호출을 의도한 것이므로 표준어로는 표현할 수 없었다는 것을 알 수 있다. 또한 역으로 이를 연구할 경우, 특정 지역어에 대한 연구를 통해 시인의 시세계를 이해하는데 핵심적으로 고려해야 할 점이 무엇인지 알 수도 있을 것이다. 주지하다시피 인간은 언어라는 한계를 안고 살아간다. 지역어가 시어로 선택된 경우는 추상적인 내면을 구체적으로 담아내기 위해 언어가 갖는 한계의 최대치에 도전하려는 작가의 고민이 반영되어있다. 이는 다시 형식미학적 측면에서도 독자가 작품 안에서 타향의 지역어와 대면했을 때 '낯설게 하기'과정을 야기하여 능동적인 독서의 동인이 될 수 있을 것이다. 이러한 상호작용이 한 편의 시에 생명력을 불어넣어 시적 개성의 요인이 된다.

또한 '장소'의 관점에서 김영랑 시 속에 사용된 지역어가 필수적이었음을 밝힌 이 연구를 통해 지역어 자체가 특정 시 안에서 시인의 내면구현에 결정적 역할을 함을 알 수 있었다. 이것이 문학 안에서 지역어가 갖는 힘일 것이며 이와 같이 지역어 자체가 갖는 힘에 대해 집중한다면 힘의 논리에 치중하는 로컬리즘적 관점의 이분법을 뛰어넘는 다른 시각을 보여줄 수 있을 것이다. '지역구심주의(local centripetalism)' 혹은 'Region'으로서 지역의 의미를 포함한 지역어를 '장소'의 관점에서 접근했을 때, 모든 작가는 각자의 지역어로 창작활동을 한다고 할 수 있으므로 단순히 김영랑의 특수한 사례가 아닌 보편성을 갖는다. 또한 그 보편성들의 종합을 통해 문학에서 지역어를 대상으로 한 연구는 언어학적 한계에서 벗어나 사회문화적 차원으로 확장할 수 있는 가능성이 열리게 될 것이다.

4. 나오는 말

본고는 1935년에 발행된 『영랑시선』을 대상으로 삼아 김영랑의 시 작품 속에 반복적으로 사용되는 지역어를 도출하고 이를 '장소'의 관점 에서 접근하여 시어로서 지역어의 의의에 대해 살펴보았다. 김영랑의 시작품 속에서 일관적이고 반복적으로 사용되는 대표적인 지역어로는 '어덕'과 '하날'이 있다. 둘은 몸으로 직접 경험했느냐 간접적으로 경험 했느냐에 따라서 체험적 공간이 장소화된 것과 정서적 공간이 장소화 된 것으로 구분된다.

먼저 김영랑 평전과 서정주의 글을 통해 김영랑의 고향집과 그 주변 지형의 특징을 확인하여, 김영랑에게 '어덕'은 일생의 대부분을 보낸 고향집과 관련한 경험이 함축된 시어이며 '어덕'이라는 장소를 통해 보고 듣고 느끼며 형성된 개인의 인격이 반영되어있으므로 시작(詩作) 과정에서 다른 단어로 대체가 불가능했음을 알 수 있었다. 다음으로 '하날'은 정서적 공간이 장소화된 경우로 하늘이 갖는 거리감은 시간의 축을 불러오고 이는 다시 과거의 경험과 연결된 것임을 확인하였다. 어렸을 적 잃어버린 연 때문에 눈물지으며 바라본 하늘에 대한 기억은 그의 몸에 강하게 각인되고 이는 다시 몸의 언어라 할 수 있는 지역어 '하날'에 응축되어 고정된다. 그래서 그가 하늘을 떠올리는 경우는 언 제나 과거의 슬픔이 동반되기 때문에 단순히 사전적 의미인 하늘로는 표현이 불가능하여 '하날'이라는 경험의 총체를 담고 있는 시어가 선택 되었음을 알 수 있다.

이를 통해 시인이 지역어를 시어로 사용한 경우는 표준어로는 담아 낼 수 없는 개인적인 경험의 총체를 함의하고 있으며 역으로 이를 분석할 경우 시에 대한 이해의 깊이를 더할 수 있음을 알 수 있다. 지역어에 대한 '장소'와 관련한 연구는 김영랑의 특수한 사례를 넘어 보편성을 갖을 것이며 region으로서 지역의 개념을 설정할 경우, 지역어에 대한 연구는 언어학적 한계를 벗어나 사회문화적 차원으로 확대될 수 있을 것이므로 후속연구도 기대해 볼 만하다.

이 글은 지난 2015년 현대문학이론학회에서 발간한
『현대문학이론연구』 60집에 게재된 것이다.

참고문헌

〈기본자료〉

김영랑, 허윤회 주해, 『원본 김영랑 시집』, 깊은샘, 2007.

〈단행본〉

김학동 편저, 『김영랑』, 문학세계사, 2000.

김　현, 『책읽기의 괴로움/살아 있는 시들』, 문학과지성사, 1992.

김현구, 『김현구 시 전집』, 태학사, 2005.

박용철, 『박용철 전집』 1, 깊은샘, 2004.

_____, 『박용철 전집』 2, 깊은샘, 2004.

박태일, 『한국 지역문학의 논리』, 청동거울, 2004.

부산대학교 한국민족문학연구소 편, 『로컬리티, 인문학의 새로운 지평』, 혜안, 2009.

이상규, 『국어방언학』, 학연사, 2003.

에드워드 렐프, 김덕현 외 역, 『장소와 장소상실』, 논형, 2005.

에밀 슈타이거, 이유영·오영일 역, 『시학의 근본개념』, 삼중당, 1978.

가스통 바슐라르, 곽광수 역, 『공간의 시학』, 동문선, 2003.

제프 말파스, 김지혜 역, 『장소와 경험』, 에코리브르, 2014.

이-푸 투안, 구동회·심승희 역, 『공간과 장소』, 대윤, 2007.

〈논문〉

구모룡, 「지역문학의 지평」, 전남대학교 BK21플러스사업단 제4회 전문가초청강연
　　　회 발표문, 2014.09.19.

권보드래, 「1910년대의 이중어 상황과 문학 언어」, 『한국어문학연구』 54, 한국어문
　　　학연구학회, 2010.

김미미, 「박용철 시론 연구」, 『현대문학이론연구』 57, 현대문학이론학회, 2014.

김용직, 「방언과 한국문학」, 『새국어생활』 6, 국립국어연구원, 1996.

송기섭·김정숙, 「근대소설과 어문의 근대화」, 『어문연구』 51, 어문연구학회, 2006.

조영복, 「김영랑 방언 의식의 근원」, 『한국시학연구』 27, 한국시학회, 2010.

허형만, 「김영랑 시와 남도방언」, 『한국시학연구』 10, 한국시학회, 2004.

호남 유산기의 자료적 특징과 의의

김순영

1. 머리말

산을 대상으로 하는 많은 한문학 작품 가운데 산을 직접 오르내리고 그 체험을 바탕으로 자신의 감회를 자세하게 기록한 글을 유산기(遊山記)라고 한다. 우리나라의 최초 유산기는 1243년에 지은 진정국사(眞靜國史)의 〈유사불산기(遊四佛山記)〉이다. 그리고 조선조 15세기에 이르러 금강산, 지리산, 청량산 등을 중심으로 유산기 창작이 활발히 이루어지면서 유산기 문학이 성립된다. 유산기는 작자가 직접 산을 유람하고 시간과 장소의 이동에 따라 내용을 자세히 서술함으로써 작자의 사상은 물론 시대적 상황까지 살필 수 있어 좋은 문학 자료가 된다.

그 동안 유산기에 대한 연구는 대부분 작품이 많이 남아 있는 산들을 중심으로 이루어졌다. 특정 시기나 지역 또는 특정 문인의 유산기 작품을 고찰한 연구[1]들이 대부분이고, 유람기로서 유산기에 나타난 조선시

---

1 강현경, 「鷄龍山 遊記에 대한 硏究」, 『한국한문학연구』 31, 한국한문학회, 2003.
   권혁진, 「淸平山 遊山記 연구」, 『인문과학연구』 29, 강원대학교 인문과학연구소, 2011.

대 선비들의 산수 인식을 분석한 연구[2]도 있다. 기존에 유산기 연구의
주 대상이 되었던 곳은 금강산, 지리산, 청량산, 소백산, 묘향산 등이
다. 그 이유는 위에서도 언급했지만, 다른 지역에 비해 비교적 자료가
많이 남아있기 때문이다. 따라서 유산기 작품이 적게 남아 있는 지역은
상대적으로 연구가 거의 이루어지지 않고 있었다.

유산기 연구는 처음에 지리산과 청량산 등 유산기 작품이 많이 남아
있는 영남 지역을 중심으로 활발히 이루어졌다. 호남 지역에서는 무등
산 유산기 연구[3]가 유일하다. 이것은 호남 지역에 명산이 없어서가 아니
라 호남 유산기에 대한 조사와 정리 작업들이 아직 체계적으로 이루어

김선희, 「유산기를 통해 본 조선시대 삼각산 여행의 시공간적 특성」, 『문화역사리』 21,
한국문화역사지리학회, 2009.
박영민, 「18세기 청량산 유산기 연구」, 『한자한문연구』 1, 고려대학교 한자한문연구소,
2005.
안득용, 「農巖山水遊記硏究」, 『동양한문학연구』 22, 동양한문학회, 2006.
이혜순 외, 『조선중기의 유산기 문학』, 집문당, 1997.
최석기 외, 『선인들의 지리산 유람록』, 돌베개, 2007.
홍성욱, 「권섭의 山水 遊記 硏究」, 『국제어문』 36, 국제어문, 2006.

2 강구율, 「淸凉山 遊山記에 나타난 嶺南知識人의 自然認識」, 『嶺南學』 4, 경북대학교
영남문화연구원, 2003.
강정화, 「智異山 遊山記에 나타난 조선조 지식인의 山水認識」, 『남명학 연구』 26, 경상
대학교 남명학 연구소, 2008.
안득용, 「16세기 후반 영남 문인(嶺南 文人)의 산수유기(山水遊記) - 지산 조호익(芝山
曺好益) 산수유기에 나타난 자연인식과 형상화를 중심으로」, 『어문논집』 55, 민족어문
학회, 2007.
3 김대현, 「무등산 유산기에 대한 연구」, 『남경 박준규 박사 정년기념논총』, 1998.
김대현, 「20세기 無等山 遊山記 연구」, 『한국언어문학』 46, 한국언어문학회, 2001.
김덕진, 「나도규의 무등산 유산기와 자연의식」, 『역사와 담론』 65, 호서사학회, 2013.
김순영, 「무등산 유산기 연구」, 전남대학교 석사학위논문, 2013.
이권재, 「제봉 고경명(高敬命)의 『유서석록』 연구」, 『고시가연구』 8, 한국고시가문학
회, 2001.

지지 않았기 때문이다. 호남 지역에 대한 여러 가지 정보를 담고 있는 호남 유산기의 가치를 생각할 때, 각 지역의 유산기 자료를 수집·정리하고, 번역하여 세밀하게 분석해 보는 일은 반드시 필요하다. 호남 유산기의 조사와 발굴, 번역 작업들이 체계적으로 진행된다면 유산기가 가지고 있는 역사·문화·지리·문학적 가치를 찾아내어 지역 문화 가치 창출에도 많은 도움이 되리라 생각한다.

따라서 본고는 호남 유산기 연구를 시작하는 첫 단계로 그동안 모아진 자료들을 시대별, 지역별로 분류하여 그 특징을 살피는데 그 목적이 있다. 지금까지 발견된 호남 유산기는 총 60여 편으로, 그리 많은 편은 아니다. 그러나 앞으로 이에 대한 조사와 발굴 작업들이 계속 이루어지면 상당수의 작품들이 더 나올 것으로 보인다.

호남 유산기를 살펴보면, 지역별로 여러 편의 유산기가 남아 있다. 따라서 본고에서는 먼저 지역별로 자료들을 개관하여 호남 유산기의 분포 현황을 파악하고, 다시 시대별로 분류하여 각각 어떤 특징이 있는지 살펴보았다. 이로써 호남 유산기가 갖는 자료적 가치와 의의를 밝히고자 한다.

2. 호남 유산기의 분포 현황

유산기 작품들은 대부분 문집에 수록되어 있다. 그러나 조선시대의 문집이 매우 방대하여, 문집 속에서 유산기 자료를 발굴하기란 쉽지 않다. 아직 발굴되지 않은 문집들도 많이 있고, 전해지는 과정 속에서 유실된 것들도 상당 수 있기 때문이다.

현재까지 조사된 호남 유산기 작품은 60여 편이다. 이중 가장 많은 부분을 차지한 것은 22편의 무등산 유산기이다. 그런데 우리나라의 현전하는 문집들을 모아 DB화해 놓은 『한국문집총간』에는 정약용의 〈유서석산기〉와 송병선의 〈서석산기〉 2편만 실려 있다. 정민이 1996년에 577편의 산수유기를 모아 정리한 『한국역대산수유기취편(韓國歷代山水遊記聚編)』[4]에는 4편[5]의 무등산 유산기가 수록되어 있고, 1997년 한국정신문화연구원에서 출판한 『와유록(臥遊錄)』[6]에는 권극화의 〈서석규봉기〉와 고경명의 〈유서석록〉 2편만 실려 있다. 그리고 2010년 광주시립민속박물관에서 출간한 『국역 무등산유산기』[7]에는 18편의 작품이 실려 있다. 이처럼 여기저기에 흩어져 있는 유산기 자료들을 모두 수집하여 정리한다는 것은 쉬운 일이 아니다.

본 연구의 대상으로 삼은 호남 유산기 자료들은 먼저, 『한국문집총간』이나 『한국역대산수유기취편』과 『국역 무등산유산기』에 실린 자료들을 중심으로 파악하였다. 그리고 앞으로 『한국문집총간』에 실리지 않은 호남문집을 대상으로 유산기 자료를 계속 수집해 나갈 계획이다.

대부분의 유산기는 문집 속에서 '遊~山記', '遊~記', '~山記', '遊~山錄', '遊~錄', '~山錄' 등의 제명으로 나타난다. 본 연구에서는 이와 같은 제명의 작품들을 유산기 작품으로 보고, 그 중에서도 작자가 직접 산을 유람한 것을 대상으로 하였다.

---

4 정민 편, 『韓國歷代山水遊記聚編』, 민창문화사, 1996.
5 4편의 유산기는 고경명의 〈유서석록〉, 정약용의 〈유서석산기〉, 송병선의 〈서석산기〉, 양회갑의 〈서석산기〉이다.
6 한국정신문화연구원, 『臥遊錄』, 한국학자료총서11, 1996.
7 김대현 외, 『국역 無等山遊山記』, 광주시립민속박물관, 2010.

　　호남 유산기를 정리할 때 가장 어려운 점은 지리산 유산기를 어느
지역에 포함시킬 것인가의 문제였다. 지리산은 행정 구역상 경상도와
전라도에 걸쳐 있어 오랫동안 영·호남인의 주요 유람지가 되어 왔다.
영·호남의 많은 문인들이 이곳을 유람하고, 약 90여 편의 유산기를
남겼다. 지리산은 우리나라의 삼신산 중의 하나로, 우리나라 유산기
문학 연구의 핵심을 이루었다. 그러나 일찍이 지리산 유산기를 남긴
김종직(金宗直)과 조식(曺植)의 영향으로 경상도 지역에서 이미 많은 연
구들이 이루어져, 본 연구에서는 제외하였다.

　　다음은 호남 유산기의 현황을 지역별로 정리한 것이다.

〈표 1〉 호남 유산기 현황

산이름	위치	저자	문집명	제목
금골산 (金骨山)	전라남도 진도	이주(李冑, 1468~1504)	『忘軒遺稿』	〈金骨山錄〉
덕유산 (德裕山)	전라북도 무주	송병선(宋秉璿, 1836~1905)	『淵齋集』	〈德裕山記〉
		이만부(李萬敷, 1664~1732)	『息山集』	〈德裕山記〉
		이만현(李萬鉉, 1820~1902)	『晩休堂逸集』	〈廬山紀行〉
		임훈(任薰, 1500~1584)	『葛川集』	〈登德裕山香積峯記〉
		허목(許穆, 1595~1682)	『記言』	〈德裕山記〉
도솔산 (兜率山)	전라북도 고창	송병선(宋秉璿, 1836~1905)	『淵齋集』	〈兜率山記〉
두륜산 (頭輪山)	전라남도 해남	최일휴(崔日休, 1638~1699)	『蓮泉集』	〈遊頭崙山記〉
		홍석주(洪奭周, 1774~1842)	『淵泉集』	〈頭輪遊記〉
만덕산 (萬德山)	전라북도 완주	양회갑(梁會甲, 1884~1961)	『正齋集』	〈天冠萬德山記〉
		이금(李嶔, 1842~1928)	『桂陽遺稿』	〈萬德山記〉
		이기(李沂, 1848~1909)	『海鶴遺書』	〈遊萬德山記〉
		이기(李沂, 1848~1909)	『海鶴遺書』	〈重遊萬德山記〉
망덕산 (望德山)	전라남도 영광	김수민(金壽民, 1734~1811)	『明隱集』	〈望德山記〉

백암산 (白巖山)	전라남도 장성	송병선(宋秉璿, 1836~1905)	『淵齋集』	〈白巖山記〉
백운산 (白雲山)	전라남도 광양	김창협(金昌協, 1651~1708)	『農巖集』	〈游白雲山記〉
		허목(許穆, 1595~1682)	『記言』	〈白雲山水記〉
변산 (邊山)	전라북도 부안	김수민(金壽民, 1734~1811)	『明隱集』	〈遊邊山錄〉
		박모(朴模, 1828~1900)	『蘆河先生文集』	〈遊邊山記〉
		송병선(宋秉璿, 1836~1905)	『淵齋集』	〈邊山記〉
		심광세(沈光世, 1577~1624)	『休翁集』	〈遊邊山錄〉
		이세환(李世瑍, 17~18세기)	『果齋集』	〈遊邊山記〉
사자산 (獅子山)	전라남도 보성	위백규(魏伯珪, 1727~1798)	『存齋全書』	〈獅子山同遊記〉
		이희석(李僖錫, 1804~1889)	『南坡集』	〈遊獅山記〉
서석산 (瑞石山)	전라남도 광주	고경명(高敬命, 1533~1592)	『遊瑞石錄』	〈遊瑞石錄〉
		고재붕(高在鵬, 1869~1936)	『翼齋集』	〈遊瑞石記〉
		김운덕(金雲悳, 1857~1936)	『秋山遺稿』	〈瑞石遊覽記〉
		김태석(金泰錫, 1872~1933)	『蘭溪遺稿』	〈瑞石記〉
		김호영(金鎬永, 1907~1984)	『愼齋漫錄』	〈瑞石山記〉
		나도규(羅燾圭, 1826~1885)	『德巖漫錄』	〈瑞石錄〉
		나도규(羅燾圭, 1826~1885)	『德巖漫錄』	〈瑞石續錄〉
		박병윤(朴炳允, 1867~1927)	『月隱遺稿』	〈瑞石山記〉
		송병선(宋秉璿, 1836~1905)	『淵齋集』	〈瑞石山記〉
		안규식(安圭植, 1864~1941)	『月松私稿』	〈無等山遊賞錄〉
		양재경(梁在慶, 1859~1918)	『希庵遺稿』	〈遊瑞石山記〉
		양진영(梁進永, 1788~1860)	『晩羲集』	〈遊瑞石山記〉
		양회갑(梁會甲, 1884~1961)	『正齋集』	〈瑞石山記〉
		염재신(廉在愼, 1862~1935)	『果菴遺稿』	〈遊瑞石山記〉
		이연관(李淵觀, 1857~1935)	『蘭谷遺稿』	〈辛卯遊瑞石錄〉
		이정회(李正會, 1858~1939)	『心齋遺稿』	〈瑞石錄〉
		정약용(丁若鏞, 1762~1836)	『與猶堂全書』	〈遊瑞石山記〉
		정의림(鄭義林, 1845~1910)	『日新齋集』	〈瑞石唱酬韻〉
		정지유(鄭之遊, 15~16세기)	『勉窩遺稿』	〈遊瑞石山記〉
		조봉묵(曺鳳默, 1805~1883)	『華郊遺稿』	〈遊無等記〉
		조종덕(趙鍾德, 1858~1927)	『滄庵文集』	〈登瑞石山記〉
		홍삼우당(洪三友堂, 1848~?)	『三友堂集』	〈瑞石錄〉

산	지역	저자	문집	작품
월출산 (月出山)	전라남도 영암	김창협(金昌協, 1651~1708)	『農巖集』	〈登月出山九井峰記〉
		김태일(金兌一, 1637~1702)	『蘆洲集』	〈遊月出山記〉
		송병선(宋秉璿, 1836~1905)	『淵齋集』	〈遊月出天冠山記〉
		양재경(梁在慶, 1859~1918)	『希庵遺稿』	〈書二客月出山記後〉
		양회갑(梁會甲, 1884~1961)	『正齋集』	〈月出山記〉
		유언호(俞彥鎬, 1730~1796)	『燕石』	〈題徐樂甫遊月出山記後〉
		정상(鄭詳, 1533~1609)	『滄洲遺稿』	〈月出山遊山錄〉
유달산 (儒達山)	전라남도 목포	심능표(沈能杓, 1871~1894)	『慕巖遺稿』	〈儒達山記〉
		양회갑(梁會甲, 1884~1961)	『正齋集』	〈儒達山記〉
종고산 (鍾鼓山)	전라남도 여수	양회갑(梁會甲, 1884~1961)	『正齋集』	〈鍾鼓山記〉
천관산 (天冠山)	전라남도 장흥	김여중(金汝重, 1556~1630)	『軒軒軒先生 文集』	〈遊天冠山記〉
		박모(朴模, 1828~1900)	『蘆河先生文集』	〈遊天冠山記〉
		박춘장(朴春長, 1595~1664)	『東溪集』	〈支提山遊賞記〉
		송병선(宋秉璿, 1836~1905)	『淵齋集』	〈遊月出天冠山記〉
		양회갑(梁會甲, 1884~1961)	『正齋集』	〈天冠萬德山記〉
		이정원(李正遠, 1871~1957)	『樂吾齋遺稿』	〈遊天冠山記〉
		이희석(李僖錫, 1804~1889)	『南坡集』	〈遊冠山記〉
		조종덕(趙鍾德, 1858~1927)	『滄庵文集』	〈再天冠山記〉
		허목(許穆, 1595~1682)	『記言』	〈天冠山記〉
팔영산 (八影山)	전라남도 고흥	양회갑(梁會甲, 1884~1961)	『正齋集』	〈八影山記〉

　　호남의 산 가운데 널리 알려지지 않은 산들의 유산기가 더 있을 것으로 추정되나 현재까지 조사된 자료에 의하면 16개 지역에서 60여 편의 유산기가 발굴되었다. 이 중에 5편 이상의 유산기를 남긴 산은 덕유산(5편), 변산(5편), 서석산(22편), 월출산(7편), 천관산(9편)이다. 가장 많은 유산기가 남아 있는 곳은 광주의 무등산이며, 다음으로 많이 남아 있는 곳이 장흥의 천관산과 영암의 월출산이다. 이밖에 나머지의 산에는 대부분 1~2편의 유산기만 남아 있는데, 1편의 유산기만 남아 있는 곳은

진도의 금골산, 고창의 도솔산, 영광의 망덕산, 장성의 백암산, 여수의 종고산, 고흥의 팔영산 등 6곳이다. 전라남도와 전라북도로 지역을 나누어 살펴보면 전라남도는 12곳, 전라북도는 4곳으로 전라남도 지역에서의 유람이 훨씬 많았음을 알 수 있다. 유산기 작품이 많이 남아 있는 서석산과 천관산, 월출산도 모두 지리적으로 전라남도에 속한다.

우리나라 유산기의 현황으로 볼 때, 60여 편이라는 수는 적은 편에 속하지만, 유산과 유산기에 대한 인식이 아직 호남에 깊이 정착하지 않은 상황에서 이 정도의 유산기가 존재한다는 것은 그 자체로 의미가 있다고 할 수 있다. 무엇보다 앞으로 호남문집에 대한 자료 조사를 통해 더 많은 유산기들이 발굴될 것이다.

3. 호남 유산기의 시대별 특징

1) 15세기

호남 유산기의 특징을 먼저 시대별[8]로 살펴보면, 먼저 15세기부터 20세기까지 유산기 창작이 꾸준히 이루어졌음을 알 수 있다. 호남 지역에서 가장 먼저 창작된 유산기는 이주(李胄, 1468~1504)의 〈금골산록〉이다. 금골산은 전라남도 진도에 위치해 있는데, 일명 개골산으로 진도의 금강이라 불린다. 이 작품은 이주가 1498년 무오사화 때 김종직의 문인

---

[8] 유산기의 유산 시기는 날짜를 정확히 기록한 것도 있지만, 날짜를 정확히 기록하지 않은 작품들도 있다. 날짜가 기록되지 않은 작품들은 작자의 생몰년을 고려하여 연대를 추정하였다.

으로 몰려 진도로 유배를 와서 금골산의 아름다움에 감탄해 지은 것이다. 서거정의 『동문선』에 수록되어 오늘에까지 전해지고 있고, 그의 개인 문집인 『망헌유고(忘軒遺稿)』에도 실려 있다.

〈금골산록〉은 약 1,000자가 넘는 비교적 긴 글로, 앞부분에서는 금골산을 유람한 것을 공간의 이동에 따라 서술하였고, 뒷부분에서는 진도로 유배 온 자신의 처지와 이 글을 창작하게 된 동기를 기록하였다.

이주의 〈금골산록〉은 호남에서는 가장 이른 유산기이면서, 작자가 진도로 유배를 와 있을 때 창작하였다는 데서 호남의 유기문학사에서 큰 의미를 갖는다. 또한 이주는 김종직의 문인으로, 스승인 김종직의 영향을 많이 받았는데, 이 작품도 그러한 것으로 보인다. 김종직은 이주보다 훨씬 앞선 1472년에 〈유두류록〉이라는 지리산 유산기를 남겼는데, 이주가 '~록'이라는 형식으로 제명한 것은 김종직의 영향을 받은 것이다. 당시 김종직의 문인 김일손(金馹孫)도 스승의 유람을 계승한다는 의미로 〈두류기행록(頭流紀行錄)〉과 〈속두류록(續頭流錄)〉이라 제명한 유산기를 남겼다. 호남의 첫 유산기가 영남 사림의 영향을 받았다는 것은 초기 호남의 유산기 문학의 흐름을 파악하는데 있어 매우 중요하다고 할 수 있다.

2) 16세기

저자	제목	유람시기
정지유(鄭之遊, 15~16세기)	〈遊瑞石山記〉	15~16세기
임훈(任薰, 1500~1584)	〈登德裕山香積峯記〉	1552년
고경명(高敬命, 1533~1592)	〈遊瑞石錄〉	1574년

16세기의 호남 유산기는 위와 같이 3편이 있다. 정지유의 〈유서석산기〉, 임훈의 〈등덕유산향적봉기〉, 고경명의 〈유서석록〉이다. 정지유의 〈유서석산기〉는 무등산을 대상으로 한 첫 유산기이다. 정지유는 15세기 중후반에서 16세기를 걸쳐 살았던 인물인데, 아직 그의 생몰 연도와 출생지가 적확하게 밝혀지지 않았다. 그러나 무등산 유람의 내용과 함께 무등산의 경승을 자세히 묘사하고 있어 현재로서는 무등산 유산기의 첫 작품으로 보고 있다. 그런데 실제로 이 작품은 작자인 정지유가 직접 산을 유람한 것이 아니다. 정지유는 자신의 동생이 무등산을 유람한 것을 마치 자신이 유람한 듯 유람의 동기부터 입산 과정과 감회를 유산기의 서술 구조를 갖추어 사실적으로 기록하고 있다. 이는 작자가 직접 산을 유람하고 기록한 유산기와는 조금 다른 형태라 할 수 있는데, 유산기의 서술 구조를 갖추고 있어 무등산의 첫 유산기로 보고 있다.

고경명의 〈유서석록〉은 무등산 유산기의 대표적인 작품으로 임란 이전의 무등산의 모습을 잘 그리고 있어 그 자료적 가치를 크게 인정받고 있다. 또한 4,800여 자로 호남 유산기에선 가장 긴 작품이며, 4박 5일 간의 유람 일정을 일기체 형식으로 자세하게 기록하여 후대에까지 널리 알려진 작품이다. 대부분의 유산기들은 작자의 개인 문집 속에 들어 있는데, 고경명의 〈유서석록〉은 자신의 문집인 『제봉집』에 들어 있지 않고, 『유서석록』이란 제명으로 따로 간행되었다. 이는 그만큼 많은 사람들에게 읽혀졌음을 의미한다.

임훈의 〈등덕유산향적봉기〉는 3,200여 자의 장편의 유산기로 고경명의 〈유서석록〉보다 유산 시기가 22년 더 앞선다. 〈등덕유산향적봉기〉는 임훈이 1552년에 기록한 글이다. 임훈은 고경명과도 깊은 인연이 있는데, 자신이 광주목사로 있을 당시 고경명과 함께 무등산을 올랐다. 이때 지은 것이 바로 고경명의 〈유서석록〉이다. 고경명은 〈유서석록〉에서 무등산을 유람을 하게 된 동기를 광주목사로 있던 임훈 선생을 배행하면서 여러 문인들과 유람하였다고 밝히고 있다.

16세기 호남 유산기가 3편 밖에 되지 않지만, 각각의 유산기가 갖는 의미는 적지 않다. 무등산 유산기의 전범이자 호남 유산기를 대표할 수 있는 고경명의 〈유서석록〉이 바로 이 시기에 나왔고, 고경명과 함께 무등산을 유람했던 임훈 또한 자신의 고향에 있는 덕유산을 유람하고 유산기를 남겼다. 이는 이후 호남 유산기의 흐름에 있어 매우 중요하다 할 수 있다.

3) 17세기

저자	제목	유람시기
정상(鄭詳, 1533~1609)	〈月出山遊山錄〉	1604년
김여중(金汝重, 1556~1630)	〈遊天冠山記〉	1609년 9월
심광세(沈光世, 1577~1624)	〈遊邊山錄〉	1607년 여름
박춘장(朴春長, 1595~1664)	〈支提山遊賞記〉	1638년 4월
허목(許穆, 1595~1682)	〈天冠山記〉	1668년
허목(許穆, 1595~1682)	〈德裕山記〉	17세기 후반
허목(許穆, 1595~1682)	〈白雲山水記〉	1668년
김창협(金昌協, 1651~1708)	〈游白雲山記〉	17세기 후반
김창협(金昌協, 1651~1708)	〈登月出山九井峰記〉	1675년 7월
김태일(金兌一, 1637~1702)	〈遊月出山記〉	1691년
최일휴(崔日休, 1638~1699)	〈遊頭崙山記〉	17세기 후반
이만부(李萬敷, 1664~1732)	〈德裕山記〉	1689년
이세환(李世瑍, 17~18세기)	〈遊邊山記〉	1687년 5월

17세기 유산기는 위와 같이 13편이다. 유산의 대상 지역을 살펴보면, 16세기에 비해 유산의 범위가 훨씬 넓어졌음을 알 수 있다. 월출산과 천관산 유산기가 각 3편, 덕유산과 백운산, 변산 유산기가 각 2편, 그리고 두륜산 유산기가 1편 있다.

이 시기에 들어와서 호남 유산기가 급격하게 증가한 것은 16세기의 유산기에 대한 인식의 변화와 관련이 있다. 16세기에 주희와 장식이 중국 남악을 등반하면서 지은 『남악창수집』이 우리나라에 널리 알려지게 되었는데, 이에 따라 당시 문인들 사이에서는 유산이 수양의 실천과정의 하나로 떠오르게 된다. 실제로 이 시기에 조식, 고경명, 이황과 같은 문인들이 유산기 창작에 대거 참여했고, 그러면서 유산기의 창작이 그들을 중심으로 조금씩 확대되기 시작한다. 조식을 중심으로 한 지리산 유산기, 이황을 중심으로 한 청량산 유산기, 고경명을 중심으로 한 무등산 유산기가 이러한 예이다.

작품들의 유람시기를 보면 4편의 작품을 제외하고는 모두 17세기 후반에 지어졌다. 이것은 임진왜란의 영향으로 호남의 경제적·사회적 모든 상황들이 유람을 즐길 만큼 여유롭지 못했기 때문인 것으로 보인다. 그러다가 17세기 후반에 들어서면서 다시 유산기 창작 활동이 조금씩 활발히 이뤄지기 시작하는데, 이를 보면 유산 활동은 작자가 처한 시대적 상황과 매우 밀접한 관련이 있음을 알 수 있다. 호남 유산기 중에서 매 시기마다 작품을 남기고 있는 것은 무등산 유산기인데, 유일하게 작품이 하나도 없는 시기가 바로 이 시기이다. 16세기 고경명의 〈유서석록〉 이후 18세기 후반에 와서야 정약용의 〈유서석산기〉가 등장하는데, 이는 양난 이후 호남의 경제적 상황과 무관하지 않을 것으로 본다.

또한 이 시기에 눈 여겨 보아야 할 것은 한 인물이 여러 지역을 돌아다니며 여러 편의 유산기를 남기고 있다는 것이다. 대표적인 인물이 농암 김창협과 미수 허목인데, 김창협은 광양의 백운산과 영암의 월출산을 유람하고 유산기를 남겼으며, 허목은 장흥의 천관산과 무주의 덕유산, 광양의 백운산을 유람하고 각각 유산기를 남겼다.

4) 18세기

저자	제목	유람시기
위백규(魏伯珪, 1727~1798)	〈獅子山同遊記〉	1791년
유언호(兪彦鎬, 1730~1796)	〈題徐樂甫 遊月出山記後〉	1774년
김수민(金壽民, 1734~1811)	〈望德山記〉	1792년
김수민(金壽民, 1734~1811)	〈遊邊山錄〉	1794년
정약용(丁若鏞, 1762~1836)	〈遊瑞石山記〉	1778년

18세기의 호남 유산기는 총 5편이다. 유산의 대상은 영광의 망덕산, 부안의 변산, 보성의 사자산, 영암의 월출산, 광주의 서석산 등 지역적으로 비교적 고르게 분포한다. 작자의 유람시기를 살펴보면 모두 18세기 후반으로, 초반에는 유산기 창작이 감소하는 모습을 보이다가 18세기 후반부터는 다시 증가하는 양상을 보인다. 이 시기에 처음 등장한 유산기는 영광의 망덕산과 보성의 사자산이다.

위백규는 〈사자산동유기〉를 남겼는데, 전라남도 장흥 출신으로 향리에 기거하면서 향촌사회의 개선론을 강하게 주장한 인물이다. 그는 지방 교육 개선을 통해 향촌 질서를 유지할 뿐만 아니라 관리 선발, 지방 관리의 경제 기능까지도 담당해야 한다고 주장하였다. 그가 쓴 〈사자산동유기〉는 장흥과 가까운 보성의 사자산을 유람하고 기록한 것이다.

유언호의 〈제서악보유월출산기후〉는 그가 흑산도로 유배와 있을 때
지은 것인데, 서악보의 월출산 유산기를 읽고 난 후의 감회를 적은 것이
다. 유언호가 직접 유산한 것은 아니지만, 월출산 유람에 대한 내용이
자세하고 유산기 형식을 갖추고 있어 월출산 유산기에 포함시켰다. 호남
으로 유배 와서 유산기를 남긴 것은 이주의 〈금골산록〉 이후 처음이다.

김수민은 〈망덕산기〉와 〈유변산록〉 2편의 유산기를 남겼다. 김수민
은 전라북도 남원에서 활동한 문인인데, 그가 살던 시대는 명나라가
망하고 청나라가 들어서던 시기였다. 그는 이러한 시대적 상황 속에서
출사를 거부하고 초야에 묻혀 평생 학문과 문학에 전념했다. 그리고
영광의 망덕산과 부안의 변산을 유람하고 각각 유산기를 남겼다.

정약용의 〈유서석산기〉는 화순현감으로 있던 그의 부친을 따라 화
순에 머물고 있으면서 무등산을 유람하고 남긴 것이다. 무등산 유산기
중에서는 가장 짧은 글이지만, 무등산의 형세와 신비로움을 잘 묘사하
고 있어 무등산 유산기로서는 의미 있는 작품이다. 또한 민간 신앙의
터전이 되었던 당시의 무등산의 모습을 잘 그리고 있다.

5) 19세기

저자	제목	유람시기
고재붕(高在鵬, 1869~1936)	〈遊瑞石記〉	1895년 4월
나도규(羅燾圭, 1826~1885)	〈瑞石錄〉	1868년 8월 3일
나도규(羅燾圭, 1826~1885)	〈瑞石續錄〉	1879년 4월
박모(朴模, 1828~1900)	〈遊天冠山記〉	19세기
박모(朴模, 1828~1900)	〈遊邊山記〉	19세기
송병선(宋秉璿, 1836~1905)	〈瑞石山記〉	1869년

송병선(宋秉璿, 1836~1905)	〈白巖山記〉	1869년
송병선(宋秉璿, 1836~1905)	〈邊山記〉	1869년
송병선(宋秉璿, 1836~1905)	〈德裕山記〉	1869년
송병선(宋秉璿, 1836~1905)	〈兜率山記〉	1869년
송병선(宋秉璿, 1836~1905)	〈遊月出天冠山記〉	1898년 봄
심능표(沈能杓, 1871~1894)	〈儒達山記〉	19세기
양재경(梁在慶, 1859~1918)	〈書二客月出山記後〉	1898년
양진영(梁進永, 1788~1860)	〈遊瑞石山記〉	19세기
염재신(廉在愼, 1862~1935)	〈遊瑞石山記〉	1892년 7월
이금(李欽, 1842~1928)	〈萬德山記〉	19세기
이기(李沂, 1848~1909)	〈遊萬德山記〉	1870년 10월
이기(李沂, 1848~1909)	〈重遊萬德山記〉	1870년 11월
이연관(李淵觀, 1857~1935)	〈辛卯遊瑞石錄〉	1891년
이정원(李正遠, 1871~1957)	〈遊天冠山記〉	1892년
이희석(李僖錫, 1804~1889)	〈遊獅山記〉	1869년
이희석(李僖錫, 1804~1889)	〈遊冠山記〉	19세기
정의림(鄭義林, 1845~1910)	〈瑞石唱酬韻 竝書〉	1887년
조봉묵(曹鳳默, 1805~1883)	〈遊無等山記〉	1828년 무렵
홍삼우당(洪三友堂, 1848~?)	〈瑞石錄〉	1886년
홍석주(洪奭周, 1774~1842)	〈頭輪遊記〉	19세기

19세기의 호남 유산기는 26편이다. 전 시대에 걸쳐 가장 많은 유산기가 남아 있으며, 유산의 대상도 다양하다. 무등산 유산기가 10편으로 가장 많고, 만덕산 유산기가 3편, 천관산과 변산 유산기가 각각 2편씩 있다. 또 백암산과 덕유산, 도솔산, 월출산, 유달산, 사자산, 두륜산 유산기가 각 1편씩 있다. 가장 많은 유산기 작품이 남아 있는 만큼, 유산의 대상도 다양하게 나타난다.

이 시기에 처음 등장한 유산기는 장성의 백암산 유산기와 고창의 도솔산 유산기인데, 모두 송병선에 의해 창작되었다. 송병선은 19세기 유기문학사에서 크게 주목받는 인물로 호남의 대표적인 유기문학가이다. 그는 충청남도 회덕에서 출생하여 호남인은 아니나, 전북 무주에 서벽정을 짓고 강학 활동을 하며 호남에서 오랫동안 활동하였다. 송병선은 호남 유산기인 〈서석산기〉, 〈백암산기〉, 〈변산기〉, 〈덕유산기〉, 〈도솔산기〉, 〈유월출천관산기〉 외에도 〈지리산북록기〉, 〈황악산기〉, 〈수도산기〉, 〈두류산기〉 등의 유산기와 〈적벽기〉, 〈유승평기〉와 같은 많은 유기 작품들을 남겼다. 송병선은 망국의 울분을 참지 못해 1905년에 음독자살을 하였는데, 쇠망해가는 나라에 대한 안타까움과 답답함을 유람을 통해 잊고자 했던 것 같다. 특히 그가 남긴 호남 유산기를 보면, 1869년에 기록한 것들이 많은데 아마도 그 해에 호남의 여러 지역을 두루 돌아다니며 유람을 했던 것으로 보인다. 또한 송병선은 많은 유산기 중에서 〈유월출산천관산기〉에만 제목에 '유(遊)'를 쓰고 있는데, 이는 당시의 혼란한 시대적 상황 속에서 기존의 '유(遊)'에 대한 인식의 변화로 보여진다. 그러나 이에 대해서는 그가 남긴 유산기 작품을 통해서 좀 더 고증이 필요하다.

이 시기에 보여지는 또 다른 특징은 한 인물이 여러 지역을 돌아다니며 각각의 유산기를 남긴 것과 달리 한 작자가 같은 산을 대상으로 여러 편의 유산기를 남기고 있다는 것이다. 기존의 유산기들이 대부분 한 산을 대상으로 1편의 유산기를 남겼다면, 19세기에는 한 곳을 대상으로 2편의 유산기를 남긴 작자들이 나타난다. 바로 나도규와 이기이다. 나도규는 1868년에 무등산을 올라 〈서석록〉을 짓고, 10여 년 후에 다시 무등산에 올라 〈속서석록〉을 또 지었다. 이기도 마찬가지이다. 1870년 10월에 만덕산을 유람하고 〈유만덕산기〉를 남겼는데, 같은 해인 11월에 다시 만덕산을 유람하고 〈중유만덕산기〉를 남겼다. 많은 유산기 작자들이 작품의 마지막 부분에 산을 다 유람하지 못한 아쉬움을 토로하고 있는데, 나도규와 이기는 한번 유람한 곳을 다시 유람하여 기록으로 남김으로써 그런 아쉬움이나 부족한 부분들을 채우려 하였음을 알 수 있다. 또한 19세기의 호남 유산기를 보면 작자의 대부분이 호남 지역 출신의 문인들인데, 자신이 거주하고 있는 곳에서 멀지 않은 지역의 산들을 유람하고 기록으로 남겼다.

유산기 창작은 당대의 사회적·경제적 배경과 깊은 관련이 있다. 여러 외부적인 환경들이 작자로 하여금 더욱 산을 찾게 하는 동기가 되기도 하고, 또 유람을 가로막는 장애가 되기도 한다. 19세기부터 유산자들이 늘어나고 유산기 작품들이 급증한 것은 우리나라 유산기 문학의 특징이라고도 할 수 있다. 도학 실천이나 정신 수양의 장소로 인식했던 기존의 유산의 개념이 무너지고, 시대적 상황에 따라 현실의 번뇌와 고통에서 벗어나 이것을 극복하기 위한 방법 중의 하나로 유산을 인식하고 있다는 것이다. 이것이 이 시기에 많은 작품이 남아 있는 이유일 것이다.

6) 20세기

저자	제목	유람시기
김운덕(金雲悳, 1857~1936)	〈瑞石遊覽記〉	1909년 4월
김태석(金泰錫, 1872~1933)	〈瑞石記〉	20세기
김호영(金鎬永, 1907~1984)	〈瑞石山記〉	1957년 무렵
박병윤(朴炳允, 1867~1927)	〈瑞石山記〉	20세기
안규식(安圭植, 1864~1941)	〈無等山遊賞錄〉	1929년 9월
양재경(梁在慶, 1859~1918)	〈遊瑞石山記〉	1912년 4월
양회갑(梁會甲, 1884~1961)	〈月出山記〉	20세기
양회갑(梁會甲, 1884~1961)	〈儒達山記〉	1913년
양회갑(梁會甲, 1884~1961)	〈瑞石山記〉	1935년 5월
양회갑(梁會甲, 1884~1961)	〈天冠萬德山記〉	1939년

양회갑(梁會甲, 1884~1961)	〈八影山記〉	1939년
양회갑(梁會甲, 1884~1961)	〈鍾鼓山記〉	1940년
이정회(李正會, 1858~1939)	〈瑞石錄〉	1919년 4월
조종덕(趙鍾德, 1858~1927)	〈登瑞石山記〉	1919년
조종덕(趙鍾德, 1858~1927)	〈再天冠山記〉	20세기

20세기의 호남 유산기는 15편이다. 유산의 대상은 무등산(9편), 천관산(2편), 월출산(1편), 유달산(1편), 만덕산(1편), 팔영산(1편), 종고산(1편)이다. 양회갑의 〈천관만덕산기〉의 유산 대상은 천관산과 만덕산이지만, 실제로는 1편의 유산기이다.

이 시기에도 새로운 지역의 유산기들이 나타난다. 고흥의 팔영산 유산기와 여수의 종고산 유산기인데, 작자는 모두 양회갑이다. 19세기에 호남 유산기의 흐름을 주도했던 인물이 송병선이라면, 20세기 호남 유산기 문학을 대표할 수 있는 인물은 바로 양회갑이다. 양회갑의 문집 『정재집(正齋集)』에는 총 7편의 유산기가 실려 있다. 〈서석산기〉, 〈천관만덕산기〉, 〈월출산기〉, 〈유달산기〉, 〈팔영산기〉, 〈종고산기〉, 〈두류산기〉이다. 양회갑이 남긴 7편의 유산기는 본고에서는 제외하였지만 지리산 유산기인 〈두류산기〉를 포함하여 모두 호남 유산기이다.

우리나라 유산기 창작의 흐름을 보면, 20세기 유산기 작품의 수가 19세기보다 많아야 하지만 실제로는 그렇지 않다. 이는 먼저 19세기 유산기와 달리 20세기 유산기는 거의 반세기 동안에 지어졌다는 데서 그 이유를 찾아 볼 수 있다. 또 20세기는 한글 사용이 보편화되고 한문 사용이 급격히 줄어들면서, 20세기 후반에는 한문으로 된 유산기 작품들이 거의 보이지 않는다.

20세기 호남 유산기 중, 가장 늦게 지어진 작품은 1957년 무렵에

쓴 김호영의 〈서석산기〉이다. 김호영은 1950년대 당시의 모습을 짧게
서술하고 있는데, 반세기 동안 일제 침략과 해방을 경험하면서 사회적
으로 많은 변화들이 있었음을 토로하고 있다. 따라서 20세기 유산기는
무엇보다 일제치하라는 시대적 맥락 속에서 작품을 이해하고 기존의
유산기들과 어떤 차이가 있는지 그 의미를 분석해내는 것이 중요하다.

　20세기 호남 유산기의 제목들을 보면 이전의 작품들과 확연하게 차
이를 보인다. 유산기는 대부분 '遊~山記', '遊~記', '~山記', '遊~山
錄', '遊~錄', '~山錄' 등의 제목으로 나타난다. 김운덕의 〈서석유람
기〉나 안규식의 〈무등산유상록〉과 같이 예외인 경우도 있지만, 대부분
의 유산기가 위와 같은 형식의 제목으로 되어 있다. 그러나 20세기는
좀 다르다. 20세기 유산기 작품의 제목을 자세히 살펴보면, 이전 시대
와 달리 '유(遊)'라는 단어 사용이 눈에 띄게 줄어들었다. 16세기에는
3작품 중에 2작품, 17세기에는 13작품 중에 8작품, 18세기에는 5작품
중에 4작품, 19세기에는 26작품 중에 13작품이 제목에서 '유(遊)'를 쓰
고 있는데 20세기에는 15작품 중에 3작품만이 제목에서 '유(遊)'를 쓰고
있다. 다시 말하면, 이전 시대에는 각 시대별로 제목에 '유(遊)'를 사용
한 비율이 50%가 훨씬 넘었지만, 20세기에는 25%로 밖에 되지 않는다.
이는 '유(遊)'에 대한 인식에 변화가 있음을 말해준다.

　조선시대 지식인들의 '유(遊)'에 대한 인식은 단순히 산수 자연에서
노는 것을 의미하지 않는다. 그들에게 있어서의 유산은 산을 유람하면
서 자연과 벗하며 놀고 즐기는데서 끝나는 것이 아니라 여행을 하면서
보고 듣고 겪는 모든 과정을 통해 만물의 이치를 깨닫고 자신의 이상을
높이는 일종의 체험학습이었다. 그러나 19, 20세기에 들어오면서 이런
유산의 의미는 조금씩 달라지기 시작한다. 이는 당시의 시대적 상황과

깊은 관련이 있다. 산은 이제 더 이상 지식인들이 학문을 연마하고 정신을 수양하는 이상적인 공간이 아니라, 자신의 쌓은 정회를 풀고, 마음을 치유하는 현실의 공간이 된다. 20세기 호남 유산기의 제목에 '유(遊)'가 많이 쓰이지 않은 것은 이러한 인식의 변화에서 찾아볼 수 있을 듯하다. 그리고 이 시기에 유산기 작품이 많이 나온 것도 이와 무관하지 않을 것으로 본다.

4. 호남 유산기의 자료적 가치와 의의

본고에서 살펴본 60여 편의 호남 유산기는 다른 지역 유산기에 비해 그 수가 미약한 편이지만, 15세기부터 20세기까지 꾸준히 창작되어 왔음을 알 수 있다. 시대별로 살펴보면 15세기 1편, 16세기 3편, 17세기 13편, 18세기 5편, 19세기 26편, 20세기 15편이다. 작품 수가 후대로 갈수록 증가하는 것은 16세기 영남 지역을 중심으로 유산과 유산기에 대한 인식에 변화가 일어나고, 이것이 지역적으로 널리 확산되었기 때문이다. 그리고 시대마다 작품 수의 차이가 있는 것은 조선시대 정치·사회적 상황과 밀접한 관련이 있다. 호남과도 관련이 깊은 지리산 유산기도 시대별로 보면, 15세기 6편, 16세기 5편, 17세기 13편, 18세기 20편, 19세기 27편, 20세기 21편의 작품을 남기고 있는데, 후대로 갈수록 작품 수가 증가하고 있음을 알 수 있다.

호남 유산기가 갖는 자료적 가치는 몇 가지로 설명할 수 있다. 첫째, 초기 호남 유산기에 나타난 영·호남 문인들의 교유 양상과 성리학적 세계관을 통해 영·호남의 유산기 문학 형성 배경과 차이를 살필 수 있다. 호남 유산기에서 가장 이른 시기에 창작된 유산기는 진도의 금골산을 대상으로 한 〈금골산록〉이다. 이주가 김종직의 문인으로 몰려 진도로 귀양 와 있을 때 지은 것이다. 김종직(1431~1492)은 지리산 유산기의 전범으로 알려진 〈유두류록〉을 지은 인물이다. 〈유두류록〉은 김종직이 1472년 함양군수로 재직하던 여가에 인근에 살던 문인들과 함께 지리산을 5일간 유람하고, 그 내용을 기록한 것이다. 김종직은 조선 전기 영남사림의 대표적인 인물로, 그의 유람은 이후 조선조 지식인에게 있어 지리산 유람의 전범이 되었다.[9] 〈금골산록〉을 지은 이주 역시 김종직의 문인으로 그의 영향을 받은 것으로 보인다. 유산기 제명을 〈유두류록〉과 같은 '록체'로 하였음이 가장 대표적인 이유이다. 같은 15세기에 지리산 유산기를 남긴 김일손도 스승인 김종직의 유람을 계승한다는 의미로 〈속두류록〉이라 제명하였다. 따라서 조선 초기 호남의 유산기는 영남 사림의 영향으로 사림의 의식성향과 성리학적 세계관이 강하게 나타난다고 할 수 있다. 따라서 호남 유산기는 작자들의 세계관과 그 안에 나타난 영·호남 문인들의 교유 양상을 통해 영·호남의 유산기 문학 형성 배경을 이해할 수 있을 것이다.

둘째, 호남 유산기는 호남 지역 문화 연구에 있어 자료적 활용 가치가 높다. 호남 유산기에서 가장 대표할 수 있는 산은 무등산이다. 무등산 유산기는 시대별로 가장 많은 작품들을 남기고 있어 조선시대 무등산 모습의 변천 과정 및 무등산을 중심으로 형성된 인물들의 교유 양상을 알게 해준다. 무등산 유산기의 대표 작품은 16세기에 지어진 고경명

---

9 강정화, 「智異山 遊山記에 나타난 조선조 지식인의 山水認識」, 『남명학연구』 제26집, 경상대학교 남명학 연구소, 2008, 264쪽.

의 〈유서석록〉이다. 〈유서석록〉은 광주에서 뿐만 아니라 호남의 대표적 유산기라고도 할 수 있는데, 그만큼 역사·지리·문학·문화적으로 방대한 양의 정보가 담겨져 있다. 실제로 현재 이러한 유산기 작품들이 무등산 관련 연구에 큰 도움이 되고 있으며, 무등산권 지역 문화 가치 창출에도 크게 이바지하고 있다. 무등산뿐만이 아니라 천관산, 월출산 등 유산기 작품이 많이 남아 있는 산을 중심으로 다양한 연구들이 이루어지면, 호남 문화를 이해하는데 많은 도움이 될 것이다.

셋째, 호남 유산기에 나타난 각 산의 고유한 이미지를 찾을 수 있다. 유산기는 그 대상이 산인만큼 산에 대한 이미지가 잘 묘사되어 있다. 유산기 작품이 많이 남아 있는 지역은 시대별로 그것을 고찰할 수 있는데, 중요한 것은 산이 가지고 있는 고유의 이미지는 시대가 바뀌어도 크게 변하지 않는다는 사실이다. 무등산 유산기를 예로 들면, 절의(節義)의 상징으로 알려진 무등산의 이미지는 16세기 고경명의 〈유서석록〉에서 20세기 마지막 김호영의 〈서석산기〉에 이르기까지 변하지 않고 나타난다. 이렇게 각 산이 가지고 있는 이미지를 유산기를 통해 모두 찾아낸다면, 우리나라에서 호남의 산이 갖는 이미지를 조명해 볼 수 있을 것이다.

넷째, 호남 유산기에 나타난 호남 지식인들의 유(遊) 의식을 파악할 수 있다. 호남 유산기 대부분의 작자들은 호남 출신의 문인들이다. 정약용과 송병선과 같은 인물들은 호남 출신은 아니지만 이들도 호남에 거주하면서 주변 지역을 유람하였다. 호남 유산기의 작자 중 여러 편의 유산기를 남겨 주목받는 인물들이 있는데, 17세기의 허목, 18세기의 김수민, 19세기의 송병선, 20세기의 양회갑이다. 특히 송병선과 양회갑은 호남에서 유명한 산들을 두루 찾아다니며 여러 편의 유산기를 남기고 있다. 송병선은 무등산, 백암산, 변산, 덕유산, 도솔산, 월출산, 천관산 등을 유람하였고, 양회갑은 무등산, 월출산, 천관산, 만덕산, 종고산, 유달산, 팔영산 등을 유람하였다. 송병선은 자신이 거주했던 전라북도 무주를 중심으로 전라남도로 유람 대상을 넓혀갔고, 양회갑은 자신의 고향인 전라남도 화순을 중심으로 전라남도 지역을 두루 유람했다. 이를 통해 허목과 송병선, 양회갑은 산을 매우 좋아했던 인물이었음을 알 수 있다. 이들이 남긴 유산기들을 중심으로 작자의 산수 인식과 유(遊) 의식의 흐름을 살핀다면, 유기문학으로서 호남 유산기의 위상을 파악할 수 있을 것이다.

호남에는 명산을 포함하여 알려지지 않은 수많은 산들이 있다. 그 산들은 유명 정도를 떠나서 호남 지역 사람들에게 충분히 명산의 의미를 갖는다. 기록으로 남아 있는 유산기를 통해 그 가치를 새롭게 발견하고, 호남의 역사·지리·문화·문학의 발전에 도움을 줄 수 있다는 것이 호남 유산기가 갖는 가장 큰 의의일 것이다.

5. 맺음말

본고에서는 그 동안 모아진 60여 편의 호남 유산기 작품들을 정리하여 지역별, 시대별로 나누어 보고, 호남 유산기가 갖는 자료의 특징과 의의를 알아보았다. 그러나 아직 발굴되지 않은 자료들이 상당수 있으며, 이에 대한 자료 조사가 계속 진행 중이다.

호남 유산기는 15세기부터 20세기까지 꾸준하게 창작되었다. 그 중에서 유산기가 가장 많이 남아 있는 산은 무등산이고, 그 다음이 천관산과 월출산 그리고 덕유산과 변산이다. 이 산들은 호남을 대표하는 산이자 우리나라의 명산이다. 유산기 작품의 수가 명산임을 증거하는 것은 아니지만, 호남에서 가장 빈번한 유산의 대상이 된 것은 분명 그 럴만한 이유가 있다고 생각한다. 따라서 이 유산기들을 다양하게 분석하여 그 의미를 찾아내려는 시도는 매우 의미 있는 일이 될 것이다.

지역으로 보면 전라남·북도를 포함하여 16개의 지역에서 유산기 작품이 나왔다. 그러나 호남에서 알려지지 않은 많은 산들을 고려할 때 실제 유산기가 남아 있는 지역은 이 보다 훨씬 많을 것이다. 한 편의 짧은 유산기일지라도 그 안에 담겨 있는 자료적 가치를 생각할 때 결코 적다고 무시할 수 없다. 유산기에 나타난 작자의 사상 및 산수 인식, 그리고 작자의 주변 인물들 간의 교유 양상은 그 지역 주변의 역사와 문화를 이해하는데 많은 도움을 줄 수 있다. 뿐만 아니라 각 산이 가지고 있는 고유 이미지가 잘 드러나 있어 지역 문화의 가치 창출에도 크게 이바지하리라 생각한다.

호남 유산기를 시대별로 나누어 보면, 15세기에 1편, 16세기에 3편, 17세기에 13편, 18세기에 5편, 19세기에 26편, 20세기에 15편이 창작되었다. 후대로 갈수록 유산기 작품의 수가 대폭 늘어남을 알 수 있는데, 이것은 당대의 정치·사회적 상황과 유산에 대한 지식인들의 인식의 변화와 깊은 관련이 있다. 여행이라는 것 자체가 정신적·물질적으로 여유가 있지 않으면 이루어질 수 없는 일이다. 호남 유산기에서도 시대적인 상황에 따라 '유(遊)'에 대한 인식들이 조금씩 바뀌어 감을 먼저 제명에서 찾아볼 수 있는데, 이에 대한 연구는 다음으로 미루고자 한다.

호남 유산기는 호남의 많은 산들을 직접 유람하고 기록하였다는 데서 먼저 그 가치를 인정하지 않을 수 없다. 또 그 안에 담겨 있는 내용들이 작자의 사상과 산수 인식, 그리고 호남의 다양한 인물과 시대적 배경을 서술하고 있다는 데서 큰 의의를 지닌다. 앞으로 이런 호남 유산기에 대한 연구들이 다양하게 이루어지면 호남 관련 더 많은 정보들을 얻을 수 있을 것이다.

이 글은 지난 2014년 택민국학연구원에서 발간한
『국학연구론총』 제13집에 게재된 것이다.

참고문헌

강구율, 「淸凉山 遊山記에 나타난 嶺南知識人의 自然認識」, 『嶺南學』 4, 경북대학교 영남문화연구원, 2003.

강정화, 「智異山 遊山記에 나타난 조선조 지식인의 山水認識」, 『남명학 연구』 26, 경상대학교 남명학 연구소, 2008.

권혁진, 「淸平山 遊山記 연구」, 『인문과학연구』 29, 강원대학교 인문과학연구소, 2011.

김대현, 「무등산 유산기에 대한 연구」, 『남경 박준규 박사 정년기념논총』, 1998.

_____, 「20세기 無等山 遊山記 연구」, 『한국언어문학』 46, 한국언어문학회, 2001.

_____ 외, 『국역 無等山遊山記』, 광주시립민속박물관, 2010.

김덕진, 「나도규의 무등산 유산기와 자연의식」, 『역사와 담론』 65, 호서사학회, 2013.

김선희, 「유산기를 통해 본 조선시대 삼각산 여행의 시공간적 특성」, 『문화역사지리』 21, 한국문화역사지리학회, 2009.

노규호, 「한국 遊山記의 계보와 두타산 遊記의 미학」, 『우리문학연구』 28, 우리문학회, 2009.

박영민, 「遊山記의 시공간적 추이와 그 의미」, 『민족문화연구』 40, 고려대학교 민
　　　족문화연구원, 2004.

소재영, 김태준 편, 『여행과 체험의 문학』, 민족문화문고간행회, 1987.

이혜순 외, 『조선 중기의 유산기 문학』, 집문당, 1997.

장선희·정경운, 『호남문학기행』, 박이정, 2005.

정　민, 『韓國歷代山水遊記聚編』 9(전라도·제주도편), 민창문화사, 1996년.

한국정신문화연구원, 『臥遊錄』(한국학자료총서11), 한광문화사, 1996.

호승희, 「조선 전기 유산록 연구」, 『한국한문학연구』 18, 한국한문학회, 1995.

한승원 신화관의 동양적 특질 연구

불교의 화엄사상과 노장철학과의 관계를 중심으로

양보경

1. 서론

한승원은 45년 동안 문단의 중심에서 많은 중단편과 연작, 전작 장편들을 발표해온 다작의 작가이다. 그는 토속적이며 서정적인 문체로 남도 갯가에 사는 민초들의 한과 욕망, 샤머니즘, 근대성과의 충돌로 인한 상처와 그 극복의 몸짓, 대안적 세계관으로서 생태주의 등에 천착해 왔다. 한승원의 소설 세계에 대한 최초의 규정은 '토속성과 한'이었다. 권영민이 한승원의 초기 소설들에 대한 평론에서 그 어휘들을 사용한 후[1] 그것은 한승원 소설을 설명하는 가장 쉽고 명료한 코드들이 된다. 그러나 그것은 한승원의 소설 세계가 확장되고 깊어짐에 따라 자연스럽게 두루뭉술하면서도 독단적인 어휘들로 변질되어버린다.

---

1 1982년 「토속성의 한계와 지양」(『마당』, 1982. 12)이라는 제목의 글을 썼던 권영민은 1989년 발간된 『한국현대작가연구』(민음사)라는 책에서도 「토속적 공간과 한의 세계」라는 제목의 글을 발표하고 있다. 실제로 그는 글의 서두에서 "작가 한승원의 작품 세계를 논하고 있는 대부분의 글들은 그의 작품 세계의 특질을 '토속성'과 '한'으로 구분하고 있다"라고 쓰고 있다.

실제로 한승원은 그의 작품 세계의 전모가 어느 정도 드러났다고 볼 수 있는 2006년[2] 한 언론[3]과의 인터뷰에서 자신의 "소설에서 가장 큰 비중을 차지하는 것은 '한'이 아니라 '생명력'"이라고 밝힌 바 있다. 또한 그는 "'한승원은 토속적인 작가다' 하는 것도 게으른 평론가들이 만들어놓은 가면일 뿐"이라고 정면으로 비판한다. 아울러 그는 자신이 생각하는 생명력이란 "생명주의라고 이야기할 수도 있는 것인데" "그것을 인간 본위의 휴머니즘에 대한 반성이라고 부르고 싶"다고 덧붙이고 있다.

이때 휴머니즘은 근대 시민사회와 자본주의적 생산양식을 배태해낸 이념들 중 하나인 '인본주의'이다. 인본주의는 근대 사회의 탄생과 발전의 동력인 동시에 모더니티의 부정적 측면인 파괴와 소외의 근원이라는 양면성을 지닌 개념이다. 철저히 민초들의 입장에서 한국적 모더니티의 부정적 측면들을 묘사하고 비판해온 한승원은 인본주의의 대안이 될만한 새로운 정신적 영역을 찾기 위해 노력했고, 그가 찾아낸 영역이 바로 신화이다.

현재 사회에서 전근대적인 이야기로서의 신화, 설화, 전설, 민담 등에 대해 얘기할 때 나머지 세 요소들을 아우르는 상위 개념은 설화이다. 설화는 말 그대로 구비전승 되어온 이야기로 허구적이며 서사적인 체계를 갖춘 문학적 이야기이며, 이 설화의 갈래 속에 신화와 전설, 민담이 있다. 현재 세계적으로 통용되고 있는 이 3분법은 영국의 C. S. Burne

---

2 그의 창작 생활 37년째 되는 해로 그의 주요 작품들의 대부분이 발간된 시기라고 할 수 있다.
3 〈데일리안〉과의 인터뷰, 2006. 7. 12.

이 1914년에 myth, legend, folktale로 분류하면서 비롯하였다. 인류학자인 Malinowski는 1926년의 논문에서 myth, legend, fairy-tale로 분류한 바 있지만 현재 한국에서 광범위하게 사용되고 있는 유형은 C. S. Burne의 분류 개념이다.[4]

이때 설화의 하위 개념으로 들어가는 신화란 당연히 신들의 이야기 또는 신이한 영웅 이야기로서의 신이담을 말한다. 신들에 대한 이야기 또는 신령과 관련된 이야기이지만, 동시에 그것들은 인간에 대한, 인간의, 인간을 위한 신비감의 이야기라 할 수 있다.[5]

전설, 민담과는 달리 신화는 일상적인 경험으로는 축적할 수 없는 어느 아득한 태초의 옛날과 신성한 장소를 무대로 해서 사건이 전개된다. 목적은 전승 집단의 행동 반경을 지배하는 구심력으로서의 신앙을 형성하고, 나아가 집단의 대동단결을 도모하는 것이다.[6] 표면적으로는 자유분방한 신들의 행동을 통해 인간의 욕망들을 드러내주는 그리스 신화도 정치적으로는 시민 축제에서 비극으로 변모되어 시민들의 불안과 어두운 감정들을 집단적으로 발산시킨 후 다시 현실의 여러 영역들에 재배치시키는 기능을 수행해낸 걸 보면, 신화는 어떤 전근대적 서사보다도 목적의식적인 장르라고 할 수 있다.

---

4 김의숙·이창식, 『한국신화와 스토리텔링』, 북스힐, 2008, 21~22쪽.
   물론 보편적인 3분법인 신화, 전설, 민담에 있어서도 경계를 서로 넘나들고 상호 전환되기도 해서 분명하게 선을 긋기가 어려운 경우가 있다. 예를 들면 홍수에 관한 어느 이야기가 홍수 신화도 되고 때로는 홍수 전설도 된다. 홍수 이야기가 어느 한 지역의 지형과 관련되어 나타날 때는 전설이지만 인류의 멸망과 기원 등의 내용을 포함하면 신화가 된다. 이렇듯 분류상의 애매함을 지니고 있지만, 그래도 이 삼분법적 분류를 최선으로 여겨 널리 활용되고 있다.
5 같은 책, 3쪽.
6 같은 책, 25쪽.

물론 신화는 그 내용에 있어서 또 다른 측면을 지니고 있다. "인간에 대한, 인간의, 인간을 위한" 이야기인 만큼 그것은 인간들이 신성의 추구를 통해서라도 관철시키고 싶어 했던 욕망들과 불변의 감정들을 드러내고 있다. 시대를 초월하여 드러나는 그 보편적인 욕망들과 감정들을 융이 처음으로 원형이라 명명한 이후 신화는 현대 사회의 인간들이 인간과 삶의 속성을 파악하며 스스로를 성찰하기 위해 분석해보는 인식 영역으로 자리잡았다. 한승원이 얘기하는 신화 역시 그 맥락 속에 자리 잡고 있는 것은 분명해 보인다. 김주연과의 대담에서 한승원은 신화와 설화에 대해 둘을 전혀 다른 기준으로 분류하는데, 이 대목에서 그의 신화의 원의적 의미를 엿볼 수 있다.

> 한국에도 많은 신화가 있는데 가령 삼국유사에는 단군신화 같은 신화가 참 많다고 생각됩니다. 그것들을 설화라고 이야기하기도 하는데, 저는 설화와 신화를 분리합니다. 어떤 기준을 가지고 분리하느냐 하면 삼국유사에 실려 있는 신화가 지금 우리 삶의 갈피갈피에 어떻게 박혀 있는가 라는 것을 기준으로 합니다. 설화는 그와 같이 깊이 뿌리박히지는 못하거든요. 그런데 신화는 지금 우리 삶에서 찾아진다는 말이죠.[7]

한승원이 설화와 신화를 가르는 기준으로 삼고 있는 것은 바로 '보편성'이다. 구전되어오는 무수한 이야기들, 즉 설화들 중 시간과 공간을 초월하여 반복되는, 즉 우리가 살고 있는 지금 이곳에서도 형태와 의미가 찾아지는 이야기들이 신화인 것이다. 하지만 한승원의 신화가 융이 말하는 '원형'과 고스란히 겹쳐진다고 단정 지을 순 없다는 것을 그의

---

7 한승원, 강연 〈문학 속의 신화, 왜 뜨는가〉, 2003. 2. 28.

신화관은 자명하게 보여준다. 한승원은 그의 창작 지침서 중 하나인
『소설 쓰는 법』에서 신화에 대해 설명하며 한강의 단편소설 「여수의
사랑」의 서두 부분을 인용하고 있다.

> 여수, 그 앞바다의 녹슨 철선들은 지금도 상처 입은 목소리로 울부짖어
> 대고 있을 것이다. 여수만의 서늘한 해류는 멍든 속살 같은 푸릇푸릇한
> 섬들과 몸 섞으며 굽이돌고 있을 것이다. 저무는 선착장마다 주황빛 알전
> 구들이 밝혀질 것이다. 부두 가건물 사이로 검붉은 노을이 불타오를 것이
> 다. 찝찔한 바닷바람은 격렬하게 우산을 까뒤집고 여자들의 치마를, 머리
> 카락을 허공으로 솟구치게 할 것이다.
> 얼마만큼 왔을까.
> 통곡하는 여자의 눈에서 쉴 새 없이 뿜어져 나오는 것 같은 빗물이 객실
> 차창에 여러 줄기의 빗금을 내리긋고 있었다. 간간이 벼락이 빛났다. 무엇
> 인가를 연달아 부수고 무너뜨리는 듯한 기차 바퀴 소리, 누군가의 가슴이
> 찢어지고 그것이 영원히 아물지 않는 것 같은 빗소리가 아련한 뇌성을
> 삼켰다. 음산한 하늘 아래 나무들은 비바람에 뿌리 뽑히지 않기 위해 안간
> 힘을 쓰고 있었다. 젖은 줄기와 가지가 금방이라도 부러질 듯 휘어졌다.
> 노랗고 붉게 탈색된 낙엽들이 무수한 불티처럼 바람 부는 방향으로 흩날
> 렸다. 조금 큰 활엽수들은 의연하게, 줄기가 여린 묘목들과 갈대숲은 송두
> 리째 제 몸을 고통에 바치며 흔들리고 있었다. 그들도, 그들의 뿌리를
> 움켜 안은 대지도 놀라운 힘으로 인내하고 있었다. 무수한 보릿잎 같은
> 빗자국들이 차창과 내 충혈된 눈을 할퀴었다.[8]

한승원이 "신화적으로 읽힐 것이다"라고 장담하며 인용한 부분이다.

어디를 봐도 우리가 통상적으로 알고 있는 신화 비슷한 이야기도 없다. 그저 "녹슨 철선"과 "서늘한 해류", "검붉은 노을", "찝찔한 바닷바람", "빗물", "벼락", "기차 바퀴 소리", "나무들", "대지"가 뒤섞여 요동치는 가운데 열차에 탄 한 여자가 차창 밖을 보며 통곡하고 있을 뿐이다. 그런데 한승원은 이 풍경이 신화적이라고 말하고 있다. 한 발 더 나아가 그는 "모든 소설 속에는 신화와 전설이 들어 있다. 왜냐하면 그것을 쓴 작가 자신이 신화적인 존재이기 때문이다"라고까지 말한다. 그것은 곧 그가 인간과 동물, 자연을 포함한 모든 존재를 신화적인 존재로 보고 있다는 의미이다.

거의 존재론이라 불러도 무방할 정도의 광의의 정의라고 할 수 있는 한승원의 신화관에 대해 살펴보기에 앞서, 지금 왜 그의 신화관을 규명해보려 하는가, 즉 그의 신화관을 규명하는 일이 그의 문학에 대한 분석과 평가, 현실 인식에서 어떠한 의미를 지니는가에 대해 분명히 할 필요가 있을 것이다. 이유는 두 가지로 정리될 수 있다.

첫 번째는, 그의 작품 세계의 전모가 어느 정도 드러났다고 볼 수 있는 시점에서 그가 여러 차례의 인터뷰와 책자를 통해 신화의 의미와 중요성을 강조해왔기 때문이다.[9] 그가 문단에서 수확을 거두고 대가들 중 한 사람으로 자리매김 된 시점에서 스스로 밝힌 문학관, 즉 문학에 대한 자의식을 살펴보는 것은 그의 작품 세계를 이해하는 데 중요한 단서가 되어줄 것이다.

---

9 그가 "실제로 우리 존재가 신화적인 존재이고, 삶의 현장 속에 우리의 신화적인 삶의 모습이 갈피갈피에 존재한다"고 말했을 때 그것은 신화가 명백히 문학의 영역이기도 함을 명시한 것이다. 한승원, 앞의 강연.

　두 번째는, 문제작들로 분류되는 그의 작품들 중에 신화나 설화[10]를 수용한 작품들이 압도적으로 많기 때문이다. 그가 신화를 차용했느냐 아니냐를 형태상의 분류 기준들 중 하나로 삼아도 될 만큼 신화가 차용된 작품들은 많다. 우선 한승원 소설 연구에서 가장 많은 분석 대상이 되어온 문제작인 「폐촌」(1976)과 「포구의 달」(1983), 『아버지와 아들』(1989), 『연꽃바다』(1997)가 신화를 수용하고 있다. 또 「갈매기」(1970), 「황소에게 밟힌 순이의 발」(1973), 「우리들 모두의 여자」(1973), 「상여소리」(1974), 「떡도 유방도 빼앗긴 고개」(1974), 「호랑이 꼬리」(1975), 「먼 나라 통신」(1975), 「쥐신한테 아내를 빼앗긴 이야기」(1977), 「낙지 같은 여자」(1977), 「해신의 늪」(1977), 「울려고 내가 왔던가」(1978), 「미망하는 새」(1988), 「내 고향 남쪽바다」(1990), 「검은 댕기 두루미」(1998) 등도 신화나 설화를 수용하고 있다.

　위의 작품들 속에서 설화와 신화는 다양한 패턴으로 녹아든 채 모티브나 상징체계로 작동해서 주제의 구현에 복무하고 있다. 따라서 융의 신화관과 맥락을 같이 하면서도 또 다른 개성을 보여주는 한승원의 신화관을 살펴보는 것은 작품의 양과 그가 한국현대문학에서 차지하는 비중으로 볼 때 결코 많다고 볼 수 없는 그의 작품들에 관한 연구에서 주요한 분석틀들 중 하나를 제시해줄 것이다. 다만 본고는 여기서는 그의 신화관의 가장 선명한 특징인 동양적 특질에 대해서만 살펴보는 것을 목적으로 하고 있음을 명확하게 밝혀둔다. 그의 소설들의 주된

10　창작자인 한승원은 보편성을 지닌 이야기를 신화로, 신화 외의 이야기, 즉 전설이나 민담을 설화로 분류해서 사용하고 있다. 작가 스스로 둘을 명료하게 구분하지 않는 경우도 있고, 또 이야기 자체가 어느 한 쪽으로 분류되기 힘든 경우도 있지만 본고에서는 그의 분류를 그대로 따르기로 한다.

정조가 토속적이고 전통적인 정서인데다 그가 "나의 문학에 공통적으로 흐르는 사상도 불교가 요체이"고 "휴머니즘이 우주에 저지른 해악을 극복할 수 있는 단초는 노장이나 불교 사상에 있다고" 밝힌 적이 있는 만큼 '동양적 특질'은 그의 문학의 정체성과 관련된 요소들 중 하나이다. 또 그의 소설 속 신화에 관한 한 비평과 학술적 연구 모두 빈약한 상태[11]이기 때문에 본고가 그의 신화관의 본질, 즉 정체성에 해당하는 부분을 규명하고 분석틀을 제시해준다면 그것은 이후 한승원 문학의 신화적 원형들과 그것들의 문학적 수용 양상들에 대한 연구의 기초가 되어줄 것이다. 본고가 그의 신화관의 동양적 특질을 살펴보기 위해 선택한 경로는 다음과 같다.

먼저 한승원이 우주만물에 부여한 신성이 불교의 화엄 사상에 어떻게 뿌리를 두고 있는가를 살펴볼 것이다. 다음엔, 그가 추구하는 개인의 신성의 회복이 서구 사상의 대척점에 서있을 뿐만 아니라 동양의 전근대국가체제의 지배 이데올로기 역할을 해온 유교 철학에 대한 비판자 역할을 해온 노장 사상과 어떻게 연관되어 있는가를 살펴볼 것이다. 그것은 자연스럽게 한승원이 이 우주 내에 존재하는 유정지물과 무정지물에 부여한 신성의 의미와 역할을 간략하게나마 드러내주는 작업이 될 것이다. 그 작업은 한승원이 다른 원형들을 창출해내는 핵심 원형으로 간주한 에로티시즘과 가장 비합리적이면서도 전격적인 신성

---

11 비평문으론 김상태의 「패설 속의 신화」(『문학사상』, 1988.11.), 양진오의 「한승원 특집 목선에서 동학제까지 작품론2 : 바다, 어머니의 자궁, 그리고 신화」(『작가세계』, 1996, 겨울.), 하응백의 「신화와 한의 소설미학」(『한승원중단편전집 2』 해설, 문이당, 1999.) 이 있고, 학술적 연구로는 연구논문 강은해의 「도깨비 설화의 전통과 현대소설 – 〈물아래긴서방〉을 중심으로」(『한국어문연구』, 1988), 석사학위논문 조헌규의 「한승원 소설의 설화수용양상 연구」(목포대 교육대학원 석사논문, 2009)가 있을 뿐이다.

의 구현 방식인 샤머니즘의 분석틀을 마련해줌으로써 그가 왕성한 문학 창작을 통해 궁극적으로 겨냥하는 것이 무엇인가를 찾아내는 데 중요한 열쇠로 작용할 수 있다.

2. '연기와 자비의 상생'이 배태해낸 우주만물의 신성

한승원은 창작의 전 과정을 통해 신이 천지창조의 주역임을 명시하고 인간이 자연을 통제할 수 있도록 허용한 기독교 세계관과의 정면 대결을 시도한 작가이다. 그가 인본주의를 정면으로 비판해가는 과정에서 에너지를 많이 들인 작업들 중 하나가 그 주체인 인간 존재에 대한 규명이다. 한승원은 인간, 즉 개인의 신화성을 해명하기 위해 먼저 무의식에 대해 얘기한다. 그는 '나' 속엔 "도덕적으로 무장되어 있"는 '알 수 있는 나'와 "그 무장이 해제되어 있"는 '알 수 없는 나'가 들어 있는데, "알 수 있는 나는 알게 모르게 지하실 속에 들어 있는" "탐욕으로 가득" 찬 "알 수 없는 나의 명령을 받으며 살아가고 있"고, "알 수 있는 나가 어떤 일을 의욕적으로 하는 것은 알 수 없는 나가 가지고 있는 무진장한 에너지 때문이다"[12] 라고 말한다. 이것은 여지없이 프로이트의 견해에 대한 전폭적인 동의이다. 프로이트의 무의식에 대한 견해는 서구의 이성 중심 인간관에 대한 최초의 반격이었다. 그는 인간을 이성으로 본능을 통제하고 조절할 줄 아는 존재가 아니라 의식의 영역 밖에 존재하는 비합리적이며 통제 불가능한 본능의 지배를 받는 존재

---

12 한승원, 『소설 쓰는 법』, 랜덤하우스, 2009, 31~33쪽.

로 보았는데, 한승원도 이에 동조한다. 그러나 그것은 그의 인간관의 전부가 아니다. 그의 인간관의 또 다른 중요한 축은 불교와 노장 사상을 주축으로 하는 동양 사상이다.

먼저 그는 불교의 화엄 사상에 입각하여 세상 만물들 사이의 역학 관계를 설명한다. 그는 "세상 만물은 인연을 따라 생겨나고 여러 형태로 그 상관관계를 유지하며 살다가 소멸"하는데 "이는 작품 속의 등장인물에게도 적용된다"고 주장한다. 그는 "어디서 어디까지가 나이고 어디서부터가 나 아닌 남인가" 라는 질문을 던지면서 동시에 명쾌하게 답을 하고 있다.

> 내 손 끝에 가시가 찔리면 아프다. 머리카락을 뽑으면 아프다. 돌부리에 발끝이 다치면 아프다. 아프게 느껴지는 부분은 다 육체적인 나의 영역이다.
> 나의 영혼을 아프게 하는 영역이 있는데 그 아픔을 느끼게 하는 것들은 다 내 영혼의 영역 안에 들어 있는 것이므로 나인 것이다.
> 아버지 어머니 형 동생이 피를 흘리며 고통스러워하면 내 가슴은 아프다. 그렇다면 그들은 내 영혼의 영역 속에 들어 있으므로 넓은 의미에서 나인 것이다.
> 탈북 아이들의 헐벗고 굶주린 모습을 볼 때 가슴이 쓰라렸다면 그들 또한 내 영혼의 한 영역 속에 들어 있는, 넓은 의미의 나인 것이다. 뱀이 개구리를 잡아먹을 때 개구리가 "고옥!"하고 비명을 지른 것을 듣고 전율하고 가슴 아픔을 느꼈다면 개구리도 내 영혼의 한 영역 속에 들어 있는 나인 것이다.
> 나는 거대한 우주 속에 들어 있고, 내 속에 그 우주가 들어 있다. 나는 우주를 향해 부챗살 같은 힘의 빛살을 뻗치고 있고, 우주 역시 나를 향해 부챗살 같은 힘의 빛살을 뻗치고 있다.
> 메뚜기 한 마리도 나를 향해 그러한 힘의 빛살을 뻗치고 있고 나도 그

놈을 향해 그러한 빛살을 뻗치고 있다. 내가 아파하면 메뚜기도 아프고 메뚜기가 아파하면 나도 아파한다.

꽃 한 송이 피어나니 세계가 일어나고 세계가 일어나니 꽃 한 송이가 피어난다.[13]

"알 수 있는 나"와 "알 수 없는 나"로 이루어진 '나'로부터 빠져나와 나와 타인들, 나와 사물들, 사물들 간의 관계로 눈을 돌려보면 서로 연결되어 있지 않은 곳이 하나도 없다. 우리가 타인들, 사물들에게 공감을 느낄 수 있는 것 자체가 애초에 그들과 우리가 에너지 차원에서 연결되어 있기 때문이다. 이는 우주의 모든 사물은 그 어느 하나라도 홀로 있거나 일어나는 일 없이 모두가 끝없는 시간과 공간 속에서 서로의 원인이 되며, 대립을 초월하며 하나로 융합하고 있다는 화엄 사상의 철학적 원리인 무진연기(無盡緣起)의 내용의 골자이다.

화엄사상의 골자는 사법계(四法界), 십현연기(十玄緣起), 육상원융(六相圓融),[14] 상입상즉(相入相卽)[15]이다. 이들 중 현상과 본체와의 상관관계를 설명하는 부분이 사법계(四法界)로 그것은 사법계(事法界), 이법계(理法界), 이사무애법계(理事無碍法界), 사사무애법계(事事無碍法界) 등 넷으로 나뉘어 설명된다. 모든 사물이 각기 그 한계를 지니면서 대립하

---

13 한승원, 앞의 책, 39~40쪽.
14 모든 법을 하나의 모양으로 보는 총상(總相)·모든 법이 서로 모양이 다르다는 별상(別相)·서로 다른 모양이 같은 목적을 가지고 있다는 동상(同相)·모든 법이 고유한 상태를 유지하면서도 서로 다른 모습을 가지고 있다는 이상(異相)·모든 법이 서로 의지하며 동일체로서의 관계를 이루고 있는 성상(成相)·모든 것이 동일체이면서도 각자의 본위를 잃지 않음을 뜻하는 괴상(壞相)이 육상이다. 육상원융은 그 육상이 전체와 부분 그리고 부분과 부분에서 서로 원만하게 융화되어 있는 상태를 가리킨다
15 상호개입과 상호연계를 의미한다.

고 있다는 차별적인 현상계가 사법계라면 그 반대로 언제나 평등한
본체의 세계를 이법계라 한다. 그런데 이러한 현상과 본체는 서로 원인
이 되고 융합되어 평등하면서도 차별을 보이며, 또 차별 가운데 평등을
나타내고 있다는 것이 이사무애법계이다. 다시 나아가서 현상들의 세
계로 시야를 좁혀서 각 현상마다 서로 원인이 되어 밀접한 융합을 유지
하고 있다고 보는 것이 사사무애법계이다.[16]

　말미암을 연(緣)자와 일어날 기(起)자의 합성어인 '연기'는 석가가 출
가 후 고행 끝에 깨우친 내용으로 자비와 더불어 불교 사상의 핵심이
다. 석가는 연기의 관계를 볏단에 비유해서 설명했다. 즉, 존재하는
모든 것은 볏단을 마주 세워 놓은 것처럼 서로 의존관계에 있기 때문에
하나가 넘어지면 다른 것도 넘어지게 되어 있다. 각 개체는 다른 개체
와 깊은 관계를 맺고 있으며 더 나아가 역동적인 관계 그 자체이다.

---

16 사사무애법계의 특징을 열 가지로 나누어 설명하고 있는 것이 십현연기문이다. 그것은
　현세에 과거와 미래가 다 함께 담겨 있음을 뜻하는 동시구족상응문(同時具足相應門)과
　모든 현상에 넓고 좁음이 있으나 서로 걸림이 없고 자유롭다는 광협자재무애문(廣狹自
　在無礙門), 하나(一)는 하나의 위치를 지키고 다(多는) 다의 면목을 유지하는 가운데
　하나와 다가 서로 포섭하고 융합한다는 일다상용부동문(一多相容不同門), 현상계의
　모든 사물이 서로 차별하는 일이 없이 일체화되고 있음을 말하는 제법상즉자재문(諸法
　相卽自在門), 하나가 많은 것을 포섭하면 하나가 드러난 순간 많은 것이 숨고, 많은
　것이 하나를 포섭하면 많은 것이 드러난 순간 하나가 숨는다는 뜻의 은밀현료구성문(隱
　密顯了俱成門), 미세한 현상이 다른 현상에 포용되면서 또 다른 현상을 포용한다는,
　즉 미세한 현상끼리도 서로 방해하지 않고 질서정연하다는 미세상용안립문(微細相容
　安立門), 모든 현상은 서로가 서로를 끝없이 포용하고 또 동시에 포용되고 있다는 인다
　라망경계문(因陀羅網境界門), 마치 한 떨기 꽃을 보고 장엄한 우주를 느끼듯 한 현상에
　의해 무궁무진한 진리를 알게 된다는 탁사현법생해문(託事顯法生解門), 한 생각이 무
　량겁(無量劫)이고 무량겁이 한 생각이지만 십세(十世)는 또 각각 뚜렷히 구별된다는
　십세격법이성문(十世隔法異成門), 어느 한 현상도 스스로 생겨나거나 독립해서 존재
　하는 것은 없고, 서로서로가 주체가 되고 객체가 되어 모든 덕을 원만히 갖추고 있다는
　주반원명구덕문(主伴圓明具德門)이다.

어떤 실체가 있어서 다른 것과 관계를 맺는 것이 아니라 현재의 모습이 곧 역동적인 관계 그 자체인 것이다. 이 지점에서 무아(無我)의 국면이 나타난다.

연기의 진리를 깨우치면 삶은 달라진다. 우리는 존재의 실상을 모르고 살아갈 때 나 혼자 사는 것처럼 착각하고 자기중심적인 삶을 살아간다. 그리고 '유아'(唯我)라고 하는 착각으로부터 탐욕과 분노, 괴로움이 생긴다. 그러나 연기의 실상을 알게 되면 자연과 다른 사람들의 힘과 은혜에 한없이 감사하는 삶이 시작된다. 동체자비(同體慈悲)[17]의 삶이 가능하게 되는 것이다.

한승원의 소설들 중 불교적 생태의식이 극명하게 드러난 작품으로 『연꽃바다』가 있다. 실제로 한승원은 "80년대 후반에서 90년대 초반 장편 『연꽃바다』를 쓸 때부터 제 작품 세계는 크게 변했습니다"[18]고 스스로 밝힌 바 있다. 『연꽃바다』에는 연기와 자비의 이치를 깨닫지 못하고 유아의 상태에 빠져 있는 존재들이 대거 등장한다.

젊은 박새 부부의 아내는 생명력이 왕성한 알을 낳아 박새가 중심이 되는 세상의 도래를 위해 기가 세다는 백양나무 숲터에 둥지를 틀고 싶어하고, 늙은 백양나무는 매실나무에게 빼앗겼던 숲의 주도권을 다시 쥐기 위해선 인간의 악마성부터 배워 인간이 필요로 하는 것을 제공해줄 수 있어야 한다고 주장한다. 국회의원을 지낸 전직 시인 박주철은 "기업인들에게서" "검은 돈을 받아서 땅을 사들"이고 "골프 치고 술 마

---

17 원래 자(慈, Metta)는 다른 사람의 기쁨을 나의 일처럼 기뻐하는 것이다. 그리고 비(悲, Karuna)란 신음소리를 의미한다. 이것은 함께 아파하는 것으로 다른 사람의 아픔이 곧 나의 아픔이 되어 신음하는 상태를 가리킨다.

18 〈데일리안〉과의 인터뷰, 2006. 7. 12.

시고 예쁜 젊은 여자들하고 즐기며 살다가"[19] 식물인간 상태에 빠져 있고, 운동가로 살다 희생되어 하반신 불구 상태로 돌아온 맏아들 윤길은 가부장적 도그마에 빠져 아내와 동생의 관계를 의심하며 자학과 폭력을 일삼다 자살해버린다. 또 소외와 학대 속에 커온 서자 윤석은 형의 자살을 유도하고 형수를 범하고 스스로 악마를 자처하면서 매실 농장을 헐어 도시 생활에 지친 자들에게 인위적인 자연을 제공해 더 큰 돈을 벌겠다고 벼르고 있다. 윤호는 직계자식으로서 이복동생인 윤석을 살해할 생각까지 하며 농장 땅 전부를 소유하려 하고, 고명딸 윤혜는 아버지의 재산을 한 몫 챙기기 위해 조카인 토말이가 가져갈 유산이 아까워 아이를 고아원에 버리기 위해 납치극까지 벌인다.

사실 이러한 인물들은 이미 한승원의 다른 소설들에서도 변주되어 등장했던 악마적인 인물들이다. 섬의 양 옆에 둑이 막히고 연륙이 되어 간척지가 생기면서부터 김이 썩어가고 멸치는 고갈되고 공장의 폐유 때문에 바지락, 석화가 죽어나가는 하루머릿골의 몰락을 가속화시키는 「폐촌」의 영득과 달보, 역시 간척사업이 벌어지고 육지에 이어지면서 새로운 변화가 시작된 내덕도에서 이권을 위해 쌍둥이 아기장수들[20]처럼 싸우는 『포구』의 박창길과 이재필, 원인을 알 수 없는 심한 배앓이를 앓는 누이를 시작으로 나와 어머니, 아버지의 삶을 파탄으로 몰아

---

19 한승원, 『연꽃바다』, 세계사, 1997, 77쪽.

20 기존의 아기장수 설화에서 변용된 설화로, 원래 한 사람만 나왔어야 하는데 하늘과 땅의 기운이 어긋나서 둘 모두 날개가 없자 부모가 둘 가운데 먼저 상대를 때려눕히고 간을 꺼내 먹는 쪽이 날개가 돋는다고 부추긴다. 넉 달 가까이 싸운 끝에 형이 죽자 동생은 형의 간을 꺼내고 심장에 구멍을 뚫지만 맡겨놓은 영혼을 찾지 못해 바닷물로 떨어져 죽고 만다.

가는 「누이와 늑대」의 "'근대화'란 이름을 달고 온 농촌 개발과 증산"[21]
의 망령 역시 모두 동일한 악의 얼굴들이다.

물론 그 탐욕스런 건설을 위한 파괴 이전의 폭력들, 즉 「폐촌」에서
많은 인물들의 악과 고통의 근원이 된 비바우 영감의 탐욕과 잔인함,
인간의 원죄를 대변한다고까지 할 수 있는 『포구』의 장우근의 탐욕,
「미망하는 새」에서 죽은 아버지의 이복 여동생과 무기력증에 빠진 억
수의 근친상간의 근원이 됨과 동시에 「극락산」 연작에서 등장인물들의
삶을 처절한 비극으로 구획해버린 이념 전쟁, 그리고 『아버지와 아들』
에서 신생의 삶을 꿈꾸는 아들들로 하여금 살부계를 조직해 서로의
아버지를 죽여주자는 충격적인 담합까지 하게 만든 아버지들의 타락의
배후에 도사린 것 역시 자본주의적 건설과 파괴라는 맹목적인 추동력
이다. 물론 그 건설과 파괴는 신과 인간의 수직적인 관계, 그리고 인간
과 자연의 수직적인 관계 속에서 인간과 자연 모두의 신성을 박탈해버
린 인간중심주의의 귀결이다.

한승원은 이러한 파괴적인 욕망의 충돌과 폭발 양상들이 일거에 드
러날 수 있도록 독특한 소설적 장치를 사용하고 있다. 『연꽃바다』를
지탱해가는 한 축은 "생태학적 의미에서 이 농장의 실질적인 주인인
백양나무"[22]와 이 나무에 새 둥지를 틀려 하는 젊은 박새 부부 간의
대화이고, 다른 축은 박주철이라는 타락한 국회의원의 매실농장을 둘
러싼 탐욕과 배신을 담은 가족 간의 대화이다. 즉 이 소설의 구조 자체

---

21 김병익, 「한승원의 작품세계-누이와 늑대를 중심으로」, 한승원, 『날새들은 돌아갈 줄
안다』 해설, 문학예술사, 1981, 299쪽.

22 구자희, 「'접화군생'(接化群生)의 질서를 통한 에콜로이즘의 발현 - 한승원의 《연꽃바
다》론」, 『현대소설연구』 25, 83쪽.

가 유정지물과 무정지물 모두를 연기라는 흐름 속의 동등한 개체로 놓는 작가의 불교적 생태관을 고스란히 반영하는 장치인 것이다. 존재들이 일상에서 쉽게 유지할 수 없는 이 다중적 시선은 실존하는 존재들의 있는 그대로의 모습이면서, 동시에 상충되는 욕망과 그 좌절로 인한 고통들을 효과적으로 드러내준다.

> 나무 밑동을 잔혹하게 토막내고 있는 미친 전기톱의 악쓰는 소리인지, 주살 되고 있는 나무들이 질러대는 비명인지 구별할 수 없는 그 소리에서 녹즙기가 토해 낸 듯한 짙푸른 생즙이 줄줄 흘렀다. 금방까지 살아 꿈틀거리던 나무들이 광란하는 전기 톱날의 공격으로 말미암아 객혈을 하며 울부짖었다. 에키에엥, 이끼이잉, 으끄아앙, 쎄에엥, 씨리끼리이잉 …… 그 울부짖음이 하늘과 땅과 바다를 흔들고 온 세상에 푸른 피칠을 하고 있었다. 단말마의 경련 같은 전율이 한순간에 지구를 일곱 바퀴 반 돈다는 섬광처럼 세상을 한꺼번에 구겨버리려고 아드득 움켜잡고 있었다.[23]

윤석에 의해 베어지는 매실나무들을 의인화시켜 묘사해놓은 장면이다. 주살 당한다는 표현에 어울릴만한 생생한 고통의 묘사이다. 연기의 실상을 깨닫지 못하는 인간들의 무신경하고 탐욕스런 행위의 귀결이라 할 수 있다. 그런데 이 주살 행위의 당사자였던 윤석이 작품 후반부에서 "이것이 있으므로 저것이 있고, 저것이 있으므로 이것이 있다는 그 관계"를 강조하며 "무조건 제초제나 살충제를 쳐서 잡초나 병이나 벌레들을 쏵 죽이고" "인간에게 필요한 작물만 남기겠다는 생각이 결국 인간을 죽이고 있어요. 그 제초제나 살충살균제들로 말미암아 땅속의 미생물들

---

23 한승원, 『연꽃바다』, 5쪽.

도 함께 죽어버"려 "생태계 속의 천적관계나 공생관계가 파괴되"고 있다
며 격앙된 목소리를 내고 있다. 윤석은 "스스로 목숨을 끊으려 해도 끊을
수 없고, 병들어도 죽지 않고, 아무리 먹어도 목구멍이 실처럼 가늘기
때문에 허기를 채울 수 없기에 생존 그 자체를 위해 싸워야 하는 곳"[24]인
축생지옥에 빠져 있는 인물이다. 파괴의 근원인 아버지를 가장 많이
닮은 또다른 파괴자로 악의 중심에 머물렀던 윤석이 생태계의 악을 지목
하며 경고의 메시지를 던지고 있는 이 모순은 시사하는 바가 많아 보인
다. 그것은 악의 근원인 박주철이 어느 날 깨어나 꿈에 본 관음보살이
토말이 엄마를 닮았다고 말하면서 선문답 같은 메시지를 던지는 모습과
같은 의미망 속에 있는 장면이라고 보아도 무방할 것이다.

「포구의 달」에서 한승원은 인간이 축생지옥을 벗어날 수 있는 방법에
대해 제시하고 있다. 주변인들의 탐욕을 제어하는 방법에 대해 고민하던
성진은 "천불사의 공양주보살을 데리고 오자. 그 산의 절을 허물고, 새
포구 큰 딸네 집의 어느 방 한 칸에다가 절을 차려야 한다. 이 세상의
돈 많고 힘센 자들은 모두 부처가 되어야 한다"[25] 라고 외친다. 또 『연꽃
바다』에서는 풍장이 영감이 연꽃 설화 속의 총각이 생명의 꽃인 연꽃
세 송이를 찾아내서 죽은 처녀의 '굳어진 살과 피와 썩은 뼈'를 다시
살려내서 '아들딸 많이 낳고 잘 먹고 잘 입고 잘살다가 죽어' 갔듯이
오늘 날의 생태위기를 극복할 길을 불교적인 것에서 찾으라고 역설한다.

당연히 작가가 제시하는 대안은 "이러한 생태의식은 '해인'(海印)[26]으

---

24 앞의 책, 232쪽.

25 한승원, 『포구』, 문학동네, 1997, 340쪽.

26 해인삼매(海印三昧)는 석가가 화엄경을 설명하면서 도달한 삼매의 경지다. 해인은 바
    다의 풍랑이 잔잔해져서 만상을 있는 그대로 나타냄인데 부처의 슬기를 말하고, 삼매는

로 가는 주요한 수단임에도 불구하고 그 관념성과 추상성으로부터 자유
롭기는 어렵다. 자연과 하나가 된다는 것 자체가 막연하고, 자칫 원시주
의로 회귀하자는 주장으로 오해받기 쉽기 때문이다"[27]라는 비판에 직
면하게 된다. "정보(인간) 중심의 세계관에 너무나 익숙한 우리들에게
자성의 계기를 마련함으로써 우주의 섭리로써의 자연의 질서와 인과응
보에 따른 생기소멸의 법칙을 숙고하는 계기로 작용할 수 있을 것이
다"[28]라는 첨언도 그 관념성의 숨은 의미를 밝혀주고 있지는 못하다.

그러나 한승원이 생각하는 대안이 천신만고 끝에 생명의 꽃인 연꽃
을 찾아내는 행위 자체를, 혹은 절을 지어 부처를 모시는 행위 자체를
가리키는 것은 아닐 것이다. 한승원이 겨냥하는 것은 인간들이 관념의
급전환을 통해 불교적 세계관을 체화함으로써 인간 중심적, 이성 중심
적 사고에서 벗어나 이전과는 다른 실천들, 즉 자기 구원과 세계 구원
을 위한 행위들을 하게 되는 것이라고 보는 편이 정확하다. 물론 그
실천들은 의식적이며 합목적인 행위만을 가리키는 것은 아니다. 오히
려 그것은 동양 사상의 또 다른 한 축인 노장 사상이 관심을 기울이는
직관적이고 총체적이며 급진적인 인식의 영역 안에서 일어나는 다채로
운 행위들을 가리킨다. 그리고 그 개성적인 실천들의 영역에 한승원
문학의 본령이 있음은 물론이다.

하나의 대상에 집중하여 마음이 흔들리지 않는 경지를 말한다.
27 구자희, 앞의 논문, 97쪽
28 앞의 논문, 같은 쪽.

3. 천지인의 근원적 질서인 '도'와 개인의 신성

『연꽃 바다』의 후반부에 이르면 소설 속 가족의 악의 시발점인 박주
철이 홀연히 깨어난다. 친부를 정확히 알 수 없는 손자 토말이의 끈질
긴 부름으로 죽음 같은 잠에서 깨어난 박주철은 완전히 다른 사람이
되어 있다.[29] 박주철은 그의 서자 윤석처럼 극단적인 에너지의 소유자
로 역시 극적인 변화를 보여주는 인물이다. 이때의 변화는 극단에서
극단으로 통하는 에너지, 기의 속성을 말하기 위해 설정해놓은 것 같기
도 하고, 한승원이 관심을 기울이고 있는 개인의 신성의 발현 양상을
보여주기 위해 설정해놓은 것 같기도 하다.

　"내가 말하는 요가는 하나가 되는 것이다. …… 우주적인 근원의 힘을
알고 그것과 하나가 되는 것을 요가라고 한다. 그 속에는 즐거움과 괴로움
이 하나인 것이고 장미꽃과 시궁창이 하나인 것이고, 흙과 돌과 금덩이가
하나인 것이다. 기쁨과 슬픔과 언짢음이 하나이고, 비난과 칭찬이라는
것도 하나이고, 전쟁터에서 만난 적군과 아군도 하나인 것이다. 그것들이
하나임을 아는 사람은 우주적인 근원에 도달한 사람이다. 거기에 도달하
려면 모든 욕망으로부터 벗어나고 집착으로부터 자유로워지고 자기 다스
림의 힘을 짱짱하게 얻게 된다.[30]

---

[29] 『연꽃바다』에서 토말은 박주철의 눈에 전지불빛까지 대가며 눈을 뜨라고 외치는데 이
회수는 35회나 된다. 소설의 화두를 암시하는 행위라고 볼 수 있다. 풍장이 영감은
토말이가 과거, 현재, 미래를 함께 꿰뚫어보는 통찰력을 타고난 신동이라고까지 말한
다. 토말의 친부가 정확히 밝혀지지 않은 것 역시 토말이 기존 체제와는 정면으로 위배
되는 존재임을 말해주는 상징적인 상황이다.

[30] 한승원, 『연꽃바다』, 235쪽.

박주철이 생각하는, 즉 한승원이 생각하는 요가는 자연스럽게 노자가 역설하는 "사람은 땅을 본받고, 땅은 하늘을 본받고, 하늘은 도를 본받는다. 그리고 도는 자연을 본받는다"[31]라는 구절을 떠올리게 한다. 즉 요가는 '자연을 본받은 도'라는 개념과 일맥상통하는 핵심 개념이다.

노자의 『도덕경』은 81장, 5,200여 자로 이루어져 있다. 그 중 상편이 도편이고 하편이 덕편으로 그것들 전체가 도를 얘기하고 있는데 이때 도는 본질을 가리키는 원리이면서 동시에 다각적으로 해석될 수 있는 개념이다. 노자는 도에 대해 "없는 듯 있는 듯하여 그 가운데 형상이 있고, 있는 듯 없는 듯하여 그 가운데 기(氣)가 있"고 "그윽하고 어두우니 그 가운데 실정(實情)이 있"고 "실정은 아주 진실하니 그 가운데 믿음이 있"으니 "이로써 만물의 시원을 살펴볼 수 있"게 해주는 것이라고 말했다.[32] 『장자』에서 장자의 사상을 가장 잘 나타내는 글은 제 1편 소요유(逍遙遊)인데 '소요유'는 글자 그대로 아무 거리낌 없이 자유롭게 거닌다는 뜻이다. 이때 '유'란 단순히 좋은 경치를 찾아다니는 즐거움이 아니다. 그것은 근원적인 의미 맥락을 가지고서 정신이 자유와 해방에 들어서는 상황이다.[33] 즉 천지인의 근원적 질서를 체득한 상태에서 누리는 궁극적인 자유, 자유의 절대적 경지를 의미하고 있는 것이다.

노장 사상은 극심한 정치적 혼란기였던 춘추전국시대에 생산된 제자백가 사상들 중 하나이다. 중국 사상 자체가 지배담론인 유가 사상과 비판담론인 노장사상이 두 개의 축을 이루며 전개되어왔다고 보는 것

---

31 人法地, 地法天, 天法道, 道法自然, 김경수 역주, 『노자 역주』, 「제25장」, 문사철, 2010, 327쪽.

32 김경수 역주, 앞의 책, 「제21장」, 267쪽.

33 왕카이, 신정근 외 역, 『소요유/장자의 미학』, 성균관대학교 출판부, 2013, 82쪽.

이 일반적인 견해인데,[34] 노자의 생존 연대가 맹자 뒤 한비자 앞으로 추정되는 점, 노자의 도덕경 도편 제 1장이 명교(名敎)를 분명히 하고 난 후의 유가에 대한 총체적 비판이라고 볼 수 있는 점 등이 그러한 견해에 힘을 실어준다.

유가 사상은 서구 근대 사상과 일맥상통하는 점이 많다. 인간 세계의 지속적인 성장과 진화에 대한 믿음, 수양과 학문을 통한 인문적 세계의 창조에 대한 열정은 서구의 인문주의, 인간중심주의와 일맥상통한다. 내면의 수양을 강조하면서도 철저한 신분적 질서의 구획을 고집함으로써 현실 정치철학으로 자리잡은 유학은 오랜 세월 지배 이데올로기 역할을 담당했다. 뿐만 아니라 경화된 이데올로기로서 종교와 유사한 기능을 수행하며 동양의 전근대 국가들에서 중세의 카톨릭과 유사한 기능을 담당하기도 했다.

그러나 노자 사상의 핵심은 유가처럼 앞을 향해 나아가는 것이 아니라 주변을 헤아리며 근원의 이치로 되돌아가는 것이다. 이때 근본은 자연을 가리키는데 이 자연은 천지인의 근원적 질서를 의미한다. 만물들의 삶과 죽음에서 이 천지인의 근원적 질서가 작동하고 있는 상황에선 모든 인위적 규제가 의미가 없어진다. 심지어 인의예지와 같은 도덕적 가치조차도 인위적인 것, 거짓, 재앙으로 여겨질 수 있다. 노자는 정치사상적 측면에서도 일체의 인위적 규제를 반대하며 무위의 정치학을 얘기하고 있다.

---

34 물론 제자백가의 사상이 노자를 한편으로 하고 여타의 모든 학파를 다른 한편으로 분류될 수 있다고 주장하는 견해도 있다. 노자 외의 제자백가사상 대부분이 하나같이 사회에 대한 적극적 개입과 정책적 대응을 시도하고 있기 때문이다.

장차 천하를 취해서 다스리려고 함에, 나는 마지못해 함을 볼 뿐이다.
천하는 신성한 그릇이어서 인위적으로 해서는 안 된다.
인위적으로 행하는 자들은 실패하고, 잡으려고 하는 자들은 잃게 된다.
사물에는 먼저 가는 것도 있고 뒤따라가는 것도 있으며, 후후 불어서
따뜻이 하는 것도 있고 혹 불어서 식히는 것도 있으며, 강한 것도 있고
약한 것도 있으며, 싣는 것도 있고 떨어뜨리는 것도 있다.
이로써 성인은 엄격함을 버리고, 사치함을 버리고, 교만함을 버린다.[35]

노자는 『도덕경』에서 성인, 즉 도를 터득한 사람에 대해 말했는데
장자 역시 노자의 성인에 대해 이야기하며 그들을 진인(眞人), 신인(神
人), 지인(至人)으로 분류했다. 그들은 도를 터득하여 소요유하는 이상
적 인물 모델들로 그 중 진인은 "삶을 기뻐할 줄 모르고 죽음을 미워할
줄도" 모르고 "태어남을 기뻐하지 않고 죽음을 막지 않아서, 홀가분하
게 저기로 가고 홀가분하게 여기로 올 뿐"이며, "자신이 시작된 곳을
잊지 않고, 자신이 끝나는 곳(때)을 알려고 하지 않"으니 "생명을 받으
면 그대로 기뻐하고, 잃으면 그대로 돌아"가는, "마음으로 도를 손상시
키지 않고 인위적인 것으로 자연적인 것을 조장하지 않는"[36]사람을
의미한다.

한승원은 일체의 인위적 억압을 배제하고 세계를 들여다보면 바로
그러한 인위적인 것들에 의해 억압당하기 이전의, 즉 중세의 유학과
근대의 인본주의에 세뇌당하기 이전의 보다 창조적이고 역동적이며
물질적인 원질들을 볼 수 있다고 주장한다. 아니 이 세계 전체가 거대

---

35 김경수 역주, 앞의 책, 「제29장」, 385쪽.
36 왕카이, 앞의 책, 138쪽.

한 원질들의 보고이다. 한승원은 명백하게 무위자연 사상에 대해 동의하고 있지만 그것이 방치나 방임을 의미하는 것은 결코 아닐 것이다. 이 지점에서 그의 수평적인 신화관이 인간을 비롯한 만물들에게 신성을 부여했던 의도가 명백하게 드러난다.

신성이라는 것이 일차적으로 인간이 지닌 한계, 제약들을 초극할 수 있는 자질이라고 할 때 개개인이 신성한 존재라는 것은 곧 그들이 자기 내부에 자기 자신을 초극하고 세계를 변화시킬 수 있는 힘을 지니고 있음을 의미한다. 즉 인간은 스스로를 극복해낼 수 있는 자생력을 타고난 존재이다. 이때 삶의 보편적 원리, 즉 원형을 드러내주는 신화가 개인과 세계의 신성의 발현에 어떤 기폭제 역할을 해준다는 견해에 대해선 누구도 이의를 제기할 수 없을 것이다.

순간 그녀가 내 목을 끌어안았다. 두 다리로 내 아랫도리를 휘감아버렸다. 우리는 물 속 깊이 가라앉아 들어갔다.

나는 갯물을 벌컥벌컥 삼켰다. 그녀의 가슴을 힘껏 걷어밀면서 발버둥을 쳤다. 그러나 나는 거대한 낙지한테 휘감겨 허우적거리고 있는 한 마리의 문저리에 지나지 않았다.

"다시는 오지 마씨요잉……. 그때는 이 섬에서 한발도 못 걸어나가고 죽을 것인께."

이 소리를 듣고 눈을 떴을 때, 나는 내가 타고 간 채취선의 널빤지 위에 번듯이 누워 있었다. 동녘 하늘이 부옇게 밝아 있었다.

몸을 일으키고 보니, 먹장같이 까만 머리칼을 은회색 통치마 허리께까지 미역가닥처럼 늘어뜨린 여자가 하얀 비늘로 덮인 듯한 윗몸으로 햇살을 되쏘며, 도리섬의 곰솔숲으로 들어서고 있었다. 길고 가는 허리와 엉덩이를 감싼 통치맛자락의 유연한 흔들거림은 물개의 아랫도리처럼 굼실거렸다. 잿빛에 꽃자줏빛 섞인 곰솔숲 그늘 속으로 여자가 사라졌을 때,

내 흐릿한 눈에는, 요염한 물귀신 같기도 하고, 수없이 많은 뱃사공들을 올려 죽게 했다는 어느 강언덕의 인어 같기도 하고, 은빛의 신선 낙지 같기도 한 여자(妖精)의 목숨이 그려지고 있었다.[37]

밤새 들썽거리던 바람은 죽은 듯이 잤고, 득량만 건너 소록도와 금당도 사이에서, 불덩이 같기도 하고 전날 미륵례가 흰 엉덩이 살을 감춘 빨간 팬티 빛깔 같기도 하며, 또 어찌 보면 미륵례 아버지나 어머니나 야실이나 두 오빠들이 죽으면서 쏟은 핏덩이 빛깔 같기도 한 해가 아주 천연덕스럽게 솟아 득량만의 시푸른 물결을 온통 핏빛으로 물들여놓았는데, 하룻머릿골 폐촌 옆의 찬샘골에서는 젖빛 짚불 연기가 피어오르고 있었다. 그것은 밴강쉬가 꼿꼿하게 박은 목나무 끝에 개를 매달아 꼬시르는 짚불 연기였는데, 그가 그러고 있는 언덕 옆의 찬샘가에서는 미륵례가, 여느 아낙들이 한참 신이 나가지고 빨래를 하거나 물 일을 하면서 내곤 하는 '시시 시이 시시 시이' 하는 소리를 내면서 부산스럽게 솥을 씻고 있었다.[38]

첫 번째 인용문은 단편 『낙지같은 여자』의 마지막 부분이고 두 번째 인용문은 중편 『폐촌』의 마지막 부분이다.

『낙지 같은 여자』에서 신화와 관련하여 말할 수 있는 부분은 불행의 집약체인 '낙지 같은 여자' 순한네 개인에게 내재한 신성과 노장철학이 도의 상징물로 간주했던 물이 지닌 신성, 그리고 배를 타고 지나가는 남자들을 유혹해 죽음에 이르게 만드는 세이렌의 신화이다. 남자가 어린 시절부터 여자에게 빠져든 건 바로 세이렌이라는 원형이 그를 계속 유혹하고 있기 때문이다. 그리고 여자는 더 이상 인간에게 바랄 것이

---

37 한승원, 『한승원중단편전집』 제3권, 문이당, 1999, 116~117쪽.
38 한승원, 『한승원중단편전집』 제1권, 문이당, 1999, 378쪽.

아무것도 없는 절대고독 속에서 자신의 신성과 물의 신성만으로 스스로를 치유하고 구원한다.

부모에게 버림받은 여자는 그녀의 오빠에게 아버지를 잃은 '나'의 사촌 형의 폭력과 위협에 시달린다. '나'와의 불장난으로 임신을 하지만, '나'의 부모는 유산을 시키기 위해 계속 약을 먹인다. 유산에 실패하자 남자를 골라 강제로 시집을 보내지만 여자는 시집 간 지 일곱 달만에 장애아를 낳는다. 남편은 전장으로 떠나버리고 여자는 누워 지내는 백치 아이를 열 살까지 키우다 살해한다. 결국 남편도 전쟁에서 죽자 '나'의 가족과 함께 살던 바닷가로 돌아와 혼자 물질을 하며 살아간다. 불행이라는 전염병을 앓는 환자 혹은 세이렌 같은 불길한 존재로 간주되는 여자는 "만물을 잘 이롭게 하면서도 다투지 않"으므로 "원망받을 것이 없"고, "보통 사람들이 싫어하는 낮은 곳에 거처"하고 "마음에 있어서는 깊은 곳에 잘 처하"는[39] 물과의 교감만으로 자신을 치유해내고 종국엔 "서른다섯 살인가 여섯인가 되어서도 영락없이 처녀" 같아서 "살결은 꼭 백새 한 가지이고 머리는 영락없이 먹장 같은" 불로불사의 존재로 살아남는다. 인간의 마음을 지니고선 살아남을 수 없을 만큼 상처를 받은 그녀가 자연과의 교감을 통해 신화적인 존재로 거듭나고 있는 장면을 묘사한 것이 바로 첫 번째 인용문이다.

『폐촌』의 밴강쉬와 미륵례 역시 이미 인간적인 존재들이 아니다. 인간 세계의 상식으로 보자면 둘은 결코 화합할 수 없는 존재들이다. 그들은 각시봉과 서방봉이 있는 생명력 충만한 마을에서 설화의 내용과 어른들의 덕담에 마음 설레 하며 성장했지만 역사의 폭력은 둘을 원수

---

39 김경수 역주, 앞의 책, 「제28장」, 107쪽.

로 만들어버린다.

미륵례의 아버지 비바우 영감은 일제 때 세도가로 마을 사람들을 착취한다. 해방 직후 마을 청년들이 그를 살해했는데 이때 앞장선 이가 밴강쉬의 형이다. 그때 도망갔던 미륵례의 두 오빠가 경찰이 되어 돌아오자 밴강쉬 형은 경비대에 자원하고 밴강쉬의 아버지는 마을 밖으로 피신한다. 세상이 다시 바뀌어 밴강쉬 형이 돌아와 미륵례의 엄마와 언니를 죽인다. 다시 사라진 형은 토벌대에 의해 죽는다. 이후 미륵례를 데리고 떠났던 두 오빠가 마을로 돌아왔는데 밴강쉬 아버지가 인민군과 함께 돌아와서 두 오빠를 죽인다. 해방과 좌우이념대립의 아수라장에서 부모형제를 모두 잃은 미륵례는 밴강쉬 집안에 원한을 품는다.

그러나 밴강쉬는 그의 사랑을 멈추지 않는다. 그리고 그로 하여금 그렇게 할 수 있게 한 것은 바로 각시봉과 서방봉의 전설이다. 특별한 한 거구의 남자가 특별한 거구의 한 여자와 짝을 이루어 살도록 예정되어 있다는 그 전설을 철썩같이 믿기에 그는 그녀의 단단한 원한의 벽을 계속 공격[40]하고 결국 사랑을 쟁취한다. 초역사적인 원형의 힘으로 역사가 만든 원한을 극복해낸 것이다. 물론 『폐촌』의 두 인물들은 모두 인간이라기 보단 동물에 가까운 외모를 지니고 있고 어촌에서 매일 자연친화적인 일상을 살아가는 사람들이다. 밤새 들썩였던 파도와 바람이 잦아든 후 "소록도와 금당도의 사이"에 뜬 "불덩이 같"은 해를 "미륵례가 흰 엉덩이 살을 감춘 빨간 팬티 빛깔 같기도" 하고 "미륵례 아버지나 어머니나 야실이나 두 오빠들이 죽으면서 쏟은 핏덩이 빛깔

---

40 정연희, 「한승원의 중편소설 〈폐촌〉과 정신분석학적 생태비평」, 『문학과 환경』 Vol.5, No.2, 2006, 110쪽.

같기도"하다고 표현한 부분은 장엄해보이기까지 한다. 에로스를 핵처럼 품고 있는 생명과 평화로운 죽음이 쌍둥이처럼 등을 맞대고 있는 삶을 형상화한 이 풍경은 노장철학이 말하는 도의 영역을 연상시킨다. 즉 한승원이 추구하는 개인의 신성의 형상은 노장철학의 핵심원리인 도의 형상을 닮아 있다고 볼 수 있다.

　장자는 도의 경계로 들어가는 것은 정상적인 사물 인식의 방법을 부정하고 신비한 직관(직감)적 체험 방법을 활용함으로써만 가능하다고 역설했다. 그리고 그 본질은 허무화된 (공허화된) 영혼이 허무의 도와 그윽하게 합쳐지는 것이라고 말한다.[41] 이때 정상적인 사물 인식의 방법은 서구의 과학적이고 합리적인 인식 방법을 가리킨다. 그러나 한승원이 천착한 인식은 텅 빈 공간, 즉 요가와 도, 소요유의 공간에서 전감각적이며 전우주적인 체험을 수반하는 직관적, 총체적 인식을 통해 축생지옥인 현실과 역사로부터 받은 치명적인 상처들을 치유하고 스스로를 구원할 수 있게 해주는 특별한 경험이다. 한승원 문학에서 가장 개성적인 부분인 에로티시즘과 샤머니즘이 전면에 나서게 되는 것도 바로 이 영역 안에서이다. 원시적이며 전감각적인 체험을 통해 자신에게 내재해 있는 신성을 현실화하면서 인간성을 회복할 수 있도록 해주는 이 영역에서는 악의 표상이라 할 수 있는 박윤석이나 박주철 같은 존재들도 지고의 가치인 도를 향해 솟구쳐오를 수 있다. 한승원이 선택한

41　장자는 도의 경계에 들어갈 수 있는 방법으로 심제(心齋), 좌망(坐忘), 견독(見獨), 세 가지 체도(體道) 방법을 내놓았다. 심제는 뜻을 한결같이 하고 마음을 비워 도(道)에 합하는 것이고, 좌망은 고요히 앉아서 잡념을 버리고 현실세계를 잊고 절대 무차별의 경지에 들어가는 것이고, 견독은 홀로 우뚝 선 도를 본다는 뜻이다. 이 세 가지의 공통된 특징이 정상적인 사물 인식의 방법을 부정하고 신비한 직관(직감)의 체험 방법을 활용하는 것이다. 왕카이, 앞의 책, 155쪽.

'연꽃바다'라는 표제는 바로 그 질적 비약의 과정을 감각적으로 환기시켜주는 은유의 언어일 것이다.

4. 결론

한승원이 소설 창작을 통해 드러내고자 하는 가치인 생명주의는 근대 시민사회와 자본주의적 생산양식의 동력인 동시에 소외와 파괴의 근원인 인간 본위의 휴머니즘에 대한 반성을 겨냥하고 있다. 한국적 모더니티의 부정적 측면들이 서구의 인간중심주의에 기초하고 있다고 본 한승원은 그 대안이 될 만한 새로운 정신적 영역을 모색해왔고 그가 찾아낸 것이 바로 신화이다.

신화는 인간들이 신성의 추구를 통해 관철시키고 싶어했던, 시대를 초월하여 반복되는 보편적 욕망들을 담고 있는 영역으로 융은 그것을 원형이라 명명했다. 한승원의 신화관은 한편으론 융의 원형 개념에 기초하면서 다른 한편으론 동양사상인 불교의 화엄사상과 노장철학의 무위자연 개념의 정수에 닿아 있는 독특한 신화관이다. 한승원은 신화라는 저항적, 대안적 영역 안에서 인간을 비롯한 우주 만물에 신성을 부여함으로써 개인들이 자신에 대해 인식하고 치유하고 스스로를 구원할 수 있다고 확신하고 있다

본고는 그가 한국현대문학의 대가로 자리잡은 시점에 피력한 신화관이 그의 문학적 자의식의 정수일 수 있다는 점, 그리고 그의 문제작들이 신화를 모티브와 상징체계로 활용하고 있는 만큼 그의 신화관에 대한 분석이 그의 작품 연구의 주요한 분석틀 중 하나가 되어줄 수

있다는 점에 주목해 그의 개성적인 신화관을 두 가지 측면해서 분석해 보고 있다.

먼저 본고는 한승원이 우주만물에 부여한 신성이 연기와 자비로 이루어진 불교의 화엄사상과 어떻게 연관되어 있는지를 살펴보았다. 화엄사상에서 말하는 연기는 우주의 모든 사물은 그 어느 하나라도 홀로 있거나 일어나는 일 없이 모두가 끝없는 시간과 공간 속에서 서로의 원인이 되며 대립을 초월하여 하나로 융합하고 있다는 '무진연기'를 의미한다. 연기의 흐름 속에서 각 개체는 다른 개체들과 깊은 관계를 맺고 있으며 더 나아가 역동적인 관계 그 자체이다. 무아의 국면에서 자연과 타인들의 힘과 은혜에 감사하는 자비의 자세를 수용하는 접화군생의 삶은 인간중심적 사고를 비판하고 인간과 인간, 인간과 자연의 수평적인 공존을 모색하는 서구의 생태주의와 맥락을 같이 하고 있다.

두 번째로, 본고는 한승원의 신화관이 노장철학의 도와 무위자연 개념에 토대를 두고 있다는 점에 주목했다. 『연꽃바다』에서 악의 화신과도 같은 박주철이 죽음 같은 긴 잠에서 깨어나 역설하는 요가는 노장철학의 '자연을 본받은 도'와 일치하는 개념이다.

천지인의 근원적 질서를 의미하는 도는 인간 세계의 지속적인 성장, 진화에 대한 믿음과 인문적 세계의 창조에 대한 열정으로 동양의 전근대국가들에서 지배 이데올로기 기능을 수행했던 유가 사상에 대한 비판 담론이자 저항 담론이며 대안담론이다. 만물들의 삶과 죽음에 천지인의 근원적 질서가 작용하고 있는 상황에선 모든 인위적 규제나 인의예지 같은 도덕적 가치는 의미가 없어진다.

노자가 말하는 성인과 장자가 말하는 진인은 인위적인 것으로 자연적인 것을 훼손하지 않고 이 혼돈의 세계에서 창조적이고 역동적이며 물질적인 원질들의 보고를 찾아낼 수 있는 사람이다. 한승원의 수평적 신화관은 만물들이 신성을 지니고 있는 만큼 개인들이 자기 내부에 자신을 초극하고 세계를 변화시킬 수 있는 힘을 지니고 있다고 확신한다. 도의 경계에 들어가기 위해서는 합리적이며 과학적인 사고가 아닌 신비한 직관적 체험을 통한 총체적 인식이 필요한데 바로 이 지점에서 한승원 문학의 에로티시즘과 샤머니즘이 자기 영역을 확보하게 된다.

이 글은 지난 2015년 현대문학이론학회에서 발간한
『현대문학이론연구』제61집에 게재된 것이다.

참고문헌

〈기본자료〉
한승원, 『연꽃바다』, 세계사, 1997.
_____, 『포구』, 문학동네. 1997.
_____, 『한승원 중단편전집』 제1권, 문이당, 1999.
_____, 『한승원 중단편전집』 제2권, 문이당, 1999.
_____, 『한승원 중단편전집』 제3권, 문이당, 1999.
_____, 『한승원 중단편전집』 제4권, 문이당, 1999.
한 강, 『여수의 사랑』, 문학과지성사, 1995.

〈단행본〉
김경수 역주, 『노자 역주』, 문사철, 2010,
김의숙·이창식, 『한국신화와 스토리텔링』, 북스힐, 2008.
왕카이, 신정근 외 역, 『소요유/장자의 미학』, 성균관대학교 출판부, 2013,

한승원, 『소설 쓰는 법』, 랜덤하우스, 2009.

〈논문〉

김병익, 「한승원의 작품세계-누이와 늑대를 중심으로」, 한승원, 『날새들은 돌아갈
　　　줄 안다』 해설, 문학예술사, 1981.

구자희, 「'접화군생'(接化群生)의 질서를 통한 에콜로이즘의 발현 – 한승원의《연
　　　꽃바다》론」, 『현대소설연구』 25, 2005.

권영민, 「토속성의 한계와 지양」, 『마당』, 1982. 12.

〈기타〉

〈데일리안〉과의 인터뷰, 2006. 7. 12.
'한승원, 강연 〈문학 속의 신화, 왜 뜨는가〉', 2003. 2. 28.

필진 소개(원고 수록 순)

김경표 전남대학교 국어국문학과 박사
선한빛 전남대학교 국어국문학과 박사과정 수료
이수진 전남대학교 국어국문학과 박사과정 수료
이홍란 중국 임업과기대 외국어대학 조선어학과 강사
김영미 전남대학교 국어국문학과 박사과정
조혜화 전남대학교 언어교육원 한국어 강사
조재형 전남대학교 국어국문학과 교수
강소희 전남대학교 국어국문학과 박사과정 수료
고성혜 전남대학교 국어국문학과 박사과정 수료
곤도 유리 일본 와세다대학교 국제교양학부 강사
김미미 전남대학교 국어국문학과 박사과정 수료
김순영 전남대학교 국어국문학과 박사과정 수료
양보경 전남대학교 국어국문학과 박사과정 수료

지역어와 문화가치 학술총서 ④

호남, 언어와 문학의 지역성

2016년 6월 15일 초판 1쇄 펴냄

지은이 전남대학교 BK21+ 지역어 기반 문화가치 창출 인재 양성 사업단
펴낸이 김흥국
펴낸곳 도서출판 보고사

책임편집 이순민
표지디자인 손정자

등록 1990년 12월 13일 제6-0429호
주소 경기도 파주시 회동길 337-15 보고사 2층
전화 031-955-9797(대표), 02-922-5120~1(편집), 02-922-2246(영업)
팩스 02-922-6990
메일 kanapub3@naver.com / bogosabooks@naver.com
http://www.bogosabooks.co.kr

ISBN 979-11-5516-573-7   93810
ⓒ전남대학교 BK21+ 지역어 기반 문화가치 창출 인재 양성 사업단, 2016

정가 23,000원